ДЕВУШКА НЕ НАШЕГО КРУГА

р о м а н

АННА И СЕРГЕЙ

ЛИТВИНОВЫ

МОСКВА
2019

УДК 821.161.1-312.4
ББК 84(2Рос=Рус)6-44
Л64

Оформление серии *С. Груздева*
Редактор серии *А. Антонова*

Литвинова, Анна Витальевна.
Л64 Девушка не нашего круга : роман / Анна и Сергей Литвиновы. — Москва : Эксмо, 2019. — 352 с.

ISBN 978-5-04-101913-6

Артём — популярный блогер. Он из хорошей московской семьи, красивый и обеспеченный. Настя — тоже красавица, но она провинциальная девчонка, да вдобавок к тому — воровка. Казалось, что может быть между ними общего? Однако между парнем и девушкой вспыхивает любовь. Та, что не знает преград, ничего не требует и всем готова пожертвовать. Чем может закончиться столь неравный союз? Над парой сгущаются тучи. Родители Артёма, представители высшего общества, твердо намерены помешать браку. В довершение всего по следу Насти уже идет полиция. Однако в прошлой жизни девушки имеется еще одна тайна — та, что может радикально поменять ситуацию...

УДК 821.161.1-312.4
ББК 84(2Рос=Рус)6-44

ISBN 978-5-04-101913-6

Все персонажи, события и места действия данного произведения являются исключительно вымышленными — хотя, возможно, инспирированы реальными людьми, случаями, происшествиями, путешествиями, разговорами и встречами в различных населенных пунктах России и зарубежья.

ПРОЛОГ

Москва. Сентябрь 1998 года.

На девятом месяце всегда тяжело.

Как бы ты ни хорохорилась.

Вы, мужики или нерожавшие, можете, для примера, привязать себе к талии огромный шар весом пятнадцать или все двадцать кило и походить хотя бы денек. Поездить в душном метро. Попытаться втиснуться в тесный шоферский отсек «Жигулей»-«девятки».

С таким животом (и общим ослаблением и вялостью организма) хорошо лежать на спине под прохладной простыней. И читать что-нибудь легкое, во всех смыслах, и необязательное. Какую-нибудь Джекки Коллинз в мягкой обложке. «Звезду (прости господи) Голливуда». И еще хорошо, чтобы кто-нибудь приносил тебе свежевыжатый апельсиновый сок. И коль скоро любимый кофе по случаю все той же беременности нельзя — хорошо заваренный чай.

А она бы еще на него — того, кто все это подносит, — ворчала. И даже покрикивала. Что опять пожалел заварки, а сок выдавил с косточками.

Однако беда заключалась в том, что покрикивать ей было ровным счетом не на кого. Ворчать — тоже.

Как некому и подносить напитки.

Но отсутствие мужской подмоги и понимания еще можно пережить.

Настоящая беда заключалась в том, что ей негде, в самом буквальном смысле, преклонить голову.

Не имелось не то что прохладных простыней — никакой кровати или дивана не имелось. Хотя бы даже без постельного белья. Можно было, конечно, пристроиться здесь, в запасном офисе.

Офис — громкое слово. Одна комната в доживающем последние дни советском НИИ. Внутри — два щегольских канцелярских стола благородного цвета кофе с молоком, они с Максом купили их в свои недолгие дни блистательного процветания. Один стул, удобнейшее псевдокожаное кресло, компьютер, телефон с факсом и ксерокс. Однако затеваться с ремонтом, даже косметическим, показалось им излишним. Обои оставили старые, от арендодателя, в ужасный розовый цветочек. Занавесочки и карнизы — тоже кошмарные. Скрипучие истертые полы. На столе — стопка бумаги, карандаши в стакане. И справочник, желтые страницы Москвы на девяносто седьмой — девяносто восьмой годы.

Где адрес их тайного пристанища (кстати говоря) ни в коем случае не значится.

Она сперва сопротивлялась и говорила Максу: зачем? К чему тратиться на дополнительную аренду, если они тут и не бывают практически? Приехали пару раз, и то для того (как ей показалось, и правильно, наверно, показалось), чтобы невенчанный супруг овладел ею. Прямо на этом самом кресле, стискивая зубы, когда слышался шум шагов и голоса людей, снующих по коридору.

Совсем ей тогда не до восторгов любви было, в первом триместре. А Макс как с цепи сорвался, склонял ее к плотским утехам всегда и везде. И своего добивался.

Он чертовски настырным был, Макс. Вот и с офисом настаивал: авось да пригодится. Пусть будет запасной аэродром, никому не известный. Оформил аренду на своего школьного приятеля-алкоголика, которого связать с реальными съемщиками было еще постараться.

Она даже взревновала сперва: вьет себе гражданский муж уютное гнездышко для интимных встреч. С ней он это местечко как раз опробовал, а теперь пустится во все тяжкие. Будет сюда баб водить. Она ему про свои подозрения мягко намекнула — а он расхохотался: да ведь квартира для интима удобней, разве нет? Зачем для утех *офис* снимать? В частном секторе куда как комфортабельней можно устроиться!

И впрямь — в офисе предаваться любви комфорта мало: полежать спокойно негде. Помыться — тоже. В тот их единственный раз пришлось, фу, туалетной бумагой вытираться.

А если скрываться, пересидит она здесь хотя бы пару дней? Ладно без кухни, питаться можно выходить в столовку, оставшуюся от НИИ на первом этаже. А как прожить без ванной? Без кровати? Спать в кресле? Или на полу?

Спасибо, что хоть крыша над головой имеется. Приют убогого чухонца. Остается только задуматься: вот Макс, он что, изначально планировал, что у них все так закончится? Вся любовь и весь бизнес? И он именно для подобного случая запасные аэродромы себе налаживал? Или все-таки сыграла свою роль его врожденная осторожность?

Осторожность и подлость?

Да-да, как она ни защищала Макса перед собой, ничего не оставалось делать, кроме как признать: а ведь он настоящий, получается, натуральный подлец. А как еще назвать мужика, который в самый критический момент совместной жизни вдруг р-раз — и линяет? И даже не удостаивает объяснения? Просто, сволочь, оставляет на кухонном столе записку: дорогая, мне срочно надо уехать, как обустроюсь, дам о себе знать, а ты меня не ищи — глупо, бесполезно, все равно не отыщешь.

И — исчезает. И — бросает ее. На девятом месяце беременности, с их совместным ребенком в животе. И — с многомиллионным долгом.

Конечно, Максик знал, чувствовал, куда дело катится! Она и сама, после того как в августе правительство «киндер-сюрприза» Кириенко объявило дефолт, понимала: в ситуацию они попали аховую. Почти безнадежную.

Но она-то готовилась к борьбе и планировала: они с Максом будут сражаться и выпутываться — рядом, вместе, плечом к плечу. Поддерживая друг друга.

Но Макс, оказывается, вынашивал иные планы. Он, мерзавец, просто бросил ее. Благородно оставил здесь, в Москве, заставив одной справляться со всем, что на нее навалилось: и с будущим ребенком, и с миллионным долгом.

А сам... сам он теперь где-нибудь далеко, в теплых краях. На Карибах или Багамах. Сидит, подонок, с коктейлем, развалившись, у бассейна.

Если у него хватило подлости ее кинуть — можно не сомневаться: значит, хватило мерзотности втайне припрятать себе деньгу на черный день. Значит, он всегда вел двойную бухгалтерию? Постоянно обманывал? Ведь она в их совместной фирме исполняла роль главбуха — и как только прошляпила, проворонила?

Стало невыносимо себя жалко, и слезы снова закапали, потекли по щекам. Она рыдала тихонечко, чтоб не услышали снующие по коридору.

Потом, когда плакательный пароксизм прошел, стало легче. Но она даже платок в сумочку забыла положить, убегая сегодня из дому после *того звонка*. Пришлось вытирать слезы туалетной бумагой — тем самым рулончиком, что они с Максом привезли сюда, вместе со всем необходимым, «на новоселье». Как давно это было — хотя, казалось бы, полгода назад, в марте. И насколько другим тогда казалось! Веселым, безоблачным, бесшабашным! Полным надежд и радужных упований!

Впору было снова захныкать. Но слезами, как известно, горю не поможешь.

Надо думать, как спасаться. Спасать себя — и ребенка. Который, словно почувствовав ее отчаяние, как раз начал в ее чреве радостно кувыркаться, лягаться, стучаться изнутри. Будто говорил: эй, мамаша, вспомни и подумай обо мне. Теперь я, что бы ни случилось, главная твоя величина, основная твоя забота.

«Ты меня слышишь, маманя? Все будет о'кей?»

Да-да-да. Главные жизненные вопросы ей теперь будет задавать ребенок. И потому ей следовало что-то срочно придумать. Прежде всего, где рожать. Для *тех, кому они с Максом должны* и кто поставил их на счетчик, нет ничего проще пробить все московские роддома, да и подмосковные тоже. И встретить ее на пороге в день выписки, выходящую из ворот с сопящим сверточком: «Это мы, здравствуйте, где там наши денежки?»

Ехать домой, к матери, — тоже не вариант. И дело, конечно, не в том, что мамаша знать не знает, ведать не ведает о ее положении — ничего, перетопчется, а может, даже обрадуется будущему внуку или внучке. Беда, что *они* ведь и мамкин адрес в два счета могут пробить и туда наведаться.

По той же самой причине решительно не годятся и заведшиеся в Москве три-четыре подружки по институту, и бедный, беззаветно влюбленный в нее Кирюшка.

Оставалось одно: бежать куда глаза глядят. Страна у нас, слава богу, большая. Ткнуть пальцем в карту — хорошо бы целить в большой город, желательно «миллионник», чтобы родовспомогательная советская медицина еще не успела там развалиться. И уехать в глушь, в какую-нибудь Самару, Казань или Нижний Новгород. Или Новгород Великий. Или даже Петербург — а почему нет? Чем плоха Северная столица?

Причем бежать надо не на машине, конечно. На авто *они* вычислят ее на раз. Как ни жалко бросать любимую подружку-«девятку», но пусть она остается там, где стоит, — во дворе ее дома в Спиридоновском переулке. *Их с Максом* дома. *Бывшего* дома.

Поездом и самолетом, по причине конспирации, ехать тоже нельзя.

Значит, остается брать машину напрокат. Прокатный сервис в России — он пока, конечно, совершенно не развитый. Операцию надо будет провернуть частным образом, втихаря, не оставляя следов. Найти частника, чтоб продал ей машину без оформления — просто написал на нее доверенность с правом продажи. А она сядет и прямо после покупки покатит в глубь страны.

Да, может, и хорошо, что настоящего проката лимузинов, с предъявлением паспорта, прав и кредитки, в стране пока что нет. И сразу вспомнилось, как они с Максом мечтали, что когда-нибудь, когда по-настоящему встанут на ноги, откроют подлинный «рент-а-кар», как на Западе.

И гостиницу собственную заведут. И ресторан. И загородный дом отдыха на озере, с пляжем, сауной, лодками и великами.

Однако теперь, вместо того чтобы реализовывать столь далеко идущие *совместные* планы, приходится ей *одной* скрываться в запасном офисе, на резервном аэродроме (как Макс говорил).

Не плакать, только не надо плакать!

Лучше строить свой собственный *запасной план*: предпочтительней все-таки не покупать авто, а договориться с каким-то таксером, водилой-бомбилой. Пусть везет. На это денег точно хватит. Слава богу, у нее тоже хватило ума оставлять заначку на черный день. Но если Макс экономил, по всей видимости, по-крупному — настолько, что ему хватило слинять с концами, как припекло, — то она собирала по-маленькому. Думала, дура, сделать любимому подарок — у него как раз в феврале день рождения, — собрать ему на иномарку. Что он все у нее «девятку» одалживает? Или, в особо крутых случаях, когда пыль в глаза надо пустить, «мерс» с шофером арендует?

Семь с половиной тысяч долларов у нее набралось. Да, хватит доехать до Питера (или даже до Казани) и обустроиться: и родить, и на первое время.

А дальше она что-нибудь придумает.

Как говорится в ее любимой книге, «я подумаю об этом завтра».

Поэтому надо не засиживаться здесь, в никчемном и дурацком офисе, а воспользоваться здешними коммуникационными возможностями — телефоном, факсом и новой игрушкой — Интернетом, чтобы найти, и немедленно, прямо сегодня, водителя с машиной, чтобы тот отвез ее... Отвез — куда?

Куда-нибудь в совершенно случайный город, где она даже не бывала раньше никогда и где ее никто не знает и она — никого.

И там она все, даст бог, начнет сначала.

Шаги по коридору вдруг остановились возле ее двери.

Две пары мужских шагов.

И тишина. Ни стука, ни голосов. Ей почудилось?

А потом в дверь забарабанили — коротко, но властно.

И раздался голос.

Тот самый голос.

Мужской, решительный, с усмешливыми обертонами и интонациями:

— Эй, красавица! Открывай давай! Я знаю, ты здесь! Не испытывай наше терпение! Третий этаж, все равно в окошко не выпрыгнешь. Да еще с пузом таким. А нам поговорить надо. Деловое предложение имеется.

Она сжалась и, как загипнотизированная, слушала голос и смотрела на дверь.

— Вскроем сейчас замок к чертовой матери. Хуже будет.

— Я милицию вызову.

— Очень-очень глупо будешь выглядеть. Открывай. Клянусь, никаких утюгов и паяльников. Войдем, как говорится, в твое положение. Просто поговорим. Давай, открой, красоточка, ну!

И она ему отворила.

Первым в комнату вошел Тамерлан. Шкаф-телохранитель, не обращая никакого внимания на женщину, будто ее и не было тут вовсе, осмотрел комнату: что за дверью, за окном, даже под столы глянул. А после — вышел. И дверь за собой прикрыл. Но оставил в комнате второго. Своего босса.

Заимодавца и кредитора.

Выглядел тот, как типичнейший новый русский — персонаж, который к тому времени, девяносто восьмому году, постепенно уже начал исчезать, линять, приспосабливаться к меняющимся условиям. Многих из тех, кто царил и владычествовал в самом начале девяностых и кого газета «Коммерсант» первой прозвала «новыми русскими», к концу десятилетия поубивали, кто-то безвозвратно уехал. Иные цивилизовались, стали одеваться со вкусом. Но для типа, вошедшего сейчас в офис, время словно остановилось. Малиновый, да, пиджак; по перстню с печаткой на каждой руке, золотой «Роллекс» на одном запястье и золотой же браслет — на другом; брутальная небритость, живот и пацанская походка — таков был портрет того, кто явился сейчас к ней.

Но главными в его внешности, безусловно, были глаза. Абсолютно холодные, безжалостные — глянешь, и сразу возникает мысль, что их обладатель способен убить. И наверное, *уже убивал*.

Вот у кого она оказалась в полной власти.

— Че, побегать решила? — с некой даже долей сочувствия проговорил кредитор и хохотнул: — Пуля догонит. Далеко собралась? — Он кивнул на чемоданчик, который она пристроила у тумбы письменного стола. — Или здесь, прям в офисе, зимовать решила?

— Как вы меня нашли? — ошеломленно проговорила она — потому что, во-первых, и впрямь было непонятно как; а во-вторых, почему-то ей подумалось (и даже с некоторым злорадством, но отнюдь не с жалостью), вдруг кредитор скажет: а мы, мол, твоего хахаля Макса отыскали, и он нам тебя выдал. Чтобы не одной пропадать! Чтобы и Макс теперь покрутился!

Однако «новый русский» произнес иное:

— Смотри и учись. Даю тебе урок. Знать надо такие вещи. А то бизнес... называешься, мля, вумен, а таких элементарных понятий не ведаешь.

Он без спроса засунул лапу в ее сумку. Вытащил оттуда сотовый, недавно купленный за большущие деньги, — огромный лопатник, мобильный телефон «Нокиа» величиной с добрый кабачок.

— Местонахождение такого телефона вычисляется на раз. Триангуляция называется. — Ученое заморское слово «триангуляция» «новый русский» проговорил с очевидным удовольствием. — Так что, если хочешь от кого шухариться, первым делом от мобилы надо избавиться — поняла, крошка?

И он повертел в руках ее телефон, проверил табло последних вызовов — а потом, ничего интересного, видимо, не обнаружив, сунул, как собственный, во внутренний карман пиджака. Безо всяких пояснений.

— Ладно, «тайм из мани», как говорят наши друзья американе, — промолвил заимодавец. Английскую поговорку, с чудовищным акцентом, он также произнес с видимым наслаждением: мол, я хоть из простых и провинциал, в столицах не проживаю и не обучался, однако тоже не лаптем щи хлебаю. — Поэтому не буду сопли жевать и задавать тебе бессмысленные вопросы. Скажу предельно конкретно. Ситуация у нас с тобой такая. Ты со своим сожителем должна мне денег. Сожитель твой скрылся в неизвестном направлении. А ты, овца, по его долгу передо мною ответить не можешь. Правильно я обрисовал?

Он сделал паузу, однако она ничего не ответила. Хотела заплакать, но слезы не шли, да и все равно, понимала юная женщина, этим делу не поможешь.

— Все правильно, — удовлетворенно сказал сам себе «новый русский». — А ты молчишь, потому что че говорить-то! Денег у тебя не имеется. Есть только товар, который ты, в условиях наступившего кризиса и резкого падения спроса, будешь реализовывать до мамонтовых костей. А мне бабло нужно не завтра, а сейчас. Кроме товара, который неизвестно, когда продашь, другого имущества у тебя нет. Барахло, что здесь имеется, да и в основном офисе пылится, я, конечно, заберу. И «девятку» твою тоже реквизирую. Хотя все это копейки стоит. Писи крошки Хаси. Жилья у тебя нет, квартира съемная. Двушка твоей матери в Таганроге, тридцать два квадратных метра, мне даром не нужна.

Она была ошеломлена. Подумать только! Бандит (или бизнесмен?) узнал всю ее подноготную — и про «девятку», и про маму, и про их несчастную таганрогскую панельную двушку в хрущобе.

— Че делать-то будем, крошка? — с элементом сострадания переспросил он.

— Я отдам, — безнадежно пробормотала девушка. — Макс вернется, и мы все отдадим.

— О, то ли вернется, то ли не вернется, а скорее не вернется, я тебе что, петрушка — ждать и надеяться? Нет... — Кредитор сделал театральную паузу. — Счетчик-то тикает. Проценты растут. И вот в счет своего долга ты, крошка, отдашь нам самое дорогое, что у тебя есть. И это не честь девичья — откуда у тебя *целка-мудренность* возьмется, на девятом-то месяце! — Он заржал, сам довольный собственной шуткой. Она молчала.

— НО! — Кредитор воздел два пальца, указательный и мизинец, в бандитскую козу-дерезу (сверкнул перстень с бриллиантом). — Имеется у тебя и сейчас кое-что, чем можно умело распорядиться. — И бандит указал перстом на ее живот.

Прошло двадцать лет. Наши дни.

Бывает на южных курортах благословенное время, когда поток туристов слабеет, солнце не жжет, а ласкает, а море лежит такое теплое-теплое и тихое-тихое, словно решило напоследок, перед штормами, ублаготворить вас и умилостивить по полной программе.

Именно в такие дни, называемые по старинке бархатным сезоном, две юные девушки задушевно беседовали в съемной сторожке, расположенной на краю приморской поселковой усадьбы. Несмотря на распахнутое окно, вряд ли кто мог слышать их диалог. Собственница, предоставившая им кров по сходной цене, ютилась в избенке на другом краю участка, да и вообще была глуховата. Кроме того, шаги (хозяйки или любой другой персоны) задолго стали бы слышны постоялицам — садовая дорожка, ведущая к домику, вся была усеяна ранним листопадом ореха и черешни, а с противоположной стороны строение ограждали непролазные заросли заброшенного виноградника. Поэтому обе квартиросъемщицы могли быть вполне откровенны, не боясь чужих ушей.

О чем могут шептаться юные девы? Да на курорте, да в бархатный сезон?

Конечно, о мужчинах, скажете вы — и ошибетесь.

— Сколько нам еще надо будет, как думаешь?.. — спросила одна и сделала паузу, словно не решаясь выговорить вслух: надо будет — чего? Но товарка поняла безо всяких пояснений:

— Еще три дела, максимум четыре.

— А потом?

— Суп с котом.

— Нет, правда? Что мы будем делать потом?

— Уедем.

— Куда?

— Не куда, а откуда. Отсюда! Из этой гребаной провинции. Из этой глупости, пошлости, наглости!

— Хорошо, я согласна. Но уедем — куда? В Москву? Фу, *зашквар*![1] В столице те же глупость и хамство, только *жиза* еще суетливее. Люди бегают гораздо быстрее, чем здесь. И кидают друг друга чаще.

— Да, в Москву ехать — это пошло. Мы че, чеховские, блин, три сестры? — Девушки, несмотря на молодость, далеко не богатый антураж, окружающий их, и современный жаргончик, демонстрировали в разговоре явную эрудицию. Да и вообще производили впечатление девочек грамотных, начитанных. — Предлагаю целить на два варианта. Первый такой. Поедем мы на тропический остров, будем там валяться с коктейлями и подманивать крутых и состоявшихся перцев. А потом выйдем замуж за папиков-миллионеров и будем жить на все тех же тропических островах, причем вечно. Лет через двадцать бессмертие уже изобретут. Не для всех, конечно, а только для богатых. И мы будем в их числе.

— Красиво, но очень скучно. А второй вариант?

— Нарубим бабок и поступим в крутой западный универ. С нашими-то мозгами — в два счета! Окончим. Сами пробьемся. Зато никакие папики нам не будут нужны. Найдем себе каждая по *сасному куну*[2]. И уж тогда будем бездельничать на тропическом острове!

И они обе залились громким и почти беспричинным смехом, каким могут смеяться лишь юные девы, каковыми две эти особы и были.

---

[1] Здесь и далее героини порой изъясняются на современном молодежном жаргоне. *Зашквар* — нечто крайне непривлекательное.

[2] Кун — парень, мальчик. Сасный — привлекательный, сексуальный.

Так как они обе станут главными героинями нашего романа, позвольте вкратце представить их.

Далеко не нами первыми замечено, что в каждом человеческом дуэте один обычно является ведущим, другой — ведомым, кто-то исполняет первую скрипку, другой — подыгрывает. Так и в этой паре. Та девушка, что в ходе вышеприведенного диалога в основном задавала вопросы и подлаживалась, звалась Юлией и играла в отношениях как бы роль второго плана. Внешне была она черняевенькой, загорелой брюнеткой, по сложению довольно плотной — типичной южанкой, кубанкой, казачкой. Она твердо стояла на ногах и не чуралась любой работы, о чем свидетельствовали ее мощные лодыжки и икры, а также кисти рук. Но, несмотря на приземистость и своего рода почвенную укорененность (а может быть, благодаря им), она была хороша — как хорош только что распустившийся южный цветок или даже целый куст красивейших бутонов: собольи брови, нежные щеки, большой красный рот.

Вторая товарка, словно специально в противовес первой, была тоненькой, беленькой, худенькой, даже хрупкой. Узкие кисти, узкие щиколотки, тонкие черты лица. Однако, невзирая на внешнюю субтильность, именно ей в этом девичьем дуэте принадлежала первая роль. При том, что красивы были обе и каждая по-своему; беляночка, в отличие от товарки, владела искусством (почти утраченным в наше измученное феминизмом время) сводить с ума любого или почти любого мужчину — своими взглядами, смехом, интонациями, касаниями, жестами. (Разумеется, эта ее способность проявлялась не сейчас, в тот момент, когда девушки были одни, а при появлении на горизонте сильного пола — причем включалось в ней это природное кокетство безо всякого принуждения, бессознательно, автоматически.) Звали беляночку Анастасией.

Следует заметить в скобках, ее лидерство (в данном дуэте и вообще по жизни) отнюдь не означало, что она умнее своей подружки. Как известно, «руководитель» и «ума палата» — далеко не всегда синонимы. Черненькая, Юля, и знала больше, и соображала быстрее — однако все равно предпочитала держаться в тени своей менее подкованной, но бойкой подруги.

И еще: посторонний наблюдатель, случись ему заглянуть в каморку, что делили подружки, наверное, немало подивился бы тому обстоятельству, что девушки называют друг друга «сестрами». Более того! Сестрами обе числились и официально, по документам! И это несмотря на то, что внешне меж ними не существовало, казалось, ничего общего — кроме очевидной молодости и красоты. Но красота эта, подчеркнем еще раз, была у каждой совершенно особенного, своего рода. Да, розочка и беляночка. Брюнетка и блондинка. Приземленная и воздушная... Однако своего формального родства и того, что они приходятся друг другу сестрами, девушки при посторонних не афишировали. Не то чтобы стеснялись — просто зачем болтать, только лишние расспросы вызывать. Правда, относились друг к другу уважительно и доверительно — еще более внимательно, чем порой настоящие родные люди.

Вот и сейчас беседовали они друг с другом в совершенно задушевном тоне, при том, что домик, который глухая бабка сдавала нетребовательным курортникам, мало располагал к подобным беседам. Да он и вообще мало к чему располагал: пара убогих кроватей, хромая тумбочка, косая пыльная люстра, зеркало с выцветшей и отслоившейся амальгамой — вот что представляло собой убранство комнаты. (Туалет и душ находились во дворе; под навесом располагалась также импровизированная кухонька со столом, покрытым грязной клеенкой, и плиткой, куда подавался газ из баллона.) Однако девушки не замечали всей бедности обстановки — возможно, в силу возраста или, быть может, привычки к существованию в подобных условиях — и продолжали секретничать, каждая лежа на своей кровати и обернувшись лицом друг к другу.

— Скажи, Настька, а ты боишься? — спросила вдруг Юля (черненькая, ведомая).

— Боюсь — чего?

— Ну как — чего? Что нас схватят, поймают, осудят.

— Даже не думаю об этом.

— Ты серьезно?

— Да нет, конечно, глупая. Боюсь, куда без этого. А больше всего маму жалко — как она соседкам нашим гребаным в глаза смотреть будет? Ну а что нам еще делать, Юлька? Десятирублевые монеты из магазинных тележек в «Магните» воровать, как Стас?

— Ну, мы ведь неплохо учились... Пошли бы дальше...

— И что? Ты бы кончила вуз и из провизоров дослужилась до фармацевта? Ага, впечатляющая карьера — с двенадцати тысяч перейти на восемнадцать!

— Замуж бы вышли... — неуверенно проговорила Юля.

— За кого ты в нашей дыре выйдешь?

— Это правда, — вздохнула черненькая, — у нас, если не алкаш и жену не *панчит*[1], уже принц на белом коне.

— Зачотно замечено. Поэтому давай, моя *тяночка*[2], много не думай и не хандри. Настрой на позитив — и вперед, без страха и сомнений.

А дальше девушки вскочили со своих лежанок, и в домике началась подготовка к вечернему выходу — казалось бы, простое, хотя интригующее и упоительное действо: примерка одежек, причесончик, макияж.

Но почему тогда обе девы собираются столь сосредоточенно, будто готовятся не прошвырнуться по вечерней набережной и, может быть, выпить по коктейлю

---

[1] Панчить — цеплять, гневно ругать, а то и бить.

[2] Тян, тяночка — молодая девушка.

в кафе, а по меньшей мере к представлению, где обеим уготовано блистать в главной роли? Почему они собирают в сумочки — вроде бы дамские, однако чрезмерно большие — *все* свои вещи из домика? И почему у них — довольно продуманно — настолько мало поклажи? Все шампуни и кремы в одноразовых мини-упаковках; блузочек, маечек и кофточек — по минимуму, приходилось даже подстирывать, подглаживать по ходу пребывания на курорте. И почему девчонки столь тщательно проверяют, ничего ли они не забыли в избушке? Но при этом не докладывают хозяйке, что съезжают, и с ней не прощаются? И зачем, наконец, одна из них, черненькая Юля, сует вовнутрь сумки лэптоп?

И почему, спрашивается, обе они тщательно протирают все вещи и ручки в покидаемом домике — чтобы не оставить невзначай свои отпечатки пальцев?

* * *

Спустя час юные прекрасные особы уже шагают по вечерней набережной в курортном поселке, называемом немного странным именем Каравайное.

Надо заметить, что топонимика их родного Кубанского края весьма разнообразна. Здесь имеются названия, сохранившиеся с периода турецкого владычества: Джубга, Бжид, Текос; есть и те, что связаны со временем освоения региона Российской империей: станицы Динская или Кущевская; и, наконец, сугубо советские имена — скажем, город Кропоткин. Присутствуют и романтичные прозвания непонятно какого периода — из серебряного века вынырнувшие, что ли? Например, приморский поселок Криница. Или вот это — Каравайное. Почему Каравайное? Кто и кому пек здесь каравай? Бог весть.

Не знали об этом и наши девы, шли себе вдоль ласкового моря, где еще резвились на закате последние купающиеся.

Обе перед выходом слегка подкрасились — но чуть-чуть, чтобы не выглядеть вульгарными. Обе в хлопчатобумажных брючках и удобных босоножках на низком каблуке. Они не делают ничего, чтобы выглядеть особенно приметными, однако очарование юности столь велико, что обе невольно обращают на себя внимание окружающих.

В первую очередь, конечно, девочки имеют успех у особей мужского пола.

Прежде всего, как и положено обладателям южного темперамента, их перехватил молодой кавказец, в белых штанах, черной рубахе навыпуск и черных туфлях с загнутыми вверх носами, словно у падишаха.

— Ай, какая красавица! — заблажил он, адресуясь к черненькой Юлии, но при этом как бы имея в виду находящуюся рядом не менее прекрасную блондинку Настю. — Поедем, покатаемся, шашлык будем кушать, домашним вином запивать — а если захочешь, свадьбу сыграем, сейчас немедленно, ту женщину, что загсе сидит, вызовем, распишет нас навсегда, на веки вечные!

Юля вроде бы хотела вступить с южанином в игривый диалог, но блондинка Настя (которая, как мы помним, являлась ведущей в их паре) безапелляционно отшила южанина: «Отвянь, чернобровый!» — и утянула подружку за собой.

— Ты чего? — зашипела на нее товарка. — Клюет же!

— Ага, только у этого джигита из имущества — одна «шестерка» ржавая, а если ему вдруг дорогу перейдешь, тебя весь аул, если не вся их республика разыскивать будет! Пошли уже!

И они продолжили свое фланирование по набережной.

Море было великолепно: тихое-тихое и даже на вид теплое. То там, то здесь с пляжа доносились радостные выкрики купальщиков. Иные даже в волейбол в теплой воде играли.

О состоянии морской глади здесь рассказано не для красного словца и не для того, чтобы в духе писателей девятнадцатого века подпустить пейзажу. В довольно скором времени это сыграет важную роль в нашем сюжете.

* * *

И вот мы видим наших юных героинь, Настю и Юлю, за столиком в приморском кафе.

Стемнело.

Девушки потягивают коктейль — каждая свой. Однако *внимательный* наблюдатель мог бы заметить, что ни сейчас, ни в дальнейшем красотки алкогольных напитков не пьют, только делают вид — похоже, требуется им для чего-то сегодняшним вечером полная ясность и трезвость ума. Но дело заключается в том, что никаких внимательных наблюдателей вокруг нет — ни единого, кто тщательно следил бы за поведением парочки. Все, кто пребывает вокруг них в кафе, включая обслуживающий персонал, находятся в том или ином градусе подпития.

На импровизированной эстраде, небольшом возвышении, наигрывает на синтезаторе музыкант. Немолодой интеллигентнейший армянин в черных очках (несмотря на вечер), весь седой и с длинными пальцами. Удивительно, что он не лабает популярные шлягеры, а тихонько ведет джазовые импровизации. Играет хорошо — это понимают даже наши девушки, Настя и Юля, которых никто, увы, не учил музыке, но которые от природы обладают хорошим чутьем и тягой к прекрасному. Казалось бы, что делать музыканту столь высокого уровня в занюханном, провинциальном, курортном кабаке, да не в сезон? Однако ответ на этот вопрос немедленно выдает испитое лицо тапера и стоящий рядом с ним бокал, вроде бы с пепси, из которого пианист время от времени прихлебывает.

Народу в кафе немного — но все равно, в силу юности и красоты, девушки находятся в центре внимания.

Дебелая курортница за соседним столиком втихаря злится на мужа — тот, пузан в майке-алкоголичке без рукавов и в шортах, нет-нет да устремит на юниц свои безнадежные слюнявые взгляды.

Пьяная компания за соседним столиком (две семейные пары) красоток даже вслух обсуждает, причем сильный пол, разумеется, опасливо восхищается девицами, а дамы поносят и злятся. Долетает:

— Проститутки, прошмандовки...

— Но какие хорошенькие. Ты, Вер, такая же в молодости была...

— Ой, заткнись, пожалуйста, идиот!

Но главное внимание обращает на молодиц как раз тот, кто имеет на это право. И кому девушки нет-нет да пошлют в ответ кокетливые взоры (особенно это удается беленькой и главной, Анастасии). Барышни заигрывают с ним потому, что, во-первых, он сидит за столиком в полном одиночестве; во-вторых, ему около сорока; и, в-третьих, он имеет все приметы человека состоявшегося — во всяком случае, как это понимается среди нестоличных мужичков, выезжающих отдохнуть на курорт в одиночестве, без своей половины. Выглядят символы успеха следующим образом: наглаженная белая рубашка; неброская, но весомая золотая цепь, проглядывающая в вороте; изрядной величины борсетка, водруженная на стол.

На курорте он недавно — об этом свидетельствуют красные, обгорелые на солнце лицо и руки.

Дядя попивает коньячок, но очень умеренно — цедит вот уже полчаса напролет единственный бокал.

В отношении девиц он принимает решение довольно быстро и не церемонится — через официанта отправляет к ним на столик бутылку шампанского. Не французского, конечно, такового в заведении не водится, а «Абрау» — однако мужик, совершив даже подобную, весьма умеренную трату, преисполняется важности. Официант церемонно открывает для девушек бутылку шипучки, разливает по бокалам. В ответ на немой вопрос Насти выразительно указывает столик, откуда пришел дар. А когда удаляется, младшенькая (не только по возрасту, но и по роли), Юля, мимоходом спрашивает, загородив рот, одними губами:

— Не мент?

— Не похож, — также безмолвно отвечает Настя, — а там посмотрим.

А спустя минуту мужчина решает совершить кардинальный шаг: подходит к таперу, что-то шепчет ему в ухо — тот кивает — и сует ему пару сторублевых купюр в нотную тетрадь. Музыкант начинает наигрывать древнюю, как он сам, мелодию Джо Дассена.

Кадрящийся мужик лихо преодолевает дистанцию до столика девушек и приглашает — разумеется, Настю, которая сильнее, чем подруга, поднаторела в искусстве кокетства.

Из-за столиков на них смотрит публика: мужчины — с нескрываемой завистью по отношению к ловеласу, женщины — с ненавистью по части девушки. До Насти доносится шипение: «Женатый ведь наверняка человек!»

Танцует ухажер плохо. И ростом он даже на пару пальцев ниже девушки — если бы она каблуки надела, вообще был бы на полголовы, — но ей с него воду не пить.

Она вообще надеется, что танцует с ним первый и последний раз в жизни.

И ухаживает он в стиле дурно переваренных советов, что дают пикаперам мужские журналы — Настя их почитывает, чтобы, так сказать, знать врага в лицо. Вопросы, адресуемые ей, он ставит в открытой форме, чтобы девушка не могла с ходу выпалить «да» или «нет». А вот руки у него властные и требовательные — как положил одну лапищу на талию, а другую на бедро, так хрен когда отпустит.

— Как вам нравится здесь осенью?

— Неплохо.

Девушка не расположена откровенничать: много говорить — невольно выдавать лишнюю информацию.

— Вы в санатории остановились или в частном секторе? — напирает мужик. А вот этот вопрос — уже не в бровь, а в глаз. Подразумевается: а могу ли я к тебе, крошка, наведаться?

Настя глуповато хихикает и отвечает вопросом:

— А вы?

— Я в санатории. Совсем один.

Санаторий тут, в курортном местечке, единственный. Девушки заранее пробили-прокачали его по Интернету. Слава богу, ведомственная принадлежность всероссийской здравницы — никакая не ФСБ, или налоговая полиция, или МВД. Силовиками не пахнет. Отдыхают тут госслужащие среднего ранга, для них путевки раздаются с огромной скидкой, за двадцать процентов цены, а то и вовсе бесплатно — и это при том, что они и так нашу кровь пьют и как сыр в масле катаются.

Девушка снова хихикает. Молчать, кокетничать, смеяться: что еще нужно, чтобы заполучить мужика, тем более на курорте?

— Ну, так скажи: где ты обретаешься? — напирает он. — Что-то я тебя в нашей богадельне не видел.

— Мы с подружкой отдыхаем в частном секторе, — отвечает Настя и тут же добавляет, якобы безо всякого умысла: — Только у нас хозяйка страшно строгая, сразу сказала: никаких гостей, тем более мужчин.

От прозвучавшего в ее речи завуалированного как бы предложения самец немедленно воспаляется, нечто твердое упирается Насте в бедро. Но это шалишь — не время пока, не место. Она отодвигается.

— Я приду к вам. В смысле — для начала за столик.

И он впрямь провожает, как джентльмен, красотку на место и усаживается рядом.

Недопитый бокал с его стола незамедлительно притаскивает официант, быстро оценивший смену диспозиции, — видно, хорошо мужик его подогрел или посулил.

В то время, когда мужчина подходит и усаживается, Юлька тайком делает на свой телефон не меньше десяти фотографий: рука у нее наметанная, много раз они с Настькой тренировались, да и трижды на дело выходили — один раз, правда, в итоге сорвалось, но и слава богу.

Они знакомятся.

Дядьку зовут Слава. Немолодой и некрасивый, с залысинами. Интересно, он понимает, что за любовь надо платить, или искренне считает, что девушки ведутся на его могучий ум и неземную красоту?

Выпивают за знакомство — того шампанского, что преподнес им минутой ранее кавалер. Внимательный наблюдатель, повторимся, оценил бы, что молодицы алкоголь лишь пригубляют, — но мужик, вставший на путь гона, прозорливостью не отличается.

Теперь надо выяснить то главное, что девушек в клиенте интересует. После этого станет ясно, стоит ли вообще иметь с ним дело.

— А вы откуда, Слава, к нам прибыли? — Кокетство, с каким Настя задает вопросы, легко искупает их личный характер, и собеседники обычно не замечают подвоха, они слышат лишь ее нежный голос, видят тонкие пальчики, игриво теребящие собственные локоны, и потому теряют осторожность. Да и вопросы выглядят невинными.

— Из N. — Он называет областной город в Центральной России. Слава богу, что не Москва. С москвичами девушки стараются дел не иметь. Слишком много гонору, связей и возможностей.

— На самолете к нам прилетели?

— На машине.

Вот это то, что нужно.

— Покатаешь?

Вопрос не в бровь, а в глаз, поэтому Слава сразу воспламеняется:

— Поехали!

— Ну, подожди, еще не вечер, мы недопили, к тому же вон Хачик как старается, — кивок в сторону музыканта, — пошли лучше еще потанцуем.

И она выскальзывает из-за столика и тянет вялую тушку танцевать.

Черненькая Юля, вторая скрипка, в диалоге не участвует. Сейчас она и вовсе подхватывает свою сумочку и идет в сторону туалета — обычное дело, поправить, так сказать, прическу, — правда, девушки обычно удаляются вместе, но нынче не тот случай.

Борсетка нового знакомца остается лежать на столе, и мужчина, вальсируя с Анастасией, на нее нет-нет, а ревниво посматривает.

Юля закрывается в кабинке, вытаскивает из сумки лэптоп, подключает к нему телефон, а потом открывает вай-фай. Сигнал в кафе хороший, а пароль они разузнали еще вчера, когда только приехали в городок и осматривались.

Девушка загружает в компьютер со своего телефона фотки нового знакомого, которые только что сделала. Три из них вышли смазанные, зато остальные ничего.

Юля включает программу распознавания лиц. Не может быть, чтобы, по нынешним цифровым временам, чувак нигде не засветил свое изображение в Интернете — не совсем старый ведь и вроде не силовик.

Программа ищет. С дикой скоростью мелькают на экране сотни лиц.

И вот, кажется, оно. Вылетает пара десятков почти совпадений, с экрана смотрят мужчинки, чем-то похожие на клиента, но когда девушка задает критерий поиска — «город N», тогда появляется одна-единственная физиономия. Он самый, Славик, только лучше качество, снимок парадный: в костюме и при галстуке — наверное, на пропуск фотографировался. Вот и фамилия: Вячеслав Порфеев.

Юля продолжает поиск. Взломанных и загруженных баз данных в ее компьютере полно. Ориентируется она в них, как в своей собственной комнате. Поэтому довольно скоро отыскивает всю возможную информацию о гражданине Порфееве.

Работает тот в городе N начальником отдела в земельном комитете. А автомобиль у него совсем не соответствует скромной должности госчиновника — в личной собственности джип «Лексус» последней модели, купленный два года назад. Очень хорошо. Надо надеяться, он прибыл из города N сюда, на отдых, именно на «Лексусе».

Лет клиенту исполнилось, согласно Интернету, тридцать девять, но в жизни он выглядит старше — вот что значит нездоровое питание и отсутствие спортивных нагрузок. И разумеется, Славик женат. Он-то в своем аккаунте молчит по-партизански, но супруга не удержалась, вставила его в соцсети два года назад, вместе с активной ссылкой: на отдыхе в Турции. Он, весь такой пузатый, а она, можно сказать, красотка, так и льнет к нему. Зашквар! Что же за бабы-дуры! Да еще и детишек двое: девочке одиннадцать, мальчику восемь, прям образцовая российская семья. Что ж ты взялся, Славик, на курорте кобелировать!

Впрочем, наличие семьи для Насти с Юлей большой плюс — как вот он будет объяснять своей блондиночке и деточкам, *что* с ним на курорте приключилось?

Ладно, пора возвращаться за столик.

Юля сворачивается.

Из кафе все посетители разошлись — сказывается осень. Остались лишь Настя с клиентом. Да музыкант-армянин наигрывает тихонько нечто томное. Если присмотреться, видно, что он сильно набрался, однако многолетняя выучка сказывается, и он почти всегда попадает в ноты.

А за столом господин-товарищ Порфеев по-хозяйски приобнимает Настю, другой рукой тянется к ее груди. Девушка хихикает и вырывается.

— Музыкант! Свадебный марш! — кричит мужчина и швыряет в сторону Хачика тысячную бумажку.

Тот ловит ее на лету и урезает Мендельсона.

Славик кричит «Горько!» и старается поцеловать ухажерку в губы. Она, хохоча, отталкивает его.

Юля садится третьей к ним за столик. Настя исподволь устремляет на нее вопросительный взгляд. Черненькая едва заметно кивает.

Этот обмен сигналами означает: «Все в порядке, можно работать». И тогда Настя обращается к мужчинке: «Ты обещал нас покатать». И хоть тот еще ничего не обещал — она сама к нему напрашивалась, — Славик орет на все кафе: «Поехали! Человек, счет!»

Когда он расплачивается и они встают, Настя слегка виснет на нем и что-то шепчет прямо в ухо.

Мужчине ее интимное предложение очень нравится. Он осматривает сальными глазками невысокую, но ладную фигурку Юли и вопит: «Конечно, хочу обеих!»

Все трое покидают кафе, причем Славик в центре, он держит обеих девушек за талии и пытается по ходу дела добраться до грудей.

Музыкант Хачик (это его настоящее имя) импровизирует, на ход ноги, на основе свадебного марша, и както едва заметно мелодия превращается под его перстами сначала в канкан, а потом — в похоронный марш.

Официант, пересчитывая чаевые, беззвучно аплодирует приятелю-музыканту.

* * *

А троица не слышит музыкальных трансформаций, она уже сидит в машине, припаркованной неподалеку. Славик — за рулем. Рядом, естественно, Анастасия. Юля — сзади.

Машина та самая, что отыскала в Интернете брюнетка: «Лексус»-джип, с номером N-ской области.

— Мы знаем тут, на берегу, чудесное местечко, — говорит Настя. — Очень интимное. Будем купаться.

— Голыми! — ревет мужчина.

Девушки хихикают.

* * *

Через пару минут авто подруливает к круглосуточному поселковому магазину.

Внутрь заходит Славик в сопровождении обеих виснущих на нем девиц.

Сонная продавщица, которая смотрит сериал на маленьком старом телевизоре с выдвинутыми антеннами, злобно говорит:

— Чем вам помочь? — В ее исполнении это звучит как «шли бы вы куда подальше».

— Хочу шампанского, — капризно тянет Настя.

— Три бутылки шампанского, — командует мужчина. — Полусладкого! И коньяк. И конфет коробку, самых лучших!

— И три одноразовых бокала, — подсказывает старшая из девушек. — Мы ведь не звери из горла шипучку тянуть.

— Одноразовых бокалов нет.

— Давайте любые другие, пусть *много*разовые.

Продавщица с ненавистью лезет на верхнюю полку и достает оттуда коробку с настоящими бокалами из прессованного стекла.

Для девушек почему-то наличие бокалов — настолько принципиальный момент, что, если бы их в сельпо не нашлось, у запасливой Юли в объемистой сумке припасено, на всякий случай, три одноразовых пластиковых стаканчика.

* * *

Троица заезжает на полянку рядом с морем.

Славик глушит двигатель.

Темно, тихо, только слышно, как слегка, очень интимно, накатывается на берег водная гладь, шипит, мурлычет, откатывается и снова накатывается: пшшш, шух, пшшш, шух.

— Ну, давайте, девчонки, по рюмочке выпьем — и купаться!

Вячеслав раскрывает коробку с бокалами, откупоривает шампанское. Пробка улетает по дуге, пена стекает по стенкам бутылки.

Мужчина разливает, все трое чокаются.

Порфеев выпивает залпом.

— Ты, Слава, дорожной полиции не боишься — назад в санаторий ехать? — спрашивает Юля.

— А мы здесь и заночуем, — пьяно смеется он.

— Ну, я купаться, — говорит Настя. Она отходит в сторонку, быстренько снимает с себя совершенно всю одежду и бросается в море.

Обуреваемый похотью мужчина тоже скидывает с себя одеяние и в шуме брызг кидается на встречу с девушкой — ее головка белеет довольно далеко от берега.

Теперь — выход Юли. Она не теряется и время не теряет. Сначала достает из машины борсетку Вячеслава. Просматривает. Денег у того немного, тысяч семь. Она забирает их себе. Еще есть кредитки — их девушка не трогает. Просматривает документы: права, паспорт. Да, с программой распознания лиц она не ошиблась, с базами данных тоже. Их клиент действительно Вячеслав Порфеев, прописан в городе N, женат, двое детей. И машина «Лексус» принадлежит ему.

Со стороны моря, темнеющего вблизи, слышится заливистый смех Анастасии. Юля оставляет борсетку в покое. Достает из своей сумки небольшой пузырек с какой-то жидкостью и выливает его содержимое в один из бокалов.

В море Славик настигает Настю, она бурно смеется и кричит:

— Ой, осторожней! Ты меня утопишь!

Девушка вырывается из объятий мужчины и бросается к берегу. Плавает она явно лучше его. Мужик кричит:

— Стой! Ты куда? Русалка!

А потом, видя, что не догонит, адресуется к сидящей на берегу Юле:

— Давай ты теперь ко мне плыви!

Она отвечает:

— Я позже!

А вылезающая на берег Настя кричит мужчине:

— Давай лучше выпьем!

Когда она выбирается, Юля заботливо протягивает ей полотенце и, в ответ на вопросительный взгляд товарки, чуть заметно кивает.

Настя вытирается, заворачивается в полотенце, а другое швыряет выходящему из воды Славику:

— На, прикрой свой срам!

— Никакой у меня не срам, а ого-го!

Он вылезает, вытирается — и тут Настя преподносит ему бокал, тот самый, со снадобьем.

— Ух! Хороший у вас тут сервис! — Он залпом опорожняет содержимое. Потом отшвыривает сосуд, полотенце и начинает жадно обнимать и целовать обнаженную Настю. Та отбивается:

— Давай подожди! Мы же тебе обещали втроем! Давай Юльку позовем, она же обидится! Сидит, бедненькая, в одиночку! — И кричит подруге: — Юлька, Юлька, раздевайся, давай к нам!

Юля никакого желания присоединяться к парочке не выказывает.

А Славик не унимается, наседает на первую жертву.

— Перестань! — вдруг зло кричит она, отступает и резко бьет мужчину прямо под дых.

Тот изумленно сипит:

— За что?

— Говорю тебе, подожди!

Тот снова приступает к ней, опять начинает обниматься — но вдруг руки и ноги его слабеют, заплетаются.

— Что за черт... — бормочет он, а потом вдруг что-то понимает. Орет: — Ты отравила меня! Отравила! — и бросается на девушку уже отнюдь не с любовными намерениями.

Настя отскакивает. Но мужчина совсем слабеет. Падает, голый, навзничь на траву. Глаза его закрываются. Он еще пару раз дергается, но вскоре замирает.

* * *

Голый мужчина лежит у ног девушек.

Настя заботливо считает ему пульс.

— Ударов сорок в минуту, но наполнение хорошее. Выживет. Будем надеяться, проспит до утра.

Юля прикрывает полотенцем лежащее тело мужика.

— Не надо, — качает головой старшая подруга.

— Что так?

— Если останется голый, сложнее ему будет полицию искать.

Обе хохочут.

Настя одевается.

— Давай его борсетку.

— Деньги я забрала. Кредитных карт полно. Посмотрим, может, он где пин-код записал?

— Не такой же он идиот! И потом, полиция сейчас кредитки на раз отслеживает. Лучше не связываться.

И карточки летят в море. Туда же отправляется и паспорт мужика, Порфеева Вячеслава Тимофеевича, уроженца N, восьмидесятого года рождения.

— Цепуру снимем с него? — предлагает Юля.

Настя морщится:

— Что мы с тобой, мародеры?!

А вот документы на машину Настя сует себе в сумку.

Потом девушки тщательно убирают место преступления. Протирают бутылку от возможных отпечатков пальцев. Ту же операцию проделывают с бокалами. А потом со словами «Прости нас, Черное море!» Настя зашвыривает и то и другое в воду.

Затем, посмеиваясь, закидывает в море телефон гостя, а следом — всю его одежду.

— Вот тебе, парниша, курортное приключение с легкодоступными биксами!

— Причем сразу с двумя!

Совершенно голый мужчина (с одной только золотой цепью на шее) спит, развалясь, на мелкой гальке.

* * *

Шикарный джип «Лексус» несется по пустынному шоссе.

Светает.

За рулем — белокурая бестия Настя. Рядом с нею — черноглазая красотка-казачка Юля. Настроение у обеих самое приподнятое. Они сделали, что хотели.

Сделали — снова. И никто им не смог помешать, и сам черт обеим девахам не брат.

Они наслаждаются дорогой и шикарной машиной. Подпевают песне, которая несется из дорогущей аудиосистемы.

Юля спрашивает товарку:

— Скажи, вот откуда у простого начальника отдела какого-то вонючего земельного комитета может быть такая крутая тачка?

— Ты сама знаешь откуда, — усмехается шоферша.

— Ворует?

— Эщкере![1] А мы, получается, как тот чувак... Помнишь, фильм был старинный. Еще советский... Как мужик у разных богатеев и торгашей тачки воровал?

— «Берегись автомобиля»?

— Во-во.

— Помню, конечно. Режиссер Эльдар Рязанов, в главной роли Иннокентий Смоктуновский, релиз шестьдесят шестого года.

---

[1] Эщкере (*молодежный сленг*) — в данном контексте выражение согласия.

— Все-то ты на свете знаешь, Юлька.

— Не все, но то, что мне реально интересно, знаю.

— Так мы тоже, как Смоктуновский, у всяких скотов и жуликов воруем машины.

— Только он обычно деньги, что за машины выручал, в детские дома перечислял. А мы?

— А я сирота, — смеется Настя. — Только чудом в детдоме не оказалась. И ты тоже безотцовщина. Вот мы и помогаем обездоленному молодому поколению — в своем собственном лице.

* * *

Совсем рассвело, но еще рано.

На безлюдном шоссе — засада ДПС. У обочины припаркована, как водится, машина. Двое полицейских. Один сидит внутри патрульного авто, второй скучает на обочине. Помахивает палочкой.

Навстречу несется джип «Лексус» с номерами N-ской области. Гаишник оживляется. Берет палочку наперевес и преграждает автомобилю путь.

Внутри чужой, угнанной тачки — две красавицы. Лицо водительницы, Насти, мертвеет. Юля закрывает глаза от страха и шепчет:

— О господи, ну все. Попались!

Настя с ненавистью командует:

— Сиди тихо! Хозяин машины, этот Славик, сто пудов, еще к людям не выбрался. А выбрался — все равно тачку не успели в розыск подать. Поэтому ровно сиди и улыбайся!

Полицейский неторопливо, вразвалочку подходит к водительской дверце. Нет, это совершенно не тот радушный и незатейливый служака, которого в фильме, только что упомянутом девушками, сыграл Георгий Жженов.

Теперешний мент, нынешней российской складки — улыбчивый, непробиваемый, хитрый, пузатый, — кажется родным братом ограбленного чиновника. Он знает, зачем каждый день тянет свою лямку. Ему надо хорошо жить — сейчас. Обеспечить семью, построить добротный дом, выучить и удачно женить дочку. А какими средствами будет благоденствие достигаться: законными, полузаконными, вовсе не законными — дело десятое. Он здесь, на шоссе, поставлен — *кормиться*. И чтобы нарушители боялись — скорость снижали, не носились пьяными. Он ведь не враг себе, своей семье, однополчанам, соседям и однокашникам — преступников за рулем наказывает. Если они, конечно, не в состоянии откупиться. Впрочем, когда они откупаются, это ведь тоже наказание, разве нет? В другой раз трижды подумают, как сесть за руль пьяными или скорость превысить.

Настя опускает стекло со своей стороны.

Полицейский хмуро козыряет, бубнит:

— Старший лейтенант Баранов, ваши документы.

Настя лучезарно улыбается. Протягивает собственные права плюс документы на машину, зарегистрированную на Вячеслава Порфеева. Дэпээсник внимательно и хмуро рассматривает удостоверения.

— Кому принадлежит данное транспортное средство?

— Славику, папику моему. Покататься дал.

— Из самой N-ской области катаетесь?

— Нет, мы с ним здесь, в санатории «Южные дали», отдыхаем.

— Полис ОСАГО, будьте любезны.

Вот здесь, конечно, прокол. Никакая Настя в полис Порфеева, разумеется, не вписана. И нет в нем, увы, специальной пометки, что машиной разрешается управлять кому угодно. Поэтому девушка заранее, еще на морском берегу, подготовилась: вложила в свернутую страховку пятитысячную купюру.

Мент берет полис — и вместе со всеми документами неторопливо удаляется к «расписной»[1] машине.

---

[1] То есть с символами полиции.

— Ну все, конец, — шепчет Юля.

Настя цыкает на нее:

— Сиди спокойно и молись!

— Может, бросим тачилу? Выскочим и смоемся? Лес кругом. Не догонят.

— Молчи, дура.

— Или задушим ментов. Обоих.

— Ты совсем ума лишилась? Как ты их задушишь? Двое здоровенных мужиков, с оружием!

— Соблазним. Предложим сексом заняться. А потом, когда они расслабятся...

— Тихо сиди, идиотка. Не паникуй. Все будет хорошо.

Наконец, через несколько минут — показавшихся девицам вечностью — старший лейтенант Баранов возвращается. Не меняя выражения хмурого лица, отдает Насте документы:

— Можете продолжать движение.

* * *

Тем временем рассвет над морем будит наконец Славика, любителя сексуальных утех.

Голый, с больной головой, он нетвердо встает на ноги.

Покачиваясь, осматривает и обходит уединенную бухту.

Он лишился всего. Нет ни брюк, ни документов, ни того, чем прикрыть наготу.

Нет и машины.

Загородившись спереди потертым, рваным полиэтиленовым пакетом, который выбросило море, он шлепает, пошатываясь, в сторону дороги.

* * *

А девушки в тот же самый момент достигли места назначения.

Это захолустные полузаброшенные гаражи где-то на окраине провинциального то ли города, то ли поселка.

Настя и Юля подруливают на джипе к хорошо знакомому боксу.

Выходит нервный длинноволосый парень в шлепанцах на босу ногу, замечает девчонок на машине, осматривается — не видит ли кто — и безо всяких слов и приветствий распахивает ворота: заезжай, мол.

Анастасия загоняет «Лексус».

С чувством облегчения обе девушки вылезают из машины.

— Документы имеются? — спрашивает мужчина.

Настя протягивает ему свидетельство о регистрации авто.

Тот берет, внимательно изучает. Потом спрашивает:

— Ключи?

— Деньги сначала давай, — парирует Настя.

Мужик нехотя и неспешно лезет в ящик старого письменного стола, стоящего в углу гаражного бокса (все пространство завалено инструментами, банками с маслом и присадками, старой ветошью). Достает стопку стодолларовых купюр, перехваченных резинкой.

Настя недоверчиво взвешивает пачку в руке, потом принимается считать. Когда пересчет закончен, заявляет:

— Здесь всего шесть. Где еще четыре?

— Богом клянусь, не успел собрать. Через три дня будет.

— Давай, открывай ворота. Мы уезжаем. Прощай!

— Настька! Ну я разве когда тебя кидал?! Ну поверь мне! Отдам я тебе все деньги!

— Открывай ворота, чудило!

— Куда ты поедешь? Машина наверняка в розыске.

Тут вступает Юля — не на Настиной стороне:

— И впрямь, Насть, куда мы теперь поедем?..

— Залезай в машину, чучело! — рычит на нее Анастасия. А потом хватает со стола разводной ключ и приступает к хозяину гаража: — Открывай давай! Да я лучше тачку в Черном море утоплю, чем позволю, чтоб меня кинули!

— Ладно! Тихо ты, бешеная!

Нервный человек лезет за пазуху и протягивает Насте еще одну пачку американской валюты, на этот раз ничем не перевязанную и разлохмаченную.

Девушка пересчитывает:

— Здесь три шестьсот. Итого девять шестьсот. Четыре сотни все-таки зажал, крохобор!

— Клянусь! Нету! И так весь в долгах!

— Ладно, держи, убоище! — Настя кидает ему ключи от джипа. Мужик ловит их на лету.

Настя бросает доллары в свою сумку. Девушки открывают калитку в воротах гаражного бокса и выскальзывают наружу.

Вокруг занимается жаркий день, и они, повесив на плечи свои объемистые сумочки (которые одновременно, как мы знаем, являются их дорожной поклажей), вышагивают по территории гаражного кооператива, направляясь куда-то к центру городка.

— Ну что? — смеется Настя. — Мы опять сделали это!

Они хохочут и обнимаются.

Настроение у девиц самое безоблачное.

* * *

В то же самое время голый Славик Порфеев, прикрыв старым полиэтиленом свой срам и сверкая обнаженной пятой точкой, мечется на полузаброшенной приморской дороге, пытаясь остановить хоть какую-то машину.

Первая тачка огибает его и панически уезжает.

Так же поступает и вторая.

— Маньяк какой-то! — комментирует женщина внутри авто. — Вадик, поехали! — Водитель прибавляет газу, и авто обдает несчастного дорожным песком и пылью.

И только третья, когда Порфеев чуть ни бросается к ней на капот, останавливается.

Любитель легких приключений кидается к водителю:

— Спасите, бога ради! Меня обокрали! Все забрали, одежду, документы, машину! Довезите, ради Христа, к санаторию «Южные дали»! Я вам заплачу! — Он срывает со своей шеи цепуру и тычет ею в окно.

— Садись давай, мужик, — говорит водитель. — И цепь свою прибери. С голых денег не беру, я тебе не проститутка! Там у меня на заднем сиденье женино старое пальто валяется, прикройся им хотя бы, яйцами своими тут не тряси.

* * *

— Криминологи утверждают, что самые первые преступления в серии обычно совершаются на примерно равном удалении от того места, где проживает преступник. Первое произошло здесь, — и карандаш пометил на карте морского побережья первый курортный поселок, — второе — тут, — стило уперлось в другое название — Каравайное. — Ну, с одной стороны у нас — Черное море, и это нам дело сильно облегчает, потому как в водной глади наши милые крошки, совершенно понятно, проживать не могут. Зато вот здесь — сколько угодно.

Мужчина берет циркуль, раскрывает его так, чтобы оба места преступления оказались внутри него, а потом выписывает полукруг, захватывающий изрядный кусок берега плюс значительное пространство материка. Потом аккуратными линиями заштриховывает это пространство. Внутри полукруга оказываются отстоящие от берега моря на несколько десятков километров городки, поселки и станицы: Дефановка, Молдовановка, Горячий Ключ, Пшада, Текос, Красивая...

* * *

Именно в последнем городе — точнее, в станице — и проживают наши преступницы.

Жаркий день, однако солнце не очень высоко и не шпарит по-летнему, обжигая, а греет ласково, по-осеннему. Обе хорошо знакомые нам девушки трудятся на участке. Но сад и огород здесь, на российском Юге, в отличие от средней полосы означает далеко не только картофель, свеклу или яблоки. Тут произрастает и такая экзотика, как инжир, орехи (земляные и грецкие), виноград. И все это великолепие тоже следует убирать. Осенью как раз самый урожай.

Девушки ножницами срезают тяжелые черные кисти винограда «Изабелла», складывают в корзины. От работы жарко. Пот струится по их лицам. Привлеченные виноградом, жужжат полосатые пчелы и осы.

— Мы как миллионер Корейко, — ворчит черненькая, Юля. — Сидим на деньгах, а сами надрываемся на глупой работе.

— А что ты предлагаешь? Пойти и прогулять все, что у нас есть, в каком-нибудь еще более глупом ресторане?

— Нет, зачем? В Москву поедем. А лучше — в круиз.

— Подожди, Юлька. Потерпи. Ну, сколько мы там бабла собрали? За месяц прокутим. А надо ведь и мамке что-то оставить.

Тут как раз, по принципу «легок на помине», к калитке усадьбы, где надрываются девчонки, подъезжает старый, раздолбанный велосипед советского еще производства, а на нем — немолодая женщина в заношенном сарафане и стоптанных домашних тапочках. Она похожа на актрису Рязанову — только, может, на пару-тройку лет моложе. И еще заметно, что они с Юлей родственницы. Точнее, чернявая девушка представляет собой словно исправленное и улучшенное издание матери: более молодая, свежая, с тонкими, а не расплывшимися чертами лица. Вторая сестренка, худенькая и светленькая Настя, нисколько на грузную, приземистую почтальоншу не похожа.

— Приветики, мамуля, — говорит Юля со всей снисходительностью, что испытывает молодость по отношению к «отжившему классу».

— Здравствуйте, тетя Ира, — приветствует женщину Анастасия с несколько бóльшим, чем подруга, пиететом.

— Как дела, девчонки? Много собрали?

Юля указывает на огромные берестяные короба.

— Маловато, — констатирует женщина. Она изо всех сил пытается казаться (а может, и быть) строгой, однако природная ее доброта и радушие не позволяют слишком преуспеть в этом. — Ладно, пошлите уже ужинать.

* * *

Трапезничают в летней кухне. Это небольшая постройка, которая, как принято на российском Юге, находится в стороне от основного дома. Здесь все, «как у людей»: плитка на баллонном газу, электрочайник, небольшой телевизор, холодильник, и даже стиральная машина имеется. Однако видно, что все или старое, древнее, или дешевое настолько, что дальше некуда. Если электрочайник — то неизвестной миру китайской фирмы. Если телевизор — то прошлого поколения, с кинескопом. Ну а холодильник — пузатый «ЗиЛ», что старше Юли и Насти, вместе взятых. Еда на столе — тоже самая простая: тушеные кабачки со своего огорода.

Женщина, которую Юля именовала мамой, а Настя — «тетей Ирой», достает из холодильника два трехлитровых баллона. Щедро плещет себе в бокал домашнего вина.

— Устала я, — как бы извиняясь, говорит «тетя Ира», — к тому ж не среда, не пятница. Денек не постный — почему б не выпить...

К баллону тянется Юля.

— Куда? — одергивает мать. И наливает ей из другого сосуда виноградного сока — такого же красивого, но, увы, совершенно безалкогольного.

— Мам, ну я совершеннолетняя давно! А Настька тем более. А ты нам выпить запрещаешь.

— Сказано тебе: будешь пить, лучше я тебя своими руками прибью. Не слыхала разве — алкоголизм по наследству передается? А у тебя, слава богу, наследия хватает: и папаша покойный запойным был, и отец его Савелий, и мой папаша, дед твой Максим. Хватит! Женский алкоголизм не вылечивается!

— Ага, я вижу, — фыркает Юля, совершенно понятно намекая на мать.

— Что ты видишь? Что? Стакан сухого виноградного вечером?

— А почему Настьке нельзя? Ее папаня, дядь Миша, говорят, не пил. Кроме того, наследственные болезни как раз передаются ходом шахматного коня — от дяди к племяннику или племяннице... Как в «Мастере и Маргарите» говорится? — И она цитирует близко к тексту: — «Ивану приходилось рассказывать всякую чушь про дядю Федора, пившего в Вологде запоем». А ее папаша, мой дядя Миша, он, ты сама говорила, выпивал умеренно.

— Хватит уже умничать, Юлия Батьковна, — поморщилась мать. — Скажи спасибо, я вам гонять на курорты не запрещаю. Можно подумать, вы там тверезые сидите.

— Это не «курорты», а экспедиции, — важно заявляет Юля. — В поисках перспективной работы или влиятельных женихов.

— То-то вы из последней «экспедиции» через три дня вернулись.

— А что делать, если работодатель сволочь оказался?

— Ага, и женихов влиятельных вы много нашли. Глядите, как бы в подоле чего не привезли. Или трепак.

— Фу, мамаша! — высокомерно морщится Юля. — Как вы грубы!

* * *

Ночью того же дня девушки лежат в своих кроватях в доме — скромной беленькой мазанке.

Слышно, как в соседней комнате похрапывает мама, она же тетя Ира. Подружкам и названым сестрам не спится. Они ворочаются, каждая на своей кровати. Противно тикают ходики. Откуда-то издалека брешут собаки. Орет оголтелый ранний петух.

— Как думаешь, что будет, — спрашивает младшая, Юля, — когда мать узнает, чем мы с тобой занимаемся?

— Авось не узнает.

— Сколь веревочке ни виться...

— Перестань каркать. Все будет хорошо. Мы с тобой поднимем еще денег, а потом оставим матери клад, а сами усвистаем в теплые края. По-настоящему теплые. Карибы, Канары, Мальдивы... Спи давай. Кошка сдохла, хвост облез. Кто промолвит, тот и съест. — И Настя поворачивается на бок, лицом к стене, и вскоре засыпает.

И является ей кошмар, который время от времени настигает ее, преследуя с пятилетнего возраста.

* * *

Видит она во сне следующее.

Изобильный южный дом. Три этажа. Во дворе — бассейн.

Девичья комната — светелка. Она богато уставлена: с мобилями, картинами, специальными детскими обоями. На полу — ковер с принцессами. В углу — ящик с игрушками. Любимые куклы и плюшевые зверьки расставлены на столе. Белеют двери собственной туалетной комнаты и гардеробной.

Девочка лет пяти — это юная Настя — спит в кроватке в обнимку с плюшевым дельфином.

Вдруг снизу, с первого этажа, где вечерами сидят у телевизора родители и откуда так уютно слышится его бормотание, раздается хлопок двери. Затем — резкие мужские голоса.

Девочка в своей кроватке дергается и просыпается. Глаза ее широко открыты.

А снизу несется взволнованный голос отца. Слов не слышно, но он разгневан.

В ответ — несколько резких ударов. Шум падающего тела. И сразу же — истошный крик матери.

Девочка — будто кто-то специально учил ее этому — не кричит, не плачет, не зовет на помощь. Она вскакивает, деятельно пробегает босичком по полу (она в пижамке) и забирается в гардеробную. И все, что происходит в доме в дальнейшем, она только слышит, но ничего не видит.

Вслед за вскриком матери раздается удар, затем второй, и падает еще одно тело.

А потом звучат выстрелы. Первый, второй, третий. И — совсем уж отчаянный женский крик. Который — бабах! — и обрывается.

Девочка, что сидит в гардеробной, беззвучно плачет, вздрагивает — но не издает ни звука.

А потом она слышит голоса мужчин. Они поднимаются по лестнице. Они все ближе.

Наконец, дверь в детскую растворяется. Девочка сквозь деревянные жалюзи гардеробной видит мужские силуэты.

— Где эта маленькая сучка? — спрашивает один, замечая разобранную пустую постель.

— Сбежала! — отвечает второй. Он распахивает дверь в ванную. Смотрит там за душевой занавеской с игривыми мультяшными дельфинами — девочки нет.

В этот момент где-то далеко на улице слышится вой милицейских сирен. Они приближаются.

— Ходу, Лысый, — говорит первый. — Наплевать на девчонку. — Он тащит за собой второго к выходу.

Но тот мимоходом всаживает две пули в гардеробную — они легко пробивают решетчатые дверцы, но, слава богу, не попадают в маленькую Настю. Та беззвучно плачет.

* * *

В этот самый момент Настю, уже взрослую, тормошит Юлька. Девушка дергается, просыпается и садится на кровати.

— Что, опять? — спросонья переспрашивает она.

— Да.

— Ох, все тот же сон. Такой кошмар! Спасибо, что разбудила.

— Ничего, ничего. — Юля садится на кровати рядом и обнимает сестру за плечи. — Все прошло, все давно минуло.

— Но маму с папой не вернешь.

— Зато у тебя теперь есть я. И тетя Ира.

— А ты помнишь, как меня впервые сюда привезли?

— Нет, я тогда еще слишком маленькая была.

— Скажи, я ведь не забыла, мы с родителями богато жили. Дом трехэтажный, бассейн, все дела. А если моих предков убили — почему не я это унаследовала? Почему мы так живем — ну, скромно?

— Не знаю.

— Может, у теть Иры спросить?

— Ну, спроси.

— А может, ты разузнаешь? Тебе она все-таки родная мать. А если я буду выяснять, как-то неудобно получится, вроде я недовольная. Или на чужое претендую.

— Почему чужое? Мать моя тебе — родная тетка.

— Все равно лучше ты узнай, при случае. Как она в хорошем настроении будет.

* * *

Совершенно о другом идет разговор в то же самое время в совсем другом месте — в полуночном кабинете, бог знает где.

Первый говорит:

— Я предлагаю оперативный эксперимент.

— Ловить на живца? Как ты себе это представляешь?

— Известно как. Оперативные работники под прикрытием выезжают в район. Там всячески привлекают к себе внимание подозреваемых. И задерживают в момент совершения нового преступления.

— Ты представляешь себе, что такое Черноморское побережье? От Адлера до Анапы протяженность километров триста. Сотни пляжей. Десятки городов и поселков. Тысячи кафе. Я понимаю, конечно: операм под прикрытием там работать слаще, чем здесь, в Кубанске. Но они до морковкина заговения будут наших красоток пасти, и не факт, что выпасут. Поэтому идея хорошая, но невыполнимая.

— И?..

— Надо работать через машины. Где-то они ведь их сбывают? Есть ведь точка, где подельники их разбирают на запчасти. Или реализуют.

— А может, прямо гонят на Кавказ, с документами. А там их — ищи-свищи. Нет, хоть пару оперов я бы на Черноморское побережье в рамках следственного эксперимента отправил.

* * *

На осеннем пляже расположились двое мажоров.

Шезлонги, зонтики, коктейли.

Оба парня — красавцы. Молодые, высоченные, стройные. Лет двадцати пяти–двадцати семи. И сразу, еще без одежды — по плавкам, что ли, а может, по говору, по жестам, — видно, что москвичи. И скорее всего, из высших слоев общества. Словом, люди не бедные. Об этом даже солнцезащитные очки свидетельствуют. У первого — от «Диора», причем явно не на китайском рынке купленные; у второго — от «Кензо».

Как и в любом обществе — как и среди наших героинь, Насти и Юли, — один из парней в этом дуэте выступает явным лидером. Второй ведомый. Если переводить их взаимоотношения и статус на язык, допустим, табели о рангах Российской империи, то первый скорее соответствует коллежскому секретарю, а второй — секретарю губернскому. Если же трансформировать их в звания современной армии, то первый, пожалуй, тянет на капитана, а второй — на старшего лейтенанта. Первый и крупнее, и мускулистей, и лицом красивее. Вдобавок у него пара шрамов — на спине, в районе печени, на правой груди, и еще отметина на лбу. Шрамы, в соответствии с поговоркой, отнюдь не портят, а только красят его.

Первый из мажоров зовется Артемом. Второй — Андреем.

В дополнение к их парному портрету следует добавить, что у первого (главного, именуемого Артемом) под рукой, на полотенце, лежит фотоаппарат с длиннофокусным объективом. Он его время от времени, отставив коктейль, берет в руки — и выпускает целую серию щелчков, целя в основном в окружающих его на пляже персонажей. Так как объектив телевизионный, то никто на пляже не замечает, что попал в память аппарата — ни мужчина, застегивающий купальник своей супруге — столь толстой, что кажется, будто он надевает на нее сбрую; ни кавказец, настолько поросший черным волосом, что создается впечатление, будто он одет в каракулевую шубу; ни две юные полненькие провинциальные девы, обгорелые на солнце до состояния молочного поросенка.

Сами молодые люди, нимало не стремясь к тому, обращают на себя внимание пляжа своей столичностью, модностью и очевидной молодостью. Не одна матрона украдкой вздыхает, при взгляде на них, по своей утраченной босвой молодости. Не одна юная дева приободряется, старается подтянуться (где надо), а где надо, наоборот, выпятиться и принять самую выгодную и наиболее соблазнительную позу. Не одна как бы случайно дефилирует мимо шезлонгов, занимаемых Артемом и Андреем, причем выбирая ракурсы, в которых выглядит самым выгодным образом.

Однако парни вроде бы не замечают столь очевидных тщаний — а может, и впрямь не замечают? Может (закрадывалась даже кое у кого из числа отдыхающих на пляже мысль), оба принадлежат к касте, что имеет столь широкое распространение на Западе — а теперь и нас потихоньку начинает завоевывать? Может, они не просто двое — а *пара*? Хоть, если вглядеться, ничто вроде не указывает на подобную возможность — нет в арсенале парней никаких томных взоров или жеманных поз, — но чем черт не шутит, может, и в суровый богатырский казачий край пролезло нечестивое поветрие? Иначе почему они вдвоем? И никакого внимания не обращают ни на одну из прекрасных полуобнаженных дев в купальниках?

В том числе не замечали эти двое и наших героинь. Юные Настя и Юля, которые привыкли быть и чувствовать себя звездами, разумеется, обратили внимание на тех, кто теперь отвоевывал у них первые позиции в неофициальном рейтинге «звезд пляжа». Однако никаких действий девушки пока не предпринимали — так же вольготно расположились в шезлонгах, скромно попивали соки через трубочку и время от времени отшивали пляжных приставал, которые пытались добиться их благосклонности.

Но когда молодые люди встали и принялись одеваться — а время шло к семи вечера, и солнце стремительно клонилось за поросшую целебной сосной гору, — Настя едва заметно кивнула Юле. Та, впрочем, и безо всяких сигналов все поняла. Поднялась, зябко закуталась в полотенце, а затем исподволь приблизилась к красавцам — находясь, впрочем, в приличном отдалении. Те, подхватив рюкзак, один на двоих, отправились к выходу с пляжа. Следует заметить, что в одетом состоянии оба парня выглядели не хуже, чем в плавках. Знатоки могли бы опознать среди их носильных вещей поло из «Ральф Лорена», сандалии от «Балдинини», шорты от «Ганта». Те же встречные, кто в вопросах моды был невежественен (как в целом наши героини), — те, по крайней мере, обращали внимание, насколько просто, стильно и дорого молодые люди смотрятся.

Юля довела их куда следовало, а вернувшись назад, на пляж, в азарте прошептала подруге:

— У них «Ауди», А-шесть, красная!

И обе стали спешно собираться.

* * *

Вечер девушки начали с того, что обошли все имеющиеся в курортном поселке кафе. Поселок, почему-то названный греческой буквой Гамма, надо заметить, был совсем иным, нежели тот, где они «работали» в прошлый раз. Этот оказался еще более камерным, чем первый. Ни единого санатория или даже Дома отдыха здесь не значилось — только пара турбаз, в которых отдыхающие ютились в домиках без удобств. Сейчас, по случаю осени, базы стояли полупустыми. Немногочисленные отдыхающие обретались в основном в частном секторе. Кое-кто из экстремалов жил в палатках. Дни проводили на пляже, а если задувал ветер или разыгрывался шторм, гуляли по окрестностям. Вечера проводили, сидючи в кафе.

Все заведения жались к морю. Все они были открытыми, без стен, располагались под навесами, поэтому не надо было заходить внутрь, чтобы понять, кто сидит за столиками.

В самом последнем по счету неподалеку от входа

стояла та самая красная «Ауди» со столичными номерами. Юля кивнула Насте: «Смотри...»

И впрямь, парни, что привлекли их внимание на пляже, вдумчиво поглощали кто бифштекс, кто мясо в горшочке. Они при этом время от времени поднимали глаза от своих блюд, сканировали, кто и что вокруг.

Девушки вошли в кафе, огороженное железными столбами, которые поддерживали крышу. Уселись. Не спрашивая меню, заказали по коктейлю.

Как известно, мужское брюхо, когда голодно, совершенно равнодушно к девичьим чарам. Но когда москвичи (будем пока называть их так) насытились, то начали обращать внимание на наших героинь. Да и Настя посылала в их сторону недвусмысленные сигналы: взгляды, улыбочки, покручивание пальчиками локонов.

Сигналы были поняты правильно.

Артем и Андрей встали и подошли к столику девчонок. Юля решила применить свой трюк с фотографированием и, пока представители сильного пола еще только к ним приближались, попыталась незаметно снять на телефон и того, и другого.

Заигрывать с девчонками начал тот, кто был младшим в паре — по типажу и внутреннему состоянию — Андрей:

— Знаете ли вы, что вы — самые красивые девушки не только поселка Гамма, но и всего Черноморского побережья?

— Знаем, — хихикнула Юля.

— Вы тоже парни бравые, — сразу сокращая дистанцию между ними, отвесила ответный комплимент Настя.

— Поэтому вы нас фотографируете? — улыбнулся, пристально глядя, старший — Артем.

— Как и вы нас, — парировала Настя. — Все видели, как вы это делали. Сегодня, на пляже.

— Будем считать взаимное фотографирование символом обоюдной симпатии, — вклинился Андрей. — Хотите, устроим вам настоящую фотосессию? Мой друг Артем — профессиональный фотограф и известный блогер.

— Темновато сейчас для съемки, — хихикнула Юля.

— У нас на квартире выставим прекрасный свет.

— Попридержите коней, мальчики! — усмехнулась Настя. — Ага, профессиональная фотосъемка. Могу представить. Снимите кофточку, приспустите бретельку...

— А вы откуда знаете, как бывает? Есть опыт?

— Кино смотрела.

— Кино? Какое кино, интересно? — хмыкнул Артем. — Обычно так, как вы описываете, фильмы для очень взрослых начинаются. Да, Андрюха? Любите порно, девочки?

— Ой, что-то вы такие бóрзые, ребята! Только встретились, сразу: профессиональная съемка, порно! Пойдем-ка мы отсюда, Юлька! Друзья явно взялись за дело по-столичному. Типа, раз — и на матрас. Мы люди провинциальные, такую скорость не понимаем.

— Вы привлекательны, мы чертовски привлекательны, — процитировал известный советский фильм Андрей. — Так чего же время терять?

— Нет, братцы. Мы так не умеем. Пошли, Юлька! Будьте любезны, счет принесите, пожалуйста!

— Мы заплатим.

— И не надо нас покупать!

Настя резко встала из-за столика, подошла к стойке бара, подозвала официанта и заплатила по счету. А потом, не глядя на парней, устремилась к выходу из кафе.

Юле ничего не оставалось, как броситься следом, оставив парней за столиком.

* * *

Когда они вышли на набережную — пустынную в столь поздний час, — Юля зашипела:

— Что ты делаешь?! Куда бежишь? Какая клиентура замечательная! Тачка миллиона три стоит!

— Не надо, Юлька.

— Что — не надо?

— Не надо с этими мажорами связываться. Что-то с ними не так.

— Не так — что именно?

— Не знаю, но сердцем чую: засада какая-то.

— Странная ты сегодня.

— Не странная, а мы же договаривались: воруем тачки только у жуликов и воров. Как делал твой любимый герой, Смоктуновский — Деточкин. И еще женатиков наказываем.

— И что?

— А то, что какие эти парни коррупционеры? Явно нет. И неженатые, скорей всего.

— Какая разница! Думаешь, сами на «Ауди» нагорбатились? Ага, известный блогер — подумаешь! Наверняка на папашкины деньги лимузин прикупили, значит, не они, так папаша — коррупционер. Вот пусть и пострадает — через сыночка своего. Я их ведь обоих сняла — давай для начала пробьем, кто они да кто у них папки-мамки. Сразу вылезет какой-нибудь судья или начальник газового хозяйства.

* * *

В этот раз в новом поселке, где они оказались в первый раз в своей жизни, девочки сняли для себя не сторожку или гостевой домик, а однокомнатную квартиру в панельной многоэтажке. Когда-то, в шестидесятые, ее построили для персонала местных турбаз — решили для них квартирный вопрос.

Вода до четвертого этажа (где поселились девочки) доходила лишь тонкой струйкой, душ поэтому не работал, и, чтобы помыться, следовало изворачиваться под краном. И душно тут было даже ночью, даже сейчас, осенью, — зато имелись и плюсы. Например, мощный вай-фай.

Юля загрузила в спецпрограмму фотографии Артема. Закрутилось колесико поиска, однако на выходе — ни одного совпадения.

Проделала то же самое с Андреем — результат оказался аналогичным.

— Ты видишь? — прокомментировала Настя. — Не так все с этими парнями просто. А ты номер их машины записала?

— Обижаешь.

— Пробей.

В компьютере Юли имелась база ГИБДД — важнейшая вещь при их «ремесле».

Юля пробила номер красной «Ауди». Хозяин нашелся. То был некий Александр Николаевич Кудряшов 1957 года рождения.

Оба парня как-то совсем не тянули на шестидесятилетних.

— Что на этого Кудряшова Александра Николаевича в Сети имеется?

Юля задала поиск, но не нашла ни одного упоминания, ни даже фотографии — со стариками в Интернете почти всегда так бывает.

— Я тебе говорю: что-то с этими парнями странное.

— Что дальше будем делать?

— Давай так: об этих забудем и попробуем здесь завтра других каких-нибудь склеить.

* * *

Но когда приходит утро, Юля беззаботно спит, завернувшись в простынку и отвернувшись к стене.

Настя просыпается раньше и решает не будить подругу.

Выпивает на кухоньке кофе и выскальзывает из квартиры.

Осеннее утро бархатного сезона прекрасно, что там говорить. Народу на курортах совсем мало в сравнении с летом, и солнце не печет, как прежде, а ласкает, и за заборами частных домов висят, вдохновляя и веселя, гроздья винограда или плоды созревшего инжира.

На пляже народу немного. И Настя сразу замечает вчерашних парней. Точнее, замечает одного — того, кто лидер, — Артема. И тут она понимает — точнее, впервые отдает себе отчет, *зачем* она пришла сюда сегодня. *Одна*.

И *почему* вчера отказалась по ним *работать*.

Все очень просто. Он ей нравится. Очень нравится.

Не обращая, разумеется, на парня, по условиям извечной девичьей игры, ни малейшего внимания, Настя все же боковым зрением не просто замечает его, но и видит все, что он делает, каждое движение.

Она сбрасывает с себя сарафан и шлепки, оказывается в купальнике и бежит по бетонному мостику, выдающемуся далеко в море. Не останавливаясь, с налету, обрушивается в воду красивой рыбкой.

* * *

Артем в то же самое время замечает ее. Делает стойку. В самом буквальном смысле — приподнимается на своем шезлонге и, не отрываясь, глядит на Настю: как она несется по мостику, а потом прыгает.

— Чего там? — лениво спрашивает товарища его спутник, второй номер — Андрей.

— Она.

— Кто?

— Вчерашняя наша девица из кафе.

— Черненькая?

— Нет, светленькая.

— И что тебе до нее?

— Я ее хочу.

— У-у, — с пониманием урчит его спутник. — Флаг тебе в руки.

Ничего не отвечая, Артем вскакивает с шезлонга и тоже бросается в море.

Настя уже далеко, и плавает она хорошо. Гребет равномерно, кролем.

Артем принимает вызов. Он спортивный парень, и хоть плаванием никогда не занимался, сила его мускулов и физкультурная закалка дают ему надежду настигнуть девушку.

А та уходит от берега все дальше.

Спасатели на нашем Черноморском побережье обычно работают через пень-колоду, а осенью и вовсе не реагируют на заплывающих за буйки.

* * *

Можно, конечно, подождать, когда девушка сама возвратится на пляж, но наш герой не из тех, кто ищет легких путей.

Он настигает Настю метрах в двухстах от берега, когда красавица устает и ложится на воду отдохнуть.

— Вы не скажете, как пройти в библиотеку? — светски осведомляется молодой господин.

— Прямо и направо, — отрезает соблазнительница и резко начинает грести в сторону берега, обдавая приставалу столбом брызг от работающих ног.

Артем не собирается сдаваться. Метров через двадцать он снова настигает девушку и слегка хлопает ее в воде по плечу, словно осаливает.

— Э-э, руки убери! — кричит она.

— Теперь ты водишь.

— Неужели ты думаешь, что я буду за тобой бегать?

— Это просто игра, — широко улыбается он.

— Я в такие игры не играю. Попробуй с другими.

— А мне нравишься ты. А я тебе? Нравлюсь?

— Ты совершенно не в моем вкусе.

— А кто в твоем?

— Знаешь, такой... худенький, задрот в очочках. Билл Гейтс зовут.

— Может, я тоже, как он, миллиардер.

— Ну, это вряд ли.

— Почему это?

— Миллиардеры на черноморские курорты не ездят. Они все больше в Сардинии пребывают.

— *На* Сардинии. Это остров, поэтому по-русски правильно говорить: *на* Сардинии.

— Ах, ты еще и умник! — Девушка плещет в парня водой и снова бросается плыть в сторону берега.

И опять он ее догоняет, и между ними возобновляется игра — старая, как мир.

Точнее, игра стара, но не как вселенная, а все-таки несколько моложе ее, и исчисляет свой возраст с тех пор, как природа создала два пола и брачные танцы, ритуалы ухаживания стали непременным условием успешного соединения двух особей.

Но могут ли они, эти двое на южном пляже, в итоге оказаться вместе? И надо ли им быть вместе? Ведь он — богатенький столичный мажор из хорошей семьи. Она — бедная провинциалка и, как ни крути, преступница. Чем может закончиться их танец и их игра? И могут ли быть хоть какие-то перспективы у их связи?

Артем об этом даже не думает. Мужчина, особенно молодой, обычно не задает себе подобных вопросов. Его редко интересует, что будет *после того как*. Ему главное — добиться своего.

А вот для девушки расстановка сил на игровом поле — очень важна. Потому что если у связи не просматривается никаких перспектив — то зачем же на нее время терять?

Но, с другой стороны, сердце ведь не камень. И если оно обмирает и растекается при виде человека — надо быть совсем мазохистом, чтобы убежать от него и где-то в уголке плакать о нем втихомолку, сожалея, что счастье, может, было так возможно...

Как бы то ни было, о чем говорят парень и девушка по пути к берегу, пусть останется тайной. Однако, когда они выходят из воды, они выходят рядом, *вместе*. И невнимательному отдыхающему, бросившему на них беглый взгляд, может даже на миг показаться, что эти двое — пара. А когда они выбираются на сушу, Настя оступается — кто знает, намеренно или нет, — а Артем придерживает ее за руку и за талию, и она не сразу отстраняется от него.

— Я тут знаю прекрасное место, — говорит парень. — Зоопарк, а над ним — веревочный городок. Если упадешь — то не просто на землю, а прямо в пасть льву. Поедем?

— Хорошенькое приглашение, — благосклонно смеется она. — В пасть к льву.

— Для начала поедем, выпьем для храбрости по коктейлю.

— Поедем, выпьем... Вдвоем?

— А зачем нам с тобой кто-то третий?

— И ты что, готов бросить своего друга?

— Ради тебя — запросто.

— А я вот свою подругу не могу.

— Хм, тогда берем и друга, и подругу. Будет у нас двойное свидание.

— «Свидание»! Ты торопыга, москвич! Чуть помедленнее, кони, чуть помедленнее — слышал такое? Тоже ваш, московский, поэт написал.

Она вытирается купальным полотенцем, а он не отходит от нее.

— Пойдем, — тянет за руку.

— Куда? — смеется девушка.

— Я тебя теперь никуда не отпущу.

* * *

Юля выглядит крайне недовольной перспективой свидания — хоть двойного, хоть какого. В съемной панельной квартирке она набрасывается на названую сестру:

— Ты чего, Настька, творишь?! Мы чего сюда приехали — работать? Или за *сасными крашами*[1] гоняться?! *Зашквар*! Увидела смазливую рожу и вся растеклась!

— Послушай, — останавливает ее подруга. — Ты скажи лучше: зачем мы вообще работаем?

---

[1] Краш — красивый парень.

— Для денег.

— Да. А деньги для чего?

— Для мамы. И для нас. Чтобы жить красиво.

— Вот именно. Чтобы сидеть на пляже с *сасными кунами* — ты сама говорила. Так вот, я и предлагаю не ждать, а делать это прямо сейчас, и безо всяких денег.

— Да ты просто *каваишься*[1] этого москвича! Крыша у тебя от него поехала.

— Ну, допустим. И что?

— А то, что ты ему — не нужна. И у тебя с ним никогда и ничего не получится. Ты посмотри, кто — мы и кто — они. Они — натуральные мажоры, богатенькие родители, тачку за три лимона куну купили, образование где-нибудь в Оксфорде проплатили. Да у него столько бабла, что кенгуру не перепрыгнет. А мы — бедные, провинциальные, необразованные. И, как ты сама говоришь, преступницы. И до них нам с тобой — не доползешь и не долетишь.

— Но не забывай — у нас с тобой имеется особое секретное оружие. Называется — женские чары.

— Ну, с этим оружием в койку, конечно, заманить можно. Но замуж — вряд ли.

— А вот посмотрим, — с задором говорит Настя.

— Ну и посмотрим, — усмехается подруга.

— Хочешь, замажем?

— Замажем. На десять тысяч русских рублей!

— Ого! А ты азартная девчонка, как я погляжу.

— Азартная, а ты не знала?

* * *

И вот двое друзей и две подруги участвуют в местном, южном, курортном аттракционе.

Высоко над землей — на вышине десятиэтажного дома, не меньше, — протянуты веревки. Деревянные

---

[1] Каваиться — получать удовольствие, кайфовать, балдеть.

платформы соединяют качающиеся, шаткие подвесные мостики.

Внизу, на земле, прямо под веревочным городком, — просторные вольеры, в которых разгуливают лев, тигр, гепард. Сверху клетки ничем не ограничены, и дикие звери снизу на прогуливающееся над ними мясо время от времени посматривают, порыкивают.

Первым по мостику над пропастью и над дикими зверями прошел Андрей. За ним последовала Юля. Оба, конечно, использовали страховку. Как и двое других, оставшихся пока на платформе, — Артем и Настя.

— Дамы вперед. — Молодой человек приглашает свою девушку жестом.

— Нет, только после вас, — изображает шутливый книксен она.

Артем не настаивает и шагает вперед по качающемуся мостку над пропастью. Он парень спортивный и поэтому преодолевает маршрут ловко и быстро.

Настя осталась на платформе самой последней.

— Давай, не бойся! — с оттенком снисхождения приглашает ее влюбленный парень. И тогда она усмехается: мол, я — боюсь? И... и отцепляет от своего пояса страховочный трос, тут же становится на ненадежный мостик и направляется в сторону друзей.

— Настька! Что ты делаешь?! — вопит подруга. — Ты с ума сошла! А ну вернись! Упадешь! Возвращайся немедленно!

Артем жестом останавливает вопящую подругу. И впрямь, если девушка вдруг передумает, развернуться и пойти назад будет сложнее, чем шагать вперед. Поэтому заинтересованным зрителям лучше не советы давать, а молиться, чтобы она благополучно добралась до конца опасного пути.

Настя покачивается, с трудом поддерживая равновесие, но идет.

Юля от страха зажмуривает глаза.

Лицо Артема перекошено от напряжения — но он не может ничего сделать, ничем помочь.

Внизу заинтересованно вышагивают, подымают морды хищники — они каким-то своим, звериным чутьем почувствовали, что наверху происходит что-то необычное и не исключено, скоро будет чем поживиться.

Но Настя, как ей ни трудно, все-таки преодолевает подвесной мост, а на последних двух шагах ее подхватывает в свои объятия Артем.

Юля исступленно кричит на сестру:

— Какая же ты дура! Дура, дура! Ненормальная!

* * *

Но злость, волнение и драйв, вызванные выходкой Анастасии, быстро улетучиваются.

Молодые люди в авто, которым управляет Артем, отправляются в уединенную бухту.

Там накрывают небольшой пикник: жареные окорочка, помидоры. Коньяк, шампанское. Антураж мало чем отличается от той ночи, когда был ограблен приезжий Порфеев, — однако и место совсем другое, и белый день на дворе. И настроение в этот раз царит иное: легкое, радушное. И девушки на сей раз, вместе с Андреем, выпивают. Постится только Тема — ведь ему рулить.

Сестренки купаются: брызгаются, подбрасывают друг друга, хохочут. Отчасти, конечно, работают на публику. Ни о каком раздевании, разумеется, речи не идет.

Артем сидит на берегу рядом с другом. Он с ласковой улыбкой смотрит на Настю.

— Ну, и зачем она тебе? — спрашивает Андрей.

— Отстань. Может, я влюблен?

— Нашел в кого. Провинциальная курица. Блондинка.

— Не смей так говорить об объекте моей страсти, даме моего сердца.

— Сдается мне, не все тут так просто. И если ты рассчитываешь на легкий курортный романчик, вряд ли оно получится. Что-то в ней есть такое... Непростое, жесткое... Короче, в два счета, в твоем привычном стиле, она тебе вряд ли даст.

— Ну и пусть. Я ведь и жениться могу.

— Ты с ума сошел! Девчонка откуда-то из кубанской станицы, без роду, без племени, без денег, без образования!

— А мне и не нужна богатейка с «вышкой» за плечами! Был бы человек хороший да меня ценила.

— Фу! Похоже, ты натуральный дебил. Только не говори о своих далеко идущих планах — типа, «я и жениться могу» — при второй, при Юльке. По-моему, она менее строгих правил, и меня, в отличие от некоторых, ждет успех.

И Андрей вскакивает и бросается к купающимся девчонкам — явно адресуясь к Юле. Подныривает под нее, подхватывает, выбрасывает из воды. Девушка визжит и смеется.

Обождав пару минут, в море прыгает и Артем.

А спустя какое-то время на берег вылезает Юля.

Улучив момент, пока оба парня находятся далеко, она забирается в карман шортов Артема, просматривает его бумажник. Фотография в правах — он. Имя-отчество парня — *Кудряшов Артем Александрович*. Документ выдан в Москве, а годков молодому человеку — почти тридцать.

* * *

Вечером, все в той же съемной квартире в панельной пятиэтажке, девушки в Интернете ищут о нем информацию. Только успевают задать его имя в адресной строке поисковика, как выпадают тысячи ссылок. Десятки заметок, сотни фотографий.

— Смотри, — восклицает Юля, — про него даже в Википедии есть! Настоящий *фейм*[1], вау! — И она за-

---

[1] Фейм — слава (*молодежный сленг*).

читывает, слегка иронизируя над тем, сколь важной величиной оказался новый знакомый: — «Кудряшов Артем, девяносто первого года рождения, известный российский фотограф и блогер». О, блогер! Ну да! У меня ведь тоже блог есть! Только обо мне в Википедии не пишут. А о тебе, Настька? «Отец — Кудряшов Александр, бывший дипломат». А, ну вот, понятно, откуда и чья у него машина. «Мать — Елена Анатольевна Кудряшова, член совета директоров компании «Защитные телесистемы». Прадед — Кудряшов Василий Николаевич, генерал-майор, доктор исторических наук, — послушай, у него даже прадед известный, настоящая династия, — являлся одним из соратников Леонида Ильича Брежнева, познакомились они еще в войну, в сорок третьем году, а в тысяча девятьсот шестьдесят шестом году переведен в Москву. Вплоть до выхода на пенсию в тысяча девятьсот восемьдесят четвертом году работал в ЦК КПСС и Госплане СССР». Не, ну куда нам, со свинячьим рылом, против ЦК и Госплана!..

— Слушай, заткнись, а? — беззлобно, но с оттенком обиды говорит Настя.

— Ладно. Дальше читаем без комментариев, как говорят в высоких кругах, то есть в семье твоего Кудряшова.

Настя показывает ей кулак:

— Сейчас получишь.

— Ладно-ладно, не буду. Вот самая суть: «Артем является популярным блогером... Работает в жанре городского репортажа... Обрел известность благодаря публикациям о незаконной, хаотической городской застройке в Москве, Московской, Ленинградской областях и ряде других регионов России. Во время журналистского расследования уголовного дела о покушении на общественного деятеля Лысенного подвергся нападению — ему сломали нос, правую руку и несколько ребер. Следствие по поводу нападения ведется до сих пор, преступники не обнаружены». Вот откуда у него шрамы, а! Да он герой! Я без иронии говорю!.. Слушай, интересно, а он богатый человек? Давай его блог посмотрим?.. О, гляди! Двадцать три тысячи подписчиков. Двадцать три, Карл! И, как следствие, раз реклама, два реклама, три реклама... Баннер... А вот замечательная ссылочка — «рекламодателям». Проходим, и вот, пожалуйста, «посмотреть прайс». Нормально так: проплаченный пост от рекламодателя — сто пятьдесят тысяч рубликов... Да, человечек твой, Артем, по ходу, небедный... Тем удивительней будет, если он на тебя позарится... Ай!

Юля ощутила под ребрами болезненный тычок от Насти и пошла на попятный:

— Да шучу я, шучу! Ты что, и впрямь на него запала?

— Я тоже, между прочим, не на помойке найдена! — зашипела подружка, не на шутку, как видно, обидевшаяся и разозлившаяся. — И не таких обламывала, и этого мажора окручу — если захочу, и если мне надо будет!

* * *

Кирилл Косаткин, капитан полиции,
старший оперуполномоченный
краевого управления МВД Кубанского края

Какой-то умник в краевом управлении решил: раз случилась у нас пара аналогичных преступлений — красивые деффки знакомятся на курорте с мужиком на тачке, опаивают его кропелином[1], грабят и угоняют транспортное средство — значит, это два эпизода одного дела. И их надо объединить. И расследовать на краевом уровне. Ладно, начальство, конечно, какую угодно глупость может придумывать, лишь бы личный состав особо не дергало. Но оно ведь у нас, сцуко, деятельное. И розыск по двум данным эпизодам поручило мне.

Я решил начать с последнего — в приморском поселке Каравайном. Написал рапорт на командировку

---

[1] Название лекарственного препарата, кропелин, — вымышленное.

и выехал туда на своей тачиле. Понятно: бензин никто мне не оплатит — и тем более амортизацию. Однако разъезды по месту предстояли мне, я предчувствовал — нешуточные, и лучше уж я разорюсь на пару тысяч, чем буду каждый раз «расписную» колымагу в местном райотделе выпрашивать.

В понедельник, да рано утром, да в начале октября движение на черноморской трассе густотой не отличалось. Навстречу мне, в Кубанск, еще неслись караванчики: те, кто мог закосить со службы, не являться прямо с ранья в присутствие, предпочитали возвращаться с курортного уик-энда не вечером в воскресенье (гарантированно попадешь в пробку), а спозаранку. В моем же направлении, к морю, двигались и вовсе полторы калеки.

Я не гнал, не спешил, на встречную не вылетал, рулил ответственно и дисциплинированно. Попутно думал о делах и прикидывал обстановку.

Ясно, что деффки после грабежа отходили по этой трассе — других здесь просто нет. Значит, их мог кто-то видеть. И (самое главное) краденую тачилу должна зафиксировать одна из дэпээсных камер. Поэтому во время движения я подмечал оные, прикидывал, где они расположены, и формулировал в уме запрос в наше краевое УИБДД. Типа, прошу, в рамках расследования уголовного дела номер такой-то, обеспечить мне, такому-то, доступ к информации, зафиксированных камерами такими-то. За какой срок смотреть? Думается, начиная с того самого момента, как было совершено преступление, то есть с вечера первого октября — и до?.. А вот это вопрос. Может быть, преступницы на украденном «Лексусе» отходили сразу же, немедленно. А может, у них в Каравайном имелась база, а значит, и сообщник. Или сообщники. И они сразу перегнали тачку куда-нибудь в бокс — там, в поселке, а потом отсиживались. А раз бокс (и сообщник) имелся, им никто и ничто не мешало разобрать тачилу на месте, а впоследствии реализовывать детали автомобиля, как запчасти б/у. Но если дело обстоит именно так, следовало искать прежде всего сеть реализации, а девчонок считать лишь исполнительницами, на которых не составит труда выйти в рабочем порядке.

Могло быть и иное. Транспортное средство они похитили не с целью дальнейшей наживы, а из хулиганских побуждений. Тогда есть даже шанс, что тачка всплывет где-нибудь в кювете и вернется к хозяину с минимальными повреждениями. Уповать на это вряд ли стоило, потому как имелся аналогичный эпизод, совершенный подобными девчонками (или лицами, похожими на них). Хорошо, один раз напоили мужика кропелином и взяли авто, чисто чтоб покататься. А если два раза? И так как данный вид преступлений характеризуется высокой латентностью — то есть, проще говоря, другие ограбленные в полицию могли с заявами не ходить, — то, возможно, случались и третий, и четвертый, и прочие эпизоды.

Или, наихудший вариант, кто-то из жертв до правоохранителей *дойти не смог*. Переборщили преступницы с кропелином, откинулся владелец тачки, валяется его тело где-то в кустах, объявлен в розыск — плачут, не находят себе места его семья, малые детки и престарелые родители...

Наконец, очень вероятно, что девчонки — гастролерши и они вывозят тачки в свой регион. Так сказать, два в одном: и похитить, и перегнать. Но в таком случае район этот вряд ли находится далеко. Полное сумасшествие было бы — тянуть машину (которая могла оказаться в розыске сразу, как терпила очнется) куда-нибудь в Вологду или Астрахань. Другое дело, если разбойницы прибыли из соседних краев: Ростовской области, Ставропольского края.

Или с Кавказа. Последний случай — самый вероятный. Завербовал какой-нибудь душман двух юных русских дурочек, заморочил им мозги, заставил на себя работать. Вот они и стараются, выслуживаются перед ним. А он — цинично наживается на дурехах.

Так думал я, постепенно приближаясь к Черноморскому побережью. Миновал перевалы, и дорога пошла веселее. Я внимательно рассматривал встречные столбы и мачты. Однако у нас не Москва, не Крым. Камер было мало — всего я насчитал две. И еще одну — не доезжая пары километров до Каравайного. Надежд, что преступницы попали в кадр, сразу стало меньше. Правда, оставались упования на объективы, которые устанавливают доброхоты — частные лица и организации, особливо кафе, рестораны, мини-гостиницы и бдительные богатеи.

Потерпевший, гражданин Порфеев, еще к себе домой в N-скую область из санатория «Южные дали» не съехал.

По пути я позвонил ему на мобильный, и мы договорились встретиться на санаторном пляже.

* * *

Правду говорят: чем менее женщина доступна — тем сильнее распаляется мужчина.

Вот и с Настей так — в случае с Артемом.

Они остались вдвоем. Выпили по коктейлю, прогулялись по вечерней набережной. Он рассказывал ей о том о сем. Фонтанировал забавными историями и анекдотами. Она позволяла держать себя за руку или иногда касаться плеча или талии. Но больше — ни-ни. А когда он проводил ее до дому — пешком, безо всякой машины, и они стояли у подъезда жуткой вылинявшей пятиэтажки, — позволила ему один поцелуй. Жаркий, страстный. Но который не утолял никакой жажды, а только распалял ее.

Он проговорил — и голос его аж сорвался от желания:

— Пригласи меня на кофе. Или на чай.

— Нет-нет-нет, — засмеялась она. — Ни в коем случае. Знаешь, какие у меня родители строгие! Если что, убьют и тебя, и меня.

Насчет «родителей» было художественным преувеличением — у Насти имелась только мама, да и то приемная. Но она — да, в этом смысле была очень строгой. И соседи, и все мамины знакомые в станице тоже. Старорежимные люди, домостроевские принципы. Поцеловал, типа, — женись!

— А что, я могу.

— Жениться? Это что? — веселилась она. — Это так нынче делается предложение?

— А тебе надо по всей форме?

— Естественно. И потом я еще должна буду подумать.

— Ну, ладно, буду иметь в виду твое пожелание. Или не иметь.

И он развернулся и, посвистывая, удалился.

И они ни о чем не договорились, ни о каких дальнейших встречах, и ей было страшно, что они больше никогда не увидятся, и очень хотелось окликнуть его, остановить — однако в игре, которую Настя затеяла, требовалось не отступать и все время повышать ставки — и только тогда надеяться на то, что сорвешь первый приз.

* * *

Подруга ее Юля, более плотно, в физическом смысле, стоящая на земле, крепкая телом, южная, загорелая — она гораздо меньше корчила из себя недотрогу. И на пикнике в виноградниках, в виду блещущего синевой моря, на расстеленном одеяле, отдалась другу Артема по имени Андрей. А потом лежала у него на плече, водила пальчиком по груди и вопрошала:

— А у тебя в Москве кто-нибудь есть?

— Нет, — легко врал он.

— А ты меня с собой заберешь?

— Да, — столь же незатейливо продолжал он обманывать ее.

* * *

Вечером того же дня, в номере частной гостиницы курортного поселка Гамма — гораздо более роскошном, нежели квартира, в которой жили девушки, — Артем говорил приятелю:

— Ты знаешь, друг мой ситный, я, пожалуй, женюсь на ней.

— На ком? На этой *тянке*?

— Н-да! — шутейным тоном, который лишь прикрывал всю серьезность его намерений, проговорил Артем. — На ней!

— Окстись! Зачем она тебе?! Жениться?! Только потому, что не дает?

— Ф-фу, поручик! Я не на шутку влюблен.

— Паяц!

— Нет, я правда женюсь.

— Дебил, да?

— Нет, не дебил! Совсем наоборот! Смотри: Настя умна? Да, умна. Природная хватка, быстрая реакция! Наверное, эдьюкейшена не хватает — но ничего, подучим. Зато другой вопрос: красива? Бесспорно! Вопрос третий: любит ли она меня? Практически да. Люблю ли я ее? Конечно! Вот тебе и все необходимые условия для долгой и счастливой семейной жизни. Любовь, природный ум и красота! А то, что она провинциалка, из бедной семьи и вообще, что называется, не нашего круга, — это ерунда! Тем больше будет ценить все, что я ей дам, и тем сильнее будет меня любить!

— Кремлевский, ептыть, мечтатель!

— Вот именно! Хочется мечты! Полета! Знаешь, надоели эти изнеженные, избалованные столичные девицы. — Он передразнил, изобразив такую ломаку-кривляку, как сам себе представлял: — «Ах, девочки, представляете, я позавчера сделала шеллак, и он у меня отслоился сразу на двух ногтях!» То ли дело Настя! Девушка из народа, явно живет своим собственным трудом, поэтому ценит (и будет ценить еще больше) те маленькие радости, что ей достаются — и которые я ей способен буду дать.

— Хм. А наследственность? Папаша у нее наверняка алкоголик. В такой-то дыре. Где они там живут? В станице Румяная Краснодарского края?

— Станица Красивая.

— А мамаша у нее кто?

— Почтальон.

— О да, прекрасная партия. Будущая тещенька — почтальон. И тоже, наверное, не прочь зашибить. Ну, и какими окажутся ваши дети?

— О чем ты говоришь, Андрэ! Наоборот! Настя ведь близка к земле, к корням! Пора разбавить нашу хилую интеллигентскую кровушку! Впрыснуть ей добрую дозу народности! Вернуться к истокам! Да, прадед мой стал большим человеком, с него великий род Кудряшовых быть пошел. Личные шоферы завелись, няньки и гувернантки. А благодаря чему он, прадед, по жизни тогда, в тридцатые, пробился? Благодаря советской власти. Которая сделала всех равными и наделила одинаковыми возможностями. Вот он и совершил впечатляющую карьеру. Сам! Но он-то, Василий Николаич, член ЦК КПСС и Герой Социалистического Труда, из семьи свинопаса! С какой стати я теперь, ста лет не прошло, стану чваниться перед теми, кто в станицах живет?

— Ты отцу своему или матери о свадьбе заикнись. Услышишь, как они заорут.

— Ну, если умные люди — не заорут. А даже если заорут, моя жизнь — она моя, а ни разу не их. Мне ее и жить!

* * *

Видимо, здесь имеет смысл сделать паузу в плавном развертывании нашего сюжета и познакомить читателей со славной историей семьи Кудряшовых, о которой только что краем упомянул самый младший ее представитель.

Для начала напомним, что в позапрошлом веке, девятнадцатом, в Российской империи существовали, как известно, *потомственные почетные дворяне*. Дворянство жаловалось в достаточной степени выдающемуся человеку — к примеру, художнику, или артисту Императорских театров, или лицу, окончившему курс наук в Российском университете. Такие особо заслуженные — пусть даже выходцы из крестьян или купцов — числились с того момента дворянами и детям своим звание передавали.

Однако старая Россия, сто лет назад, как известно, канула в Лету — вместе со своими сословными законами. В Советском государстве провозгласили равенство всех граждан и во всех отношениях. Но довольно быстро в СССР также стали складываться свои касты — разумеется, негласные. И появились, в том числе, советские бояре — чиновники, партийные руководители.

Вот и Артем, как уже дважды замечено, происходил из семьи *потомственных почетных советских дворян*.

Началось все, как правильно сказал молодой человек своему другу, с прадеда. (Его отец, прапрадед Артема, вообще ничего собой не представлял: бедняк, пьяница и свинопас.) Однако прадеда, Василия Николаевича Кудряшова, вихрь революции поднял из его села в Сибири, в Красноярском крае, заставил учиться и делать карьеру (как она в то время понималась).

Кудряшов, зачинатель династии, окончил рабфак, а затем, благодаря удачному происхождению (не из каких-нибудь дворян, пусть даже потомственных-почетных, а, наоборот, из крестьян), поступил в ВКП(б) и совпартшколу. А в конце тридцатых, когда репрессии косили всех подряд (а особенно ударяли по видным и выдающимся), очень удачно был взят на работу на место безвременно выбывших аж в обком партии. Образования и культурки ему не хватало — но что делать, не боги горшки обжигают! Когда страна, пелось в те годы, заставит стать героем, у нас героем становится любой[1].

И как пожар Москвы способствовал (как говорилось в хрестоматийной комедии) ее украшению[2], так сталинские чистки открыли перед прадедом широкую дорогу по партийной лестнице. Особых звезд прадед Кудряшов с неба не хватал; отличался, когда выпьет, буйным нравом — однако в нем имелось то качество, что во все века, от Римской империи через Борджиа, Ивана Четвертого и Петра, ценилось руководителями любых мастей, а именно: личная преданность. А также природный ум, хватка, организаторский талант и умение красиво и зажигательно выступать. И еще (возможно, главное): нюхом чуять и безошибочно выбирать нужных людей — кому эту самую преданность следует выказывать. В этом самый старший Кудряшов не прогадал. Ставку сделал, куда надо, а именно — на товарища Брежнева.

Познакомились они, правда, в годину (как писалось в советские времена) тяжелых испытаний. Когда началась война, Кудряшова мобилизовали. Однако стал он, как водилось в среде нового партийного дворянства, не каким-нибудь пехотинцем или артиллеристом, а политработником. Вот тут-то и случилось судьбоносное знакомство с будущим руководителем партии и правительства, верным ленинцем и многократным Героем Советского Союза и Социалистического Труда. Злые языки много позже, в последние советские годы, подло врали, что Кудряшов, дескать, был у Брежнева ординарцем, то есть денщиком: подшивал подворотнички и чистил сапоги. Но это, товарищи, наглая клевета. В ту пору будущий генсек служил начальником полит-

---

[1] Неточная цитата из «Марша веселых ребят» (1934 г.) на стихи Василия Лебедева-Кумача: «Когда страна быть прикажет героем, у нас героем становится любой».

[2] Точная цитата: «Пожар способствовал ей много к украшенью» (Александр Грибоедов, «Горе от ума»).

отдела армии, а майор Кудряшов царил в политотделе полка (входившего в ту же брежневскую Восемнадцатую армию). Познакомились они на пресловутой, впоследствии неоднократно воспетой, Малой Земле, когда бровастый полковник обратил пристальное внимание на храброго, дельного и ушлого майора. Ведь помимо преданности вышестоящим майор, а впоследствии подполковник Кудряшов прославился в войну еще и личной храбростью. Однажды сам, лично поднимал бойцов в атаку, что для начальника политотдела полка вообще-то было странной и редкой удалью. И за это удостоился хвалебной заметки в «Красной Звезде» и устного выговора от Леонида Ильича: надо беречь себя, как важного партийного кадра!

Прадед также снискал известность свирепостью по отношению к дезертирам и насильникам, нескольких самолично расстрелял. За войну был в итоге награжден орденом Красной Звезды. Участвовал в Параде Победы на Красной площади.

После счастливого для СССР окончания Великой Отечественной он с покорной радостью последовал за всеми извивами судьбы своего патрона Брежнева: Украина, Молдавия, Казахстан. Самых высоких должностей не удостаивался и к ним не стремился — третий секретарь обкома был его потолок. Но все равно ни ему, ни его жене или детям никогда не приходилось стоять в очередях, чтобы отоварить карточки. Или думать, где достать для пропитания младенца молока. Всегда был он (и семья) хорошо одет, сыт, получал доппаек, проживал в многокомнатной отдельной квартире с паровым отоплением и разъезжал с водителем на персональной машине. Словом, стал самым настоящим *советским дворянином* — звание, которое, как впоследствии выяснилось, в СССР начало передаваться по наследству. (Если только *дворянина,* конечно, не перемалывало в сталинской мясорубке. Или его дети и внуки не оказывались полными бездарями или нравственными уродами.)

Вот так Кудряшов потихоньку рос (вослед за Леонидом Ильичом), а когда тот в итоге в шестьдесят четвертом году стал главным советским руководителем, прадед нашего героя совсем оказался в шоколаде. Был вызван в Москву, получил на семью квартиру на Кутузовском проспекте, служебную дачу в Барвихе. И трудиться поставлен был не на самом главном направлении — в политбюро, секретариате или совмине, — а несколько сбоку: то завсектором ЦК КПСС, то министром того, то председателем госкомитета другого, то в госплане, то в госстрое — и никогда больше ни в чем не знал нужды.

Безвременная смерть Леонида Ильича (последовавшая, напомним, в ноябре 1982-го) привела к довольно быстрой отставке Василия Николаевича Кудряшова — по возрасту и состоянию здоровья (как будто до того все в порядке у него было и с возрастом, и со здоровьем). Он дожил до горбачевских преобразований — но не успел увидеть их горьких плодов в виде распада СССР и кончины КПСС. Умер в восемьдесят седьмом году, в собесе, куда пришел хлопотать о прибавке к персональной пенсии, никем не узнанный.

Впрочем, к тому моменту он уже обеспечил, как мог, своих отпрысков. Надо заметить, что в позднесоветскую эпоху *обеспечить* детей означало далеко не только материальное благосостояние. Скорее предполагалось, что им следует дать хорошее и престижное образование — *самое* хорошее и *самое* престижное! — а затем пристроить на хороший и престижный пост. Именно подобным образом, через должности и места службы, она и продлялась, эта линия *потомственного советского дворянства*. Тут имелось, правда, одно условие: молодому человеку (или девушке) следовало, помимо получения подходящего образования и должности, правильно жениться (или выйти замуж). В сущности, сын свинопаса и соратник Брежнева товарищ Кудряшов — он ведь был последним из фамилии, кто женился на прабабке Фекле по искренней и неподкупной любви. Всем его наследникам следовало держать в уме негласные сословные правила. Потенциальный партнер сына (дочери) подвергался внимательнейшей ревизии со стороны родителей. Негодные кандидатуры браковались решительно и беспощадно — вплоть до насильственного развода (как это случилось, кстати, с Галиной Брежневой, дочерью Леонида Ильича, которая посмела выскочить за Игоря Кио — мало того, что циркача, так еще и младше ее на пятнадцать лет!). Важным условием было, что советский дворянин должен избегать в качестве будущих жен-мужей представителей некоренной национальности. Еще можно было допустить украинцев либо белорусов — но вот представителей республик Прибалтики, Средней Азии, Закавказья или, тем паче, евреев — ни в коем случае. Кроме того, хорошо, если будущие свойственники будут ровней: лучше всего, теми же ответственными советскими или партийными работниками — в крайнем случае на ступень-другую ниже. Например, сын министра мог, безусловно, жениться на дочери начальника отдела или хотя бы завсектором в том же (или другом) министерстве. Дочь ответственного работника ЦК имела право выйти за сына труженика горкома или даже райкома. В крайнем случае, стиснув зубы, можно было допустить в фамилию простых учителей или врачей. Но вот брак с дочерью уборщицы или, к примеру, скотницы считался явным мезальянсом, вызовом, пощечиной общественному вкусу и практически никогда не допускался.

Сын родоначальника династии, вышеупомянутого Василия Кудряшова, Николай Васильевич (дедушка нашего героя Артема) все по жизни делал правильно. В пятидесятые годы он женился на дочери папиного сослуживца, окончил историко-международный факультет МГИМО. Потом пошел по дипломатической линии. Дорос, как карьерный дипломат, до звания посла.

Сын его (или отец Артема), с царским именем-отчеством Александр Николаевич, также довольно рано понял, что лучше всего приносить советской Родине пользу, будучи как можно дальше от нее. Он поступил, по папашиным стопам, в МГИМО и удачно просватался к Елене Анатольевне (маме Артема), родители которой подвизались по линии Министерства культуры и театральной критики. Когда Александр Николаевич в 1981 году благополучно окончил свой самый привилегированный вуз СССР, его отправили служить в приятных, небедных странах по европейскому направлению: Бельгия, Люксембург, Голландия, Швеция... Поэтому местом рождения нашего героя Артема значилась именно Швеция. И как раз появился он на свет в девяносто первом году — в то самое время, когда советская империя рухнула.

Однако дипломаты оказались нужны при любой власти, и, преодолев разброд и шатания времен Козырева (был такой, если кто не помнит, министр иностранных дел при Ельцине), папаша Артема все равно продолжал служить.

Правда, тут фортель выкинула Елена Анатольевна (мама Артема). Когда кончилась власть парткомов (и серьезно ограничились полномочия кадровиков), она однажды оставила супруга в стране пребывания, взяла в охапку сына, трехлетнего Артема, и вернулась на Родину.

Злые языки строили по поводу происшествия различные предположения — впрочем, недолго. Поговаривали, что Александр Николаевич в молодости славился редкостным, совершенно не дипломатическим пристрастием к дамскому полу. В поле его активности регулярно попадал технический персонал посольства, жены коллег и даже (когда началась ельцинская вольница) дамы из страны пребывания (в том числе легкого поведения). Супруга, как заведено в среде советских дворянок, терпела это, терпела, а однажды сносить обиды перестала. Ни на какой развод подавать не стала, а просто уехала.

В России в девяносто четвертом году ей не понравилось. Было сложно. Не находилось работы, инфляция галопировала со скоростью двадцать-тридцать процентов *в месяц*, шли чередой бандитские *разборки* и *стрелки*, распоясалась уличная шелупонь. Но, осмотревшись, Елена Анатольевна поняла, что и в Москве жить можно. У советского потомственного дворянства даже после краха Советов оставались свои привилегии. Главная из них заключалась в связях, которые они нарабатывали не только собственноручно, но и получали от родителей, бабушек-дедушек, свекра со свекровью и прочих предков. Довольно скоро совместными усилиями Елена Анатольевна была устроена в один из тех заграничных банков, что в начальные девяностые наперебой устремились в объявившую о капитализме Россию. Женщина она была ответственная, имела профильное образование и знала два языка — что еще надо для успешной карьеры! Сыну Артему наняли няню. В итоге, сменив несколько мест работы, Кудряшова нашла свой идеал: да, она отчасти пожертвовала карьерой, работала, но не слишком перенапрягаясь — зато имела возможность проводить больше времени с сыном, образовывать его, читать книжки и рассказывать сказки на ночь.

Родители так и не развелась. Мать приезжала к отцу в страны его пребывания, привозила туда на побывку отпрыска. Потом, когда тот достаточно подрос, стала отправлять парня к папане за рубеж самостоятельно. В сущности, заботы о нем и хлопоты заменили ей собственную личную жизнь — произошла, как говорил товарищ Фрейд, сублимация. Как ни странно, и Александр Николаевич вдали от супруги не развернул свои амурные похождения во всю Ивановскую, а, наоборот, утишил. Может, и случался у него кто, но гораздо реже, чем прежде, когда он пребывал под бдительным оком жены. Во всяком случае, никто Елене Анатольевне ничего не доносил (а дипломатические колонии за рубежом — известный рассадник сплетен), и сын, вернувшись из-за границы, тоже ни про каких посторонних тетей в окружении папаши не докладывал.

А совсем недавно Александру Николаевичу подошла пенсия — его уволили из МИДа, и он вернулся в Москву. Здесь он тоже, как принято в среде советского дворянства, пусть и бывшего, не потерялся, немедленно пошел служить в какой-то то ли комитет, то ли подкомитет и лекции начал читать в высшем учебном заведении. Вроде бы и с супругой, Еленой Анатольевной, все стало налаживаться, после двадцати с лишним годков жизни врозь. А куда им еще деваться-то друг от друга на пороге старости!

Хоть все *советское* и кончилось почти одновременно с рождением Артема, и разбилось на сотни осколочков, у нашего героя, Кудряшова — самого младшего, тоже по жизни все было если не *лучшее,* то *достойное*.

Самое-то лучшее, что имелось в стране, к тому моменту захватили другие — парвеню, выскочки, нувориши. Они, разбогатевшие на нефти, газе, а то и на убийствах, теперь рассекали на пятидесятиметровых яхтах, проживали в особняках на *Лазурке* и учили своих детей в Йеле. Они были уверены, что все на свете можно купить при помощи денег, — и покупали.

Новорусских финансов у Кудряшовых не имелось — однако связи, пусть и в ряду *бывших*, до сих пор действовали. Поэтому Артем учился в одной из лучших столичных спецшкол, в совершенстве знал два языка. Вот только с дальнейшим образованием произошла *затыка*. По окончании школы он отверг привычный дедово-отцовский МГИМО. Да и к чему был теперь МГИМО? Кому нужен? Это в советские времена дипломат по сравнению с обычным гражданином был небожителем, потому что мог покупать японские магнитофоны, американские джинсы и автомобили «Лада» в экспортном исполнении (а простые инженеры — нет). А длительная командировка в какую-нибудь Зимбабве считалась раем небесным. Но теперь-то все переформатировалось. Что такое, спрашивается, нынче Зимбабве? Черная, жаркая страна. И кто такой, спрашивается, дипломат? Да никто. Чиновник на службе государства. С не самой великой зарплатой.

Иное дело — молодой человек, что вдруг впишется в нефтяную или газовую сферу. Или, на худой конец, лесную, металлургическую или энергетическую. Тут и денег прорва — и, как следствие, почет и уважение. Но для этого иное, не мгимошное образование нужно. MBA требуется, master of business administration[1].

Однако — нет. Артем отказался даже рассматривать новомодную высшую школу экономики. На образование за рубежом у Кудряшовых средств все-таки не нашлось. И стал он учиться всего-то на факультете журналистики МГУ, пусть и на международном отделении. Для непосвященных звучало круто, но посвященные морщились: что за образование — журналистика? Да чему там учат? Строчить пресс-релизы для скороспелых фирм?

Но *фенька* заключалось в том, что Артем с детства увлекся фотографией. Еще с тех пор, когда аппараты были пленочными, а проявляли и печатали карточки в специальных секциях «Кодак». Затем одним из первых в Москве он освоил *цифру* — и снимал, снимал, снимал... Любил это дело и хотел превратить его в профессию. И куда ему следовало поступать? Не в *кулек* же идти (как презрительно называли многие институт культуры)! А на журфаке хоть кафедра фотожурналистики есть. Вот Артем и выучился на журналиста (хотя официальных занятий по любимому фотоделу на факультете оказалось кот наплакал, но ходил на спецсеминары, на все возможные выставки, познакомился с профессиональными фотографами)... Таким образом, прервалась на Артеме династия дипломатических работников (вроде бы начавшая складываться в лице его деда и отца).

---

[1] Магистр делового администрирования *(англ.)*.

Да и вторая заповедь советского дворянина — жениться на *девушке из приличной семьи* — тоже в его лице давала трещину. Вечно он связывался (по мнению отца и особенно матери) с какими-то явно не достойными его созданиями. К примеру, поехал как-то году в две тысячи девятом в Нидерланды к папаше (тот еще служил) и слюбился с одной оторвой родом из Испании, лет тридцати, чуть ли не работницей сферы секс-услуг, не скрывавшей, что она употребляет на досуге марихуану... И даже жениться на ней намеревался! Еле родные его от нее отвадили!

Чуть что, так сразу предлагать девчонке руку и сердце — был в этом у Артема какой-то порок. Мать его, Елена Анатольевна, даже вздыхала вслух: «Слишком хорошо я воспитывала сына, слишком правильно!» На четвертом курсе в Англии, куда поехал по обмену, увлекся латышкой, тоже старше его, которая работала, подумать только, продавщицей! Пусть в «Харродсе» — но продавщицей же!

В дальнейшем случались у Артема и другие, пусть меньшие по масштабам и в смысле накала чувств-с, но аналогичные по уровню мезальянса романы и романчики. И все время его под венец тянуло, только успевала семья отваживать.

А эта фотография! Можно было смириться с ней, когда бы она увенчалась достойным рабочим местом где-нибудь в «Нэшнел Джиографик» или хотя бы в «Максиме». Так ведь нет! Стал Артем, как неприкаянный, бродить по свету, щелкать затвором, искать свой путь. Начал вести свой блог, довольно стремный. На реновацию наезжает, на чрезмерное столичное благоустройство. Денег, правда, у родителей не просит — хотя вот машину ему, «Ауди А-6», приобрели: пусть ездит на приличном и безопасном авто. (Хотя записали его, на всякий случай, на отца — которому приходили в результате многочисленные квитанции гаишных штрафов за превышение скорости.) А вообще, следовало признаться (делали свои выводы отец Александр Николаевич и мать Елена Анатольевна), что благородная советско-дворянская ветвь на Артеме, похоже, закончится. Растворится в результате новой сословной революции, начавшейся примерно в те годы, когда он появился на свет...

* * *

Родители — они вообще всегда думают о своих детях больше и чаще, чем наоборот.

Так и в нашем романе: в разговорах Артема его отец и мать вовсе не всплывали, в его душе и сердце занимали третье или даже пятое место. А вот Александр Николаевич и Елена Анатольевна Кудряшовы поминали ребеночка часто. И отнюдь не радовались, что он, в компании друга, на дорогом авто отправился на российские юга. Все-таки наша страна — место любимое, но непредсказуемое. Поехал бы лучше, как все, в спокойные страны Шенгенской зоны: Италию, Францию или Испанию. На худой конец, в безвизовую Турцию... Но Артем доказывал, что хочет ориентироваться на собственные финансы, денег с родителей предпочитает не тянуть — поэтому выбирает отечественное. Хотя, если разобраться и посчитать, Турция на круг вышла бы дешевле.

Звонками или скайп-сеансами сыночек не баловал, отделывался скупыми эсэмэсками. А чаще родители судили о том, где сын, все ли с ним в порядке и как он себя чувствует, по его живому журналу. Отец Александр Николаевич так и говорил матери: «Пишет, снимает, постит — значит, все в порядке». При том, что блог Артема становился в последнее время далеко не личным, а скорее общественным достоянием, и автор никогда не забывал, что каждый его пост как минимум пара десятков тысяч человек просмотрит — поэтому никаких себе сю-сю-сю и пу-сю-сю не позволял. Не грузил читателей пустопорожней болтовней, типа: мы прибыли в курортный город Х, ах, как здесь красиво, смотрите, какое море, а вот что мы ели на завтрак. Нет, его взгляд (и объектив) выхватывал нечто реально интересное широкому кругу: вот часовню поставили на самом морском берегу, у пляжа — довольно смешно смотрятся обнаженные люди рядом с золотом куполов. Или: вот тетенька мирно спит в кресле, прямо на обочине, под рукописной табличкой ***Сдаются комнаты у моря***, из чего заинтересованные зрители могли сообразить: отдыхающие схлынули, на юге мертвый сезон...

Родители, Елена Анатольевна и Александр Николаевич, прилежные подписчики сыновнего блога, по этим и другим фото и заметкам делали вывод: слава богу, у Темочки все нормально, он здоров и, кажется, весел.

Они только не знали, что Кудряшов-младший (прекрасно представляя себе особенность *предков* судить о том, чем ребеночек занят и как себя чувствует, по его сетевому журналу) заранее наготовил, что называется, «консервов». А именно: наделал вперед снимков и подписей к ним, а потом задал интернетскому автомату команду: размещать их по одному каждый день.

А сам — ни к компьютеру, ни к фотоаппарату не прикасался.

Был полон морем, солнцем и своею новой любовью — Настей.

* * *

Капитан полиции Кирилл Косаткин

Задувал сильный «моряк» — то есть ветер с моря, и водная стихия бурлила. Волны накатывались с неправильными промежутками, без никакой системы. Брызги и мелкая пыль иногда долетали, через всю полоску пляжа, до кабинок для переодевания. Гул стоял преизрядный. Накат, шипя, выбрасывал на берег камни, а потом утягивал их за собой в глубину. Немногочисленные курортники, сидевшие на топчанах, кутались кто в свитера, кто в полотенца, а иные в куртки.

Гражданин терпила Порфеев сам вычислил меня и подошел. Я хоть и был одет по гражданке, зато, наверное, единственный, кто аккуратно причесан, в отутюженной рубашке и цивильных ботинках.

— Давайте, рассказывайте.

— Что вас интересует?

— Во-первых, как вам показалось: эти деффки, злодейки — они местные?

— В смысле, уроженки курортного поселка Каравайное?

— Да и вообще — с Кубани ли?

— Нет, они, скорей, не здешние.

— С чего вы взяли?

Он пожал плечами:

— Не знаю, почему-то кажется. Понимаете, если б они тут жили, их бы здесь знали. В кафе — официант, бармен, тапер.

— Может, они в сговоре с преступницами состояли?

Я своими вопросами, что называется, «бил по квадратам». Спрашивал то о том, то о сем. А мой визави, чувствовалось, глубоко свои ответы заранее продумал — видно, что немало времени провел (может, и бессонные ночи), перекатывая в уме то, что с ним приключилось. Да и спрашивали его уже об этом (я надеюсь) местные полицейские.

— Не похоже на сговор. Обслуга с преступницами так обращалась, будто первый раз видит. Потом, кафе открытое, мимо по набережной все время люди ходят. Но никто им не улыбнулся, не поздоровался, руку приветственно не поднял. Затем мы в магазин заехали, спиртное покупали — продавщица тоже на них смотрела, как на новые ворота. А поселок маленький, все друг друга знать должны.

— Стало быть, вы считаете — гастролерши?

— Наверное. Но вряд ли издалека. Они откуда-то из края. Или, по крайней мере, с Юга.

— Почему вы так решили?

— Кажется мне. Опять-таки акцент. «Гэ» говорят как южанки.

— Может, украинки?

— Тоже вряд ли. У тех было бы больше диалекта, собственных словечек.

— А как эти деффки друг к другу обращались? По именам?

— Нет. Никак. Они вообще почти не говорили друг с другом.

— Может, вообще только что скорешились — чисто ради дела?

— Нет, наоборот. Скорее, понимают одна другую с полуслова.

— Из чего вы это заключили?

— Не знаю. Почувствовал.

— Хороший из вас свидетель, — искренне похвалил его я. — Многое приметили.

— Я не свидетель, — грустно усмехнулся он. — Я потерпевший.

— Давайте съездим в отдел, попробуем составить субъективные изображения преступниц — то есть, как говорят в народе, фотопортреты. Я на машине.

— А я вот — больше нет.

В тепле моего авто, когда мы ушли наконец от резкого морского ветра, терпила стал изливаться:

— Вы не подумайте, что раз у меня «Лексус» и отдыхаю я в санатории, я миллионер и коррупционер. У меня просто тесть богатый. Он мне тачку и подарил. И вы представьте теперь, что я ему скажу. И как он на меня посмотрит. Поэтому остается Бога молить, чтобы до него не дошло, при каких обстоятельствах я тачки лишился.

— Зачем тогда заяву в полицию писали?

— Дурак был, — искренне высказался он. — Думал, что девчонки просто взяли покататься да потом бросили тачку, а как я ее в таком случае без полиции найду?

— Сразу скажу, — ухмыльнулся я, — мы по месту

прописки закладушек о неприглядном поведении граждан не рассылаем. Если только сами проболтаетесь. Но когда, даст бог, пришлют вам повестку в суд, давать показания — как оправдаетесь перед женой и тестем?

— Пусть бы прислали! Я там найду что соврать. Очень уж охота на этих засранок поглядеть. А еще лучше подвесить их обеих за ноги — и выпороть розгами, смоченными в скипидаре. Сколько им светит хоть, если найдете?

— Мало не покажется, уверяю вас.

— Да вы ведь не найдете.

— Посмотрим, сказал слепой.

* * *

— Мама, я женюсь.

— Слава богу! Наконец-то! Тебе понадобилось уехать, чтобы все-таки понять, что Кристина создана для тебя!

Разговор происходил по скайпу, и с одной стороны перед интернет-камерой находился уже известный нам Артем Кудряшов, а с другой — персонаж, с которым мы знакомы только заочно, — его мама Елена Анатольевна. И хоть мы наблюдаем ее не в натуральном, так сказать, виде, а на экране монитора, надо заметить, что дама эта — не из тех, о которых говорят *со следами былой красоты*. Нет! Она выглядит именно *красивой* — хотя и лет ей, конечно, под пятьдесят. Видно, что женщина тщательно следит за собой, ухожена, подтянута (во всех смыслах последнего слова). Внимательный наблюдатель мог бы разглядеть также свежую укладку, маникюр, кулон с бриллиантами на золотой цепочке.

В тот момент, когда женщина упоминает некую Кристину, ее собеседник, сын, слегка зависает, словно компьютерная программа дает на секунду сбой. Потом он говорит, слегка усмехаясь и, вероятно, усмешкой маскируя смущение:

— Прости, мам, но это не Кристина.

— А кто же? — доносится из уст матери выкрик изумления и негодования.

— Я встретил девушку. Здесь.

— Ну, ты даешь! И кто она?

— Молоденькая. Очень хорошенькая. Зовут Настя.

— Откуда родом? Из какой семьи? — В тоне матери априори звучит предубеждение против девушки: мол, разве может ее сын познакомиться с кем-то приличным и достойным, да еще не, допустим, на Сардинии, не в Лондоне, а на российском Юге! Артем слышит в интонациях родительницы это изначальное недоброжелательство и начинает потихонечку заводиться:

— Ах, ну мама! Какое это имеет значение! Кто она, из какой семьи!

— Большое! — со всей убежденностью произносит Елена Анатольевна. — Очень даже большое! Ты сам знаешь, как важно, чтобы будущая избранница была человеком одного с тобой *круга*. Ведь в случае мезальянса можно погубить все: и себя, и нас с отцом, и будущих детей!

— При чем здесь вы с отцом! А тем более будущие дети!

— Как — при чем?! Ты что же, хочешь, чтоб твой будущий сын или дочка были умственно неполноценными? Дебилами? Даунами — или носителями другой наследственной болезни?!

— Наследственные болезни, если ты не в курсе, происходят как раз оттого, что люди *одного круга* друг с другом переживаются и никого посторонних в свой круг не пускают. Судьба наследника царского престола Алексея Николаевича с гемофилией — тому пример.

— Ты мне царскими наследниками зубы не заговаривай! Давай скажи лучше: откуда родом девушка и кто ее родители?

Артем чувствует, что интерес матери вполне законный, претензии — отчасти тоже, а он никак не может их удовлетворить, поэтому начинает сердиться и повышать голос:

— Мама! Какое это имеет значение!

— Большое, — тверда Елена Анатольевна. — Очень даже большое.

— Ну, она сирота... — через силу говорит молодой человек.

Собеседница смотрит на него с ужасом и еле удерживается от критического замечания. А сын нехотя продолжает:

— Ее вырастила и воспитала тетя.

— И кто у нас тетя?

— Почтальон.

— Хорошая профессия! Очень нужная людям и, главное, денежная. Газпром отдыхает!

— А я, если хочешь знать, ни за каким приданым не гонюсь!

— Да это мы с отцом уж знаем! — саркастически восклицает мать. — Хорошо знаем! С милым рай и в шалаше, только в вашем случае шалаш — это наша с отцом четырехкомнатная квартира на Кутузовском, между прочим, проспекте Москвы!

— Мы жить будем от вас отдельно, — спешит оповестить Артем.

— Но, я надеюсь, все-таки в столице нашей Родины? Поближе к цивилизации и удобствам? Или, может, ты к невестушке переедешь? Откуда она, кстати?

— Из здешних краев, — нехотя цедит сын. — Станица Красивая Краснодарского края.

— Замечательно! — со всем возможным сарказмом восклицает мать. — Станица Красивая! Лучше не придумаешь! Значит, вы с ней будете теперь «красавчеги»?!

— Мама, сбавь, пожалуйста, свой тон!

— А ты, пожалуйста, перестань бредить! И немедленно возвращайся в Москву!

— Хватит, мама, мной командовать!

— А ты — перестань сходить с ума!

— Мама! Я взрослый человек! И я делаю то, что хочу! Скажи вообще спасибо, что я тебе звоню и сообщаю. Мог бы и вовсе не...

— Ах, как это благородно с твоей стороны, что ты позвонил!

— Ладно, мама, твой сарказм мне надоел хуже горькой редьки. До свидания.

И Артем в сердцах разорвал соединение.

* * *

Этот вечерний видеосеанс имел последствия в виде двух разговоров лицом к лицу, что состоялись, соответственно, на Черноморском побережье и в столице.

В первом приняли участие Артем и его друг Андрей.

— Мать не хочет, чтобы я женился, — мрачно известил приятеля первый.

— Ты знаешь, я ее почему-то понимаю.

— А я хочу — и буду с Настей! Правильно ведь говорят: «сердцем чую» или «сердцу не прикажешь». Так и тут. Вот чувствую я: она — моя. Та, что послана мне судьбой. И плевать мне на все и всяческие условности! Кто она родом, откуда — из станицы, райцентра, кто ее родители и прочее. Да, мезальянс. Пусть мезальянс! Тем лучше! Я ведь в нем стою на более высокой ступени, правда? Вот и подтащу девушку до своего уровня!

— Или она тебя низведет до своего, — спокойно, с легкой усмешечкой заметил соратник.

— И ты, Брут! Тоже будешь меня отчитывать и воспитывать, как мать?

— Нет, я целиком и полностью на твоей стороне. Может, и сам хотел бы оказаться на твоем месте. Тайны брачныя постели и все такое. Но зачем? Мне моя Юлька и безо всякой женитьбы дает. Может, тебе имеет смысл поработать в этом направлении?

— Ты хочешь сказать, что я затеваю бракосочетание только из-за Настиной недоступности?

— Не исключено.

— Нет-нет, не в том дело. Я чувствую: она послана мне судьбой (если говорить высокопарно). И еще один момент: ты знаешь, мне ее просто жалко. Она умная, развитая, тактичная, даже образованная. Эмоционально чуткая и богатая. И что за судьба ей будет уготована, если она останется в этой своей станице Красивой? Будет провизором служить за гроши в местной аптеке. Выйдет за какого-нибудь тамошнего алканавта. Детишек нарожает, которые повторят ее путь... Знаешь, мы ведь в долгу перед ними...

— Кто «мы»? Почему — «в долгу»? Перед кем — «ними»?

— Вот послушай. Издавна повелось, что в России — общество классовое. Или даже кастовое. В девятнадцатом веке дворяне женились на дворянках, крестьяне — на крестьянках, а купцы — на купецких дочерях. На короткое время сто лет назад революция все перемешала...

— И дворян всех шлепнула, — с ехидцей подсказал Андрей.

— Ну, не всех! Кто-то сбежал, а кто-то все-таки остался. Иначе совсем бы нам кисло на Родине пришлось... Без Булгакова, Алексея Толстого и Вернадского... Но ты меня не сбивай. Так вот, СССР провозгласил равенство — оно и существовало. Но только поначалу. Мой прадед свиней пас, а дорос до самых верхов. А потом сложились новые классы — и в пятидесятые или шестидесятые сын свинопаса вряд ли бы стал дипломатом и послом Советского Союза. А мой дед — стал. Потому что был сыном прадеда — члена ЦК и зампреда Госплана. Но теперь классы еще дальше друг от друга разбежались. И сейчас — хоть в нашей Конституции написано, что все люди равны, — касты еще сильнее окуклились. Мы в Белокаменной живем, в роскоши купаемся (в сравнении со здешними жителями). Для них десять тысяч — огромные деньги, месяц можно жить, а мы их в Белокаменной за пару часов в ночном клубе спускаем. Мы жалуемся на недопоставку свежих устриц, а они картошку себе в огороде на обед выкапывают. Нехорошо это, не по-божески. Не по-людски.

— И ты решил своим примером покончить с вековой несправедливостью? Может, лучше для начала Настьке швейную машинку бы купил — как народники в девятнадцатом веке?

— Ты все ерничаешь, друг мой. А зря. На самом деле свежая кровь — она всем необходима. И классам, и кастам.

— Да что ты меня убеждаешь? Женись, если хочешь. Сколько влезет. Я что, против? В конце концов, не понравится — разойдешься. Только вот эти твои богоспасаемые разговоры — они свидетельствуют об одном.

— О чем же?

— О твоей глубокой неуверенности в том, что ты поступаешь правильно.

* * *

На другом краю страны, в столице, ту же самую коллизию обсуждали в то же самое время родители Артема — Елена Анатольевна с мужем Николаем Александровичем Кудряшовым.

— Ты должен немедленно поехать туда, — напористо атаковала мать.

— Зачем?

— Поговорить с ним. Лицом к лицу. Как мужчина с мужчиной. Уговорить. Убедить. Вернуть. Как с той ужасной девкой, испанкой, в Амстердаме.

— Послушай, дорогая, но выглядеть это будет просто смешно! Тогда ему было девятнадцать, теперь — двадцать семь лет, взрослый человек, совершенно дееспособный. А ты — «вернуть»! Как ты себе это представляешь? Завернуть в ковер и кинуть в багажник?

— Когда ребенок совершает очевидную глупость, его родители должны сделать все, чтобы не дать ему разрушить собственную жизнь!

— Ну, почему сразу «разрушить»? Он взрослый человек, у него своя голова на плечах. Если сделал ошибку — никогда не поздно исправить.

— «Исправить»! Только к моменту, как у него откроются глаза и он будет готов сбежать от своей провинциальной благоверной хоть на край света, она окажется прописанной в нашей квартире и принесет ему одного, а то и двух засранцев, с которыми придется нянкаться нам с тобой.

— А что, дети — цветы жизни. Ты давно мечтаешь о внуках.

— Не паясничай!.. Уговори его хотя бы подождать, потерпеть, повременить! Пусть, если так у них в одном месте чешется, даже объявят о помолвке! Поживут вместе! Совместно будут вести хозяйство! А потом, когда проверят свои чувства — через годик-другой, если не разбегутся, а я сильно на это надеюсь, — тогда, пожалуйста, сыграем им свадебку! Но не раньше!

— Наверное, Лена, ты все правильно говоришь, но ехать неизвестно куда? Вести душеспасительные беседы с давно совершеннолетним сыном? Я не хочу. И не буду!

— Ну, тебе на нашего сына давно наплевать. Ты как отстранился от него чуть не с рождения, так и до сих пор живешь, совершенно далекий от любых перед ним обязательств!

— А ты готова его осчастливить насильно. Сюсюкала с ним всю жизнь, вот и вырастила эгоиста и маменькиного сыночка.

— Хорош маменькин сыночек! Ни во что нас не ставит!

* * *

И в третьем месте в те часы беседовали на матримониальные темы.

В съемной панельной однокомнатной квартирке курортного поселка Гамма разговаривали Юля с Настей.

— Знаешь один из приемов маркетинга? — весело спросила подружку Настя.

— Ну?

— Ограниченное предложение. Типа, успей купить до пятнадцатого октября. А если опоздаешь — извини, не судьба.

— И?

— Скажем ребятам, что мы послезавтра уезжаем. С концами, домой. Пусть действуют.

— А если никак *действовать* они не станут?

— Значит, не судьба. Я лично со своим, с Артемом, порву немедленно и навсегда. И безо всяких сожалений. А ты с Андреем — как хочешь.

* * *

Кирилл Косаткин, капитан полиции

В поселке Каравайное имелось даже районное отделение — вот что значит крутое курортное место! Я зашел представиться местному шефу полиции. Майор Курдюмов принял меня уважительно — для него любой человек из края если не начальник, то источник свежих сплетен. Я рассказал ему пару новостей и анекдотов. Он спросил, с чем я пожаловал. Я поведал.

— Работали мы по этому делу. Я сразу сказал, что это не наши. Гастролерши. Залетные. Мы жилой сектор свой тщательно прошерстили. Наши бабоньки до столь высокого полета не поднимаются. Сковородником по пьянке съездить сожителя — вот это наш уровень.

— Могли деффки эти где-то здесь, у вас в Каравайном, похищенные транспортные средства разбирать? Или номера перебивать?

— В каждый двор, ты ж понимаешь, доступа мы не имеем, во все подряд гаражи не заглядываем. Но агентуру свою на это дело нацеливали. И механиков-умельцев, что тут у нас все на свете починяют, от «козла» до «мерса», проверяли. Ничего не обнаружили... Значит, в итоге эти красотки еще где-то засветились? И край забирает у нас дело? Дóбре. Спорить не буду. Баба, как говорится, с возу. Чем еще могу?

Я попросил доступ к служебному компьютеру. Он лично проводил меня в комнату оперов. Там одинокий опер, одетый по гражданке, барабанил по расхлябанной клавиатуре. При виде начальства он вскочил по стойке «смирно», из чего я заключил, что с дисциплиной в отделении все в порядке (или начальник самодур).

Майор лично включил мне пустующий компьютер, сослался на дела и вышел. Сотрудник уселся и продолжил барабанить. Я вошел в систему со своего логина-пароля и написал два запроса. Первый — в наше краевое управление безопасности дорожного движения, с просьбой предоставить мне информацию с трех видеокамер, расположенных на таких-то километрах шоссе Кубанск — поселок Каравайное. (Камеры я заприметил утром, пока рулил в Каравайное.) Данные с «походом», за трое суток, следующие после момента совершения преступления.

Второй запрос я адресовал в краевое УСТМ[1]. Обоснование я беззастенчиво передрал со своей прошлой цидули на ту же тему: «...следствие полагает, что необходимо получить информацию с технических каналов связи об абонентах, с указанием анкетных данных, абонентских номеров, за период времени такой-то, такого-то числа, указанием номеров абонентов, осуществлявших звонки, за требуемый период у операторов сотовой связи (я перечислил всех четырех) по таким-то адресам...» Я указал два адреса: кафе «Дельфин», где потерпевший познакомился с подозреваемыми, и того места на черноморском берегу, где гражданина Порфеева ограбили.

---

[1] Управление специальных технических мероприятий — засекреченное подразделение МВД, занимающееся безопасностью в сфере высоких технологий.

Если бы преступники (и преступницы) ведали, сколько злодейств помогает раскрыть дотошный биллинг телефонных номеров, они вряд ли вообще когда-нибудь прикоснулись к мобильным аппаратам!

* * *

На следующее утро ветер стих. В поселке Гамма — расположенном, кстати говоря, примерно в сорока километрах от Каравайного (это если считать прямиком, по берегу, а по шоссе выходило все семьдесят), — снова установилась прекрасная погода. Немногочисленные курортники выползли на пляж.

И именно здесь девушки, Настя и Юля, объявили о своем решении назавтра уехать. Парни переглянулись и сказали, что тогда надо устроить отвальную — прямо нынче вечером.

Потом молодые люди направились купаться, а на самом деле поговорить. Заплыли далеко, в два раза дальше буйка — спасательная служба, переработавшись за лето, нарушение курортниками собственной безопасности вновь проигнорировала.

А к девушкам на берегу подвалили два местных парубка:

— Привет, девчонки, хорошо отдыхаете, а хотите, будет еще лучше? Да поехали с нами, мы такие места знаем, возьмем пивасика, у нас таранька собственного улова, возьмем катер. Искупаемся в чистой прозрачной воде Черного моря, возможна встреча с дельфинами.

Вернулись из заплыва Артем с Андреем. Заметив приставал, первый сказал им с обидной небрежностью:

— Дуйте отсюда, ушлепки!

Один из приставал начал выкаблучиваться, тянуть:

— Да пойдем, выйдем, поговорим! — хотя ни габаритами, ни мускулатурой не в состоянии был тягаться с москвичами.

Второй искатель приключений стал его охолаживать, уводить — да и девушки сказали спокойно:

— Извините, но они — наши парни, без обид.

Первый «ушлепок», ворча, дал второму себя увести.

Казалось, инцидент исчерпан — однако впоследствии он имел продолжение.

* * *

Инспектор роты ДПС отдела МВД России по Каравайному району Кубанского края старший лейтенант полиции Денис Баранов просматривал с утра ориентировки на авто, объявленные в розыск. Одно из них — модный черный «Лексус» с госномером N-ской области Центральной России — показалось ему знакомым.

Через секунду ему живо припомнилось, как несколько дней назад, ранним розовым утром, он остановил на пустынной дороге именно этот «Лексус» с двумя шалавами, одна за которых находилась за рулем. Свежие юные красотки, но напряженные и напуганные. Он еще тогда подумал: возможно, взяли они у своего папика авто покататься без спроса! И шепнул ему тогда внутренний голос: додави их, раскрути! Припугни — хотя бы заставь папику позвонить!

Но нет — он тогда, Баранов, поленился, не выспался, прельстился несчастными пятью тысячами! Однако и вообразить, что девки не просто катаются без спроса, а являются тривиальными угонщицами, он в тот момент не смог. Да! Если б тогда расколол, дожал — получил бы сейчас благодарность в приказе за содействие в раскрытии, отхватил премию... Был бы героем!.. Вот он осел! На жалкую пятихатку прельстился! Эх! Всегда надо слушать свой собственный внутренний голос!

Однако, поразмыслив, сообщать по команде о том, что останавливал данное транспортное средство, объявленное в розыск, Баранов не стал. Нет-нет, не станет он раскрывать информацию о девках в разыскиваемом «тэ-эс»[1]. Чего это он будет сам на себя донос писать? За

[1] ТС — транспортное средство.

прошедшее время «Лексуса» наверняка и след простыл. Где-нибудь в гараже злоумышленники разобрали его на запчасти, а сами запчасти отдали на реализацию. Или, что вернее, тайными тропами перегнали тачку на Северный Кавказ, а там — ищи-свищи, ездит на ней уже какой-нибудь местный душман.

Как говорится, умерла так умерла. И еще хорошая мудрость: поздно пить боржоми, если почки отвалились. Поэтому — отпустил и отпустил, не воротишь. Но впредь Баранову урок: надо проявлять больше бдительности, не затуманивать прозорливость привходящими обстоятельствами в виде купюр.

* * *

Вечером четверо друзей — Настя с Юлей и Артем с Андреем — отправились в кафе. Вроде бы имелся официальный повод — отвальная. Назавтра, сказали девушки, они отправляются на родину, рано утром, на автобусе. Два с небольшим часа — и они дома, в своей станице с красивым именем Красивая, простите за каламбур.

Больше никто ни о чем специально не договаривался, но, видимо, нечто разлито было в воздухе, нечто чувствовалось, предвкушалось, поэтому и парни, и девушки принарядились. Никаких шортиков — брюки, мокасины и поло у мужчин, платья у девчонок. Барышни подкрасились, уложились, обновили маникюрчик.

В лучшем заведении поселка Гамма пили местное красное вино, ели пищу простую, курортную — свиной шашлык, жареную картошку, крупно порезанные помидоры с огурцами. Парни травили байки, девушки смеялись. Небольшой оркестрик из двух персон — гитара и электроорган — негромко наигрывал под сурдинку.

Потом Артем на пару минут отошел, а когда вернулся, ансамбль — очевидно, предупрежденный и заряженный — стал исполнять нечто мучительно-душещипательное. Рядом со столиком возник официант с запотевшей бутылкой шампанского, а наш герой встал перед Настей на одно колено и подал ей бархатную коробочку.

— Выходи за меня замуж, — незатейливо проговорил он.

Хлопнула пробка шампанского, откупоренного официантом.

Настя открыла крышечку коробки: там лежало кольцо белого золота с бриллиантом. Из ее глаз брызнули слезы. Она поймала завистливый взгляд Юли — впрочем, он тут же сменился объятиями и поздравлениями.

— Ты согласна? — спросил, не поднимаясь с колен, Артем.

— Посмотрим. Ты серьезно? О, спасибо, я так рада! — Девушка не вполне владела собой и лепетала всякую чушь.

Наконец Кудряшов встал, официант разлил шипучку по бокалам. Выпили за молодых — шампанское было хоть и не французское, а простое «Абрау», зато ледяное и очень сухое — выбивающий слезы брют.

А потом, в завязавшемся за столом довольно бестолковом разговоре, условились наутро ехать в станицу Красивая всем вместе, вчетвером, на Артемовой машине — делать формальное предложение и знакомиться с будущей тещей.

* * *

Когда Артем платил по счету, а девушки отошли поправить прически, он шепнул Андрею: «Ты давай, дружище, гуляй со своей Юлькой подальше от нашего номера, лучше всю ночь». Верный друг понимающе кивнул.

Официант, ставший соучастником предложения руки и сердца, получил царские чаевые. Оркестрик — тоже.

Обе пары вышли из летнего кафе в ночь.

По тому, как с заходом солнца явственно похолодало, становилось ясно, что лето позади, а впереди — долгая осень и не менее долгая зима.

Полутемный поселок спал. Большинство курортников разъехалось. Остались лишь местные да гурманы — любители бархатного сезона. Сонные улицы были пусты.

Машину для похода в кабак ребята не брали — всем хотелось расслабиться, выпить алкоголя.

Артем обнял Настю. Она в сравнении с ним, огромным, мускулистым, сильным, казалась истинным птенчиком, не достававшим ему и до плеча. Девушка прижималась к нему, прятала лицо на груди. Она выглядела и чувствовала себя совершенно счастливой.

Андрей и Юля, шедшие следом, то и дело останавливались и целовались. Тут все сладилось давно, и безо всяких предложений руки и сердца.

Путь обеим парам лежал через пешеходный мостик, переброшенный через местную реку. Сейчас, осенью, после летней засухи, она казалась совсем мелкой, несерьезной — но весной разливалась во всю ширь. Потому и мост пролегал с большим запасом — длинный, вантовый, на высоких столбах. Сам он был ярко освещен подвесными фонарями, однако у входа на него росли могучие дерева и царил полумрак.

Вот тут-то их и ждали.

Трое вышли прямо перед ними, спустились со ступеней, ведущих на мост. И тут же раздался какой-то шум сзади. Артем с Андреем (и девочки) оглянулись. За их спинами стояли еще двое. Один из них — тот самый «ушлепок», которого парни сегодня днем послали куда подальше на пляже. От всех воняло отрыжкой, старым пивом, несвежей одеждой. Все нападавшие были меньше ростом и более хилыми, чем москвичи, однако их было все-таки пятеро против двоих.

«Возьми задних», — прошептал товарищу Артем, а сам, безо всяких разговоров и объяснений, не давая никому опомниться, напал на тех, кто преграждал дорогу. «Первым всегда атакуй лидера» — знал он заповеди кулачной схватки, поэтому для начала засветил ударом мавашагири — ногой в прыжке с разворота — тому, кто находился в центре. Он не стал, как на тренировке, останавливать стопу за пару сантиметров до скулы партнера — уличная драка, она не на жизнь, а на смерть, без сантиментов. Первый не успел даже охнуть — голова его дернулась, он потерял сознание еще в полете и рухнул наземь.

Как бы продолжая свое движение, собираясь после прыжка, локтем и плечом Кудряшов заехал второму — и удар тоже оказался настолько силен, что тот беззвучно, как жирный сноп, повалился у ног. Третий мгновенно понял, что операция «проучить москвичей», на которую его позвали и которую он считал легкой прогулкой, проваливается. Он развернулся и кинулся бежать. Влетел на мост и, громко топоча по деревянному настилу, понесся прочь. Тень его мелькала и металась под светом расположенных над мостом фонарей. Весь поединок — от и до — занял не более одной минуты.

Девушки, что Юля, что Настя, не вопили, не блажили — наблюдали за битвой во все глаза. Похоже, они даже не успели испугаться.

Андрей, сражавшийся с теми, что зашли с тыла, оказался подготовлен к рукопашному бою не хуже Артема. Но у него противники оказались серьезнее. Он двинул «ушлепка» в челюсть — тот отклонился, и кулак лишь чиркнул по скуле. В этот момент второй сдвоенным ударом атаковал москвича в корпус. Перехватило дыхание, он согнулся — и тут ушлепок нанес ему удар обеими руками — сверху по затылку. Отчаянно закричала Юля. Андрей упал. Оба гопника наскочили на него.

Но, к счастью, освободился от своего поединка Артем. Он ударил ногой в прыжке в корпус «ушлепка» — тот отлетел на несколько метров и повалился. Второй, ожесточенно пинавший поверженного Андрея, поднял голову, осклабился и пошел на москвича. В руке его блеснул нож-выкидушка. И тут завопила, заблажила

Настя. Женское в ней, что старательно подавлялось суровой жизнью и «профессией» угонщицы, вырвалось, дало себе волю. Однако Тема оставался спокойным. Он дождался выпада ножом, уклонился, успел перехватить вражескую руку, а потом взять ее на болевой. Раздался хруст ломаемой кости — в уличной драке, повторимся, не до сантиментов — и дикий крик налетчика.

Потихоньку принялся подниматься, кряхтя, Андрей.

— Андрюшенька, как ты?! — кинулась к нему Юля.

— Порядок, — попробовал через силу улыбнуться он.

— Тогда погнали, — молвил Артем. — Еще не хватало нам с местной полицией разбираться.

И, оставив у моста четыре жертвы — двое первых слабо ворочались, третий лежал без сознания, последний орал от боли, — друзья бегом бросились по мосту.

Каждый тянул за руку свою девушку — да те и без понукания неслись изо всех сил.

* * *

И был вечер, и было утро.

Оно застало Настю с Артемом в одной постели — в частной гостинице, в номере, что парень занимал на паях с Андреем.

Они мало спали этой ночью. Ласкали друг друга и разговаривали, лишь иногда проваливаясь в короткую освежающую дрему.

Когда за окном начало светать, девушка спросила:

— Наверное, твои родители с ума сойдут, когда ты им скажешь, что хочешь жениться на мне.

— Уже сошли.

— Ты что, их спрашивал? Даже не узнав, согласна ли я?

— Угу.

— Ненормальный! Когда?! Я ведь тебе ничего еще не обещала!

— А я не сомневался, что ты скажешь «да».

— Ах, ну конечно! Ты весь такой крутой, мажор

и москвич. А я кто? Бедная пастушка и простушка. За счастье должна почесть сочетаться с тобой!

— Разумеется.

— Ты наглый, бесстыжий и самовлюбленный кретин.

— Говори, говори.

— Гламурный подонок, костолом, щелкопер-писака.

— Я попрошу.

— Коварный соблазнитель невинных девушек.

— Уже лучше.

— Садист, маньяк, секс-машина.

— О, вот это мне больше нравится.

* * *

Те, кто играет в нашем повествовании роли второго плана, друг и подруга главных героев, в это самое время тоже не спали. Они, как и положено ведомым, оккупировали для любви худшее помещение, нежели первые номера: обшарпанную однушку в панельном доме, где проживали Юля и Настя.

— Настька мне как сестра, — рассказывала Юля (обнаженная, в кровати) своему столь же нагому любовнику. — Да что там «как»! По документам и есть сестра. Моя мама ее удочерила. А что мамаше оставалось делать! Не в детский же дом отдавать родную племянницу.

— А что случилось?

— Настькин папаша, мой дядька, он очень деловой был. Рулил всем в своем районе. К вам в Москву часто ездил — какие-то у него там интересы были. Огромный дом имел с бассейном, два джипа, все дела. Моей матери, кстати, сколько раз помощь предлагал — да она гордая была, не одалживалась. И однажды — Настьке тогда лет пять было — к ним в дом ночью бандиты забрались. Убили и отца, и мать. Забрали деньги, драгоценности — все, что сумели найти.

— А Настя?

— Она спряталась в гардеробной, ее не нашли.

— Бандюков поймали?

— Не знаю. Во всяком случае, нам ничего не сообщали, Настьку опознать никого не просили. Да и что там она могла? Совсем маленькая была, лет пять.

— А она видела нападавших?

— Вроде да. Хотя даже мне никогда ничего не рассказывала...

— Откуда ж ты все это знаешь?

— Так, по кусочку, в разные годы говорила чего-то... В общем, после убийства никого у Настьки родных не осталось, и однажды мне мать сказала: ты у меня братика или сестренку просила? Будет, мол, теперь у тебя сестра, только не младшая, а старшая. Я тогда, помню, и расстроилась, что не малышка, и заревновала, что ей теперь, как старшей, все лучшее достанется. И заинтригована была: откуда вдруг старшая сестра?.. И вот ее привезли... Дикая она сначала была. Целый месяц вообще не говорила. Ни слова. Под кровать по ночам пряталась. Мне мамаша, конечно, все объяснила: дескать, сестренка много пережила, ты с ней поласковей. У нее родителей убили, поэтому она у нас жить будет, с нами... Ну, потом, потихоньку, Настена разговорилась... А сейчас, — весело заключила девушка, — разболталась так, что и не остановишь!

* * *

Кирилл Косаткин, капитан полиции

Мы встретились с потерпевшим Порфеевым, и я привел его в Каравайненское отделение. Уселись мы с ним за тот компьютер, что выделил мне майор-начальник, и я продемонстрировал ему базу *кропелинщиц* — лиц, которые либо вступали с жертвами в половую связь, либо (что чаще) сулили это сделать, а потом опаивали кропелином или психотропами и завладевали имуществом. Кстати сказать, по нынешним временам это далеко не только особы женского пола. Встречаются и мужики, обычно красивые, мускулистые, наглые. Они охмуряют дамочек-одиночек — как правило, тех, кому под сорок или за сорок, — и грабят. Есть и парни-малолетки, работающие по педерастам. Но в основном, конечно, женщины. Некоторые такие страхолюдины, что удивительно, как на них у кого-то поднимается.

Как я уже говорил, латентность у данного вида преступности довольно высокая. Часто жертвы — люди, как правило, женатые — в полицию не обращаются. А Порфеев пришел, видать, только потому, что ему буквально некуда было деваться: отобрали все, до трусов. С особым цинизмом действовали деффки.

Знакомых лиц потерпевший в базе не обнаружил. Значит, новенькие — я так и думал. «Они молодые совсем были, — сказал Порфеев и в сердцах добавил: — Сцыкухи, мля!»

Мы поработали с ним в отделе над субъективными портретами преступниц — впрочем, без особого азарта. Я был почти уверен, что где-нибудь они засветятся на видеокамерах и мы получим их реальные личности — вместо тех картинок, что несведущие люди именуют «фотороботами», где обычно никто ни на кого не похож. Вот и у нас вышла одна белокурая, смахивающая на актрису Ирину Старшенбаум, и вторая, черненькая, схожая с Екатериной Климовой. Однако на субъективных портретах деффки выглядели лет на тридцать–тридцать пять, в то время как терпила утверждал, что им никак не больше двадцати пяти — а скорее даже ближе к двадцати.

Затем я вывез Порфеева на место преступления. Для начала долго искали, плутая. Как найти точку, которую товарищ видел сначала в состоянии алкогольного опьянения, а потом — очнувшись голым после тяжелого забытья?

— А что, — спросил я его, — парни из райотдела вас на место преступления не вывозили?

— Да были мы здесь с ними, они походили, жалами поводили. Ничего не нашли. Да и я как оглушенный был...

Наконец, мы прибыли на полянку на самом берегу моря. Походили, посмотрели.

— Что пили? — дежурно спросил я.

— Шампанское.

— Где приобретали? В кабаке?

— Нет, в магазинчике по дороге.

— Из каких сосудов пили?

— Эти шалавы там же приобрели бокалы. Я еще в тот момент, помню, удивился — но не заострил, как пьяный от них был, зачем им бокалы?.. А потом понял...

— Поняли — что?

— Да не из горла же пить! Им надо было мне кропелин как-то влить, чтоб самим при этом не отравиться!

— А тутошние полицейские ни бутылки, ни бокалов ваших здесь, на месте, не нашли?

— По ходу, нет.

Довольно безнадежно я прогулялся по берегу. Заметил зацепившийся за булыжники и водоросли осколок толсто-стеклянной шампанской бутылки. Хоть и выглядел он изрядно обточенным морем, я не поленился, скинул туфли и носки, засучил брюки, залез в воду. Чем черт не шутит, а вдруг? Достал осколок, глянул на свет. Нет, конечно, никаких пальчиков. Больше ничего, кроме тины морской, мне стихия в этот раз не вынесла.

Поехали с терпилой обратно в поселок. По пути я отметил чуть пообочь дороги вышку мобильной связи. Значит, я ее правильно по карте идентифицировал и запрос в УСТМ послал. Будем надеяться, дадут мне телефоны красоток, что засветились здесь в ночь, когда произошел гоп-стоп.

* * *

К мазанке на окраинной улице станицы Красивая, где проживали Настя и Юля, триумфально подкатила красная «Ауди»-седан.

Пыль, вздыбленная колесами на немощеной грунтовой дороге, медленно оседала.

Андрей выскочил с переднего пассажирского сиденья, галантно открыл перед девушками заднюю дверцу.

Юля с Настей царственно выплыли из авто — словно всю жизнь за ними ухаживали столь галантные кавалеры.

Артем тоже вышел из-за руля, достал из багажника сумки сестренок, помог внести за калитку.

Пространство внутри двора мимолетно поразило его своею чистенькой бедностью. Девушек никто не встречал — мама, она же тетя Ира, была на работе.

— Мы придем вечером, — безапелляционно сказал Артем. — Часов в шесть.

Они с Настей поцеловались на прощание.

Андрей целовать свою Юлю не стал.

Оба парня вернулись к машине. Уселись.

— Ты получил свое? — цинично спросил спутника Андрей.

Артем только усмехнулся.

— Вижу-вижу по масленым глазам и общему довольству, что получил. Тогда — ходу? Что здесь задерживаться? Через восемнадцать часов плюс-минус час триумфально въедем в Москву.

— Не, я повременю.

— Что, жаба душит из-за кольца с брюликом, что ты Настьке подарил? Брось, не жмотись. Курица того стоит.

— Я тебе сказал женюсь — значит, женюсь. Теперь я просто не могу отказаться от своего слова, как честный человек.

— Да ты совсем, я смотрю, на южном солнце перегрелся.

— Не знаю. Но пока мне с Настей хорошо и интересно. И я не собираюсь от нее сломя голову бежать.

— Смотри, поздно будет. Коготок увязнет — всей птичке пропасть.

— Пока не страшно.

— Серьезно? Останешься? Будешь знакомиться с деревенской тещей? Просить руки и сердца дочери?

— Почему бы и нет? Мне интересно.

— Любопытство сгубило кошку.

— И пусть.

— Ууу, нет, с меня хватит. Я выхожу из игры. Можешь меня отвезти в ближайший аэропорт?

— Сколько туда ехать?

— Минутку. — Андрей заглянул в смартфон. — Километров сто с копейками.

— Погнали. И ты что, просто исчезнешь? Без ссор и объяснений? Юльку не жалко?

— Я позвоню ей: рыбка, твой птенчик вынужден улететь на заседание малого Совнаркома. Подробности письмом.

— Какой же ты до беспредела циничный!

Полистав в телефоне интернет-сайты, Андрей объявил:

— Ближайший рейс на Москву через четыре часа. Успеем?

— Попробуем.

— Вперед! Уф, вечером буду в Москве, слава богу. Что передать от тебя твоей Кристине?

— Не надо ей ничего от меня передавать. Я сам свяжусь с ней, если понадобится. И все объясню-растолкую.

Резко развернувшись, вздымая станичную пылюку, «Ауди» берет с места в карьер и мчится по направлению к междугородной трассе.

* * *

А вечером Артем, как и обещал, подъезжает все к той же калитке — только на этот раз один, без Андрея. Юля исчезнувшего друга не ждет — видать, он успел позвонить или написать и с нею объясниться. Младшая девушка ничуть не переживает — во всяком случае, наружно — она так же, как обычно, мила и весела. А вот Настя дергается: неужели и впрямь?.. Все всерьез? И это не фарс, не розыгрыш?.. Москвич на многомиллионной

«Ауди» будет официально, через названую мать, просить ее руки?!

Страшно нервничает и тетя Ира. Она приезжала на своем велике на обед — тут-то ее девчонки и огорошили известием о предстоящем высоком визите. Пришлось в шесть рук мыть, скоблить, чистить, готовить. В относительный порядок, конечно, двор и дом привели — но оставалось множество вещей, которые так быстро не починишь, не исправишь, которые так хорошо стали заметны в ходе подготовки самим хозяевам и за которые перед столичным гостем стыдно: старые, потрескавшиеся, рассохшиеся и облупленные рамы в мазаном домике и летней кухне; вкось и вкривь накренившийся забор-рабица; мощная трещина, из-под которой выглядывают глина и дранка, на стене кухни... Да и много других недоделок — к ним хозяева вроде бы притерпелись и не замечают, — но при визите свежего человека они всем своим безобразием выступают наружу (во всяком случае, в воображении здешних обитателей).

К визиту будущего зятя стол накрыт во дворе, под виноградом. Все скромно, но с достоинством. Белая парадная скатерть. Обеденный сервиз — очень скромный и дешевый, но все-таки. Разномастные вилки. Графин с вином, графин с виноградным соком. На столе — вареная картошечка, квашеная капустка. Типично южные угощения: соте из баклажанов, кабачковая икра. Долма — голубцы, обвернутые в виноградные листья. Сациви.

Наконец, пурпурная «Ауди» подъезжает. Соседи — из домов справа, слева, напротив — ревниво наблюдают за тем, что за гость явился, на каком он приехал авто и пытаются понять, зачем вообще сюда пожаловал.

Артем паркуется у забора. Выходит во всеоружии: две бутылки шампанского в руках, торт, цветы. Сам отворяет калитку. Его встречает старшая из женщин — мама, девушки куда-то испуганно спрятались, наводят последний лоск. Молодой человек подает тете Ире огромный букет мелких местных роз. Она смущенно отирает ладони о передник. Ей уже лет сто никто не дарил цветов — да она и не может вспомнить, когда дарили.

— Ой, зачем это? Совершенно не нужно! Только тратиться! Полный огород цветов!

И ей сразу кажется, что она говорит что-то совершенно не то, лишнее, и она бросается обрезать цветочки, ставить в вазу — радуясь, что есть чем заняться и чем занять себя и свои руки. По ходу дела зычно кричит — получается гораздо громче, чем следует:

— Настя, Юля! К нам гость пришел!

Появляются девушки. Настя тоже нервничает, хотя виду старается не подавать. Юля, напротив, весела и спокойна. Конечно, она тоже надеялась — с Андреем — и не рассчитывала и не верила, что роман оборвется так внезапно. Но, с другой стороны, ничего глобального она и не ждала, а теперь вдобавок может еще раз утвердиться в своем убеждении, что все мужики — сволочи и нужно им по жизни только одно. И сильному полу за все его прегрешения требуется мстить.

Во дворике — навес, заграждающий от солнца, увитый виноградом. Когда тут появился высоченный, мускулистый молодой человек, окружающее пространство сразу делается маленьким, камерным. Гость еле вписывается в него.

— Поставь в холодильник, — командует будущий зять, протягивая Настене шампанское и торт.

— Прошу к столу, — справившись с цветами, приглашает тетя Ира. Лицо ее и шея покрыты от волнения бурыми пятнами.

Будущего зятя как жениха сажают у длинной стороны рядом со старшей, приемной дочерью. Мать и Юлька занимают два торца, лежащих друг против друга. С четвертой стороны, обращенной к улице, никто не сидит, и поэтому всем хорошо видно, что там, на проезжей части, происходит: кто идет или едет мимо, что за машина или пешеход. Проходящим и проезжающим тоже прекрасно заметно — хотя и на пару мгновений — застолье. Некоторые здороваются с девушками или старшей женщиной — но никто, против обыкновения, поболтать не останавливается. Всем сразу становится ясно, хотя бы по кипенной скатерти, что во дворе происходит не обычный ужин, а нечто особенное, праздничное или даже торжественное. Значит, будет повод завтра зайти и узнать. Или с соседками посудачить.

— Выпьем вина? — искательно спрашивает старшая хозяйка у единственного мужчины. Она сразу занимает по отношению к возможному зятю подчиненное положение — такое уж здесь, в южной глубинке, отношение: представитель сильного пола априорно главный, безо всякого там феминизма. — Или шампанское откроем, что вы принесли?

— Нет, шампанское чуть позже, — безапелляционно заявляет будущий зять, и все молча соглашаются.

— Накладывайте себе картошечки, капустки. Доча, ухаживай за Артемом. Положи ему сациви, долмы... Давайте выпьем? За знакомство? Со свиданьицем? Что же вы не пьете, Артем?

— Мне еще сегодня рулить.

— Куда это вы собрались?

— Ночевать, к себе. Я здесь, в вашей Красивой, небольшой домик снял. Не стеснять же вас.

— До-ом? Где же? У кого?

— На Вишневой улице.

— А, это что Трескунов построил и сдает!

— У нас его называют «шлюхин дом», — без обиняков, посмеиваясь, докладывает Юля.

— Почему это?

— А его обычно снимают, когда потрахаться со шлюхами наезжают. Да, Настька? Ты ведь будешь к Теме туда приходить?

— Юля! — предостерегающе произносит тонко чувствующая нюансы Ирина Максимовна.

— Придется, значит, мне своим поведением репутацию этого заведения несколько исправить... — сводит разговор к шутке парень.

Смеется и Настя — она еще не верит, что вытянула, в лице этого москвича, выигрышный билет и он, этот мажор, ее не кинет, не бросит — как легко и непринужденно бросил Юльку другой столичный обитатель, Андрей.

Юля, лишившись бойфренда, принимается напропалую с Артемом кокетничать — пробовать силы, оттачивать коготки — так, что даже Ирина Максимовна бросает на нее предостерегающие взгляды, а однажды и одергивает. Молодой человек на чары прелестницы не ведется, он прям и ровен со всеми женщинами и влюбленно смотрит и ухаживает за своей.

Так и продолжается рваный, напряженный диалог со смехом невпопад — до тех пор, пока Артем не просит Настю принести шампанское и чистые бокалы. Новых фужеров в хозяйстве не находится — их всего четыре осталось от когдатошнего подарка Ире на свадьбу, и все на столе. Бросаются ополаскивать те, что испачканы вином и соком. Наконец, заминка преодолена, молодой человек откупоривает бутылку пенного, разливает.

Встает с бокалом в руке. Произносит тост:

— Дорогая Ирина Максимовна. Мы с вашей названой дочерью Настей решили пожениться. Да, это может показаться неожиданным, скороспелым решением. Но мы любим друг друга. Во всяком случае, я люблю ее. И поэтому позвольте попросить у вас, Ирина Максимовна, руки вашей Насти.

Тут будущую тещу пронимает. Глаза заполняются слезами, она начинает хлюпать носом. Бормочет:

— Совет да любовь вам, ребятки... Совет да любовь...

...А поздним вечером, когда многое съедено и кое-что выпито, Артем говорит хозяйке:

— Я у вас похищу Настю на пару часов. Должна же она посмотреть мое гнездышко — наш будущий дом.

Ирина Максимовна и Юля переглядываются, однако не смеют возразить.

Настя уезжает в ночь вместе с молодым человеком на красной «Ауди».

* * *

Дом, что снял на время Артем, невелик. Уставлен стандартной мебелью из «Икеи». Есть все необходимое для жизни, от чайника до вай-фая, но скучно, стандартно, не обжито.

Настя с вечера позвонила домой: «Мамочка, я вернусь утром», — она ее то мамой называла, то тетей Ирой. Когда что-то надо было или провинилась — чаще мамой.

И вот они вдвоем спят в обнимку на утилитарно-современной белой кровати.

И Насте снится все тот же мучающий ее сон.

Она маленькая. Детская спальня в особняке.

Настя просыпается. Снизу слышен шум, удары.

Маленькая Настя тихонько вскакивает и прячется в гардеробной.

В комнату входят двое бандитов. Ищут ее.

Откуда-то издалека слышатся звуки полицейской сирены. Они кажутся девушке спасением.

А пока двое убийц пытаются добраться до нее. Они торопливо заглядывают под кровать и в ванную.

Один наугад стреляет в дверь гардеробной.

И в этот момент Настя с криком просыпается.

Ее возглас будит Артема.

— Что ты? Что с тобой? Что случилось?

— Сон страшный.

— Опять про то, что случилось с родителями?

— А ты откуда знаешь?

— Мне Андрэ рассказал. А ему — Юлька.

— Что за болтунья! Кто ее просил?!

— Может, ты лучше сама мне обо всем поведаешь?

И девушка рассказывает ему все, что помнит. Что она до сих пор видела в кошмарных снах.

Под конец истории молодой человек спрашивает:

— Этих сволочей поймали?

— Не знаю. Эта тема у нас с тетей Ирой всегда была табу.

— Но твой отец, кого убили, он кто был? Родной брат Ирины Максимовны?

— Нет, она сестра его жены. Моей мамы.

— Значит, она твоя реальная, настоящая тетя?

— Ну да.

— А где все это происходило? Где был твой дом с детской и бассейном? Его-то кто унаследовал? Почему не ты, родная дочь?

— Тоже понятия не имею. Я теть-Иру много раз спрашивала — она от ответа уходит.

— Я хочу расследовать это дело.

— Зачем тебе?

— Как зачем? — с улыбкой говорит голый, красивый, мускулистый Артем. — Чтобы за тобой настоящее приданое взять.

— А-а, — в тон ему восклицает девушка, — значит, ты у нас такой меркантильный!

— Но, по-моему, это прежде всего тебе нужно. Чтобы карму твою почистить. Чтобы больше тебе страхи на эту тему не снились.

— Спасибо, конечно, но я как-нибудь справлюсь.

— Вдобавок мне тоже ведь надо что-то в блоге своем писать. А то я его с нашей любовью забросил — одни «консервы» публикую, заметки и фотки, что давно в запас написал и сфотографировал. Да и те скоро кончатся. А тут какая благодатная тема! Расследование убийства, совершенного почти пятнадцать лет назад! Все прочтут!

— Все равно срок давности вышел.

Артем покачал головой:

— На убийства срок давности не распространяется.

— Не хочу, чтоб ты этим занимался.

— А мне кажется, как раз надо. Хочешь, вместе в те места поедем? Может, ты по ходу дела вспомнишь еще что-нибудь?

Настя от испуга даже за голову схватилась: «Не-ет!»

— Понимаю. Ну, я тебя не неволю. Поеду один. Надеюсь, твоя тетка даст мне вводные: где дело было, как звали твоих родителей, где их дом стоял и прочее?

— Пожалуйста, Тема, не уезжай!

* * *

Однако мужчины на то и созданы, чтобы покидать слабый пол.

Вечно их влекут войны, охоты и экспедиции за золотым руном.

Вот и Артем оставил Настю. Но дом в станице Красивая снимать продолжал. И невесте сказал: живи пока не дома у тети Иры, а здесь. Осваивайся. Обустраивайся. Жди меня.

И звонил по вечерам каждый день. О том, как идут его дела в райцентре Казацке, не рассказывал. Говорил о любви, погоде, здоровье.

Стали появляться и посты, посвященные Казацку, в его блоге.

А потом, в один прекрасный день, жених вдруг звонить перестал.

* * *

Капитан полиции Кирилл Косаткин

На обратном пути с места преступления мы заскочили в магазинчик, куда предположительно гражданин потерпевший Порфеев заруливал непосредственно перед роковым распитием — вместе с нашими проглядями они тогда закупали с собой вина и закуски.

— Кажется, здесь, — глубокомысленно проговорил терпила.

Я тормознул.

У обочины притулился домик с тремя окнами. В витринах мигала позабытая с лета реклама: ХОЛОДНОЕ СВЕЖЕЕ ПИВО — в осеннюю погоду совершенно не актуальная. Но «холодную водку» рекламировать по закону нельзя, а на «горячий чай» вряд ли кто польстится.

Мы зашли в магаз. Звякнул колокольчик. Толстая продавщица в овчинной душегрейке не обратила внимания ни на звонок, ни на нас. Она вперилась в старенький телевизор с длинными тонкими рогами, по которому шло что-то жгучее, то ли турецкое, то ли мексиканское. Казалось, что она сидит здесь, в одной и той же позе, все последние десятилетия: и хлебные спокойные нулевые; и бурные девяностые, полные надежд и планов; и полуголодные восьмидесятые, когда тут, верно, ничего, кроме баллонов с томатным соком да соды, не продавалось.

— Да, это было здесь, — уверенно кивнул Порфеев и шепнул мне: — Я продавщицу помню.

— Вы узнаете этого гражданина? — спросил я у женщины-сфинкса.

Тусклый короткий взгляд исподлобья:

— Первый раз вижу.

Или в самом деле забыла, или сработал инстинкт старой торгашки: ничего не знаю, ничего не помню, ничего никому не скажу.

— Я расследую преступление, совершенное в отношении этого гражданина. — Я продемонстрировал свои корочки. — Он заходил к вам вечером первого октября вместе с двумя девушками. Впоследствии они его ограбили. Узнаете подозреваемых? — Я достал из кармана и разложил на прилавке два субъективных портрета, «фоторобота».

Только тут гражданка-сфинкс проявила вовлеченность. Окружающая действительность (возможно, впервые в ее жизни) становилась хоть чем-то интереснее мексиканских (турецких?) страстей. Она рассмотрела оба рисунка. На самом деле это был важный момент.

Первая оценка нашего с гражданином потерпевшим совместного творчества — похожи или нет? Перевела взгляд на Порфеева. Нехотя призналась:

— Были такие. С ним вот.

— Что покупали?

— Шампунь взяли, — с брезгливостью к столь низко падающим курортникам молвила дама, — ну, то есть шампанское. Много. Бутылок шесть. Коньяк. И еще бокалы. Очень их искали. Не хотели, видать, из горла пить. Брезговали. А что натворили?

— Говорю вам: совершили тяжкое преступление.

— Тяжкое? — протянула скептически. — Котенка утопили?

— Разбой. Покушение на убийство. Угон автотранспортного средства. Мало вам? Вы лучше скажите, видели вы этих девиц — не в день преступления, а раньше?

— Нет, никогда.

— Может, у них были какие-то приметы? Что-нибудь вам запомнилось?

— Типа, у одной не было левой руки, а у второй шрам на горле? — Тетенька оказалась явно не промах, любила и умела, как многие мои земляки-кубанцы, пошутить-побалагурить.

— Что-то вроде.

— Да проштандовки обе! — с чувством выговорила она. — А больше никаких примет.

— Проштандовки — вы имеете в виду проститутки?

— Не-ет, эти почище были, чем прости-господи. Не такие потасканные, как плечевые. Просто их, проштандовок, сразу видно, они из серии: «Щаз батерфляй на водной глади покажут вам четыре девы». Мужики на таких падкие. Особенно эти, которые седина в бороду, бес в ребро, — она пренебрежительно кивнула в сторону моего потерпевшего. Тот оскорбился и проворчал что-то вроде:

— Ага, я должен на старых кошелок вроде тебя клевать.

Этот ход оказался явной ошибкой. Мерное течение опроса свидетеля сменилось ее ветвистым и изобретательным монологом, в котором упоминалась мужская функция моего терпилы (весьма ослабевшая) и, дважды, его матушка.

— Гражданочка! — возвысил голос я. — Вы что, на пятнадцать суток захотели? За нецензурную брань в общественном месте? Могу и оскорбление сотрудника при исполнении припаять. До сорока тысяч штрафа и до года исправительных работ. Желаете? Будем оформлять?

Продавщица на глазах присмирела — стала ниже травы тише воды.

— А имеется ли у вас мнение, — задал я приготовленный до вспышки вопрос, — из какого региона нашей страны прибыли сюда данные гражданки?

— Нет у меня никакого мнения, — проворчала она.

Контакт был утерян, опрос свидетеля заходил в тупик.

Я совершил еще одну попытку:

— Может, в их одежде или, я не знаю, маникюре вам что-то показалось необычным?

— Вы у него спрашивайте, у потерпевшего. Он вам все-е-о про них расскажет. И кто они, и откуда, и почему он свой вялый член пытался в них пристроить.

— Гражданочка! — предостерегающе произнес я.

— А что? — нагло ухмыльнулась она. — Член — довольно цензурное слово. Например, «член общества пожилых импотентов».

Краем глаза я видел лицо потерпевшего. Мне казалось, что он сейчас заедет продавщице по зубам — однако все-таки сдержался, только плюнул и выскочил из лавки, шарахнув дверью.

В машине я сказал ему:

— Ладно, все. Не нужны вы мне больше. Лезете только и все мне путаете.

— А что она обзывается? — по-детски попытался оправдаться мужик.

Я не стал дискутировать:

— Подброшу вас до поселка, так и быть. Дорогу в свой санаторий найдете. Только покажете мне то кафе «Дельфин», где вы с девицами в тот вечер повстречались. А то я его только на карте видел.

Я не мог предположить, но там меня ждала неожиданная удача.

* * *

Первое время, как уехал Артем, Настя не волновалась. Мужские дела — они такие, захватывающие. В смысле — захватывают сильный пол целиком, не до чувств-с. Но потом молодой человек перестал звонить и писать. Она выждала пару дней и принялась набирать его сама. Телефон абонента был или выключен, или трубку никто не снимал.

Девушка задумалась, что делать дальше. То ли он бросил ее (как Андрей Юлю), то ли с ним что-то случилось, и надо мчаться его спасать. Однако она сидела, терпела и чего-то ждала.

А потом однажды мобильник Темы вдруг взяла девушка.

Сказала Насте строгим голосом, будто за что-то ее отчитывая:

— Артем разговаривать с вами не будет, и я прошу вас больше сюда никогда, никогда не звонить!

* * *

А было так.

На родину Насти, в город Казацк, Артем Кудряшов выехал с рассветом.

До места на своей красной «Ауди» добрался часа за три — дороги, что выбирал навигатор, очень уж были нехороши. Чтобы не повредить подвеску — а в «Ауди», как говорят, это не самое сильное место — порой приходилось тащиться со скоростью километров двадцать в час, огибая провалы в асфальте.

Для чего он вообще затеял эту поездку?

Чтобы помочь невесте — да, разумеется.

Чтобы раздобыть сенсационный материал для собственного блога — естественно.

Но еще и потому («Давай-ка будь честен с самим собой», — сказал он себе), что ему не хотелось возвращаться в Москву.

Столица сулила ему неприятные разговоры-разборки с отцом, матерью и девушкой из хорошей семьи Кристиной, которая имела на него виды. А он не любил выяснения отношений и бесед на повышенных тонах. Артем от них бежал.

А сидеть в станице Красивой рядом с юбкой Настеньки не хотелось. И на курорт с ней возвращаться — тоже. Нет-нет, он не то чтобы ее разлюбил, добившись своего. Просто не понимал, как можно с утра до ночи и с ночи до утра жить одной лишь любовью. Ведь любовь — это изысканный деликатес, которым следует упиваться и наслаждаться, как утонченным вином или, скажем, дорогими ароматными сырами. Не жрать ее на завтрак, обед и ужин.

Зато, потосковав и соскучившись, он вернется к своей девушке, как к драгоценному десерту. А если еще привезет с собой подарок в виде подлинной истории ее происхождения и раннего детства — вдвойне окажется для Насти ценен. И — для себя самого.

Казацк оказался городком побольше, чем станица Красивая. Всезнайка Википедия сообщила, что проживает в нем тридцать семь тысяч человек; что когда-то, в девятнадцатом веке, стояло здесь укрепление Казацкое; что отбывали тут ссылку декабристы Одоевский и Бестужев-Марлинский; что в 1863 году была основана станица Казацкая, а в 1921-м переименована в Красноказацкую; в 1962 году она превратилась в город Красноказацк, которому, наконец, в 1991-м вернули как бы историческое имя.

В центре городка имелась даже гостиница. Когда-то унылая советская, по имени «Полет», теперь она была подновлена и перестроена. В новые, капиталистические времена в каждый номер воткнули по душевой кабине, водонагревателю и кондиционеру — прежние постояльцы, советские командированные, обычно обходились в поездках без излишеств: мылись в конце коридора, а летом, в жару, устраивали сквозняки.

За ранний приезд с Артема денег не взяли. Выдали не привычную карточку, а всамделишный ключ — старорежимный, на огромной деревянной груше — его требовалось, когда уходишь, сдавать. Зато семьсот рублей в сутки за номер показались ценой очень щадящей.

На пустынной парковке стояло всего три машины, все с местными номерами: «Лада Гранта», «газик» и «Хёндай Солярис».

По пути Артем думал, с чего ему начать свое расследование в Казацке. Решил: начинать надо, как учили на факультете, с самого верха. А там — как повезет. Все равно без поддержки властей ничего у него не получится. А если он станет шустрить без их спроса и ведома — руководители, как узнают, перекроют кислород.

Городская администрация помещалась очень удобно — на той же площади, что и гостиница. И мэр оказался на месте.

Секретарша, пожилая грымза, долго вглядывалась в визитную карточку: Артем Кудряшов, журналист, блогер, а потом отнесла мэру.

Тот оказался молодым человеком лет тридцати двух — лощеный, холеный, в рубашке с короткими рукавами и галстуке. Кондиционер в кабинете работал на полную мощность, и там царила стужа.

Проситель коротко и емко изложил свое дело: двойное убийство, совершенное почти пятнадцать лет назад, в две тысячи третьем.

— Почему вы вдруг за него схватились? — поинтересовался градоначальник.

— А почему нет? — Кудряшов не хотел играть с властями втемную, но это ведь не означало, что он раскроет *все* свои карты. — Вы, кстати, наверное, местный житель? И значит, должны помнить то преступление?

В глазах у мэра зажегся огонек узнавания, но он его быстро погасил и скучно сказал:

— Много всего в те времена бывало... А я в средней школе тогда учился... Что вы от меня хотите? Цель, так сказать, вашего визита конкретно ко мне?

— Прошу вашего содействия. Ознакомиться с уголовным делом. Поговорить со следователями, оперативниками.

— Вы у кого остановились? — перебил мэр.

— В гостинице «Полет».

— Я посмотрю, что можно сделать. И тогда с вами свяжутся. А сейчас — прошу извинить, дела. — И мэр потянулся к трубке городского телефона.

Было очевидно, что последует дальше. Мэр сохранил его визитку. Теперь он поручит кому-то из подчиненных навести об Артеме справки. И о том двойном убийстве — тоже. А потом, в зависимости от результатов, градоначальник примет решение: помогать или, напротив, ставить палки в колеса.

Или (что скорее всего) просто забьет на просьбу Артема. Оставит ее, так сказать, без удовлетворения.

* * *

В городе Казацке было пыльно, но не жарко. Чувствовалось наступление осени. Ветер носил по улицам сухие желтые листья, срывал их с тополей.

В райцентре имелась местная газета — она, верно, не поменяла название с советских времен, именовалась «Красный казак».

В Интернете Артем нашел адрес редакции и прогулялся пять-шесть кварталов. Центр города был весь одноэтажный. Садики по южной традиции таились на задах домов, вдали от посторонних глаз. Вдоль улицы шли фасады беленных известкой мазаных и кирпичных домиков. На пустыре строилось нечто похожее на торговый центр — впрочем, стройка казалась заброшенной. Артем сделал пару-тройку кадров, чтобы показать вечером своим читателям (и Насте тоже), куда его занесло.

Редакция помещалась на первом этаже панельной четырехэтажки. Все сотрудники сидели в одной комнате — этакий оупен-спейс, оставшийся, как и название районки, с советских времен. О том, кто здесь редактор, спрашивать не пришлось: величавый мужчина с залысинами и седой бородой царил в красном углу — он был похож на Деда Мороза или Николая-угодника. Несколько невыразительных женщин средних лет сидели, уткнувшись в компьютеры.

Артем подошел к «Деду Морозу», отрекомендовался. На мгновение все стихло. В кабинете прошуршали магические слова: «Москва», «журналистское расследование»...

— Чем можем помочь? — поинтересовался редактор. Его благообразность сильно портило почти полное отсутствие зубов — из-под бороды виднелась только парочка.

— Вы, наверное, старожил? — предположил Артем. — Помните это дело?

— Нет, не припоминаю, — моментально, даже не дав себе труд задуматься, отрезал патриарх.

— А газета о нем писала?

— Подшивки тех лет не сохранились.

— Как же так? Немного времени прошло.

— А так. Был пожар, типография и редакция сгорели.

— Может, кто-то из ваших сотрудников помнит?

— Нет. Никто и ничего, — даже не дослушав вопрос до конца, отрубил редактор.

Становилось ясно: в редакции расследователю ничего не светит — но непонятно было почему. Возможно, вокруг того давнего дела сложилась омерта, в духе сицилийской мафии — заговор молчания? А может, коллега не хочет помогать из вредности или зависти?

Артем попрощался и обескураженно вышел на улицу. Ну, подшивку местной газеты раздобыть можно — в библиотеке наверняка есть. Но он-то уповал не на печатное слово, а на профессиональное содействие, журналистскую солидарность!

Он задал в телефонном навигаторе районную библиотеку. Ответ ему программа выдала бесперебойно — надо вернуться в район гостиницы и главной площади. Молодой человек побрел в указанном направлении, но тут его окликнули. Артем обернулся. К нему подбежала немолодая женщина — он видел ее среди тех, что сидели в редакционной комнате.

Одетая во все черное, с черными с проседью волосами и угольно-черными глазами, женщина походила на уроженку Кавказа. Но изъяснялась по-русски очень чисто, без малейшего акцента. И южная внешность, и грамотная, правильная речь легко объяснялись: в советские времена Юг был тем плавильным котлом, где варились и спекались десятки национальностей: русские, украинцы, армяне, татары, осетины, караимы... Межнациональные браки случались часто, в язык легко вплавлялись чужие слова, во внешность — характерные черты соседей...

— Постойте! — выкрикнула женщина, адресуясь к Артему. — Мне надо с вами поговорить! Только давайте отойдем!

Они довольно быстро — причем женщина пару раз нервно оглядывалась — завернули за угол четырехэтажки, где помещалась редакция. Потом пересекли двор, беспорядочно усаженный тополями. Песочница; горка; мусорные контейнеры; сохнет белье. Миновали еще одну четырехэтажную «хрущобу». Тут женщина еще раз обернулась, ничего предосудительного не выявила и предложила Теме присесть на лавочку на детской площадке. Людей вокруг не видать — дети в школе или детском саду; время алкоголиков, что любят гужеваться по дворам с бутылкой, еще не наступило. А может, у них в городе Казацке имелись иные нычки.

— Вам кто заказал про убийство писать? — слегка задыхаясь, то ли от быстрой ходьбы, то ли от тревоги, вопросила дама.

— Никто не заказывал. Я сам на тему вышел. — Разумеется, не собирался Артем откровенничать со случайной знакомой, почему интересуется давним преступлением.

— Зачем оно вам сдалось?

— Интересно ведь.

— Вы человек молодой и еще не понимаете, с чем связались.

— А что такое?

— Очень серьезные люди в тех убийствах завязаны. Очень.

— А вы откуда знаете?

— Я здесь, в Казацке, с самого рождения живу. И много чего здесь видела.

— Тогда расскажите мне, в чем дело! А я уж дальше сам определюсь, опасно, не опасно. Надо ли писать или, наоборот, ноги поскорей отсюда уносить.

— Вам такая фамилия — Егор Голышин — ни о чем не говорит?

— Первый раз слышу.

— Вот именно! А ведь он сейчас в краевом центре, первый замгубернатора и его, как говорят, правая рука. А путь свой наверх он отсюда, из Казацка, начинал.

— Кем же он здесь был?

— Бандитом, — просто и односложно ответила женщина.

— Разве это должность? — усмехнулся Артем.

— В наше время — да.

— А при чем тут убийство гражданина Михаила Подгребцова и его жены?

— При том, если коротко говорить, что тогда, в девяностых и начале нулевых, они весь этот город пополам делили, Подгребцов покойный и Голышин Егор, ныне процветающий. Голышин в основном здесь шустрил, а Подгребцов мечтал на большую орбиту выйти, на краевую или даже московскую. И вроде получалось. Были у него какие-то интересы и в вашей Златоглавой, часто он туда ездил. Так вот, первоначально, в девяностые, эти два жлоба о разделе сфер влияния в городе между собой договаривались, а в начале нулевых стали вздорить. Принялись друг дружке палки в колеса вставлять. Я не знаю, отчего, как говорится, Иван Иваныч поссорился с Иваном Никифоровичем. Наверное, из-за денег, как обычно в нынешние времена. Но вражда все росла и усиливалась — до тех пор, пока тогда, в две тысячи третьем, Подгребцова не убили (и его жену в придачу). Все в городе знали и говорили шепотом: это Голышин нанял киллеров. А следствие с прокуратурой, как водится, нашло и посадило исполнителей, шестерок. И заказчик вышел сухим из воды.

— А имущество покойного? Его фирмы? Дом Подгребцова? Они кому отошли?

— Я точно не знаю. По личному имуществу сводный брат все унаследовал, Свиргун его фамилия. А фирмы все Голышин себе оттяпал.

— А вот дочка у Подгребцовых была, — включил дурака расследователь. — Настя, кажется. С ней-то что стало?

— Тоже не ведаю. Говорят, дальние родственники забрали. А может, в детский дом отправили.

— А вас как зовут? — Артем достал из кофра с фотоаппаратами блокнот и ручку.

— Нет! — панически воскликнула собеседница. — Ни в коем случае! Я вам ничего не говорила! И на меня, пожалуйста, не ссылайтесь!

Она вскочила с лавочки.

— Да я не для статьи, — вяло оправдался молодой человек. — Просто чтоб знать, как вас называть.

— Нет! Мне ничего не надо! И — до свиданья! Зря я, наверное, к вам вылезла! Вечно меня мой язык длинный уводит!

И она круто повернулась и быстро пошла, почти побежала, к выходу со двора.

* * *

Сначала, когда он брался за дело, Артем прекраснодушно полагал, что сможет обойтись без консультаций со стороны будущей тещи. Типа, сам все выяснит на месте. Но на месте получалось не так просто. И он понял, что без вопросов к тете Ире не обойтись.

Когда они знакомились, обменялись номерами мобильников, электронными адресами и никами «скайпов» — хоть и в селе проживали Ирина Максимовна, Настя и Юля, но с Интернетом и телефонной связью там было все в порядке. (Да, с канализацией, газоснабжением и паровым отоплением в станице Красивой обстояло не очень, а Всемирная паутина действовала бесперебойно.) В Казацке в гостинице вай-фай тоже имелся.

Время обеденное, Баскакова-старшая должна прийти домой. Артем решил не искать в Казацке кафе-столовуюресторан — неизвестно, чем тут накормят, да и времени жалко, пока обслужат. Он зашел в продуктовый, купил себе нарезку колбасы и хлеба, а также чая в пакетиках (электрочайник в номере имелся).

В гостинице спокойненько заварил себе чаю, сделал четыре гигантских бутерброда — и вызвал по скайпу свою пока не состоявшуюся тещу.

— Привет, Тема! — радушно поприветствовала его Ира. — Ты что звонишь? Откуда?

— Я в Казацке.

Лицо женщины похолодело, помертвело, однако она ничего не ответила, и молодой человек волей-неволей продолжал:

— Хочу разобраться с гибелью Настиных родителей. По-моему, это до сих пор мучит ее... — Он сделал паузу, но опять ни слова не прозвучало в ответ. — Извините, что я вас дергаю, но расскажите мне, что знаете. Для начала хотя бы — кто имущество Подгребцовых унаследовал? Их дом? — И опять в ответ тишина — и неподвижное, зависшее лицо, так что Артем даже заподозрил неполадки со связью и малодушно выкрикнул: — Алло! Алло!

— Да, я здесь. Я слушаю тебя, Артем.

— Скажите хотя бы, по какому адресу они жили?

— Не пойму я, Тема, ты что, на богатое приданое нацелился?

— Да при чем здесь это!

— Так не будет его, за Настеной приданого, и не жди. — Как часто бывает в разговорах по видеосвязи, диалога не выходило, монолог одного накладывался на монолог другого.

— У меня с ресурсами у самого все нормально, мне целиться ни на что не надо. Говорю вам: хочу карму для Настеньки почистить.

— Ерунду ты затеял.

— Может быть, но давайте я сам в этом удостоверюсь, хорошо? Скажите хоть адрес, по которому она с родными проживала!

— Вот что ты за человек на нашу голову!.. Ладно, пиши! Казацк, улица Гайдара, дом пятнадцать.

— А кто дом этот унаследовал?

— Сводный брат погибшего. Фамилия Свиргун, зовут Игорь.

— Почему же ему имущество досталось — а вам Настя?

— Да потому, что ему дом был нужен, а ребенок — нет, — усмехнулась женщина. — Простая арифметика.

— А как же органы опеки? Почему Настенькины интересы не отстаивали? Почему без гроша оставили?

— Ох, ну ты и дотошный! Воистину, зять — любит взять! А говоришь, приданое не интересует!

— Дорогая Ирина Максимовна, я просто хочу понять.

— Да надо судьбе — и опеке — сказать спасибо, что мне Настюшу отдали, а не в детский дом отправили! Брат Игорь совсем не обязан был ее удочерять!.. Ох, ерунду ты затеял, Артем, что в Казацк поехал! Возвращайся лучше домой, к нам, к Настеньке!

— Вот как только разберусь с этим делом — сразу вернусь.

— Упрямый ты и негибкий.

— Уж какой есть. Насте большой привет. — И расследователь отключился.

* * *

На интернет-картах казацкая улица Гайдара значилась — однако ее панорамы или фотографии с земли отсутствовали, имелись только изображения со спутника.

Артем проложил маршрут — выходило четыре километра, улица находилась на окраине. Но ехать туда на машине он решил не только из-за расстояния. Вопрос: что больше привлечет внимание местных — увешанный фотиками пешеход явно столичного вида или понтовая иномарка с московскими номерами? Оба варианта плохи, но все-таки на машину, наверно, обратят меньше внимания.

Еще рассматривая в гостинице интернет-карты, наш расследователь заметил, что посередине улицы Гайдара, как раз напротив искомого дома, находился поселковый магазин.

Через десять минут он припарковался рядом с ним.

Здешняя улица была родной сестрой той, на которой проживали Баскаковы в станице Красивой: пыльная дорога, по которой с интенсивностью раз в час проползали автомобили. Ни единого прохожего. За заборами разной высоты и стоимости — частные дома и домики (опять-таки совершенно различные по виду и крутости). Полуразвалившаяся хибара с мутными треснутыми окошками соседствовала с добротной каменной двухэтажной постройкой. Однако среди всех выделялось и нависало надо всеми строение, в котором, судя по всему, провела свои детские годы Анастасия. Артем сразу выделил его в ряду прочих и ни секунды не сомневался, что это оно: краснокирпичный монстр, построенный в стиле первых нуворишских особняков середины девяностых — богато, вычурно, громоздко, с башенками и каминными трубами. Трехметровая каменная ограда по периметру и вычурный вензель на воротах выглядели под стать сооружению.

Артем, не выходя из машины, поменял объектив на длиннофокусный, открыл окно и выпустил в сторону дома целую фотоочередь. Проверил результат — качество его удовлетворило. Для начала материала неплохо. «За этими стенами почти пятнадцать лет назад произошла страшная трагедия: двойное убийство. Погибли муж и жена Подгребцовы. Пятилетняя дочка убитых осталась сиротой. Почему случилось преступление и кто в нем виноват?»

Молодой человек спрятал кофр с фотоаппаратурой в багажник и вошел в поселковый магазин. Коротко дзынькнул колокольчик на двери. Все, кто был внутри, обратили на Артема свои взоры — хотя присутствующих было ровно двое: совершенно типическая продавщица — пятьдесят восьмого размера, в белом халате нараспашку, а также не менее типичный маленький унылый алкоголик с перекошенным испитым лицом. Оба задержали взгляд на явно не здешнем, столичном молодом человеке, но скоро вернулись к прерванным занятиям, а именно: покупатель канючил, что-то выпрашивая — очевидно, спиртное в кредит, а дама ему решительно отказывала.

— Ну, Маш, ну че ты как эта... — ныл алканавт.

— Я тебе не «как эта». Ишь! Иди отсюда!

— Ну завтра отдам я.

— Иди гуляй, я сказала!.. — И, игнорируя приставалу, поворотилась к вошедшему: — Что вы хотели, мужчина?

Попрошайка, видимо, смекнул, что ему здесь ничего не светит, — а может, в голову ему вступил иной план, — да только он, шаркая плохо гнущимися ногами, почапал к выходу из магазина.

— Воды бутылочку, пожалуйста.

— Воды? — Продавщица словно изумилась всей мизерности желаний Артема. — Ноль три, ноль пять, литрушечку? С газом? Или без? Холодненькую вам? Тепленькую? «Терскую»? «Архыз»? «Горячий ключ»? — Дама, жаркая, южная, переспелая, как бы демонстрировала всю широту возможностей, которые она способна предоставить случайному перспективному гостю.

— Любую, с газом, холодненькую... Скажите, — резко переменил он тему и взял быка за рога, — а вы здесь в две тысяча третьем году, в сентябре случайно не работали?

— А почему ты спрашиваешь?

— Убийство здесь тогда произошло. В доме напротив — слыхали?

— А ты что, сыщик? Что-то ты долго на место преступления ехал, пятнадцать лет прошло.

— Я не сыщик и не мент, а убийством интересуюсь, потому что журналист, вот, специально по этому делу из Москвы приехал, — слегка приврал Артем. — Так что у вас говорят по поводу убийства?

— «Говорят»! Все уж отговорили! Сколько времени прошло! — Магические слова «журналист», «Москва», «убийство» все-таки произвели на продавщицу определенное впечатление.

— А тогда? Пятнадцать лет назад? О чем болтали?

— О! О чем тогда только не болтали!

— Ну, например? Кто убийца?

— Да ведь их посадили.

— Посадили?!

— Ну да. Два ханурика каких-то местных убили. Судили их — в краевом центре процесс был. Одному лет восемнадцать, что ли, дали. Он так и сгинул. А второй отмазался, типа, я ничего не делал, просто, типа, за компанию, черт попутал. Ему лет двенадцать впаяли. Или десять. А по мне — так надо было шлепнуть обоих, без суда и следствия, как при Сталине. Чтоб другим неповадно. А то ишь! Правда, — дама понизила голос, — убитый, Подгребцов, при жизни тоже, говорят, тот еще фрукт был! Такими делами, грят, ворочал! А с каких, спрашивается, капиталов такую домину отгрохал?.. Но, конечно, убивать — не дело.

— Но если второй «десяточку» всего лишь получил — значит, он уже вышел?

— Это может быть. Этого я не знаю, сказать не могу.

— А сейчас кто в том доме живет, где убили?

— Свиргун. Брательник убитого. Он особняк и все имущество унаследовал.

— Так была ведь у Подгребцовых дочка? Она вроде по закону наследница первой очереди?

— Знать не могу. Ее, девочку, куда-то очень быстро увезли. То ли в детдом отдали, то ли какие-то другие родственники объявились.

— Странно получается. Одним родным в наследство — дом. Другим — ребенок. Как в сказке: одному сыну — мельница, второму — кот. Почему так?

— Спроси меня что-нибудь полегче, дорогой.

Тут в магазин вошла пенсионерка, звякнул колокольчик. Поздоровалась: «Здравствуй, Маша!» — и продавщица с облегчением — чересчур дотошный разговор с расследователем начал ее тревожить и утомлять — оборотилась к новой персоне:

— Чего хотела, Ефимовна?

Артем забрал свою воду, попрощался и вышел. Во время беседы он пару раз незаметно щелкнул собеседницу на телефон. Можно было развить историю в своем блоге: «Продавец магазина напротив согласна с официальной версией случившегося».

На крыльце молодого человека поджидал алконавт — тут совершенно очевиден стал его бизнес-проект: струсить на бутылку с богатенького заезжего гостя.

— Слышь, парень! — начал он несмело. — У тебя мелочь имеется? Поможешь страждущему человеку?

— Дядя, я не только мелочь — я тебе на полноценную бутылку дам! — Собеседник при этих словах встрепенулся, воспламенился. — Если ты мне все расскажешь, что знаешь, как на духу, об убийстве, которое здесь пятнадцать лет назад произошло. — Алконавт на глазах потух — путь к вожделенной влаге оказался тернист и, возможно, даже опасен.

— Да че я там знаю... — стал ныть он. — И потом, всухомятку язык не ворочается. Давай, ты меня смажешь, и рассказ полетит стрелой!

— Не, дядя. Сперва история, гонорар — по окончании.

— Чево там рассказывать... Два разбойника взяли залезли ночью и убили... Мишку Подгребцова и супругу его...

— За что убили? Почему?

— Как за что? Поживиться захотели.

— А правду говорят, — Артем вспомнил версию, которую выдала ему сегодня жгучая брюнетка из редакции, — что убийство заказал Голышин, который сейчас заместителем краевого губернатора стал?

— Тшшш! — Мужик явно испугался и даже разом стал как-то меньше ростом. — Что ты такое говоришь! Да что ты!

Тут из магазина вышла давешняя пожилая покупательница с сумкой, откуда выглядывала упаковка макарон и румяная буханка хлеба. Неодобрительно глянула в сторону беседующих и молвила, поджав губы:

— Все гуляешь, Чича!

Дядя верноподданически заулыбался щербатым ртом:

— Гуляю, Ефимовна, гуляю!

— Пора на тормоз жать. Вон руки ходуном. Скоро ширинку застегнуть не сможешь. — И, не дожидаясь ответа, она гордо, с прямой спиной, пошагала прочь.

— Бисмарк, — уважительно прошептал Чича, воздев указательный палец. — Классная моя бывшая. Ух, строга! Чистый прокурор.

— Давай к делу. Кто убил и за что. Что в народе говорят?

— Брехали всякое. И брешут. Что якобы залезли и убили неспроста. Врали, что заказ был. А чей? Может, и впрямь, — дядя понизил голос и указал пальцем в небо, — оттуда. От того, кто сейчас на самом верху. В крае сидит. Но только я тебе ничего не говорил. Потому что кто его знает? Ты на бутылку-то дай! Обещал!

— А второй убийца? Который, как говорят, отсидел, и его выпустили? Не знаешь, кто он? Где сейчас?

— Не знаю я ничего! И никого!.. Ты денег дать обещал, парень! — протянул Чича жалобно. Становилось очевидным, что больше информации вряд ли получишь. Артем залез в портмоне и протянул мужику сторублевку. Водку он обычно не пил, предпочитал шотландский виски и штатовский бурбон, поэтому цен на нее не знал. Ханыгу аж перекорежило.

— Большой театр? Один? Не хватит же! — с обидой и горечью проговорил он. — Еще два давай!

Да, страшно далек оказался молодой человек от народа!

Он беспрекословно вытащил еще две сотни наличными, которые счастливым образом затесались в кошельке. Страдающий мужчина мгновенно выхватил их и был таков — исчез в недрах магазина.

Его фотографический портрет Артем, впрочем, успел сделать — на свой телефон, скрытой камерой. Чича получился с нелепым жестом, указующим в небеса.

Прекрасно выйдет с подписью: «Простые жители города Казацка полагают: возможно, нити убийства тянутся на самый верх».

* * *

Не садясь в машину, Артем по диагонали пересек улицу и подошел к калитке дома, что занимал Игорь Свиргун, сводный брат убитого и дядя Насти. Трехэтажный особняк нависал над забором — как и над возможными посетителями — и сейчас над молодым человеком.

Кудряшов нажал на кнопку домофона.

Незваного гостя, видимо, предварительно долго рассматривали в видеокамере, потому что пришлось выдержать сигналов пятнадцать, прежде чем из устройства донесся хмурый и грубый голос:

— Чего надо?

Кудряшов произнес заготовленное:

— Я жених вашей племянницы Насти.

— Кого?!

— Можете впустить меня, поговорить?

Зависла пауза, а потом мужик наконец бросил:

— Жди!

Через минуту железная калитка приотворилась — ровно настолько, чтобы продемонстрировать мужчину лет пятидесяти — лысого, седого и толстого. Был он, что называется, «с волевым лицом» — такие часто встречаются у силовиков в отставке, в чинах от прапорщика до майора.

— Чего тебе? — буркнул он.

Артем успел, правда, в этот момент сделать скрытой камерой пару фоток хозяина.

— Я жених вашей племянницы. Дочери Подгребцова.

— Не знаю я никакой племянницы, — отрубил голос.

— А самих Подгребцовых знаете? — удивленно от такой наглости и даже отчаянно воскликнул Артем.

— И че? — вызывающе переспросил хозяин.

— Вы же, говорят, брат его?

После секундной паузы и определенного замешательства мужик ответил:

— Не знаю я никого, — и захлопнул калитку перед носом Кудряшова.

Молодому человеку нечего было терять, и он снова нажал на сигнал вызова. Прослушал множество сигналов — но бесполезно.

Возможно, «силовик», что таился внутри, просто отключил домофон. Или у него оказались о-о-очень крепкие нервы.

Делать здесь было больше нечего. И коттедж, и мужчину Артем снял.

Нынче у нас время, когда визуальное превалирует над текстом — этому его и на журфаке учили. Одна фотография с места события плюс короткая подпись способны дать зрителю-читателю гораздо больше, чем тысяча слов текста.

Молодой человек вернулся к своему авто, оставленному напротив, у магазина. Проглядел в телефоне недавний фотографический улов.

Хозяин дома получился прекрасно: этакий жлоб в черной майке, выглядывающий из железных ворот. И подпись можно будет дать: «Настя? Племянница? Не знаю такой!»

В машине Артем запустил движок и включил кондиционер. Вдруг зазвонил телефон. Он глянул на определитель — номер незнакомый, но, судя по первым трем цифрам, явно местный. В мыслях о будущей теще или Настеньке снял трубку — однако услышал человека, про которого никак не думал. А после рассказов продавщицы в магазине, алконавта и встревоженной черноглазой корреспондентки — тем более. Звонил мэр города, да сам лично, не через секретаря. Голос звучал деловито:

— По поводу двойного убийства Подгребцовых. Следствие по делу вела краевая прокуратура. Но! Следователь, Пустырников Степан Михайлович, здесь, в Казацке, проживает. Он готов с вами встретиться и ждет вашего звонка. Я сейчас вышлю вам его контакт — наберите его.

О подобной удаче Артем не мог даже мечтать. Не веря своим ушам и даже подозревая подвох, он растерянно поблагодарил мэра.

И впрямь: через минуту блямкнула эсэмэска — пришел номер телефона.

Немедленно, не откладывая, Кудряшов позвонил по нему.

И вот тут заключалась засада: мужской голос отвечал невпопад, заторможенно и с чудовищной дикцией — то ли человек после инсульта, то ли с головой не дружит, то ли попросту пьяный.

Решив, что пьяных на сегодня хватит, Артем назначил бывшему следаку встречу на завтра на утро — если тот не в форме по причине горячительных напитков, у него будет шанс протрезветь.

Голос стал многословно объяснять, как его найти. Артем прервал:

— Просто скажите адрес, я по навигатору.

— Навигатор. Хм. Навигатор, — пару раз повторил собеседник, точно пробуя на вкус красивое, звучное слово, а потом назвал: — Салтыкова-Щедрина, тринадцать.

Время близилось к семи вечера, собиралось темнеть, и Кудряшов вернулся в гостиницу.

Он боялся признаться себе, но длительное пребывание здесь, в Казацке, да и вообще — вдали от дома, вдали от столицы — навевало на него тоску.

Надоели раздолбанные дороги без разметки, недостроенные или неоштукатуренные дома, неадекватные люди.

А ведь он хотел с российской провинцией и простотой — в лице Насти — связать свою жизнь. Не слишком ли поторопился?

Впрочем, себя он считал парнем упорным и хозяином собственного слова. И оттого, что стало трудно, не собирался дезертировать с выбранного поприща.

Вечерний разговор с Настей по скайпу вернул ему силы.

* * *

Дом следователя ничем не выделялся, в смысле роскоши и богатства, среди прочих частных домов по улице Салтыкова-Щедрина, из чего Артем сделал вывод, что человек тот, по всей видимости, честный.

Или умело замаскировал свои доходы.

Встретил его у калитки черный, рвущийся с цепи дог — оглашал лаем двор и всю улицу, так что даже откликнулась собака вдалеке.

Вышла женщина, наружно схожая с догом как две капли воды — такая же плотная, величавая, с брылами. Она прикрикнула на собаку: «Тепа, фу!» — и отогнала в дальний угол, к вольеру.

— Проходите в залу, — проговорила она. — Степан Михайлович вас ждет.

В доме терпко пахло лекарствами и нездоровым человеком. Хозяин и впрямь оказался не пьян, но болен.

Видимо, после инсульта, он сидел на потертом, доисторическом кресле-каталке — румяный, седой и свежеумытый. Левая рука его не двигалась — но правой он мощно цапнул молодого человека за кисть. Да и взор его голубых очей оказался ясен — хотя и рот кривился на сторону, и дикция давала сбои. Вероятно, его тешило, что он кому-то понадобился. Поэтому прежде всего блогер дал бывшему следователю выговориться.

— Вас ведь убийство Подгребцовых интересует? Михаила Николаевича и Ольги Максимовны? — И, не дожидаясь ответа, принялся рассказывать, перемежая бюрократические штампы просторечиями. Говорил он так, словно перекатывал во рту леденец — временами дикция делалась очень трудно понимаемой, приходилось даже переспрашивать.

— В результате расследования было установлено следующее. Убийство совершил житель нашего города Казюкевич Иван Дмитриевич, восемнадцатого числа сентября две тысячи третьего года. Ориентировочно в три часа ночи он и Сопелин Аркадий Петрович, по предварительному сговору, тайно проникли в жилое помещение, принадлежавшее на правах собственности Подгребцову. Хозяева, несмотря на поздний час, не спали — засиделись у телевизора. Впоследствии преступники были допрошены по отдельности, их показания сходились — и не имелось оснований подвергать их сомнению. Помимо признательных показаний, картина преступления была закреплена очной ставкой, а также следственным экспериментом. Итак, душегубы потребовали у Подгребцовых ценности и деньги. Так как пострадавший, хозяин дома, отказал им — как совокупно показали на следствии, допрошенные по отдельности, Казюкевич и Сопелин, — они попытались принудить его мерами физического воздействия. Он оказал сопротивление. В этот момент супруга бросилась к телефону — вызывать милицию. И тогда Казюкевич достал пистолет, который, как он сам показал, брал с собой «на дело» с целью «попугать», и застрелил мужа и жену. Как он утверждал, будучи в состоянии аффекта — в каковое якобы пришел, встретив деятельный отпор со стороны убитого Подгребцова. Забегая вперед, замечу, что версию о «состоянии аффекта» суд впоследствии отмел как несостоятельную... На счастье, сосед, проживавший рядом, видел, как убийцы проникали в дом, и вызвал представителей правопорядка. Преступники знали, что в доме находится также маленькая дочка жертв, Анастасия. Они поднялись к ней в комнату, имея намерение убрать свидетеля, однако девочку не нашли — она спряталась в гардеробной. А убийц спугнула подъехавшая милиция. Преступники сбежали, однако вскоре были установлены и задержаны. Меру пресечения им избрали в виде содержания под стражей. Они проявляли деятельное раскаяние и сотрудничали со следствием. Особых проблем не оказалось, мы передали дело в суд, который в итоге приговорил Казюкевича к восемнадцати годам лишения свободы, а Сопелина — к девяти.

— Почему так мало?

— Во-первых, не скажу, что мало. А во-вторых, Сопелин, получивший девять, он ведь не убивал.

— А вы не рассматривали версию, что это могло быть заказное убийство? — Артем хорошо помнил, что сказала ему вчера чернявая журналистка.

— Рассматривали. Но версия не подтвердилась.

— Да? Но были ведь люди, которые в итоге выиграли в результате смерти супругов? Ведь Подгребцов богатый человек был. Кому достались его фирмы? Его недвижимость? Другое имущество?

— Эти вопросы находились вне нашей компетенции, и мы ими не задавались.

— Правда ли, что его бизнес в конечном итоге отошел Егору Голышину?

— Еще раз повторяю. — Эти слова бывшего следователя, как и прочие, вследствие инсульта и дефектов дикции, прозвучали невнятно, примерно как у позднего Брежнева в телехронике: «Ышчо-ра-патаряу». От этого, несмотря на серьезность и даже кровавость темы, разговор временами приобретал комический характер. — Вопросы посмертного дележа собственности нами не рассматривались.

— А почему дом и участок отошли к Свиргуну? А Настю удочерила сестра убитой Ольги Максимовны? Почему не наоборот? Логично было бы: кому дом достался — тот и девочкой занимается.

— Не знаю, и это было не наше дело.

— А с убийцами что? Они сидят?

— Повторюсь: убийца там был один. Казюкевич.

Он, насколько я знаю, скончался в местах лишения свободы. Году в две тысячи восьмом или девятом.

— А второй?

— Аркашка Сопелин? Его освободили, по УДО.

— Освободили?! И где он?!

— Здесь, у нас живет, в городе. Я его даже видывал пару раз. Пьет он вдумчиво.

— И я могу с ним встретиться?! — воскликнул молодой человек.

— Сможете, — усмехнулся экс-следователь. — Если он в товарном виде будет. Постарайтесь его в первой половине дня застать, да пивка принесите. Тогда, может, и разговорится.

Под конец разговора Артем попросил собеседника попозировать. Тот отнекивался и говорил, что он не в форме, — но предложение сфотографироваться ему польстило. Он достал из карманчика расческу, подул в нее и причесал свои седые кудри. Молодой человек подкатил коляску к окну и сделал несколько снимков бывшего следователя в неровном свете хмурого осеннего утра. Следователь натужно улыбался углом своего полупарализованного рта.

* * *

С Сопелиным Артем постарался встретиться утром — как и наказывал старый следователь. И пивка тоже купил — огромную (на его собственный взгляд) пластиковую двухлитровую бутыль.

Сопелин проживал не в собственном доме, а в квартире — в том микрорайоне, казацких Черемушках, где во дворе молодой человек ранее разговаривал на детской площадке с чернявой журналисткой.

Жилище располагалось на первом этаже, но именно в этой квартире, единственной в доме, не было решеток, а одно из окон — разбито и подклеено скотчем — явный признак бесхозяйственности и/или алкоголизма. Звонка также не обнаруживалось, а дерматин, коим некогда, в более благополучные времена, обили входную дверь, теперь был изрезан, обожжен, и вата из него торчала клоками.

Молодой человек постучал в косяк костяшками пальцев. Через минуту открыли. На пороге стоял типичный «синяк»: сатиновые трусы по колено, майка-алкоголичка, испитое лицо, всклокоченные волосы. От него (и от квартиры) несло застарелым алкогольным духом, куревом и противной кислятиной.

— Что надо? — пересохлым ртом спросил он — вроде бы нелюбезно и вызывающе, но в глубине его глаз плескался страх: а вдруг пришел по его душу участковый, или разъяренный сосед, или кредитор?

— Пивка тебе принес, — радушно молвил Артем и достал из пакета бутыль.

— Заноси, конечно, — отвечал алканавт и посторонился, — но ты кто?

— Мы с тобой третьего дня во дворе познакомились — забыл? — вдохновенно соврал молодой человек. — Ты мне адрес свой сказал и в гости приглашал.

— Когда с подарком приходят, тут завсегда рады.

Артем предполагал, что столкнется с грязью, неустроенностью, нищетой — однако мера запустения превысила его ожидания. В единственной комнате из мебели наличествовал лишь матрац с тряпьем, а на кухне — стол и табуретка.

Вдобавок в квартире страшно воняло. Как может, спрашивается, человек жить в таких условиях?! Вряд ли Артем протянул бы хоть сутки. И ведь все, что здесь творится, — рукотворного происхождения! Это не наводнение повлияло, не оползень с землетрясением! Хозяин сам, своими руками, подобный ужас сотворил! Как с ним говорить по-человечески?! Любая, самая помоечная кошка и то в гораздо большей чистоте себя содержит!

Алкоголик обеими руками прижимал к себе бутыль, словно ребенка. Он прошел на кухню, поставил вожделенный сосуд на стол и свернул пробку. Затем жадно приник к горлышку. Шея и кадык, заросшие жестким полуседым волосом, заходили. Пиво с вожделением вливалось внутрь.

Наконец он отстал от животворящего источника и ревнивым взглядом посмотрел на пластиковую флягу — много ли осталось. Выпито оказалось за один присест едва ли не пол-литра, но и будущее (в виде оставшихся полутора) пока представлялось в радужном свете. Да и физиономия после принятия лекарства чудесным образом преобразилась: стала, насколько возможно, разглаженной, румяной, источала довольство. Ясно, что счастье не могло продлиться долго, и Артем поспешил с расспросами.

— Говорят, вы знали Подгребцовых? — назвал он убитых по фамилии.

— Подгребцовых? Ну, знал. И что?

— Зачем вы к ним с Казюкевичем тогда пришли? — Он упомянул убийцу.

— О чем ты?

— Ладно, мужик, что ты прикидываешься? Все ведь знают, что тогда, в две тысячи третьем, ночью, ты с Казюкевичем залез в тот дом. И Подгребцовых, мужа и жену, убил. Вас с ним потом за это судили. Ты понимаешь? УЖЕ судили. И тебе дали наказание, и ты отбыл его и был освобожден по УДО. А два раза у нас за одно и то же преступление не судят. И тебя больше никто и никогда снова не посадит. Поэтому можешь спокойно рассказать мне, что там было. Почему вы именно к Подгребцову той ночью пошли? Зачем? Кто вас надоумил?

— Тебе-то что за дело? — приняв волшебное снадобье, хозяин оказался способен, на удивление, не только мыслить, но и связно излагать свои мысли.

— У убитых там, в доме, дочка жила. Настя зовут. Сейчас она выросла, и я ее жених. — Для лучшего понимания Кудряшов высказывался самыми простыми словами и короткими фразами. — Мы с ней, я и она, хотим разобраться, что с ней тогда случилось. С ней и ее семьей. Зачем ты с Казюкевичем полез туда?

Алканавт в краткий миг просветления оказался способен на иронию. На сарказм даже.

— Ага, как же! Так я тебе все и рассказал. Разбежался. За бутылку пивасика. Спешу и падаю.

— Хочешь, я и за водярой могу съездить.

— Гони мне сто тысяч рублей. Мелкими купюрами. И я тебе все расскажу.

Видимо, сто тысяч представлялось алкоголику огромной суммой, пределом мечтаний. Артем решил сбить цену:

— Давай я тебе тридцатник пришлю, только я должен быть уверен, что ты не туфту гонишь.

— Пятьдесят тысяч.

— Договорились.

— Давай бабло.

— Я при себе столько налички не ношу. На банковской карте имеются. Поэтому надо мне к банкомату подъехать. Только я должен быть уверен, что ты мне реально важную информацию сдашь.

— Я могу тебе сейчас намекнуть, кто нас тогда подбил с Подгребцовым разобраться. На суде я не говорил. И вообще никому не говорил.

— Ну, и?

— Э, нет. Задаток давай. Десять тысяч.

— Такая сумма у меня с собой есть. Ты только назови фамилию — кто.

— Ты не местный, все равно здешнего народа не знаешь.

— Неважно. Сегодня не знаю, а завтра познакомлюсь. Ты скажи.

Молодой человек достал из бумажника две красивые красные купюры — пятитысячные, повертел перед лицом хозяина. Однако когда тот потянулся к ним, ловким движением спрятал их за спину.

— Назови имя, тогда получишь.

Артем ожидал, кого угодно: того дельца, о котором ему говорила журналистка и который теперь занимает важный пост краевого начальника — Егора Голышина; подозревал он почему-то и нынешнего мэра, однако пьянчуга сказал:

— Мне Казюкевич, мой подельник, вкручивал, что надоумил его с Подгребцовыми разобраться Свиргун.

— Брат?! Наследник?!

И тут в квартире произошло неожиданное явление.

Замка здесь не было — да и зачем, от кого, при царящей внутри бедности? Любой мог войти, кто хочет. И тут вдруг входная дверь распахнулась и на пороге возник человек, которого Артем не рассчитывал здесь увидеть — тот самый, чье имя только что, минутой назад, было произнесено! Тот, кто вчера разговаривал с ним чрезвычайно сухо, сквозь зубы, кто не впустил его в свой дом — иными словами, то был Свиргун. Толстый, плешивый и седой, с «волевой» складкой у рта. В руках он держал полиэтиленовый пакет с логотипом гастронома, в котором что-то позвякивало.

Он удивленно воззрился на Артема и, безо всякого сомнения, узнал своего вчерашнего визитера.

— Что это ты тут вынюхиваешь? — набычась, спросил он у него.

— Да что тут можно вынюхать! — почти весело воскликнул молодой человек. — Одни пары алкоголя!

А хозяин от явления второго незваного гостя явственно испугался. Растерянность разлилась по его лицу. Действительно, это выглядело чудом: только что алканавт чуть его не сдал — да что там «чуть», натурально сдал, — и вот он возникает на пороге! Кудряшов тоже оказался обескуражен и, чтобы скрыть замешательство, воскликнул:

— Вот вы и сами ко мне пришли! Вы друзья с товарищем Сопелиным, оказывается? С каких, интересно, пор?

— Не твоего ума дело! — прорычал мужик. — Давай, двигай отсюда!

Он был много ниже Артема, настоящий метр с кепкой, да и рыхлый и немолодой — короче, если бы они схватились, можно было не сомневаться, за кем останется победа. Однако меряться силами в планы Кудряшова не входило. Но и покорно покидать поле тоже не хотелось.

— Ну, вы пока поговорите, — воскликнул он, — а я в комнате подожду!

— Проваливай! — вскричал Настин дядька.

— Аркадий, — обратился Артем к хозяину, припомнив его имя, — что он тут распоряжается? — Он рассчитывал, что, польстившись на обещанные пятьдесят штук, тот выставит Свиргуна. Но нет. Алкоголик, как видно, справился с собой, потому что проговорил не без достоинства и даже отчасти велеречиво, в протокольно-полицейском стиле, адресуясь к молодому человеку:

— Попрошу вас покинуть помещение.

И Кудряшову ничего не оставалось, как выйти вон.

* * *

Перед запланированным отходом Артем, вертя в руках телефон, сделал скрытой камерой пару кадров Сопелина и Свиргуна на полуразоренной, кислой кухне. Если слова алкоголика подтвердятся, вырисовывалась интереснейшая комбинация. Значит, Казюкевич убил Подгребцова не просто так, во время банального ограбления, а по заказу сводного брата! Очень похоже было на правду! Ведь во многом выгодоприобретателем от смерти родителей Насти оказался именно Свиргун — он получил в наследство их дом и хозяйство. И возможно, в благодарность подогревал убийц — Казюкевича и Сопелина — на зоне, да и сейчас явно не с пустыми руками пришел.

Кудряшов сел в машину — он припарковал ее чуть поодаль, у другого подъезда блочной многоэтажки, где проживал синяк, — в тенистом дворе, под пологом развесистой смоковницы. Однако вход в парадную забулдыги был ему прекрасно виден, да и окна его квартиры тоже. Вдобавок Артем заметил, что во дворе стало одной машиной больше — джип «Инфинити» расположился совсем близко ко входу — не иначе, на нем Свиргун и пожаловал. Блогер твердо решил дождаться окончания визита Настиного дядюшки (вот послал бог свойственника!), а потом вернуться в квартиру и додавить своего информатора.

Чтобы скоротать время, молодой человек решил просмотреть свой почтовый ящик. Телефон предложил ему на выбор подключиться к трем запароленным источникам вай-фая — даже окраины райцентра Казацка шагали в ногу с прогрессом. Артем от вай-фая отказался, предпочтя мобильный Интернет. Никаких писем или сообщений от Насти не оказалось — а ждал он прежде всего весточек от нее. Зато имелось в личной почте письмо от отца, Александра Николаевича Кудряшова.

В переписку с сынулей папаня вступал нечасто — даже когда трудился за тридевять земель, за границей, на скандинавском направлении, они предпочитали общаться онлайн: по скайпу, вайберу или вотсаппу. Письма писал в исключительных случаях — когда требовалось воспитывать отпрыска либо обсудить нечто неприятное. Эпистолярных посланий от родителя — если не считать шутливые или полушутливые эсэмэски — Кудряшов-младший припоминал за всю свою жизнь два-три, не больше. И каждый раз повод был досадный или стремный, типа тройки в четверти по английскому в десятом классе.

Вот и сейчас Артем открыл письмо с внутренней дрожью, с тягостным чувством. Он заранее знал, догадывался, о чем пойдет речь. К гадалке можно не ходить — конечно, его ждет нотация по поводу предполагаемой женитьбе на Насте. Что тут оставалось делать! Только выдержать характер и преодолеть увещевания отца и эмоциональные крики-выступления матери. Или, может быть, стойкость не проявлять? Пойти у родителей на поводу?

Теперь, когда Насти рядом не было и ее магия отчасти ослабела, уверенность Артема в том, что женитьба на ней — блестящая идея, слегка потускнела.

В сущности, он по жизни очень дорожил своим званием Хорошего Сына. Привык не то что покоряться родителям, но не огорчать их. И довольно-таки трусил, что ему придется пойти против воли предков и жениться на девушке без роду без племени, из какой-то там станицы Красивая. Вследствие этого он и сам теперь был не вполне уверен, правильно ли поступает. А два предыдущих случая с тягой к скороспелым заграничным женитьбам доказали ему, что он в данном аспекте далеко не безгрешен. Скорее даже наоборот — в матримониальных делах он, видимо, оказывался более неправым, чем правым. В отличие от предков, все с собственным браком тонко рассчитавших (что, по правде, не принесло им особого счастья).

Именно поэтому он взялся за письмо отца с чувством, словно ему придется принять горькое (но, возможно, полезное) лекарство. И не оторвался, пока не дочитал до конца.

Письмо оказалось дипломатически чрезвычайно выдержано. Взвешено, словно на аптекарских весах. Словно ноту протеста отец выкатывал некогда дружественному, но провинившемуся правительству.

Начиналось оно так: «Дорогой сын!» Молодой человек, прочитав обращение, про себя воскликнул: «О! Как пафосно! Не Темка или Темик, как обычно зовет папа, и даже не Артем, а совсем отстраненно — сын! Эдак он, чего доброго, мне от дома откажет. Или наследства лишит». Однако в столь заоблачные выси Александр Николаевич все-таки пока еще не воспарил.

Итак, «*Дорогой сын!*» — говорилось в письме, и далее: «*Мы с мамой встретили твою новую идею о женить-*

бе — на этот раз в Кубанском крае — с определенным недоверием и сдержанным пессимизмом. Да, ты молод — а юности свойственны резкие и порой необдуманные порывы. Все в твоем возрасте влюблялись — временами столь сильно, что трудно даже представить себе, что придется провести вдали друг от друга хотя бы сутки. Остается только восхититься твоей горячностью — или позавидовать ей — и попенять, что я в свои довольно преклонные лета уже не способен на столь благородные безумства».

«Врешь ты, батя, — подумал про себя молодой человек, — ты и в молодости своей на «благородные, как ты выражаешься, безумства» был не способен. И супругу себе — маму — выбирал, словно персик на рынке — чтобы не дай бог с бочком или червячком не попался; был в меру сочный, в меру зрелый, но не чересчур. Зато уж, добычу закабалив, начал ты, папаня, предаваться «безумствам», да вовсе не благородным. Даже до меня отзвуки скандалов долетали — хотя только мать, наверно, знает, сколько раз тебя с любовницами ловила... А сейчас ты меня начинаешь воспитывать! Врачу: исцелися сам!»

Мысля подобным образом, он продолжал читать:

«...*Идти на поводу голых эмоций в определенных обстоятельствах может означать неотвратимый крах собственной жизни. Мы не против твоей женитьбы — на ком бы то ни было. Мы лишь хотим, чтобы все происходило в соответствии с определенными правилами или ритуалами, выработанными за многовековую человеческую историю. Ведь кто бы и где бы ни женился — в нашем обществе, в былом советском, или в том, что сложилось до Октябрьской революции, или хотя бы даже в каком-нибудь племени тумбо-юмбо, — всюду, да, всюду и везде! — существуют определенные установления, что и как следует делать жениху и невесте. И помимо того, что происходит между двоими: знакомство, ухаживание, все прочее, — всегда выделяются некоторые обряды, которые принято исполнять. Среди них — знакомство с родите-*

лями, представление им своей второй половины и, если угодно, испрашивание родительского благословения. Я надеюсь, что ты со своей стороны повстречался там, на Юге, с предками (как вы говорите) своей возлюбленной. Но кроме этого принято ведь, согласись, представить суженую другой стороне — родителям жениха, то есть нам с мамой. Кроме того, перед свадьбой считается желательным, чтобы старшие родственники с той и другой стороны тоже повидались, познакомились и сговорились между собой — хотя бы относительно церемонии бракосочетания и первых шагов молодой семьи в совместной жизни: где жить, на чей счет и так далее, и так далее. Потом, обычно принято, чтобы между оглашением помолвки и собственно венчанием проходило определенное время — не только для того, чтобы еще раз хорошенько все обдумать (я знаю, что сейчас ты, Артем, неопровержимо уверен, что ты все-все просчитал и никто и ничто тебя с выбранного пути не собьет — пусть так, спорить не буду). Но эта пауза потребна к тому же, чтобы тщательно подготовить и организовать как процедуру женитьбы, так и первые шаги на поприще совместной жизни.

Применительно к твоей конкретной ситуации я, в свете вышеизложенного, предложил бы следующее.

Первое... — почему-то этот нумерованный список: первое, второе, третье — чрезвычайно взбесил Артема: «Будет папаша мне еще пальцы загибать: во-первых, во-вторых!.. Дипломат хренов!»

...Считаю необходимым, чтобы ты представил свою невесту нам с мамой. Да и другим родственникам в Москве, а также твоим друзьям будет интересно на нее взглянуть. Поэтому приезжайте-ка вы, братцы, в столицу! Остановиться сможете у нас на Кутузовском — а если сочтете, что это неудобно, снимем для вас квартиру на короткий срок или даже гостиницу. Мы с мамой со своей стороны берем на себя финансирование вашего проживания в Белокаменной, а также организацию встреч с родственниками «со стороны жениха».

Второе. После этого мы с мамой хотели бы встретиться с родителями твоей будущей благоверной (или ты, кажется, говорил, у нее в наличии только лишь мать?). Разумеется, в данном вопросе инициатива и денежные затраты лежат на нашей стороне, и я хотел бы, чтобы ты поделился со мной координатами своей будущей тещи — мы свяжемся с нею и сами нанесем ей визит в любое удобное для нее время.

Третье. Надо, наконец, наметить и договориться, как и где играть вашу свадьбу. Уже не за горами рождественский пост — венчаться в это время невозможно, а расписываться в загсе довольно неприлично. Может быть, стоит подумать о свадьбе после Святок? Или на Масленицу? Или, того лучше, после Великого поста — например, на Красную горку?

«Ага, — зло подумал молодой человек, — а еще лучше для тебя, отец, вовсе никогда. Сказал бы прямо, без дипломатических своих экивоков». И это скрупулезное родительское следование церковным правилам тоже разозлило его чрезвычайно: были родичи некогда доблестными комсомольцами-коммунистами, членами ВЛКСМ и КПСС, стало быть, волей-неволей боролись в своей советской молодости против религии, опиума для народа, — а теперь, здравствуйте-пожалуйста, взялись указывать, что в православный пост жениться, видите ли, некошерно!

В то же время следовало признать: определенная доля истины в отцовском послании имелась. И если сын с ним и матерью не хочет окончательно и вусмерть разругаться, следовало пойти папане навстречу. Тем более что все требования папани — и представление Насти родителям, и знакомство старшего поколения между собой — представлялись парню разумными. Все, кроме пожелания отодвинуть женитьбу на будущий март или май.

Решив обмозговать послание и принять решение позже, Артем закрыл письмо.

А тут как раз из парадного Сопелина вывалился Свиргун. Несколько нервно оглянулся по сторонам, но ничего подозрительного не увидел. Не заметил, судя по всему, Кудряшова и его автомобиля. Быстро подошел к «Инфинити» у подъезда — да-да, это оказалась его машина, — забрался внутрь и уехал.

Молодой человек выждал еще минут семь или десять. Была у него идея сразу мотануться к банкомату и додавить алкаша, вооружившись оговоренными пятьюдесятью тысячами — вид наличных обыкновенно магнетизирует слабые души! Однако требовалось понять, не сбил ли его с панталыку Свиргун (в лице доброго дядюшки с дарами) и будет ли синяк по-прежнему свидетельствовать против него. Поэтому блогер закрыл свою «Ауди» и направился к квартире: поднялся по ступенькам первого этажа и толкнул никогда не запирающуюся дверь несчастного алкоголика.

И по особенной замогильной тишине внутри почувствовал, что здесь произошло нечто неладное.

И впрямь, когда он заглянул на кухню, то увидел, что на грязном полу валяется, разбросав руки, хозяин в несвежей майке. Рядом лежит на боку единственная табуретка. Левая рука Сопелина перетянута жгутом выше локтя. В вену воткнут шприц — его поршень надавлен до упора — вся жидкость, сколько ее там, внутри, ни было, оказалась в организме бедного алкоголика.

На столе, довершая картину, покоилась закопченная снаружи столовая ложка с белым налетом внутри и зажигалка.

Избегая касаться тела руками, Кудряшов наклонился к нему. Казалось, Сопелин не дышал.

Артем выскочил из квартиры. Кем бы ни был и как бы ни вел себя алкаш, право на жизнь он имел. И к тому же являлся ценным свидетелем.

Поэтому молодой человек бросился к соседям. На первом этаже, кроме квартиры Сопелина, имелось еще две. В одной — звони, не звони — не откликнулись.

Во второй за дверью послышались шаркающие шаги, и старческий голосок, не отпирая, возгласил:

— Слухаю!

— Вашему соседу из тринадцатой квартиры плохо! Вызовите, пожалуйста, «Скорую»!

— Ох ты, господи! — запричитал голос. Защелкал замок, и блогер опрометью скатился по ступенькам. Объясняться с полицией, что случилось, почему и каким боком к происшествию прислонился Кудряшов, ему совершенно не улыбалось. Может быть, когда-нибудь потом — но не сейчас.

Однако что его рано или поздно привлекут — хотя бы в роли свидетеля — весьма вероятно. Это он понял сразу же, как выехал на своей красной «Ауди» со двора. Слишком приметна его машина — да и он сам со своим неустранимым столичным лоском. Слишком во многих местах наследил, включая квартиру пострадавшего.

Журналист вырулил на улицу и не спеша поехал по направлению к центру города. Навстречу ему пронеслась, с сиреной и мигалкой, «Скорая помощь». Оставалось надеяться, что это по душу Сопелина — и что того спасут.

Молодой человек спросил сам себя, куда ему податься теперь, и странная идея вдруг пришла ему в голову. С ним случалось такое: в пиковые моменты своей жизни он поступал не по расчету или рассудку, а так, как ему диктовало внутреннее чувство. Собственно, благодаря ему он и Насте предложение сделал, и сюда, в Казацк, с ее прошлым разбираться поехал.

И сейчас в его голове вдруг возникла фигура одного местного жителя — отчего именно его, он не знал.

Артем вытащил из внутреннего кармана куртки сотовый и на ходу набрал один из местных номеров. Пытаясь как-то оправдать перед самим собой желание кинуться именно к этой персоне, стал взвешивать «за» и «против»: «Все равно без поддержки мне здесь не спастись, не справиться. А кто в наших условиях наилучшую подмогу может обеспечить? Кто всегда самый главный и самый правый? Первое лицо. В стране — царь, император, первый секретарь или президент. А в городе, конечно, градоначальник. Почему бы ему не помочь столичному гостю? Если он, конечно, сам окончательно не перешел на сторону сил зла и Свиргун не его любимый друг».

Как ни странно, мэр города сам ответил на звонок.

— Это Артем Кудряшов, журналист из Москвы. У меня к вам очень-очень срочное дело. Я могу подъехать?

— Давайте через два часа. У меня люди. А лучше завтра с утра.

— Это правда очень спешно. И очень важно. Буквально вопрос жизни и смерти.

— О чем речь?

— В вашем городе прямо сейчас совершается преступление. Убийство.

— В полицию обратиться не пробовали?

— Давайте не терять время. Я буквально через десять минут буду у вас.

Спустя указанный срок Артем оказался в приемной мэра. Тот, очевидно, приврал ему: никаких людей у него не наблюдалось. Секретарша велела подождать — однако молодой человек без спросу вломился в кабинет. Градоначальник, конечно, сидел за столом, уткнувшись в сводки, и головы от бумаг не поднял, когда вошел Кудряшов, однако занятость его, похоже, была просто ширмой, игрой на публику.

Без спроса молодой человек стал рассказывать все, что с ним произошло сегодня утром: квартира Сопелина, неожиданный визит Свиргуна, его уход, возвращение Артема в квартиру, бездыханный человек, шприц в вене.

Недослушав посетителя, градоначальник набрал чей-то номер:

— Павел Петрович, начмеда «Скорой» дай мне телефончик... Да, случилось... Да, проверить вас хочу — а ты боишься?..

Пошутковав и поинтриговав подобным образом с невидимым собеседником — очевидно, главврачом местной больницы, — мэр, сверяясь с записями, отщелкал на местном телефоне другие пять цифр:

— Барбарин говорит... Скажи, у тебя бригада по адресу Новороссийская улица, дом три, квартира тринадцать, выехала?.. Давай выясняй... — Трубка надолго замолчала, а потом стала докладывать что-то неслышное для блогера. Затем мэр переспросил: — Он жив?.. — И еще: — Полицию проинформировали?

Наконец, мэр положил трубку и стал рассказывать, глядя в сторону:

— Факты, изложенные вами, отчасти подтвердились. Действительно, по адресу Новороссийская, дом три, тринадцать, скоропомощная бригада обнаружила хозяина в тяжелом состоянии, с подозрением на передозировку. Он доставлен в больницу, состояние крайне тяжелое, медики борются за его жизнь. Органы правопорядка о случившемся будут, как положено, проинформированы. А вы? Не хотите, не дожидаясь вызова, пройти в горотдел полиции и написать заявление о том, свидетелем чему стали? И о визите к Сопелину гражданина Свиргуна?

— Я бы пока повременил.

— Вот всегда вы так! Журналисты, блогеры, писарчуки! Глотки дерете, всех во всем обвиняете, а как самим против негативных проявлений бороться, сразу в кусты.

— Я человек у вас совершенно посторонний и новый.

— Какая разница, какой вы?

— Получится, что я со своим уставом в чужой монастырь лезу.

— Устав у нас, молодой человек, у всех один. Называется в данном случае Уголовный кодекс и Конституция Российской Федерации. И совершенно напрасно вы Свиргуна выгораживаете.

— Я? Выгораживаю?

— Конечно! Фактически льете воду на его мельницу. А потом сетуете в своих листках, что разгул преступности... А то, что Свиргун мог быть замешан в убийстве супругов Подгребцовых пятнадцать лет назад? Я навел справки, и тогда поговаривали, что это, может, заказное убийство, а заказчик — брат погибшего, только доказать ничего не смогли. Обвиняемые молчали как рыбы, хотя органы дознания с ними работали. И вот снова то давнее дело отозвалось.

— А вы Свиргуна не любите.

— При чем здесь люблю — не люблю? Перед законом у нас все равны.

— А почему тогда, пятнадцать лет назад, особняк и участок ему достался, а Настю усыновила сестра покойной, Ирина Максимовна? Как-то получается, как в сказке Шарля Перро, когда одному брату — и дом, и мельница, а второму — только кот.

— Там удивительная история произошла. Вы, наверно, не знаете. Я тоже не знал, пятнадцать лет назад пацаном был и бабьих сплетен не слушал. Лишь сейчас доподлинно выяснил. Ваш приезд, что греха таить, стал катализатором данного процесса... Итак, когда в то время, в две тысячи третьем году, после трагической гибели супругов Подгребцовых стали с их наследием разбираться, выяснилось, что Настя им никто.

— Как это — никто? — оторопело глянул на мэра визитер.

— А вот так! Никаких у девочки — пятилетней! — документов не имелось! Ни свидетельства о рождении, ни выписных бумаг из роддома — ничего! И в паспорт матери своей номинальной и отца — супругов Подгребцовых — она не была вписана!

— Вот это номер! — обалдело воскликнул Артем.

— Именно! И старожилы, оказывается, еще тогда болтали, что девочка эта, которую Настей назвали, появилась в той семье как с бухты-барахты!

— Это как?

— А так, что жена Подгребцова, Ольга ее звали, ни беременная не ходила, ни в роддом ни у нас, ни в крае не обращалась, ни в детской консультации на учете не состояла. Прямо-таки откуда ни возьмись появилась у них в семье грудная девочка! Старухи болтали, что однажды Подгребцов Михаил Николаич просто привез ребеночка своей жене и отдал! Типа, вот, теперь эта новорожденная нашей дочкой будет. Она сама-то вроде от природы бездетная была, бесплодная. А он ей такой, типа, подарок сделал: бери, мол, и пользуйся. Никто, дескать, этого ребенка не хватится и никому, кроме нас, он не нужен. Сами знаете: лихие девяностые, хоть и самый конец десятилетки. Год девяносто восьмой или девятый. Законов или не было, или не соблюдались... Ольга Подгребцова, жена, может, и не хотела того, но возразить супругу не посмела. Очень перед ним робела. А потом и сама, как говорили, к девочке привязалась.

— Вы говорите, она, новорожденная, в самом конце девяностых в семье появилась?

— Типа того.

— А убили Подгребцова в третьем году?

— Да.

— Почему же за пять лет Подгребцовы ребенка так и не легализовали?

— Хороший вопрос! Наверное, потому, что сразу неизбежно встали бы вопросы: что за новорожденная, откуда взялась? Да и не нужна никому была эта легализация: девочка дошкольные учреждения не посещала, ее дома мама воспитывала. Поликлинику по месту жительства, как рассказывают, они тоже избегали — если нужно было, врачей частным образом приглашали. Наверное, в дальнейшем, перед школой, они планировали девочку из подполья (что называется) вывести.

(Но это мои догадки, доподлинно не знаю.) Однако не успели — девчушке было пять лет, когда обоих названых родителей убили... А как хватились после гибели Подгребцовых — Свиргун, брат мужа, сказал: «Девочка тут вообще ни при чем! Кто она погибшим? Никаких документов! За нее я никакой ответственности не несу и нести не желаю! Надо ее в органы опеки и призрения сдать, и дело с концом!» Хорошо хоть тетушка у ребенка отыскалась (сестра жены), которая взять к себе девочку согласилась и со всеми документами бегала, несчастную крошку удочеряла.

«Знает ли Настя, — мелькнуло у Артема, — тайну своего происхождения? Что она и для убиенных Подгребцовых, оказывается, родной не была? Судя по ее рассказам — нет! И остается гадать, почему новая мать, Ирина Максимовна, ей не открылась — наверное, не хотела травмировать. И без того смерть названых родителей в пятилетнем возрасте — тяжелейшее для психики воспоминание!»

— Настя выросла, но ничего о себе не знает, — заметил Кудряшов вслух, — и я не уверен, что буду ей рассказывать. Во всяком случае, не сейчас. Может быть, со временем...

— Вы тоже ведете себя, как покойные Подгребцовы, — проговорил мэр. — Страусиная политика. Голову в песок!

— Сложные это вопросы, деторождения и наследства, деликатные, — постарался оправдаться молодой человек.

— Да я не об этом! Заявления против Свиргуна писать не хотите, а ведь если правду говорите, только за сегодня у него целый букет: и доведение до самоубийства, и склонение к употреблению наркотических веществ, и хранение, и сбыт... А вы чистенькими хотите.

— Не в том дело, — поморщился Кудряшов. — Я ведь в ту квартиру тоже заходил. И пальчики там мои повсюду. И получается, мое слово — против Свиргуна.

А он местный, у него наверняка и среди полицейских дружбаны, и среди судейских... А я пришлый, к тому же москвич. Если захотеть, запросто можно против меня ситуацию обратить.

— Никто у нас в органах заниматься подобной фабрикацией не станет.

— Я рад, что вы столь высокого мнения о ваших земляках. А мне позвольте все-таки быть осторожным.

— Давно поговаривали, что Свиргун с героиновыми каналами связан. Что приторговывает наркотиками — не в особо крупных пределах, но тянется за ним что-то. Так что, ежели поможете его закрыть, хорошую услугу городу окажете. И за невесту свою поквитаетесь.

— Я повременю пока.

— Как бы вам об этом не пожалеть.

— Вы мне угрожаете?

— Да господь с вами! Просто мне моя жизненная практика подсказывает: если хочешь в кустах отсидеться и не идешь ва-банк, судьба тебя рано или поздно, так или иначе, наказывает.

— Ничего, уж как-нибудь.

* * *

Артему захотелось горячей пищи. Хватит сухомятки и пробавляться гостиничным чайком! Он на интернет-карте города выбрал ресторан неподалеку от гостиницы — но все равно получилось в паре километров, поэтому поехал на машине. Все равно он здесь пить не будет.

Попутно, в машине и ресторане, молодой человек размышлял, как ему быть. Что и как давать в свой блог по результатам тутошнего расследования? Как дальше вести себя с женитьбой, чтобы и лица не потерять, от себя не отступиться и с родителями (которых он любил и уважал) не разругаться? И как освещать первый вопрос, с убийством в 2003-м Настиных родителей? Никаких ведь доказательств и даже внятных свидетельств, что виновен Свиргун, нет. И как сказать (и надо ли вообще говорить) Настеньке, что Подгребцовы, которых она помнит и чтит, на самом деле ей не родные? Что и они — родители ее не настоящие, а приемные. И кто в действительности ее мать и отец, и откуда она — опять непонятно. Нет, наверное, он должен Насте со всей осторожностью, но открыть глаза...

С этими думами он проглотил в ресторане куриный суп, а потом лосося на гриле — блюда выбирал такие, чтобы трудно было отравиться. Зал полупустой, играл под сурдинку джаз в колонках, а официантка выглядела усталой и отстраненной — словом, ничто не мешало молодому человеку предаваться размышлениям. Но он все равно ничего толком не решил ни по одному из проклятых вопросов и счел, что утро вечера мудренее. И вдобавок постановил для себя, что завтра надо не мытьем, так катаньем пробраться в больницу к Сопелину. И если тот окажется не в состоянии говорить с ним, хотя бы сделать фото на больничной койке.

Молодой человек рассчитался. Ценник был несравним со столицей и с курортными местечками края — удалось уложиться в восемьсот рублей. Швейцар-гардеробщик подал ему куртку, Артем сунул ему полтинник, и тот поклонился и распахнул перед ним дверь заведения.

Не торопясь, Кудряшов зашагал по ночному тротуару к своей машине, когда его окликнули. Обернулся. К нему поспешали двое молодых парней. От них исходила скрытая, но явная угроза. Тут бы ему, не рассуждая, броситься прочь! Стал бы действовать сразу — успел бы влететь в авто, заблокировать двери и дать по газам. Однако проклятое самолюбие — как это? он вдруг будет ни с того ни с сего бежать? — его не пустило. Да ведь парень никогда уличных стычек и не избегал. Рослый, физически сильный, с опытом подростковых и юношеских секций бокса и карате, Артем не сомневался в своих умениях справиться даже и с двумя обидчиками. Да, может, обойдется все без боестолкновения, мало ли что парням надо!

Минута промедления сыграла роковую роль. Когда парочка негодяев приблизилась, Артем понял, почему самый первый сигнал, что подавал внутренний голос, был: беги! И почему эти двое показались ему угрожающими — один из них держал в руке и прятал за спину бейсбольную биту, второй — железный прут.

Однако бежать было уже поздно. Парни оказались совсем рядом, один из них воздел биту над головой и обрушил ее на висок Кудряшова.

В последний момент тот сумел уклониться, и спортивный снаряд врезался ему в плечо и ключицу. Он почувствовал жуткую боль. Второй нападавший в этот момент заехал ему металлической арматуриной по лицу. В голове словно граната разорвалась, и молодой человек, обливаясь кровью, упал. Два новых удара — битой и прутом — обрушились на него сверху. Возможно, они могли стать смертельными. А если не они, то следующие. Однако журналиста спас швейцар ресторана. Он сквозь стеклянные двери посматривал от нечего делать, как удаляется от заведения щедрый клиент. И сейчас, когда началось избиение, выскочил из ресторана и засвистал в свой милицейский свисток. Оба налетчика оглянулись, и служитель заорал: «А ну стой! Стрелять буду! Руки за голову!»

Стрелять ему, положим, было не из чего и нечем, но свистки и крик оказали на бандитов свое воздействие. Оба оставили неподвижное тело на тротуаре и припустили вдоль по улице.

Швейцар стал немедленно набирать «Скорую» — полицию необязательно, все равно врачи обязаны будут сообщить о криминале. А если понадобится, он и сам показания полицаям даст.

И, вызвав неотложку, служитель бросился к недвижно распростертому на земле телу — может, удастся чем-нибудь помочь.

* * *

Артем был без сознания, однако при этом странным образом чувствовал боль. Возможно, она не была столь же интенсивной, как если бы он находился в полном чувстве, но все-таки. Он понимал, что лежит навзничь, что его куда-то при этом везут и каждая дорожная неровность отдается во всем теле. Временами машина вскрикивает своей сиреной, а сиреневый отсвет мигалок разлетается по салону. Пахнет карболкой, спиртом, дезинфекцией. А еще почему-то вареной колбасой. И чей-то голос говорит кому-то: «ЗЧМТ, СГМ[1], перелом ключицы. Переломы ребер под вопросом. Кома». Ему хочется вскричать, что ни в какой он не в коме, все чувствует и понимает — однако сил никаких кричать нет. Он чувствует, что его язык и рот словно не принадлежат ему и не желают повиноваться.

Как не принадлежит ему и все его тело. Врачи, фельдшеры — а может, добрые ангелы — что-то делали с ним. И, несмотря на то что их действия были по большей части болезненны или неприятны, он понимал, что то, что сейчас творят с ним — в отличие от того, что вершили над ним двое подонков, — направлено на его благо или даже спасение. Что-то жгучее коснулось головы, а потом ее покрыла прохладная повязка... Притом голова не дергалась, не болталась во время движения машины, потому что была надежно зафиксирована шинами. В плечо вонзился шприц, и тело сразу же будто воспарило, стало меньше болеть... Левую руку обняла манжета аппарата контроля давления... В вену правой руки вонзился катетер... Приблизилась ко рту кислородная маска... И все это — в аккомпанементе непонятных, но успокоительных слов, звучащих над ним: «Иммобилизация... Пульсоксеметрия... Катетеризация...» — а потом эти непонятные термины закрутились над ним, как

[1] ЗЧМТ — закрытая черепно-мозговая травма, СГМ — сотрясение головного мозга.

и чьи-то два лица в белых шапочках и марлевых повязках, и улетели под потолок.

А потом он окончательно потерял сознание.

* * *

Синекура. Это слово Александр Николаевич Кудряшов (отец Артема) знал чрезвычайно хорошо. И сейчас понимал, что его нынешняя работа прекраснейшим образом подпадает под это определение. Два раза в неделю — два семинара в универе. Плюс консультации по рефератам, а потом их оценка и рецензирование. Плюс трое дипломников и один аспирант. Да, синекура.

Никак не сравнить с его многозадачными и головоломными обязанностями во время настоящей работы, на скандинавском направлении. Но теперь он на пенсии. Самое время передавать свой богатый опыт подрастающему поколению.

При том планов занятий он страшно не любил. Свой творческий метод на семинарах самокритично и самоиронично именовал «изящное скольжение по верхам». Или «глубокая философия на мелких местах». Шутил, что по нынешним временам, когда царят «гуглы» и другие поисковики, знания ничего не стоят — важно научить студентов думать. А так как научить этому, в принципе, невозможно, то и стараться, по большому счету, незачем. На самом деле втайне гордился, когда и если его воспитанники демонстрировали особенные, недюжинные умения. Впрочем, толковых никогда, как ни бейся, больше десяти процентов от общего числа не встречалось. Остальные девяносто, в полном соответствии с законом Старджона («Ninety percent of everything is crud»), представляли собой шлак, бездарей, мусор.

Вот и сейчас, на семинаре, Кудряшов-старший воспарял, с ученым видом знатока касаясь до всего слегка[1]:

---

[1] Неточная цитата из «Евгения Онегина» А.С. Пушкина: «Имел он счастливый талант/ Без принужденья в разговоре/ Коснуться до всего слегка/ С ученым видом знатока».

— Второй закон термодинамики, основополагающий постулат физики, гласит, что с течением времени энтропия, или беспорядок, только нарастает. Бытовые примеры второго начала — далеко ходить не надо, только оглянись. Чайник никогда сам по себе не вскипит — надо его ставить на огонь. Для того чтобы склеить чашку, требуется приложить гораздо больше усилий, нежели чтобы разбить ее. Аналогичным образом в нашей, российской истории. Хаос только нарастает. Рассмотрим для примера, как на протяжении последних ста лет происходит престолонаследование — если брать этот термин в самом широком смысле. Во времена, когда мы отмечаем сто первую годовщину великой русской революции (или, если угодно, Октябрьского переворота), самое время вспомнить. Вот скажите, кто бы, к примеру, еще в тысяча девятьсот шестнадцатом году мог предположить, что через пару лет вся полнота власти в России перейдет к никому не известному юристу-эмигранту Ульянову, у которого не было решительно никакого опыта управления кем бы то ни было, за исключением своей глубоко маргинальной фракцией так называемых «большевиков»? А вот поди ж ты. Продвинемся дальше, в год тысяча девятьсот двадцать второй. При том, что в ВКП(б) имелись действительно блестящие лидеры: Троцкий, Бухарин, Каменев, Луначарский и так далее, — кто бы поставил на то, что спустя пять-семь лет безраздельно править Россией начнет серый, далеко не блестящий и косноязычный человечек, и это владычество, от которого страна до сих пор не может оправиться, продлится три десятилетия? А если мы обратимся ко времени, когда его царствование подходило к концу — в год тысяча девятьсот пятьдесят, скажем, второй? Кто бы мог подумать тогда, что еще через несколько лет единоличным и признанным лидером СССР станет Никита, ничем не замечательный, толстый, юмористический, ничем особенным не проявивший себя ни в тридцатые, ни в войну?.. А еще через десятилетие? Кто бы поставил еще в шестьдесят третьем на Леонида Ильича — ведь заговорщики тогда, планируя свергнуть «дорогого Никиту Сергеича», согласились на его кандидатуру только как на компромиссную, временную. А он взял и всех обыграл — и Шелепина с Семичастным, и Суслова, и Косыгина, и благополучно царствовал целых восемнадцать лет... И смотрите, каждый последующий (если говорить не о знаке, а только о масштабе личности) становился только мельче, чем предыдущий...

На время занятий Кудряшов-старший телефон свой не отключал — лишь убирал звук. И на той лекции, после неизбежных вопросов и комментариев в перерыве — от тех десяти думающих процентов студиозов, — он взглянул на дисплей и нахмурился.

Происходило нечто странное: ему трижды звонили с неизвестного номера, с неизвестным префиксом. Обычно он никогда на незнакомые номера не перезванивал, но тут что-то прямо толкало его под локоть: набери! Набери!

Кудряшов-старший вышел из аудитории в коридор, шагнул к окну — началась новая пара, коридор опустел. Но не успел послать вызов, как аппарат сам зазвонил — и вызов шел с того самого номера.

Александр Николаевич нажал на «прием».

— Вы отец Артема Кудряшова? — спросил строгий женский голос.

Самая первая мысль была: разводка! А потом сердце екнуло: вдруг и впрямь с сыном что-то случилось?!

— Да, это я, — помертвело, но веско проговорил он.

— Ваш сын сейчас находится в больнице города Казацка Кубанского края.

— Что с ним?! Дайте ему трубку!

— Он не может говорить. Он находится в бессознательном состоянии.

— Что произошло?!

— Он был избит. На улице. Вчера ночью его доставили к нам по «Скорой».

— Что вы от меня хотите?! — Если это разводка (подумалось), то сейчас мошенники должны обозначить, чего добиваются. Однако никаких требований не последовало, женский голос произнес:

— Мы ничего не хотим. Просто извещаем. Родственники должны знать. Возможно, вы захотите выехать к нему.

— Да-да, конечно, говорите адрес.

— Город Казацк, улица Семашко, тридцать девять.

— Скажите, как он?! — отчаянно выкрикнул отец. — Как Артем?

— Состояние крайне тяжелое. Вам лучше приехать как можно скорее.

Кудряшов-старший нажал «отбой» и бросился набирать номер жены.

* * *

Елена Анатольевна сразу после звонка мужа устремилась в кабинет начальства.

Фирмой «Защитные телесистемы» владели и безраздельно правили муж и жена Трипольские, Наталья Борисовна и Леонид Михайлович.

Для Елены Анатольевны они были просто Наташа и Леня. За те без малого пятнадцать лет, что она работала с ними, да на важнейшей и расстрельной позиции главного бухгалтера, Кудряшова с обоими Трипольскими успела подружиться. Не раз вместе ездили отдыхать. Сиживали в гостях друг у друга и в ресторанах. А уж сколько пудов соли съели на совместной работе! Сколько мозговых штурмов предприняли! Сколько раз вместе засиживались за документами если не до рассвета, то до полуночи!

У супружеской четы руководителей, Натальи и Леонида, кабинет был один на двоих. Не потому, что экономили — фирма процветала и могла себе позволить какой угодно офис. И дело было не во взаимной ревности или недоверии. Нет, просто вместе супругам оказалось удобнее — они вообще старались без необходимости друг с другом не расставаться. И без того каждому приходилось много разъезжать по делам компании по всему миру.

Формально Леня значился в фирме директором генеральным, а Наталья коммерческим. Фактически Леонид Михайлович был мозгом, придумщиком, рулевым механизмом, Наталья Борисовна — мотором. Вряд ли без деловитости Наташи Леня смог бы стать главой бизнеса с многомиллионным (в долларах) оборотом. А она, даже со своей деловой хваткой, однако без золотых мозгов мужа, тоже едва ли сумела бы достигнуть высот.

Дуумвират руководителей был удобен для сотрудников еще и тем, что в срочных случаях шансы застать на месте хотя бы одного из двух равнозначных боссов повышались ровно вдвое. Вот и теперь Елена Анатольевна Кудряшова со своей просьбой о немедленном отпуске по семейным обстоятельствам рванулась к ним, мечтая по-быстрому договориться хоть с одним — а не получится, улететь без спроса.

В приемной тем временем царила еще одна представительница вышеописанной трудовой династии — Кристина. Числилась эта юная особа секретарем и референтом руководителей компании, а в реальности была не кем иным, как родной, единственной и любимой дочкой Трипольских. По окончании школы — престижной гимназии с языковым уклоном — девушка взбрыкнула: не хочу дальше учиться! Успеется! Желаю понять себя! Начать трудиться! Приносить пользу обществу и денежки зарабатывать!

И ничего не оставалось делать Трипольским, как взять дочурку к себе — и вкалывала, кстати, девушка, невзирая на юность и исключительных покровителей в лице собственных родителей, на совесть. Поблажек не просила, халтуры не допускала.

Вдобавок имела Кристина симпатию к Артему Кудряшову, сыну Елены Анатольевны. Молодой человек девушку, намного младше себя, трогательно и свысока, словно старший брат, опекал. Порой приглашал на концерты и в театры. А однажды они даже вместе смотались на уик-энд в Питер — проживали, как подчеркивала девушка в своих рассказах старшему поколению, разумеется, не вместе, а в соседних номерах, и «отношения у нас сугубо братские». Однако прогуливались вдвоем по Северной столице ночи напролет, до разводки мостов и после; танцевали под уличные оркестры на Стрелке; в странных компаниях странствовали по крышам, ездили на катерке по Неве и каналам. По результатам поездки и восторженных отзывов обоих о нашенской Пальмире (и сдержанно-приязненных друг о друге) и Трипольские-старшие, и Кудряшовы стали про себя тихо радоваться, что в один прекрасный день их единственные дети, Кристина и Артем, сочетаются брачными узами, а впоследствии принесут им внуков — здоровеньких, красивеньких, умненьких и продвинутых, — как сами молодые. Дальше, правда, дело между ними не полетело по нарастающей, а, наоборот, застопорилось. Может, потому, что любви, особенной, яркой, всепожирающей, не случилось — хотя девушке, разумеется, льстило покровительственное внимание со стороны старшего друга. Да и партией он был блестящей, что там говорить!

Однако Артем выкинул такой фортель! Впрочем, Кристина о брачных играх молодого человека на стороне знать, конечно, не знала, но все равно: уехал отдыхать на Юг, с другом. Что-то неладное девушка чувствовала. И обижена была. Достаточно сказать, что за всю поездку ни разу он Кристину не набрал, ни одной эсэмэски не прислал. А она, гордячка, тоже выдерживала характер — не тревожила его ни звонками, ни записками.

А теперь — вдруг такое.

Итак, Кудряшова вошла в предбанник, где царила Кристина. Та на правах почти родственницы, почти дочери поинтересовалась у родительской подруги — и, возможно, будущей свекрови:

— Елена Анатольевна, что с вами? На вас лица нет!

— Ох... Артем... — только горестно махнула рукой мама.

— Что?! Что Артем?! — стремительно побледнела Кристина.

— Там, на Юге... Попал в больницу... Его избили... Состояние тяжелое... Я еду к нему... Надо у твоих подписать отпуск... Кто там на месте? Мама твоя? Или отец?

— Елена Анатольевна, — немедленно и решительно, без секунды раздумья и промедления, проговорила Кристина, — я еду с вами.

* * *

Отец, Александр Николаевич, тоже рвался помчаться к сыну, вместе с обеими женщинами. Однако Елена Анатольевна его категорически оставила: «Ты нам здесь, в столице, будешь нужен. Станешь отсюда организовывать и контролировать процесс». Переговоры они вели, разумеется, по сотовым — из такси, которое везло Кудряшову-маму сначала из офиса в квартиру, за вещами, а потом в аэропорт. С Кристиной они встретились во Внуково. Девушка так с самого начала поставила себя, что экспедиция на выручку Артему не только не вызывала какой бы то ни было неловкости, но и казалась Кудряшовой единственно возможным и совершенно естественным выбором.

Спустя три часа они уже сходили с трапа в краевом центре, городе Кубанск — или, как его велеречиво именовали местные СМИ, «южной столице России». Особо не торгуясь, подрядили частника довезти их до райцентра Казацк и сразу велели ехать в больницу.

Пока добирались — почти два часа по шоссе, — осенний денек не спеша истек. Кромешная тьма, безо всяких признаков фонарей, распростерлась над Казацком, над его улицами и центральной районной больницей.

Путниц направили в корпус, где размещалось травматологическое отделение. После отхода основных медицинских светил оставшееся здесь народонаселение — больные, медсестры, редкие дежурные эскулапы — почувствовало себя свободнее. Кто-то курил на улице, за углом — в куртках, накинутых на пижамы. В самом корпусе ковыляли по стеночке больные; пробегали деятельные и хлопотливые медсестры, к вечеру прибавляющие в важности.

За сто рублей, сунутых «в лапу», гардеробщик согласился оставить у себя не только пальто, но и пожитки женщин, снабдил их бахилами и подробнейшим образом рассказал, где находится «травма».

Нынешних провинциальных больниц ни одна из женщин раньше не видывала. Бог дал — лечились только в продвинутых столичных клиниках и за границей. Поэтому обе, что юная, что постарше, испытывали непреходящее изумление, смешанное с омерзением и шоком. От протечек с потолков лохмами свисала штукатурка. Линолеум на полу зиял дырами, в коих торчали подгнившие доски. В помещении стояла смешанная вонь от немытых тел, дезинфекции и кислых щей. Стараясь ничему не удивляться, не ужасаться и все терпеть — ради Артема, — Елена Анатольевна отыскала дежурного врача травматологического отделения.

Со снисходительной и высокомерной миной тот вышел из ординаторской к ним в коридор. Был это здоровенный детина в халате на голое тело. На жирной шее сияла золотая цепь.

— Как Кудряшов? — бросилась к нему мать.

— Состояние крайне тяжелое, — с неким даже довольством кивнул доктор. — Последствия закрытой черепно-мозговой травмы. Травматическая кома, вторая степень. По всей вероятности, субдуральная гематома головного мозга.

— Проведите меня к нему, — скомандовала мать.

Палата, где лежал Артем, словно бы сфокусировала в себе всю неприкаянность бесплатной провинциальной медицины. Начать с того, что в помещении, рассчитанном на шесть человек, две койки занимали женщины. Вдобавок лежал Кудряшов на голом матраце — постельное белье напрочь отсутствовало. Весь лоб и вся голова его были замотаны плотной белой повязкой. К руке тянулась капельница. Вид молодого человека был отсутствующим — словно одной ногой он уже шагнул туда, откуда нет возврата. И все отношение медперсонала к нему, случайному человеку безо всяких родственников или связей, словно бы говорило — или, вернее, кричало: мы за него, типа, особой ответственности не несем и уламываться ради того, чтобы он выкарабкался, не станем.

У мамы, Елены Анатольевны, подкосились ноги. Она упала сыну на грудь и зарыдала о нем, словно о покойнике.

А юная Кристина — чего от нее никто, включая ее самое, не ожидал — вдруг взяла ответственность на себя. И принялась действовать.

— Выйдем, — молвила она доктору с жирной шеей, и тот, что странно, покорно последовал за девушкой.

В коридоре, где гнусный запах, сгустившийся в палате, стал реже, Кристина прежде всего сунула в карман врачу пятитысячную бумажку. Тот, проследив за полетом красной купюры, бросил: «Это совершенно необязательно», — однако попыток вернуть банкноту не предпринял.

— Нашего больного следует перевести в отдельную палату, — не терпящим возражения голосом изрекла младшая Трипольская. — У вас ведь есть платные? И белье пусть дадут ему наконец. И вы сказали: субдуральная гематома. На основании чего диагноз? Ему делали томограмму?

— Девушка! У нас в районе томографов нет! Только в краевой больнице! Рентген показал.

— Я поняла. Как я могу его перевезти в Москву?

— Заказывайте перевозку. Конечно, за ваш счет. Удерживать не будем. Выпишем под роспись ближайших родственников. Но это все, естественно, завтра.

— Что еще я могу для него сделать?

— Все необходимое и от нас зависящее мы делаем.

— Пожалуйста, распорядитесь найти ему отдельную палату прямо сейчас, и кто-то из нас останется сегодня с ним.

— Я посмотрю, что можно сделать.

Кирилл Косаткин, капитан полиции

Кафе «Дельфин» располагалось на набережной — как и большинство заведений приморского поселка Каравайное. Большинство из них оказались, впрочем, закрыты. Столики убраны, витрины затянуты железными жалюзи, по бетонным площадкам свищет морской ветер. Однако искомое заведение, к счастью, работало. Больше того, пользуясь локаутом конкурентов, оно собирало все возможные сливки бархатного сезона — здесь заполнены были пять или шесть столиков и даже наигрывал что-то джазовое тапер у синтезатора, с сигареткой в зубах.

У бармена я спросил, где хозяин. Оказалось — отсутствует. Никакого менеджера или, к примеру, метрдотеля тоже не нашлось. Тогда я вынул из кармана «фотороботы» девиц, положил перед главным наливалой, напомнил: столько-то дней назад девушки были вдвоем, познакомились с толстым папиком лет сорока пяти, ушли вместе, уехали на его «Лексусе».

Он помотал головой:

— Не видел я их. Да вы поймите, я с клиентами редко общаюсь. Мне официант передает заказ, я исполняю. Только в редких случаях имею контакт, когда гости к стойке присаживаются, поболтать. Но эти две точно не садились.

— А кто из официантов их обслуживал?

— Или Верка, или Филя. У нас их двое, сейчас они посменно.

— А кто сегодня?

— Верка. Да вот и она. Подойди, тебя товарищ из органов спрашивает.

В глазах у официантки при слове «органы» блеснул мгновенный испуг. Однако, узнав, что лично к ней в настоящий момент конкретных претензий я не имею, Верка успокоилась. Это была моложавая хитрая бабенка лет тридцати пяти. Она мгновенно смерила «товарища из органов» взглядом, оценила, взвесила на внутренних весах, с сожалением отметила обручальное кольцо на моем безымянном — и сочла в итоге в принципе достойным, но временно порченным.

— Эти? Такого-то числа? Не, не помню. Да я их, может, и не обслуживала. Может, Филя? Но его сегодня в городе нет, он отпросился в Геленджик, в регпалату. А ты лучше у Хачика спроси. Он целыми вечерами тут сидит, блямкает. Правда, к закрытию память у него слабеет. — Она хихикнула. — И по клавишам попадает нетвердо.

— Вера Пална! — предостерегающе поднял палец бармен.

— А что я говорю? Устает товарищ к концу смены, ясное дело. Так что ты вон к Хачику подойди. — И пояснила: — Хачик — это не кликуха, не обидное. Имя у него такое, по паспорту. Я сама видела. Что поделаешь?

Бармен вмешался с оттенком ревности — впрочем, довольно юмористической:

— Чего это ты у Хачика паспорт смотрела?

— Замуж звал!

— Это он может! Он многих звал.

— И тебя? — отбрила официантка, вскинула поднос с бутылочным пивом и стаканами и побежала дальше по своим делам. Да, воистину, моим землякам-кубанцам пальца в рот не клади.

Я потащился к человеку, которого его армянские родители столь неудачно назвали именем Хачик. У него как раз был перерыв, и он сидел, полуобернувшись к своему инструменту, и смотрел вдаль, на вечереющее бушующее море. Вид у него был самый благостный, полный довольства. Двумя пальцами он держал на отлете сигарету, перед ним стоял бокал жидкости с пузырьками, намекая непосвященным, что это кола. Впрочем, запах, который мужчина вокруг себя распространял — стойкое амбре от многолетних и каждодневных возлияний, — пояснял и истинную природу сего напитка, и причину благостности, в которой товарищ пребывал. Как и тот факт, почему музыкант со столь несомненным талантом (а я это понял по первым же аккордам, что услышал, входя в заведение) выступает не в филармонии, не в группе, чешущей по концертным залам, и даже не в ресторации краевого центра, а здесь, в занюханном прибрежном кабачке.

Я предъявил свидетелю субъективные портреты обеих девиц и спросил, видел ли он их и при каких обстоятельствах.

— А что они натворили?

Несмотря на тайну следствия и категорическую личную нелюбовь к околослужебной болтовне с гражданскими, мне показалось, что в данном случае будет полезно приоткрыть карты. Я пояснил: столько-то дней назад здесь, в этом кафе, произошло знакомство с мужиком, а затем последующее его напаивание и ограбление. Я подчеркнул — мне примнилось, что это поможет, — что девицы обчистили случайного знакомого до нитки, забрали машину, деньги и оставили его в буквальном смысле голым.

Бедолага по имени Хачик помедлил. В нем, очевидно, боролись два чувства: с одной стороны, мужская солидарность, а с другой — всосанное с молоком матери недоверие бывшего советского человека к органам. Наконец он изящно сбросил пепел и решился:

— Были они здесь.

— Какие из себя? Что делали? О чем говорили? Может, вы что-то слышали?

Художников и, к примеру, официантов лучше расспрашивать о лицах и фигурах. У них память *визуальная*. Если человек актер, по профессии или по жизни, у него лучше вызнавать, что он *почувствовал* в связи с тем или иным событием или человеком. (Как восклицала одна моя знакомая актриса: «Ох, я сейчас разрыдаюсь!») А у музыкантов память *слуховая*. Поэтому я в разговоре с Хачиком акцентировал на том, что тот мог *услышать*.

— Я чужие разговоры обычно игнорирую. Но одна из этих двух — вот эта девочка, светленькая, — танцевала. С тем мужиком. Чувство ритма у нее хорошее, но она танцу совсем не отдавалась, выглядела не вовлеченной. Напряжена была, как будто думала все время о постороннем.

— Наверное, о том, как свое дельце провернуть... А вторая? Черненькая?

— Она от столика отходила надолго... Светленькая сидела, мужик тот — тоже, а ее все не было. Три композиции я успел исполнить — «Стренджер ин зе найт», «Леди ин ред» и еще «Облади, облада», — и только тогда она вернулась.

— А где была? В туалете?

— Похоже да. Оттуда шла. Хотя у нас не «Максим», долго сидеть в уборной условий нету. И странно, я еще подумал: почему одна ходила? Девушки обычно вдвоем уборную посещают, сговариваются там между собой или хихикают, сплетничают. А эта — одна отправилась. И сумку свою не оставила за столом, хотя подружка сидела, могла приглядеть. А сумка у нее вроде дамская была, но большая, тяжелая. Нет, с поклажей отправилась. Не понимаю зачем.

— А вы когда-то раньше их видывали?

— Не могу сказать со всей определенностью. Возможно, видел.

— Здесь? В Каравайном? В кафе?
— Э нет, это вряд ли. Здесь точно нет.
— А где тогда?
— Где-то тут, в здешних местах, на Кубани видел.
— А где вы тут у нас побывали?
— Э, молодой человек, я здесь живу двадцать семь лет, в самых разнообразных местах проживал! Сочи, Адлер, Мацеста, Кубанск, Пицунда, Гагры...
— Это не Кубань, — машинально поправил я.
— Да, знаю, Абхазия, я там жил еще до войны, замечательный край был! Всесоюзная здравница! В Анапе я жил, в Геленджике три лета провел, в Казацке, в станице Красивой! В Тамани, в Азове! Керчь, Ялта, Севастополь, Мисхор...
— Это Крым.
— Это неважно. Столько людей перед глазами проходит — разве упомнишь! Но где-то я их обеих раньше видел, точно. А где — не упомню.
— Они опасные преступницы, — напомнил я.
— Да понял я тебя, пытаюсь сообразить, с чего они мне знакомы.
Я видел, что человек не рисуется (если только самую малость), не наигрывает — он и впрямь, возможно, встречал девчонок, но не может припомнить где конкретно. Или — добросовестно заблуждается, что видел. Такое ведь тоже бывает. Особенно если свидетель злоупотребляет зеленым змием.
— Ты здесь, парень, в Каравайном служишь?
— Я из краевого управления.
— Когда уезжаешь?
— Возможно, скоро. — Всегда надо у потенциальных свидетелей, даже добросовестных, создавать синдром дефицита — типа, вспомнить и сказать надо как можно раньше, желательно прямо сейчас.
— Тогда давай. Я сегодня вечером еще вспоминать буду и с утра на свежую голову... А ты сюда завтра загляни. После четырех я всегда здесь.

Я подумал, что при привычках, которые продемонстрировал Хачик, понятие «с утра на свежую голову» — оксюморон. Хорошо бы ему назавтра хотя бы о самом факте нашего разговора вспомнить! Но вслух, разумеется, ничего не сказал, лишь дал ему визитку, где накорябал на обороте свой служебный мобильник.

* * *

Когда я уходил из кафе «Дельфин», осмотрелся: есть ли видеокамеры. Одно дело — субъективный портрет, который на то и субъективный, что похож лишь отчасти, и совсем иное — фото, пусть даже плохого качества или в странном ракурсе. На первый взгляд объективов я не обнаружил, на второй — тоже, но спросил для верности у бармена. Тот рукой махнул:

— Нет их у нас. Хозяин экономит.

— А может, нам сильно доверяет. Что мы левых клиентов не обслуживаем, все через кассу, — добавила случившаяся рядом официантка Вера, и оба они расхохотались. Чувствовалось, что народ здесь веселый и работает с огоньком.

Затем я прошелся по набережной, приглядываясь: может, мои девчонки все-таки попали случайно кому-нибудь в объектив?

Первая из нашедшихся камер принадлежала, судя по всему, наглухо закрытому кафе. Я пошел дальше.

Вторая обнаружилась над магазином с грустными надувными крокодилами, лебедями и прочими средствами спасения на водах для малолетних отдыхающих (которые все сейчас разъехались по своим начальным школам и детским садикам). Я представился продавщице, продемонстрировал свои «корочки», попросил доступа к информации. Та меланхолично ответствовала, что ничего не знает и не умеет, и стала звонить хозяйке. Хозяйка, как оказалось, выехала за товаром в Кубанск и собиралась вернуться в Каравайное поздно. Мы договорились с ней встретиться завтра.

С владельцем третьей камеры меня ждала удача. Он оказался на месте и согласился показать, что она засняла в нужный мне день и час. У него даже ноутбук при себе имелся, чтобы я изучил записи. Для начала я спросил его, как учили, о режиме работы устройства (непрерывный, дискретный, на движение), о том, совпадает ли время на экране с действительным. На самом деле, если я что-то найду и придется *оформлять,* положено будет еще с десяток вопросов задать.

Что тут скажешь? Порой мое дело, сыск, предстает удивительно тоскливым. Как там писал великий пролетарский поэт Маяковский? «Поэзия — та же добыча радия, в грамм добыча, в годы труды». Только у меня с поэзией негусто — вокруг самая, что ни на есть, низменная проза. Вдобавок поэтам обычно платят гонорар, а у меня стимул простой, как наковальня: если хорошо сработал, начальство пиндюлей не даст.

Еще более утомительным оказалось занятие — просматривать крупнозернистое изображение гуляющих, проходивших по набережной (в нужный для меня день и час). Ракурсы были неудачные, лица различимы плохо. Деффок, подходящих под описание и фоторобот, ни вместе, ни с мужиком, ни по отдельности что-то не обнаруживалось. Вроде бы мелькнули две, подходящие по возрасту и комплекции, — только шли вдвоем, без гражданина потерпевшего. Ни о чем эта запись не свидетельствовала и никакой уликой ни на каком суде принята быть не могла — разве только доказывала тот факт, что две некие девушки отдыхали в поселке Каравайном вечером первого октября.

В руках у каждой из девиц на видео имелись объемистые сумки. И лица предусмотрительно прятались под козырьками бейсболок. Физиономий совершенно было не разглядеть, но что-то шепнуло мне: они.

Я на всякий случай остановил самый выразительный кадр. Фигура, одежда тоже о многом говорят. Я слышал, кстати, что в Китае в нескольких городах уже внедрили тотальную систему распознавания лиц, и в тех населенных пунктах ты шага не сделаешь, чтобы не засветиться перед камерой. И еще, говорят, китайцы скоро внедрят систему автоматического распознавания людей *по походке*.

Да! Не за горами время, когда Большой Брат станет и у нас наблюдать за всеми повсеместно — тогда у нас будет меньше работы. Хотя преступники наверняка найдут уловки, чтобы камеры обманывать, и козырьки бейсболок — лишь первый шаг.

Я попросил хозяина скопировать файл с девицами и сбросить мне на телефон.

На улице быстро стемнело, ветер изгнал всех гуляющих с набережной. Хозяин коротал время в одиночестве, склонившись над толстой книжкой. Глаза у меня потихоньку стали вытекать. Больше искомые красотки на экране не обнаруживались. Время перевалило за восемь, и я решил на сегодня свой рабочий день закончить. Заказал у чувака разливного пива и «чего-нибудь пожевать».

— Пиццу могу разогреть.

— Валяй.

Между делом спросил у парня, видел ли он сам этих деффок — продемонстрировал ему субъективные портреты. Тот задумался, завис, потом осторожно сказал:

— Вроде нет.

— Это опасные преступницы, знакомятся с мужиками, опаивают их кропелином, грабят до нитки, отбирают автомобили.

Он всмотрелся внимательней. Улыбнулся:

— Все равно не признаю.

А когда я дожевывал разогретую в микроволновке пиццу, сходную по вкусу с автомобильной покрышкой, приправленной кетчупом, мне позвонил человек, которого я никак не ожидал сегодня услышать. По моим прикидкам, если исходить из его темпов, он уже должен был свернуться калачиком и мирно спать — или, по меньшей мере, не вязать лыка. Однако, как оказалось, я его недооценил (или переоценил?). Голос, прозвучавший в трубке, оказался свеж и бодр. Он звучал победительно:

— Это Хачик побеспокоил. Я их вспомнил.

На всякий случай я уточнил:

— «Их» — это кого?

— Тех девиц.

— Я сейчас к тебе подойду. — Легкий, приятный акцент и необычный строй речи порой бывают заразительными, и я поймал себя на мысли, что стал говорить с теми же интонациями, что и музыкант-армянин.

* * *

Настя

Еще неделю назад Настя была счастливой невестой: она схватила за изумрудные перья диковинную птицу удачи.

Вытащила в карточной колоде-жизни диковинный прикуп: червонного короля вместе с бубновым тузом (означающим, как известно, богатство).

Ее прекрасный принц на красной борзой «Ауди» отличался редким сочетанием красоты, богатства, знатности и ума.

И вдруг в один несчастный миг все испарилось — и она очнулась, словно старуха из сказки, у разбитого корыта. Вроде все как вчера: раздолбанная станичная улица, по которой ползли, вздымая клубы пыли, авто; мальчики и девочки в белых рубашечках маршировали в школу; ее названая мамаша Ирина Максимовна катила в тапках на поскрипывающем велосипеде советских времен... Все как всегда — однако еще пару дней назад вся эта рутина освещалась восхитительным, бриллиантовым светом любви и скорых перемен. Теперь сверкающий блеск померк, и опостылевшая обыденщина стала казаться втройне убогой.

Артем перестал звонить и писать.

Он не отвечал ни на эсэмэски, ни на вызовы по вотсаппу и скайпу.

В его блоге вышли три (как он это называл)«консервы»: фотографии и посты, засланные заранее и появляющиеся в заданное автором время. Что это «консервы», можно было судить по тому, что речь в них шла о делах, творящихся не там, куда он поехал, а о том, что происходило пару недель назад, еще на счастливом побережье.

Наконец, когда Настя преодолела-таки себя и набрала номер Артема, совершенно чужой женский голос отчитал ее и сказал, чтобы она сюда больше не звонила. Она поплакала, а потом все-таки снова нажала на повтор соединения — однако девчонка, находившаяся на другом конце линии, видимо, занесла ее в черный список, и телефон теперь молчал, как зарезанный, откликаясь длинными гудками, а потом и вовсе вышел из зоны доступа.

Домик, что снял Артем в станице Красивой, был оплачен на месяц вперед. Перед отъездом жених строго наказал: сидеть там, ждать его и вить гнездо.

Да, попервоначалу Настя с рвением и удовольствием взялась за дело. Ей, как оказалось, очень надоело житье в чужом, по сути, доме тети Иры; надоело делить комнату с Юлькой. Обрыдли бедность и уныние — и, только отвязавшись от всего этого, девушка стала понимать, насколько же они ей осточертели и как она мечтает отсюда вырваться.

Вечера в компании богатых автовладельцев — с последующим их опаиванием и умыканием лимузинов — были ведь, в сущности (как она начала осознавать теперь), попыткой вырваться из набившей оскомину убогой жизни. И выбиться отсюда благодаря Кудряшову — в буквальном и переносном смысле на его руках — оказалось значительно приятней, чем внезапно разбогатеть пусть неправедными, но трудами.

С Артемом не было привкуса греха и преступления. И с ним можно было ни о чем не волноваться самой —

у нее чуть не впервые, начиная с детства, возникло изумительное чувство, что за нее все обдумают, сделают и решат.

Но вот все кончилось. Радужный мыльный пузырь лопнул. Лопнул — да еще и забрызгал Настю липкой водой.

Ей надо было что-то делать, а что — совершенно непонятно.

От безысходности девушка позвонила названой своей сестре Юле и попросила прийти к ней. Теперь они были на равных. Их обеих *бросили.*

— Что случилось? — сразу догадалась, по одному ее виду, подруга. Однако Настя не плакала и все медлила с рассказом, накрывала на стол чай (гостья принесла мамины пирожки с повидлом), а потом губы ее задрожали и она самым позорным образом разревелась.

— Что?! — вопросила сестренка. И наконец догадалась: — Артем? Бросил тебя?!

Настя только кивала и ревела белугой.

А когда успокоилась и начала во что бы то ни стало все-таки исполнять роль хозяйки — разливать заварку, добавлять кипяток? — Юлька с холодным сердцем резюмировала:

— Все ясно. Такой же, как мой Андрюха. Только еще более мерзкий. Особо циничный.

— Почему это? — даже оскорбилась за своего парня Анастасия.

— Да потому, что мой мне ничего не обещал. И никуда не звал. И матери не представлялся. Получил свое — и поминай как звали. А твой антимонии развел. Турусы на колесах! Кольцо с бриллиантом, одно колено, к матери на поклон пришел, домик для тебя снял! Фу-ты ну-ты! Жених! Все ради одного: чтоб ты ему дала! Видать, чувствовал, что иначе ты будешь непоколебима. А как своего добился — точно так же, как мой, сделал ручкой. Еще и налгал на дорожку: я, мол, тайну твоего происхождения раскрою, убийц родителей разыщу! Самому даже совести не хватило сказать в лицо, что уходит! Теперь шлюху свою столичную по телефону тебе подставил, сообщить, что адье!

Все эти слова подруги были, по сути, справедливы, однако звучали страшно обидно. Настя даже стала перечить резким ее приговорам — выказывать надежду (а так хотелось, чтобы эту надежду подарила ей Юлька!).

— Может, с Артемом случилось что?

— Да что с ним могло случиться! Молодой, здоровый. В машине восемь подушек безопасности. Такой же он подонок и кобель, как все мужики! Как наши станичники! И эти, из высшего общества, как оказалось, еще хуже, потому что трусливей! Нашкодил, нагадил — и в кусты.

— Юлька, что мне делать теперь?! — всхлипнула Настя. Прозвучало бы, может, слишком патетически, если бы не искреннее страдание в голосе.

— А что мы с тобой раньше, до этих козлов, делали? Так и будем продолжать. Пойдем снова на дело. Деньги станем потихоньку копить да любителей клубнички наказывать. И теперь, как я думаю, будем мы действовать с особенным рвением. Мстить им всем, самцам проклятым, за поруганную женскую жизнь!

Впервые, наверное, за все пятнадцать лет их совместного проживания Юля утешала Настю (а не наоборот). И впервые в своих предложениях звучала радикальнее, чем названая сестренка. Да и советы по поводу парней чаще высказывала все-таки старшая, Настя. А сейчас — поди ж ты! Едва ли не первый раз она выступала не как младший партнер и вечная страдалица, а как циничная и лихая бой-баба (и впервые оказаться в роли мотора и движущей силы ей нравилось).

— Поэтому не бери в голову, сестренка! Чаще сплевывай!

Однако так просто, в одночасье, отказаться от своей мечты оказалось Насте не по силам. На следующий день, узнав, что сестры дома точно не будет, она отправилась поговорить с названой матерью.

Ирина Максимовна, выслушав ее беду, высказала диаметральное, в сравнении с сестрой, мнение — и девушке оно оказалось как маслом по сердцу. Мать решительно молвила:

— Не похож твой Артем на подлеца! Хоть и мажор, как ты говоришь, и балованный — однако не стервец. По виду честный, совестливый. Странно, конечно, что он вообще с тобой связался — прости, что говорю тебе это, — но раз уж связался, он не станет вот так, втихую, от тебя линять. Человека ведь издалека видать. Поэтому, возможно, и впрямь случилось с ним что.

— А может, он там, в Казацке, узнал про нас что-то такое, что не надо было ему знать? Или про семью мою? Может, он этого испугался? И потому вдруг стрекоча дал?

Лицо Ирины Максимовны закаменело, но она решительно тряхнула головой:

— Нет ничего такого, чтобы кого-то испугало.

— И все-таки. Расскажи мне про моих родителей. Про мать и отца. И почему их убили.

— Убили? Откуда ты знаешь? Я тебе не говорила никогда!

Губы у девушки задрожали.

Она пробормотала:

— Помню... Мне до сих пор это снится...

Тут и названая мать расплакалась — девушка крайне редко видела, чтобы та нюнилась, и поэтому зарыдала тоже, упала ей в объятия.

Поплакали вместе — а потом старшая решительно сказала:

— Мне давно надо было сказать тебе... — Потом осеклась, болезненно поморщилась. — Как ты выросла, так бы и сказать... Да я все не решалась... Думала, что и без того тебе тяжело знать, что я не твоя мамка настоящая. Так вот. И отец, которого ты вроде помнишь, и мать — они не настоящие твои родители, не родные.

— Не родные? — ошеломленно уставилась на нее Настя. — Чья ж я тогда?

— А вот этого даже мамуля твоя, Ольга Максимовна, сестра моя, не знала. Только муж ее ведал. Подгребцов Михаил Николаевич, которого ты своим отцом считала.

— Как так получилось?

— А просто однажды Подгребцов взял и привез новорожденную девочку — тебя. И отдал Ольге, сестре моей. А она бесплодная была. К тому моменту давно диагноз поставили, лечили-обследовали и в Москве, и в Израиле, сказали: без шансов. Так вот, однажды зять мой Подгребцов — его никто не просил, даже не намекал, — приехал с крошечной тобой. И сказал жене, сестре моей: бери, мол, владей, воспитывай. Он деловой был, богатый, настоящий «новый русский» — не поспоришь. Она взялась расспрашивать, что за ребенок, почему, откуда. А Миша: не лезь! Сиди и молчи. Меньше знаешь — крепче спишь.

Девушка ахнула:

— И так и не выяснила? И неизвестно, кто мама моя?

— Нет! И подпаивала мужа, и в постели — знаешь, как бывает, — пыталась у него, в расслабленном состоянии, выведать — все впустую. Молчал, как молодогвардеец у фашистов на допросе. Одно только сказал: ничего, мол, не думай, девочка ни разу не моя дочка. Ни с кем на стороне я этого ребенка не прижил, и никто к нам не явится в один прекрасный день Настеньку у нас отсуживать — типа, я ее родная мать, а Подгребцов — отец. Просто считай, грит, что она твоя... В общем, только он один и знал, кто ты и откуда. И унес, как говорится, эту тайну с собой в могилу.

— Не могу поверить в то, что ты мне рассказала, тетя Ира... И что же, никаких следов? Знаешь, как в сериалах бывает мексиканских? Может, амулет у меня, у маленькой, был? Или родимое пятно? Или пеленка с меткой?

— Насколько я знаю — нет... Я понимаю, миленькая ты моя, как я тебя ошарашила. Но ты меня спрашиваешь, мог ли Артемий твой что-либо компрометирующее тебя и нашу семью в Казацке разыскать. Суди сама.

— Но это вообще, по нынешним временам, не компромат, а детские игры в песочнице... А отец мой? В смысле, Подгребцов?

— Подгребцов, конечно, лихой был человек. Настоящий бизнюк, «новый русский». Что он творил в те годы и что там у него на совести было — не знаю, судить не берусь. Но ведь почти пятнадцать лет, как он в могиле. Поэтому не мог твой Тема просто взять и за что-то или почему-то тебя резко бросить.

— Значит, с ним самим что-то случилось, — проговорила девушка.

— Возможно.

— Я поеду туда, в Казацк. Я чувствую, что нужна ему.

* * *

Кирилл Косаткин, капитан полиции

День совсем догорал, ветер с моря дул все свирепей. В кафе «Дельфин» армянин-тапер продолжал наигрывать — хотя слушали его, в буквальном смысле, полтора человека. Один посетитель спал за столиком, уютно положив щеку на стол. Второй упорно таращил глаза, увядая над коньяком в пузатом графинчике. Больше в кафе никого не было, и даже давешний бармен не маячил за стойкой. Хоть кафе и было летним, но под крышей и загороженное от порывов ветра. По сравнению с набережной в этом закутке даже тепло чувствовалось. А музыкант играл, не обращая особого внимания на погоду и на количество слушателей, — просто звучал, как певчая птица.

Он улыбнулся и кивнул мне, словно старому знакомому. Мелодию он не оборвал, но довел до логического завершения — признак настоящего профессионала: ни одного дела не бросать неоконченным.

Рядом с его электропианино неприметно стоял стакан, полный темно-коричневой жидкости. Запах алкоголя, исходящий от музыканта, стал интенсивнее, однако ничем другим его опьянение не проявлялось.

Для разгона Хачик еще раз переспросил меня, действительно ли деффки, о которых шла речь, подозреваются в серьезном преступлении. Когда я подтвердил, он начал эпически:

— Давно это было, лет пять тому как. Я тогда жил в станице Красивая, у одной русской женщины. Хорошая была женщина, но потом мы не сошлись характерами. Долго я там прожил, многих в станице знал. В ресторане работал. А эти девчонки, как мне кажется, тогда школьницами были. Подружками. Их даже сестрами называли, не знаю почему — потому что они были друг на дружку не похожи. Совсем нс похожи... У той русской женщины, с кем я жил, был свой ребенок, сын, школьник, и мы с ней иногда в школу тамошнюю приходили, на концерты. Женщина всегда просила меня сходить, хотела продемонстрировать, как у нее в жизни все хорошо. И вот я этих девочек там видел. Они в самодеятельности выступали, обе, вдвоем. Пели, плясали — я не помню что. По-моему, пели. Голоса хорошие, красивые. Кажется, вот это пели.

И он тихонько заиграл на своем электрооргане щемящую мелодию: «Мне кажется порою, что солдаты, с кровавых не пришедшие полей...»[1] Оборвал, проникновенно обратился ко мне:

— Слушай, вот ты следователь, скажи мне...

— Я не следователь, я оперативный работник.

— Ай, какая разница!.. Я только хочу понять, как могут девочки, которые так хорошо такую песню поют,

---

[1] Автор музыки — Я. Френкель. Автор слов — Р. Гамзатов (русский текст — Н. Гребнев).

потом такие преступления, как ты говоришь, совершать?

— Может, и не они это вовсе? Может, вы ошибаетесь?

— Ох, хотелось бы мне так думать, очень хотелось...

— Посмотрите, пожалуйста, вот эту фотографию. — Я показал ему изображение двух девиц, что скачал из видеоархива в магазине: в кепках, с закрытыми лицами. — Может, это они? По фигуре, по одежде опознаете?

— Да что тут узнаешь! Не видно ничего!

— Как тех девочек звали? Из станицы Красивой? Как фамилии?

— Ну, ты спросил! Не помню я, столько лет прошло! Да и не знал никогда!

— Может, с родителями их вы пересекались?

— Нет-нет, с ними точно нет.

— Значит, станица Красивая? А какая школа?

— Слушай, это что тебе, Нью-Йорк — какая школа? Там одна всего школа.

— В каком классе они тогда учились? Знаете, на концертах в учебных заведениях обычно объявляют: «Выступают ученицы такого-то класса...»

— Этого не помню. Лет четырнадцать им тогда было, пятнадцать. Такие уже немножко женщины... — Он деликатно показал руками выпуклости на груди.

— Может, какие-то увлечения их припомните? Может, вы, я не знаю, в другой раз их на стадионе встречали? Или на базаре?

— Нет, ничего подобного не видел, врать не буду.

— Что ж, и на том спасибо, дорогой Хачик, вы нам очень помогли. — Я с чувством пожал ему руку.

Кружка пива, что я перед нашей встречей выпил тут, вблизи от неприветливого моря, на продуваемой всеми ветрами набережной, почему-то помогла мне лучше понять этого человека. Подумалось: «Жил ведь прекрасно в станице Красивой, в семье, с хорошей, как он говорит, женщиной — но опять бросился куда-то, в какой-то поиск, и совершенно необязательно, что вел его только алкоголь».

* * *

С утра я заскочил в Каравайном в отделение полиции. Как и следовало ожидать, там меня ожидали два подарочка. Во-первых, «эксэлевский» файл, что мне переслали из краевого бюро спецтехмероприятий: данные по тем телефонам, что находились в нужное мне время в районе кафе «Дельфин», а также тем, что засветились рядом с местом, где девицы грабанули гражданина Порфеева. Длиннющий список номеров навел на меня глубокую тоску, и я решил для начала просмотреть данные с камер видеонаблюдения.

Я начал с камеры, что расположена была ближе всего к поселку Каравайное. Просмотрел за остаток ночи, когда совершалось преступление, — ничего. Никаких следов похищенного «Лексуса». Расширил поиск на весь следующий день — опять пустота. Прочесал вторые сутки. Затем третьи — глухо.

Неужели деффки оставили «элитного японца» здесь, в Каравайном? Неужели у них здесь база? Разборка? Сообщник? Но майор, начальник отделения, уверял меня, что они отработали весь частный сектор — значит, не нашли? А может, майор мне соврал? И они тут покрывают преступников? Или находятся с ними в сговоре?

Очень странно. Шоссе, ведущее в Каравайное, оно тупиковое. Отсюда никаких других дорог нет: пустынный морской берег, лес. Значит, машина осталась здесь? А может, ее утопили в море? Из хулиганских побуждений?

Я решил глянуть на всякий случай изображение со следующей по порядку камеры — той, что находилась дальше от Каравайного, ближе к моему Кубанску. И «Лексус» нашелся! И довольно быстро! За рулем сидели два человека! И даже, по каким-то неуловимым черточкам, можно было разглядеть, что обе — женщины! Однако, как ни старался я в приемлемом качестве вытянуть изображение, на лицах пиксели безнадежно расплывались.

Но главное — деффки нашлись! Таймер в углу экрана бесстрастно фиксировал время: шесть часов пятьдесят три минуты утра. Но откуда, спрашивается, они взялись на тридцать третьем километре от моря, если напрочь отсутствовали на восьмом?

Я открыл карту местности. К счастью, в комнате со мной сидел давешний опер. Я спросил его, есть ли из поселка другие выезды, помимо всем известной трассы. Постучал карандашиком по месту преступления, а потом показал, где на шоссе вдруг возник искомый джип.

— Можно между точками проехать по проселочной какой-то дороге?

— Если тачка хорошая, — лапидарно ответил опер. — И погода.

— И то и другое в наличии имелось. А кто мог злодейкам показать дорогу?

— Гугл.

— Девчонки лет двадцати могли проехать?

— Если только совершенно безбашенные и отмороженные.

— Похоже, они такие и есть, — вздохнул я.

* * *

Настя

Сказать «поеду» — легко, однако, если не имеешь своих колес, достичь из станицы Красивой города Казацка совсем непросто.

Прямого автобуса нет. Точно так же, как все (или почти все) путешествия между двумя провинциями России приходится совершать через Москву, два населенных пункта одного и того же Кубанского региона связываются маршрутом только через краевой центр. Приходится делать крюк километров в двести. И еще тосковать в Кубанске часа три в ожидании рейса на Казацк.

Поэтому выехала Настя поутру, еще затемно. Ее *деятельность* (в компании Юли) приучила собираться быстро. Взяла с собой в сумку самое необходимое. Достала из тайника деньги, *заработанные* с сестрой, отделила четверть, остальное оставила — но все равно получилась изрядная долларовая котлета. Кто знает, на что финансы могут понадобиться.

Автобусы — что первый, по пути в краевой центр, что второй, оттуда в Казацк, — влачились медленно, заезжали и останавливались в каждой попутной станице. В итоге Настя прибыла к пункту своего назначения, когда надвигались осенние сумерки. Сердце билось — она всегда считала, что отсюда родом, но никогда в городке не бывала. Здесь находился ее родительский дом — интересно, она вспомнит, если увидит его?.. То есть уже, конечно, не родительский...

Тетя Ира снабдила адресом, где они жили, — но кто там обитает сейчас, сказала, не знает. «Тогда дом забрал брательник Подгребцова».

— Почему же тебе, мама, ничего от наследства не перепало? — спросила девушка.

— Потому что формально, по документам, ты им, убитым, была никто.

— Как это?!

— А вот так. У тебя никаких официальных бумаг не нашлось. И Подгребцов тебя не удочерил. И моя сестра, оказывается, официально за ним замужем не была. Мишка Подгребцов — он вообще такой по жизни был: на формальностях не заморачивался. Понравилась девушка — живу с ней. Не может родить — привезу ей ребеночка нянчить.

Итак, оказалось, место, которое являлась Насте во снах и которое она считала домом, — вовсе не родительское гнездо. И люди, которых она привыкла звать в мыслях мамой и папой, тоже чужие.

Что же в ее судьбе тогда остается настоящее? Наверное, только тетя Ира с Юлькой? Да, они по-любому получались самими близкими.

Но, оказывается, живут еще где-то, неведомо где, ее настоящие мама и папа, которых, возможно, она когда-нибудь сможет найти...

* * *

От автостанции города Казацка девушка дошагала до гостиницы. В отелях она никогда еще в жизни не останавливалась, в своих с Юлей «гастролях» они предпочитали менее помпезный, формализованный и более доступный частный сектор. Она подошла к вахте (по большому счету, точка эта тянула именно на «вахту», а никак не на «рецепцию» или «лобби»: плексигласовое стекло, за которым сидела толстая тетенька и выдавала ключи с номерками, что висели на гвоздиках на деревянной доске). Чувствовала себя Настя довольно несмело — куда только делась ее способность, оторви да брось, едва ли не мгновенно приспосабливаться к любой ситуации!

— Скажите, — спросила, — у вас тут останавливался парень, москвич? Молодой, высокий, красивый? Зовут Артем, фамилия Кудряшов. У него еще машина красная, «Ауди А6»...

— А ты кто? — подозрительно уставилась на девушку тетка сквозь мутный плексиглас.

— Я ему невеста, — не соврала Настя, но вспыхнула.

— Неве-еста! — очень подозрительно протянула гостиничная служительница, окидывая взглядом далеко не самую дорогую (хоть и модную) и запыленную одежду путницы. Видно было, что дама что-то знает, и в ней боролись два чувства: первое — конспиративное стремление держать язык за зубами и не болтать, от греха, с первым встречным; и второе — мучительно свербящее на языке желание поведать историю в духе мексиканских сериалов и «Санта-Барбары». В конце концов общительность победила осторожность, и дама выпалила:

— Жил здесь такой!

— А где он сейчас? — обмирая, спросила девушка.

— В больнице он! В нашей, местной! Без памяти! Избили его! Тут, у нас, в Казацке! Прямо на улице! Ищут душегубов, не нашли, а кто избил, почему, за что — неизвестно пока!

Услышав роковые слова, Настя поняла, что случилось, если вдуматься, не самое худшее, и Артем ее не бросил тайком, не убежал, — и она испытала громадное облегчение и радость. Но через секунду облегчение сменилась тревогой за него и мучительным стыдом: как она смеет ликовать! Ведь ее Темочка, несчастный, лежит здесь в больнице, один, без чувств!

— Где находится ваша больница?

Дама принялась многословно объяснять.

Анастасия бросилась в лечебное учреждение.

Совсем стемнело. Холодный ветер дул порывами откуда-то с севера, и по улице взметались и неслись сухие листья. Никого, кроме нее, казалось, нет в городе, и он производил впечатление недостроенного или полузаброшенного: на один частный жилой дом приходился один или недоделанный, или хотя бы недоштукатуренный. Слава богу, скоро частный сектор кончился, и начались местные Черемушки: серые панельные четырехэтажки. На окраине этого микрорайона располагалась местная больница. Обгоняя ее, промчалась «Скорая», без сирены, но с тревожно-синей мигалкой. Мелькнуло: «Так и Темочку сюда везли».

Настя спешила. Она знала, что присутственное время в больницах кончается рано, а в десять вечера в райцентрах и станицах люди не в сезон вовсе спать ложатся.

На ее счастье, в справочной еще сидела санитарка — молодая, но болезненно полная.

— Девушка, — устремилась к ней посетительница, — в какой палате, скажите, лежит Кудряшов Артем?

Служительница молча и зло забарабанила по клавишам древнего компьютера. Оторвалась, бросила:

— Нет такого.

Настя похолодела:

— Как нет? А был?

— Такую информацию не предоставляем.

— Пожалуйста! Пожалуйста! Посмотрите Кудряшова! Молодой парень, двадцать семь лет. Он может быть без памяти! Или его в другую больницу перевезли? Я его невеста! Специально к вам приехала из станицы, из Красивой! Сегодня весь день в дороге!

А в голове мелькало ужасное: «А вдруг не значится, потому что умер?!» И на глазах у нее выступили слезы, губы задрожали. Информационный цербер пригляделась к ней внимательней.

Люди в России — они, в принципе, добрые. Они тебе последнюю рубашку отдадут, если их предварительно разжалобить.

Дама снова взялась стучать клавишами.

— Вот. Есть. Кудряшов, да, Артем. Поступил восемнадцатого октября, состояние тяжелое. Травматологическое отделение. Выписан двадцать первого октября.

— Выписан?! Три дня назад? Как?! Куда его могли выписать, если состояние тяжелое?!

— А этого, девушка, я знать не могу. Да ты позвони ему. Или телефона не знаешь — а невеста? — Минута радушия сменилась подозрительностью.

— Не берет он трубку, — вздохнула Анастасия.

Санитарка понизила голос:

— Сходи сама в травму. Там расскажут, куда больного перевели да почему.

В травматологическом отделении среди больных царила взаимовыручка. Ходячие разносили ужин. Тех, кто с переломанными руками, соседи кормили с ложечки. Мужик на костылях деятельно выносил «утку».

В ординаторской она застала единственного врача — слава богу, мужчину.

С мужчинами у Насти всегда лучше получалось устанавливать контакт.

Был это тот самый доктор с золотой цепью на толстой шее, которого несколько дней назад впервые увидела (и с которым потом сговаривалась) Кристина, — только Настя воспринимала его иначе: крепыш, боровичок, бутуз. Чтобы надежно установить контакт с мужиком, следовало, хотя бы на пару минут, в него влюбиться. Или, по меньшей мере, почувствовать к нему симпатию. Вот и Насте показался милым этот молодой и умненький доктор, что стремительно заполнял крайне неразборчивым почерком историю болезни. Рядом на столе лежала целая стопка аналогичных дел.

— Это вам все сегодня надо расписать? — Девушка сочувственно погладила пачку.

— Ой, не говорите, — отозвался доктор. Он бросил писанину, откинулся в кресле. Рассмотрел просительницу. Нахмурился: — А вы что хотели?

— Да вот, я братика ищу, — выдохнула она. Ей показалось, что в легенде прикрытия, особенно в разговоре с молодым мужчиной, лучше «жениха» заменить на «брата» — более нейтрально и оставляет собеседнику надежду. — Мне сказали, он тут у вас, в травме, лежал.

— Кто такой?

— Кудряшов Артем.

— А ты, говоришь, ему кто? — нахмурился эскулап.

— Сестра.

— Сестра? — недоверчиво протянул белохалатный. — Что, из Москвы приехала? — испытующе поинтересовался.

— Нет, это он, братик мой, в столице постоянно проживает, — с деланным простодушием отвечала Настя. — А я здешняя. Ну, не совсем. Я тут, в крае, живу. В станице Красивая. Мы с ним двоюродные, — снизила она градус родства, чтобы получилось правдоподобней. — Он у нас в Красивой отдыхал, потом сюда поехал. И пропал. Вот я и ищу.

— Матери б его позвонила. Или телефона не знаешь? — В этом вроде бы невинном замечании содержалась засада, девушка почувствовала это и захлопала глазами:

— Я не знаю почему, у нее тоже сотовый молчит! А что, вы говорите, мама его — она знает, где он, что с ним?

— И мама знает, и невеста.

— Невеста?! — непроизвольно вырвалось у девушки.

— А ты что, даже не ведала? Что братик твой жениться задумал?

— А вы-то откуда все про моего Темочку знаете?

Хирург захихикал и посмотрел на Настю внимательней. Его явно веселила ситуация, да и поживиться можно было попробовать.

— А вот не скажу откуда. Вернее, скажу, но с одним условием.

— Каким же?

Еле уловимые любовные токи разлились по ординаторской, становились все гуще, гуще.

— Если ты меня поцелуешь.

— Могу, — пропела девушка, присела на стол, за которым писал доктор, наклонилась к нему, томно погладила по плечу — а потом быстро и совершенно асексуально чмокнула в щеку, скоренько соскочила со стола и отошла на пару метров в сторону.

— Давай, теперь говори!

— Такой поцелуй не считается.

— Мы ведь с тобой условились, — капризно протянула она. — Поцелуй в обмен на информацию. Или ты не мужик? Не держишь слово?

— Ладно, черт с тобой. Твоего Артема мать забрала. И невеста, Кристина. Договорились они с перевозкой — и увезли его. В Москву. Позавчера.

— В Москву? А куда конкретно? Не домой ведь? В какую больницу?

— А это уже дополнительная информация. Новых поцелуев стоит.

— Ну и бог с тобой. Сама у Кристинки узнаю.

Девушка сделала вид, что потеряла интерес и к теме, и к доктору, и вообще собирается уходить.

Уловка сработала, потому что врач-боровичок поинтересовался:

— И ты не хочешь выяснить, каково у братика твоего состояние?

— И какое?

— Крайне тяжелое. Закрытая черепно-мозговая травма, субдуральная гематома, под вопросом. Как следствие, травматическая кома второй степени.

— И каковы его шансы?

Врач поскучнел. Всем от него нужно только одно: здоровье. Чтобы он их взял и вылечил. Ну а если не их, то болящих родственников. Сплошная меркантильность. Нет бы хоть какая штучка взяла и полюбила его самого, бескорыстно и безотносительно от его профессии и рода занятий!

Да и девчонка эта — врет она, что братом интересуется, тем более двоюродным. Ради кузена за триста километров из Красивой не поедут, и глаз так гореть не будет. Явно у нее к этому Артему червонный интерес. Миленько у того москвича, Кудряшова, получается: одна девка, совсем юная, Кристина, из Белокаменной к нему примчалась, вторая — тутошняя. Прям нарасхват. Можно позавидовать. И парень видный. Высокий, мускулистый, красивый. И у семейки явно денег много — по одежке можно судить и по тому, как мать на лицо выглядит: лет под пятьдесят, а ни морщинки. И перевозку вместе с врачом прямо из Первопрестольной вызвали — дорогущее удовольствие, многие тысячи стоит.

Однако ничего идеального на свете не бывает. У любого богача и красавчика имеются свои проблемы. Вот и у этого Кудряшова со здоровьем — беда!

— Какие у него шансы? — переспросил эскулап. — Пусть непатриотично, но если бы у нас остался, сразу скажу: никаких. Больному показана операция, а у нас нейрохирургов подобного уровня просто нет.

— А в Москве?

— Если мамочка с невестой его довезут, конечно... И найдут хорошего нейрохирурга... Тогда, я бы сказал, что шансы его фифти-фифти. Пятьдесят на пятьдесят.

— А где этого хирурга, нейро, в Москве искать?

— В Склифе имеются доктора хорошие. В госпитале Бурденко — но это военное учреждение, не знаю, сумеют ли родные его пристроить...

В этот момент он постарался все же перевернуть ситуацию со случайно забредшей девчонкой в сторону амуров. Была она просто класс, отпускать не хотелось, поэтому врач закинул обе руки за голову, откинулся на кресле и спросил:

— Ты, наверное, только сегодня из своей Красивой станицы приехала? Голодная небось? Может, пойдем, пожуем? Я тут рядом с больницей хорошее местечко знаю. Угощаю.

Настя, конечно, никуда с ним идти не собиралась. И вообще на сегодняшний вечер у нее складывались совершенно другие планы. Однако решительно отказывать лекарю не хотелось — он снабдил ее информацией и вдруг еще зачем понадобится. На счастье, в дверь ординаторской кто-то вошел — и то был, по всей видимости, человек, от доктора независимый, которого тот с порога послать не мог. Явившаяся, немолодая женщина в белом халате и с властными повадками, с порога заявила:

— Игорь Олегович, вас в онкологию срочно вызывают.

— А что такое? — досадливо откликнулся эскулап. Ему явно не хотелось нарушать свой приятный тет-а-тет с Настей.

— Говорят, больной с кровати упал. Подозрение на перелом лучевой.

— Что у них там? Танцульки? Или обкурились — больные с кроватей падают?

— Говорят, у больного спутанное сознание.

— Фиксировать надо спутанных!

Врач не спеша поднялся и по-хозяйски распорядился в адрес Насти:

— Жди меня.

Конечно, так прям она и разбежалась, будет ждать! Не хватало ей еще в ресторан с этим типом тащиться!

Быстренько-быстренько, опасаясь столкнуться с любвеобильным эскулапом, девушка сбежала по лестнице и с облегчением вылетела на свежий воздух.

Она немедленно набрала номер местного такси — сфоткала телефон на рекламном плакате, пока в госпиталь тащилась. Когда вышла за ворота клиники, ее уже ждала новая, но раздолбанная «Рено Логан».

Девушка села на заднее сиденье — хватит с нее разговоров с сексуально озабоченными мужиками. Скомандовала: «На вокзал!»

* * *

Кирилл Косаткин, капитан полиции

Передо мной встала дилемма. Или ехать в курортный поселок Усть-Морской, где деффки засветились за две недели до Каравайного, и ковыряться в эпизоде номер два (а если считать по времени совершения, то номер один). Скажу со всей прямотой римлянина, этого мне совершенно не хотелось. Я знал, что я там застану. Те же случайные видеокамеры, данные билингов, опросы свидетелей. Только следы там давно остыли. Потерпевший давным-давно в своем родном городе. Со времени преступления прошел почти месяц. Никто ничего не видел, не помнит, не знает.

Имелась и другая возможность, и шанс. Призрачный, но все равно он казался мне до чрезвычайности привлекательным — журавль в небесах, который поманил меня далеким, едва различимым крылом. Я и ругал себя, и уверял, что тридцать раз мог свидетель по имени Хачик ошибиться, что все могло ему померещиться с пьяных-то глаз, что не в станице Красивой видел он этих девиц — а может, и вовсе не видел, примнилось ему, пригрезилось. Но все равно тянуло меня, звало именно туда. Кто знает, как это называть. Оперативное чутье? Чуйка? Или просто блажь? Но — нет. Хотелось, ох как хотелось мне рвануть именно в Красивую!

Я прикинул по карте: получался почти равносторонний треугольник. От приморского поселка Каравайное до другого, тоже курортного, Усть-Морского (где случилось первое ограбление) по дороге вдоль моря — сто восемьдесят километров (первая сторона моей геометрической фигуры). От Каравайного до станицы Красивой — больше двухсот (сторона вторая). И примерно столько же от Красивой назад к морю, в Усть-Морское.

Вдобавок сходится с постулатами криминологов: первые эпизоды в серии преступник обычно совершает на примерно равном удалении от своего места жительства. Еще одна гирька на чаше весов, что мне суждено ехать в станицу.

Да и что такое лишние две сотни верст? Как известно, для бешеной собаки — к каковым я с моей работой начал себя причислять — совсем не крюк.

И я наплевал на здравый смысл, выписался из гостиницы и рано поутру, по холодку, рванул в станицу Красивую.

* * *

Артем

Однажды он все-таки пришел в себя.

Артем лежал навзничь. Постель под ним чуть подрагивала и сотрясалась. Что-то мерно гудело. К сгибу локтя тянулась трубочка от капельницы. Штанга, на которую крепилась капельница, побрякивала.

«Мы едем, — сообразил он. — Меня куда-то везут».

Рядом с кроватью, в вертящемся кресле, сидела девушка. Она дремала. Нахохлилась, голова упала на грудь. Она была не в медицинском одеянии, без халата и шапочки — в свитерке и юбке, и очень юная.

Кто она, Артем не узнавал. Откуда-то взялось имя Настя — однако кто такая Настя и точно ли так зовут эту девушку, он не помнил и не понимал. Но добровольная сиделка была чем-то похожа на Настю, и почему-то он знал, что именно она должна быть с ним рядом.

Он решил проверить и окликнул ее по имени. У него получилось что-то похожее на «Астя-а» — тихий выдох или даже шипение. Однако даже от такого слабого вздоха девушка вздрогнула и проснулась. Проморгалась, вскинула голову и стала всматриваться в лицо Артема:

— Темочка! Дорогой мой! Ты очнулся! Ты чего-нибудь хочешь?

Барышня говорила с ним, как с очень близким человеком, однако он все равно ее не узнавал. И уж точно никак не смог объяснить ей, чего ему сейчас хочется.

Он вообще практически ничего не хотел, да и чувствовал себя как человек, только что родившийся — ничего не помнящий и ничего не желающий. Поэтому он попытался улыбнуться и изобразить лицом полное довольство. Однако ни того, ни другого не получилось, потому что сознание понемногу ускользало от него, и Артем снова погрузился в забытье.

* * *

Через Казацк проходила железнодорожная ветка. По ней, сквозь степи и нивы Кубани, поезда везли отпускников в благословенные края: Сочи, Лазаревское, Адлер... Потом они же возвращали их на север. Сейчас, ближе к концу октября, основной поток путешественников, денежных и деятельных, схлынул. Теперь наступало время публики более простой и прижимистой. Ехали пенсионеры, мамашки с нездоровыми детьми, мелкие чиновники и отставные силовики, которым достались льготные путевки. Ехали бизнесмены очень средней руки. Качались в вагонах гастарбайтеры, устремляющиеся на столичные стройки, а также в нефте- и газоносные районы Русского Севера и Сибири.

Билетов в кассе оказалось полно — в том числе и на ближайший поезд, проходящий петербургский, что следовал через Москву. Перед выбором места Настя на секунду зависла. Весь образ ее прошлой двадцатилетней жизни — в скромнейшей хатке в приемной семье в станице Красивой — диктовал ей, что деньги следует экономить, поэтому надо выбрать плацкарт. Однако неправедные доходы, полученные за ворованные машины, жгли карман. Вдобавок дни, проведенные рядом с Артемом, приучили ее к жизни на широкую ногу — а грядущее замужество намекало, что теперь роскошь и богатство навсегда. В результате короткой внутренней борьбы между скупостью и мотовством девушка взяла билет «не нашим, не вашим» — купейный. Но когда спросили, какую полку предпочитает, скаредность восторжествовала. Она выбрала верхнюю — и дешевле почти на две тысячи, и легче можно спрятаться, забиться, ни с кем не общаться. Ей на сегодня разговоров хватило, особенно толстяк-хирург Игорь Олегович достал.

Поезд ожидался по расписанию, через сорок минут, — у Анастасии еще времени хватило, чтобы выпить в станционном буфете чаю, съесть покривившихся бутербродов с сыром и наполовину засохший сочник. От мысли, что она сейчас уедет — впервые с родной Кубани и, возможно, навсегда, — сердце забилось чаще и возникло подсасывающее предощущение чего-то сказочно хорошего. Хотя, казалось бы, что может у нее быть хорошего? Артем серьезно болен и неизвестно вообще, выживет ли. Никто ее в столице не ждет — а ведь Москва, как известно, к гостям не ласкова и вообще бьет с мыска. Но вот поди ж ты! Аромат странствий, запах железнодорожного угля, свистки маневренных локомотивов будто бы предвещали что-то удивительно прекрасное.

В купе оказалось еще три особы женского пола — все похожи друг на друга, словно реинкарнация одной и той же дамочки в разном возрасте: первой было лет восемь, второй — хорошо за тридцать и третьей — под шестьдесят: девочка, немолодая девушка, старая женщина. Совершенно явные мамаша, бабушка и внучка. Все три клуши беспрестанно друг с другом общались, выясняли отношения и срывались на крик.

— Маша! — трагически выкрикивала средняя по возрасту, обращаясь к дочке. — Ты куда полезла?!

— Таня, — поправляла мамашу самая старшая (и самая разумная), бабушка. — Ну что ты ее беспрестанно дергаешь?

— А потому что вести себя надо хорошо!

— Она ребенок!

— Ага, ребенок! Сейчас сверзится с верхней полки, ты с ней, что ли, на больничном будешь сидеть? Бабушка, да, будет с тобой, Маша, сидеть?

— Ну почему же она обязательно сверзится?!

— Потому что я ее знаю! Ну-ка, слезай сейчас же! Маша!! Вот и тетя пришла. Это тетина полка, не твоя! А ты ее пачкаешь!

— Да что там Маша может испачкать, Таня?! Чем испачкать?! Чистая одежда, разутая.

— Я ее знаю! Она найдет чем испачкать! А ну, слезай сейчас же!!

Типичная российская *однополая семья*: куча женщин и ни единого мужика поблизости.

У Насти практически сразу началась мигрень. Одна оставалась надежда: время было недетское, скоро девчонку положат спать, а когда исчезнет яблоко раздора, заткнутся и воспитатели.

Пока суд да дело, девушка выбралась в тамбур. Надо было позвонить домой, сообщить тете Ире и Юльке о своих разысканиях и планах. Интересно, что, несмотря на известие, которым вчера ошарашила приемная мать, мысленно она продолжала называть хатку в станице Красивой «домом», а Юлю — «сестренкой». Вот только тетю Иру не именовала «мамой» — потому что и раньше ее таковой не считала.

Невзирая на тотальный запрет табака на железной дороге, в тамбуре было накурено. Девушка приоткрыла дверь в тамбур. Оттуда пахнуло холодом, залязгало, закачалось.

Первой Настя позвонила названой сестре — с ней общаться и объясняться было намного легче, чем с приемной матерью.

— Привет, Юлька! Никогда не угадаешь, где я.

— Даже угадывать не буду. Ну и где?

— В поезде, еду в Москву.

— Твой любимец нашелся?

— Нашелся, — вздохнула девушка, — да только с ним все совсем неважно. — И она в кратких выражениях рассказала, что произошло в Казацке и как дела у Артема.

По ходу дела тамбур прошел полицейский невысокого чина, повертел головой, выразительно понюхал протабаченный воздух, цепко оглядел пассажирку. Однако она в данный момент не курила и впечатления курящей дамочки не производила, и блюститель порядка с сожалением прошел мимо.

— Какой кошмар! — с искренним сочувствием выдохнула «сестренка» после телефонного рассказа.

Тогда Настя поведала и о неожиданно возникшей «невесте».

— И зачем ты сейчас в столицу несешься? — скептически вопросила Юля.

— Как ты не понимаешь? Быть с ним!

— Допустим. И как ты себе это представляешь? Узнаешь, к примеру, в какой больнице лежит Кудряшов. Это легко, да и госпитализируют его наверняка в одну из лучших. Но ты же сама говорила: он без чувств. Значит, в реанимации. Наверное, предстоит операция. Рядом с ним его мамаша ошивается. Да еще эта самозванка. А тебя к нему все равно не пустят. И при чем здесь в итоге ты? Где ты в подобном раскладе видишь себя?

— А что ты предлагаешь?

— Возвращайся домой.

— Возвращаться? И что мне там делать?

— Ждать. Надеяться.

— На что?

— Что Артема вылечат. Что у него откроются глаза — в прямом и переносном смысле, и он пошлет куда подальше так называемую невесту, кем бы она ни была.

— А у меня другое предложение. На сто восемьдесят градусов другое. Идея для тебя, Юлька. Мы ведь давно мечтали побывать в Москве. Вот и ты — берешь в нашем тайнике оставшиеся деньги и приезжаешь в столицу. Мы там обустраиваемся вдвоем. И ты мне поможешь найти моего Темочку.

— Звучит очень заманчиво.

— Да? Тебе нравится? А маме я прямо сейчас позвоню. Расскажу, что происходит. И тебя отпрошу с собой ехать. Она поймет.

* * *

Елена Анатольевна (мама Артема) удивлялась: откуда в такой юной девчонке, как Кристина, столько практической хватки, сметки и деловитости? Она словно взяла самые лучшие качества от родителей, Елениных друзей: от папаши Леонида, руководителя фирмы, позаимствовала острый, ясный и быстрый ум, от матушки Натальи, коммерческого директора, — цепкость и умение договариваться и добиваться своего.

Именно Крис нашла для Артема перевозку — отыскала в Сети столичную фирму и уладила все формальности. За больным выслали специально оборудованный «Фольксваген»-фургон с фельдшером. Доктор во время транспортировки не полагался — поэтому девушка условилась вдобавок с врачом из Белокаменной, чтобы тот прибыл в Казацк и оттуда вместе с женщинами сопровождал больного. Предприимчивость девочки оказалась очень кстати: сама Елена не хотела и не могла отойти от сыночка ни на шаг, командовала медсестрами, спала и ела там же, в Казацкой райбольнице, в отдельной палате, которую сразу, в вечер приезда, женщины вытребовали у врачей.

Для отца Артема, Александра Николаевича, оставшегося в Первопрестольной, тоже наступили тяжелые дни: не видя сына, он метался по столице, пытаясь устроить Темочку в самое лучшее медучреждение. Его семья платила за все — одна перевозка обошлась в дикие тысячи. Изрядно подмаслив главврача, удалось за глаза определить сына в военный госпиталь для комсостава — здравница находилась посреди парка, вестибюли отделаны мрамором, лифты сверкают нержавейкой и зеркалами. Словом, если начинали Артема лечить в Казацкой больнице как самого обычного российского гражданина, то есть парию, то теперь вопрос его здоровья вознесся в самые высшие слои.

В город Казацк из Белокаменной прибыла перевозка, на самолете в Кубанск прилетел сопровождающий врач.

Женщины расплатились за палату, погрузили больного, поехали. В «фольксвагеновском» фургоне кроме шофера расположились фельдшер, столичный доктор и Кристина. (Именно ее, сидящую рядом с постелью, принял Артем за Настю в краткий момент просветления.)

Елена Анатольевна гнала за фургоном Артемову красную «Ауди» — слава богу, нападавшие не покусились ни на ключи от машины, ни на документы. Останавливались только для того, чтоб заправиться. Где-то в Воронежской области, когда заливали бензин, Кристина обрадовала будущую (как она считала) свекровь сообщением, что Тема по дороге приходил в себя. Мать кинулась к сыночку. Увы, просветление закончилось, парень продолжал плавать где-то в своих, потусторонних, невообразимых далях.

Наконец прибыли в столицу, нашли в Сокольниках военный госпиталь. Среди ночи тренированные санитары бережно перегрузили нечувствительного Артема в каталку и повезли куда-то в ослепительно сияющие коридоры, в реанимацию. Елена Анатольевна впервые почувствовала себя вправе отдохнуть. Она завезла Кристину домой, в Спиридоновский переулок, где та проживала вместе с родителями, а сама помчалась домой, к себе на Кутузовский.

Ночная столица, залитая огнями, с проносящимися дорогими машинами, представляла собой разительнейший контраст со всей остальной Россией, откуда она только что прибыла — бедной, запущенной, чисто, но скромно одетой и экономящей на всем.

* * *

Кирилл Косаткин, капитан полиции

В станице Красивой не имелось, по причине малости населенного пункта, отдела полиции. Не было (в отличие от приморского поселка Каравайное) даже отделения. Действовал лишь участковый, майор полиции Жерехов. (Майор-участковый — впечатляющая карьера, конечно. Что-то где-то он напортачил, видать. Или учиться совсем не хотел.) Я позвонил ему заранее, еще с вечера, из Каравайного и договорился о встрече утром.

Не скажу, что сотрудник сильно мне обрадовался. Визит коллеги из края мог означать для него только одно: дополнительную работу, а нагрузки у участковых и без того хватало, только поворачивайся.

Опорный пункт в станице Красивой располагался в чистеньком двухэтажном особнячке. Перед входом, среди цветов, — два бюста: один справа от здания, второй слева. Первый — Чапаева. Второй, по логике вещей, должен изображать Петьку. Или Анку-пулеметчицу. Или, по крайней мере, Фурманова. Я даже ради интереса подошел к нему ближе. Оказалось — нет, почему-то Дзержинский.

Майор в своем кабинетике заполнял очередной гроссбух.

Я постарался с ним если не подружиться, то установить, как говорится, товарищеские, рабочие отношения. Рассказал, что меня к нему привело. Поведал про двух девиц, что промышляют разбоем с применением технических средств и последующим похищением дорогих иномарок.

— Мы-то здесь при чем? — Я давно заметил, что естественная реакция любого сотрудника на всякое новое уголовное дело — прежде всего от него откреститься: не дай бог, повесят. Я и сам, признаться, такой.

— Имеются оперативные данные, что две эти девицы у вас в станице проживают. — Я не сказал, разумеется, что всех «оперативных данных» было у меня — всего-то показания вечно нетрезвого Хачика, которому я, непонятно почему, поверил настолько, что лично примчался сюда, в Красивую. — Они молодые, — продолжил я, — на вид им лет около двадцати, особых примет нет, легко знакомятся с мужчинами, входят к ним в доверие, завозят в безлюдные места, опаивают кропелином, похищают имущество. Есть у вас подобные на примете? — Я положил перед ним на стол «фоторобот».

Он долго и внимательно в него вглядывался, потом отложил листок в сторону, ничего не сказав. Мне волей-неволей пришлось рассказывать дальше:

— Есть сведения, что девушки здесь, у вас, учились в средней школе, выступали в художественной самодеятельности. По натуре авантюристичны, хорошо водят машину. Наверное, обе или хотя бы одна, имеют водительское удостоверение. И еще я вот что думаю: они ведь наверняка не сами покупателей на авто ищут. Значит, работают по чьему-то заказу. Значит, где-то они с этим самым заказчиком познакомились. Кто-то ведь эти угнанные транспортные средства потом реализует? Нет ли тут у вас кого на подозрении? Какой-нибудь левый гараж, где могут и тачку разобрать, и номера перебить?

Майор грустно усмехнулся:

— У меня участок — на девяносто девять процентов частный сектор. Больше тысячи домовладений. Почти в каждом имеется собственный гараж, а то и два. Если ты, капитан, думаешь, что я знаю, что в каждом из этих гаражей творится, то глубоко ошибаешься. Имеются у меня и судимые за угон, и поднадзорные по этой статье. Хочешь, дам тебе их список — обойди всех, поспрашай, с соседями потолкуй.

— Но девицы-то эти должны были с Реализатором (так его назовем) где-то познакомиться! Может, какая-то тусовка околоавтомобильная тут у вас имеется? Какие-нибудь гонщики-угонщики?

— У меня на каждой улице свой молодежный тусняк, и всякий год контингент меняется: одни в армию уходят, в город уезжают, другие подрастают. И если ты думаешь, что у меня есть силы за ними всеми следить, ты серьезно заблуждаешься. Сам знаешь, реагировать успеваешь только в случае ЧП: поножовщина, тяжкие телесные, кража, тот же угон автотранспорта...

— А девчонки-то в связи с этими статьями вам ранее не встречались?

— Не могу утверждать однозначно. Подумаю еще. Ты ориентировку-то оставь.

— Девок двадцатилетнего возраста, что умеют машины водить и права имеют, не так много, наверное.

— Если ты думаешь, что наши края настолько глухие, что их мало, то глубоко не прав.

У майора, судя по всему, имелась любимая присказка, он ее употреблял к месту и не к месту: «Если ты думаешь, что... — Дальше следовало указание, что именно собеседник неправильно себе представляет, и заключение: — Ты ошибаешься». Я ошибался, судя по его высказываниям, постоянно, но опрос продолжал:

— Как полагаете, как они вышли на эту тему — кропелин и все прочее? Может, обе, или одна из них, к медицине имеют отношение?

— А может, соседка-маруха подсказала?

— А есть такие? — ухватился я.

— Кого у нас только нет. Но если ты думаешь, что я в состоянии все эти связи отрабатывать, то сильно промахиваешься.

— Может, они обе или хотя бы одна медсестрой работает? Или провизором?

— Больничка у нас имеется. Аптек четыре штуки. Сходи к ним, побеседуй.

— А навскидку из сотрудников никто не припоминается? Молодые-красивые-секси?

— Да в двадцать лет каждая вторая — молодая-красивая-секси. Особенно если на нее глядит козел в возрасте, да на курорте, да на крутой тачке. Ладно, капитан. Я понял твои исходные. И чего тебе надо, понял. Давай я пошевелю мозговой извилиной, прикину кое-что кое к чему, что длиннее, а вечерком ко мне сюда загляни, еще с тобой потолкуем. А сам в школу нашу сходи. Говоришь, девицам лет по двадцать? Значит, заканчивали они недавно, их помнить должны.

В школу охрана пустила меня по предъявлению ксивы. Охранник пояснил, где найти директора. Вовсю шли занятия, в коридорах было пусто, пахло столовской едой и детским потом.

Директора на месте не оказалось, имелась в наличии завуч старших классов. Очень худая и очень морщинистая женщина сидела за своим столом в кабинетике и проверяла тетради.

Я не стал, разумеется, говорить ей, почему гражданками интересуюсь, просто изложил, кого ищу: две девочки, заканчивали школу года три-четыре назад, возможно, сестры, не исключено, участницы художественной самодеятельности. И продемонстрировал субъективные изображения обеих.

И эта изможденная жизнью и тяжкой работой немолодая женщина сразу же сказала:

— Это Настя и Юля Баскаковы. Действительно сестры. Проживают, — она легко вскочила и подошла к висящей на стене карте-схеме поселка, — вот здесь. — Костлявый палец с припухшими суставами опустился на адрес: улица Чернышевского, дом семьдесят семь.

* * *

Настя прибыла в Первопрестольную вскоре после того, как туда доставили Артема.

Поезд привез на Казанский вокзал ярким и светлым утром, однако сияние богатейшего града все равно ослепило ее. Все бежало и неслось. Казалось, люди вокруг двигаются в два или даже три раза быстрее, чем в станице Красивой — да и на разнеженных черноморских курортах. Казалось, если не будешь поспевать за ними — тебя сомнут, схарчат и косточки выплюнут; как бедняга Чарли Чаплин в старом немом фильме: не поспевал, не поспевал за движущимся конвейером, и его туда, внутрь машины, затянуло и перемололо.

Слава богу, имелись деньги — их должно было хватить даже в дорогой столице, чтобы добыть и кров, и пищу. Надо было устраиваться, вить гнездышко в ожидании любимой сестренки, а затем — начинать борьбу за Артема. Борьбу — как в прямом смысле, за его здоровье, так и в переносном — против странной девицы, которая объявила себя его невестой.

Про то, как дурят в Москве провинциалов со съемным жильем, Настя была наслышана. Она опасалась, по три раза проверила договор, паспорт арендодателя, его права собственности на жилье — поэтому ее не кинули. Квартиру, однушку с двумя диванами, она сняла на улице с романтическим названием Аллея Жемчуговой — впрочем, ничего, кроме имени, реально романтичного в улице не оказалось: девятиэтажные панельные дома, ближайшие станции метро — окраинные, «Выхино» или «Новогиреево», потом еще ехать автобусом, троллейбусом или маршруткой. Да и сама аллея, как оказалось, получила имя не в честь жемчугов, а по фамилии крепостной актрисы — она тут поблизости, в усадьбе, перед графом своим выступала. Старый парк располагался неподалеку, совсем рядом разлеглись пруды, и воздух был не такой смрадный, как в центре. Хотя с Красивой все равно, конечно, не сравнить — дышать нечем.

В подъезде пахло одновременно кошками и мышами — она не понимала, как это может быть, но тем не менее. Ее апартаменты назывались на риелторском сленге «бабушкин вариант»: ковры на стенах, полированная мебель шестидесятых годов и ветхая плитка на кухне и в ванной. А цена такая, за сколько Артем целый особняк в их станице снимал.

На второй день в жилище заявился местный участковый, проверил документы, договор. Строго сказал, что надо регистрироваться — слава богу, у девушки билет на поезд до Москвы сохранился, сумела доказать, что только вот прибыла.

Но вскоре, буквально назавтра, она встречала на вокзале Юлю — уже как хозяйка, старожилка, готовая наставлять и показывать провинциальной родственнице столицу. Вместе стало гораздо веселее — Настя и не думала, что будет так радоваться названой сестренке. А первое, что та спросила: «Как Артем?» Старшая бросилась рассказывать — хотя рассказывать, в сущности, оказалось нечего. Ей удалось выяснить, в каком госпитале оказался жених, — разумеется, в самом лучшем. Однако ее к нему ни в какую не пускали, а справочная девушка по телефону отвечала: «Состояние тяжелое».

Рассказывая, Настя смахнула слезу. Они неслись на электричке от Казанского вокзала к платформе «Выхино». Кроме чемоданчика, Юля везла с собой сумку с продуктами, навязанную матерью: сало, пара битых кур, баллон домашнего вина.

— Не волнуйся, сестренка, мы найдем к бедняге Артему подходы! — бодро воскликнула Юля, хотя глубоко в ее глазах гнездился страх — девушка тоже оказалась ошарашена огромностью и сумасшедшим ритмом Белокаменной.

* * *

Елена Анатольевна знала, что в этот день все равно не сможет ни работать, ни чем-либо заниматься. Поэтому на службу не пошла, взяла отгул. Ничем она помочь сыночку не могла. Она и Александр Николаевич сделали все, что в их силах: договорились, что оперировать будет лучший нейрохирург, завотделением, повстречались с ним предварительно, даже попытались сунуть денег — однако светило взятку отверг категорически, лапидарно произнеся: «До операции деньги берут только мошенники», — из чего становилось понятно, что после, в случае благоприятного исхода, возьмет за милую душу.

Зная, что операция начнется в девять, Елена Анатольевна рано утром, к семи, отправилась на церковную службу. Стояла, молилась вместе со всеми — но о своем. О бедненьком непутевом Артемии, который находился теперь на рубеже жизни и смерти, в руках хирургов, анестезиологов и операционных сестер. Потом долго на коленях просила о заступничестве у иконы Богородицы — и, как часто бывает в подобных пиковых случаях, каялась, что в обычной жизни, не отягощенной испытаниями, стала позабывать дорожку в церковь и слова молитв, и теперь горячо уверяла, что переменится и сама, и мужа с сыном к Господу приведет. Затем, заказав о здравии Артемия молебен, отправилась в госпиталь.

Ничем помочь не могла — и даже находиться рядом с сыном в тот момент было ей заповедано, — однако хотелось оказаться ближе к тому месту, где Темочку оперировали. Уселась на кожаные диваны в беломраморном вестибюле, пила бесконечный кофе из автомата — это хоть как-то отвлекало. Кристинка предлагала сопроводить ее — однако мать сказала, что лучше не надо. Девушка ждала звонка на работе.

Трипольская-младшая вообще после своего полета, когда помчалась вместе с Еленой Анатольевной сначала на самолете в Кубанск, а потом на частнике в Казацк, а после сопровождала бесчувственного Артема в столицу, слегка в своей безудержной помощи остыла. Кудряшова-старшая за это не корила ее даже в мыслях: восемнадцатилетняя девочка! Спасибо хотя бы за то, что поддалась первому порыву, кинулась к умирающему и так много сделала, помогла! Правда, слегка царапнуло, что произошло это охлаждение — как казалось Елене Анатольевне, — после того, как светило, описывая перспективы, возможные после операции, упомянул, наряду с полным выздоровлением и самым трагическим, еще и промежуточный вариант — но который юной деве мог показаться хуже смерти. А именно: серьезные повреждения головного мозга, которые способны привести к существенным дефектам личности. «Возможно все, — рокотал профессор, — включая полную неподвижность или деменцию».

«Конечно, — думала Кудряшова, — одно дело — кинуться, выручить, спасти! Договориться, довезти, просидеть около кровати парочку ночей! На подобный героизм молодость способна. Но вот бесконечно быть рядом в нелегкий период выздоровления, а пуще того, если, не дай бог, операция пройдет не совсем успешно и понадобится долго-долго выхаживать — на это никакая посторонняя женщина не способна, только мать. Поэтому — нет, нет, я девочку понимаю и не осуждаю. Но если все пройдет хорошо и Темочка поправится и восстановится, лучше невесты ему не представить: умная, дельная, красивая, из хорошей семьи, семьи друзей, нашего круга».

От кофе и от волнения сохло во рту, и в следующий раз она взяла в автомате не стаканчик горячего стимулирующего, а ледяной воды без газа. Время шло к часу дня; они договорились с профессором, что сразу же после операции он позвонит на мобильник Елены Анатольевны. Она, правда, не смогла выдержать напряженного ожидания и, против уговора, дважды набирала его сама — но бесполезно: телефон абонента был выключен. И вот ровно в тот момент, когда она, обернувшись к автомату, открыла бутылочку с водой и подносила ее ко рту, сзади послышались шаги. Женщина быстро обернулась.

Он, ее нынешнее божество, властитель всех ее мыслей, профессор и оперирующий хирург, уже успевший переодеться из операционных одежд в обычный белый халат, поспешал к ней через вестибюль. Вид у него был непроницаемый, однако по каким-то мельчайшим деталям — полуулыбке, надежно спрятанной в уголке его рта, легкому отпечатку благости, что проступал сквозь морщинки усталых глаз, важной и даже отчасти самодовольной походке — она поняла, что, кажется, все прошло хорошо. Но не могла в это поверить. Рванулась к нему чуть не бегом — как школьница, детсадовка к долгожданному подарку. Забытая бутылка воды вырвалась из рук, плюхнулась, покатилась на боку, расплескивая содержимое. Профессор ловко нагнулся, подхватил воду, поднял. Галантно подал:

— Елена Анатольевна, это ваше.

— Ну?! Как?! Как все?!

— Что я вам могу сказать? Операция прошла в целом по плану. Все хорошо, сейчас больной в реанимации, отдыхает. Ближайшее время покажет, насколько головной мозг сумеет восстановить свои функции после нашего вмешательства. Но организм молодой, не отягощенный сопутствующими заболеваниями и вредными привычками, будем надеяться на благоприятное развитие событий.

И такое невыразимое счастье охватило Елену, такое облегчение и радость, какого она не испытывала, наверное, никогда в жизни — за исключением, пожалуй, момента, тоже связанного с Темочкой: когда после ночи мучений и боли в стокгольмском роддоме акушерка ласково сказала ей: «Поздравляю, у вас мальчик».

* * *

Когда Юля приехала к Насте в Москву, она в своих настройках в соцсетях разрешила делиться с друзьями своей геолокацией.

Таким образом, все триста одиннадцать человек, числившихся ее *френдами,* оказались оповещены о том, что она находится в Москве.

Но ее, откровенно говоря, не интересовали или почти не интересовали триста десять человек из этого списка.

За исключением одного.

Но он, этот один, тоже, кстати, заметил изменившуюся геопозицию Юли.

И сделал соответствующие выводы.

* * *

Когда они с Юлей расстались в станице Красивой — быстро, мило и безболезненно, без ссор и упреков, — Андрей воспринял это с облегчением. Еще один курортный роман был благополучно завершен — безо всяких неприятных последствий.

Но потом он вернулся в столицу, закрутился в обыденной рутине — и стал все чаще ловить себя на мысли, что думает о Юле, вспоминает о ней.

Ему нравилось (и теперь вспоминалось, как безвозвратно утерянное) ее простосердечие, смешанное в то же время с недюжинным кокетством. Ее простота — в сочетании с очевидным умом и довольно широкими познаниями. Наконец, какая-то незамутненность и чистота ее реакций (он не мог сформулировать, в чем конкретно это выражается, но тем не менее). Все это чудесным образом дополнялись открытостью и даже жаром, который она проявляла в интимных отношениях.

Он вспоминал и, можно сказать, скучал о Юле. По правде говоря, она сильно превосходила по очень многим параметрам модненьких, но донельзя самовлюбленных столичных пустышек.

Наверное, не поздно было отыграть назад — но что прикажете Андрею делать? Ехать назад в станицу Красивую и объясняться с девчонкой? Ну нет, столь сильно и явственно он не готов был перед ней прогнуться.

А тут вдруг Юлия, как свидетельствовала ее вдруг появившаяся в соцсетях геопозиция, объявилась в Москве!

Теперь не грех было и позвонить.

* * *

Артем очнулся.

Голова сильно болела.

Да, если разобраться, болело все. Переломанные ребра. Ключица, по которой пришелся удар. Сгибы рук, исколотых иголками капельниц. Да и головная боль — она была не такая, как прежде, знакомая обычным людям, когда ноет, тянет или дергает *что-то внутри* черепной коробки. У него болело *снаружи* — будто череп разломали (что, в сущности, было недалеко от истины). Или как будто бы на поверхности черепа вырос зуб и стал сильнейшим образом беспокоить. И еще Артему страшно хотелось пить — словно язык, небо и губы превратились в шершавый и пылающий наждак.

Вдобавок приличный кусок его жизни напрочь улетучился из памяти. Он не помнил, когда и каким образом перенесся в Москву; как лежал в провинциальной больничке; как оказался потом здесь, в столичном госпитале. От всего этого времени в памяти оставались два-три кадра: он лежит, но при этом есть ощущение, что его куда-то везут, подрагивает помещение, где он находится, и погромыхивает штанга, на которой висит капельница. Будто бы он опять в «Скорой помощи», но длится путешествие долго-долго, чрезвычайно долго, как во сне. Потом снова — странная путаница обрывков и снов, и выплывает второй момент, совершенно недавний — возможно, из сегодняшнего дня: он опять-таки лежит, но в большой палате, залитой солнечным светом. Здесь много других пациентов, каждый на своем ложе, и происходящее чем-то напоминает чистилище, потому что люди — вперемешку: мужчины, женщины; и все голые, хотя каждый укрыт простыней до подбородка, и от каждого тянутся проводочки к диковинным приборам, которые пикают и показывают давление и сердечный ритм. Свой собственный монитор Артем не видит, однако запросто может наблюдать, как скачут цифры у соседа: пульс девяносто, потом сразу — сто двадцать пять, затем — сто сорок, сто шестьдесят, а потом вдруг бац — и резко падает: двадцать пять, тридцать, тридцать пять, двадцать... И больной рядом — он привязан к койке за руки за ноги бинтами — мучается, мечется, стонет, бормочет — доносятся отрывистые матерные ругательства... Среди больных скользят в белых одеяниях невыносимо красивые фельдшерицы, похожие на херувимов женского пола или архангелов — смотрительницы или служительницы этого чистилища. И когда одна проходит мимо, Тема шепчет ей, кивая на мужика: «Он умирает!» — а она в ответ хохочет: «Делирий у него! Допился прапор казенного спирта! А ты лучше, парень, не за ним следи — за собой!»

И оттого, что сосед совсем даже, как оказалось, не прощается с жизнью и причина его недомогания столь просто объясняется, Тема вдруг испытывает мощнейший приступ благодарности по отношению к даме-архангелу, он даже хотел бы расцеловать ее. И еще — огромное облегчение: мужик-сосед не умирает, а это значит, что и ему, Артему, до настоящего чистилища далеко. От этого он немедленно успокаивается и засыпает.

А пробуждается, непонятно сколько времени спустя, здесь, в обычной палате, безо всяких архангелов или мониторов. Можно даже постараться припомнить, что с ним происходило в минувшей жизни. Однако тот, прошлый кусок действительности, что непосредственным образом примыкал к его беспамятству, кажется теперь каким-то несбыточным, словно события происходили совсем не с ним или он видел сон или кино. Он помнил, что был на нашем российском Юге вместе с другом Андреем; что появилась там некая Настя; что он стоял на одном колене в приморском кафе и делал ей предложение. Вспоминалась ему и южная хатка-мазанка, стол, накрытый во дворе, под виноградом, две дивчины, одна другой пригожей, и их расплывшаяся, утомленная мать. Помнил и то, как несется по скверной утренней дороге в южный городок Казацк. Но вот зачем он туда отправился, в Казацк? Что он там делал? С кем встречался?

Помнились какие-то странные обрывки: вроде бы он зачем-то решил выяснить все тайны происхождения той самой девушки, Насти, которой делал предложение. Из времени, проведенного в Казацке, вспоминался почему-то инвалид в кресле, который в разговоре бюрократическими, тщательно взвешенными формулировками описывает давнее уголовное дело. Всплывала железная калитка в краснокирпичном заборе и какая-то угроза, исходящая из огромного, нависающего красного дома. Вспоминался молодой и наглый, в тонких очочках, хорошо одетый и округло формулирующий мэр городка. Но вот что из всего этого следовало? Из мешанины воспоминаний и встреч? Что Артему удалось выяснить и что с ним случилось? Это припоминалось с трудом, пазл не складывался, словно частички его все оказались мало того что перемешаны — еще к тому же многие из них перевернуты вверх не изображением, а оборотной, глухой стороной.

«Мне надо посмотреть снимки, что я сделал», — вдруг пришло ему в голову. И сразу мощный приступ радости, обретенного воспоминания: да, да! Ведь он блогер, фотограф! Этим он занимается по жизни: снимает окружающую действительность, пишет короткие заметки, помещает их на собственной странице. У него много подписчиков, даже десятки тысяч, есть и рекламодатели, и он хорошо зарабатывает. Ужасно захотелось прямо немедленно схватить компьютер или хотя бы телефон и поглядеть, что он там последнее снял-*запостил* и какие появились к постам *комменты*.

Артем увидел, что на тумбочке рядом с изголовьем стоит пластиковый стаканчик с водой — такой восхитительной, белой, прозрачной и способной утолить самую огненную жажду. Он сумел приподняться на кровати и потянуться к воде. Стакан оказался неожиданно неудобным и каким-то скользким. Молодой человек с трудом сжал его в руке и понес ко рту. Однако он вырвался и упал ему прямо на грудь. Вода разлилась, замочив тело и простыню, которой он был накрыт — да и ту, на какой он лежал. Артем чуть не заплакал от собственной неловкости и отчаяния — нервы почему-то после всего случившегося стали ни к черту. Его способно было вывести из себя, как оказалось, даже малейшее происшествие.

Он понятия не имел, что больше суток назад его мать, Елена Анатольевна, так же роняла и разливала воду при известии, что операция прошла успешно. Он не ведал, что так нечаянно срифмовались их жизни — его собственная и материна.

Зато от разлитой воды лежать становится сыро и противно. Он пытается снова хотя бы привстать или отползти в сторонку от мокрого — но ничего не получается.

Однако в тот краткий момент, когда он приподнимался и тянулся к воде, он сумел разглядеть, где сейчас находится и что его окружает. Просторная и светлая палата на двоих. На соседней койке, на изрядном расстоянии, лежит калачиком молодой человек в пижаме и читает потрепанную книгу, голова его тоже забинтована. За окном темень, однако по каким-то приметам видно, что еще совсем не ночь, а ранний осенний вечер. И еще он замечает: на тумбочке, рядом с пластиковым стаканчиком, лежит мобильный телефон. *Его собственный аппарат.*

Артем тянется к нему. Сосед замечает его шевеление, отрывается от книги:

— О, ты очнулся! Пойду сестричку позову.

Резво вскакивает и исчезает в коридоре.

Аппарат, в отличие от стаканчика с водой, из рук Темы не выпадает — возможно, он уже натренировался или ему становится лучше.

В графе «избранные» он ловко находит телефон, помеченный «мама».

Буквально с половины гудка трубку на другом конце соединения снимают, и восхитительный мамин голос кричит: «Тема! Темочка! Дорогой мой! Ты очнулся!» — и она заливается счастливыми слезами.

* * *

Кирилл Косаткин, капитан полиции

С майором-участковым, окормляющим станицу Красивую, мы свиделись гораздо раньше, чем первоначально планировали. Он, слава богу, никуда из своего опорного пункта не ушел и не уехал: по графику был прием населения. Я заглянул — на него наседала бабища с руками тяжелоатлета, до меня донеслось: «И что? Мне теперь ждать, что он убьет меня?!»

Майор заприметил меня, отодвинул посетительницу:

— Иди, Семеновна, подожди в коридоре. После продолжим, если хочешь. Но я печаль твою понял. Как смогу, заскочу. А ты пить своему не давай.

— А я что, даю?! Я б эту сикильдявку, что ему боярышник без рецепта отпускает, да еще в кредит, по стене размазала.

— Вот, Семеновна, все у тебя плохие, одна ты хорошая. Иди уже. Не видишь, важные дела у меня, не твоему чета. — И он преувеличенно-вежливо обратился ко мне, как бы демонстрируя мою, а через нее и собственную важность: — Проходите, пожалуйста. Присаживайтесь.

Семеновна наконец выкатилась — оставив, правда, последнее слово за собой:

— Так зайди! Ты обещал!

Я рассказал про то, как девчонок довольно уверенно опознала завуч в школе.

Мы подняли с участковым его гроссбухи, и скоро я получил на них установочные данные:

Баскакова Анастасия, 1998 года рождения. Это — светленькая, худенькая.

Баскакова Юлия, 2000 года рождения. (Темненькая, плотненькая.)

Проживают — да, в станице Красивой, по улице Чернышевского, в доме семьдесят семь, вместе с матерью, Ириной Максимовной Баскаковой. Мамаша семьдесят третьего года рождения, служит здесь же, в Веселой, почтальоном.

Что еще? Старшая сестра, Анастасия, в шестнадцатом году окончила фармацевтический колледж в городе Широкий Гай (нашего края), затем проработала семь месяцев в местной, станичной, аптеке. Вот оно откуда у девиц знания о волшебных свойствах кропелина! Затем аптека закрылась, однако нигде больше старша́я официально трудиться не пожелала. Оно и понятно, зачем работать, если можно потрошить на курортах любвеобильных папиков! Кстати, очень увлекалась автовождением, права получила еще весной шестнадцатого, на последнем курсе колледжа.

Вторая девочка, Юля, девять классов окончила в пятнадцатом году. Трудилась в местном интернет-кафе, торговала ди-ви-ди дисками (разумеется, пиратскими). Потом, когда, ввиду неуклонного развития Интернета, кафе и лавочка по реализации ворованного кино прикрылась, младшая, опять-таки, никуда трудиться не пошла. Видимо, тогда же явились этим двум особам идеи, как можно срубить бабла по-быстрому, и они стали неуклонно воплощать их в жизнь.

В местном паспортном столе я наконец нашел фотографии искомых особ. Деффки как деффки. Молодые и вроде симпотные. Сексуальность, конечно, через официальные фото не передается, но даже если делать поправку на это, все равно я бы на подобных особ не клюнул.

Я переснял девчонок на свой телефон — наконец-то у меня есть подлинные фото преступниц! И сразу же переслал их своему потерпевшему — гражданину Порфесву. Задал короткий вопрос: «Они?»

Конечно, в смысле процессуальном данному опознанию грош цена, однако оно мне требовалось пока не для изобличения преступниц, а для розыска.

И буквально спустя две минуты я получил от терпилы ответ большими буквами: «ОНИ!»

* * *

Юля

Никогда не пускать пыль в глаза и вести себя естественно — таким было для Андрея кредо во взаимоотношениях с девчонками. Не надо надувать щеки и пытаться прыгать выше головы. Я такой, какой есть, и принимай меня, не пытаясь изменить или улучшить, — был его девиз. Тем более что однажды Юля уже с ним легла — что может, спрашивается, помешать ей это сделать снова?

Но и условности надо соблюдать. Учитывать: девчонка из глухой провинции приехала. Особо модных шмоточек не имеет, да и держать себя в хорошем обществе вряд ли может. Поэтому всякие модные современные рестораны — побоку, спектакли в Большом, Ленкоме или Театре наций — тоже.

А вот мюзикл в «Пушкинском» — то, что надо. Много блеска, красивых песен. Полно приезжих — девушка будет ощущать себя в своей тарелке. К тому же (относительно Большого) дешевое шампанское.

Сам Андрей не пил, сказался, что за рулем, — но в Юлю влил едва ли не бутылку.

После спектакля усадил девушку в машину и отвез к себе домой. Ездил он на «Мерседесе», а двухкомнатную квартиру имел в старом доме в Вадковском переулке — не самый центр, но в пределах третьего кольца.

Войдя в жилье, они даже не стали включать свет — бросились друг к другу.

И всю ночь провели в страстных объятиях.

И Андрей понял, как же он скучал по ней. Но вслух, разумеется, ничего не сказал.

* * *

Несмотря на общий *олд-скул-стайл*[1], царящий в квартирке на Аллее Жемчуговой, вай-фай (понимая потребности современных арендаторов) хозяева все-таки провели.

Юля, разумеется, притащила с собой из станицы лэп-топ. Пару ночей — когда не встречалась с Андреем — просидела в Сети, пару дней поездила по Москве, а потом устроила для Насти самую настоящую презентацию. Вероятно, ее подходы и умения, когда бы они были продемонстрированы в соответствующей обстановке, могли впечатлить руководителя какой-нибудь фирмы, и он охотно пригласил бы ее на работу. Однако никто, кроме названой сестры, о замечательных умениях Баскаковой-младшей находить и анализировать информацию знать не знал, ведать не ведал.

— Итак, моя дорогая сестрица, мы сейчас рассмотрим человека, который является твоим непосредственным соперником в борьбе за сердце маэстро Кудряшо-

---

[1] Стиль вчерашнего дня. От old-school-style (*англ.)*.

ва, а именно — ту самозванку, которая, согласно твоему отчету, непонятно с какого перепугу присвоила звание его «невесты». Несмотря на то что она (как я только что заявила) никаких прав на Артема не имеет, противник это серьезный, справиться с которым будет весьма непросто.

— Юлька, не надо этих сложных щей. Поменьше пафоса. Будь проще.

— Попрошу товарищей с места мне не указывать! — оскорбилась младшая сестра, однако количество сложноподчиненных предложений в своей речи все-таки уменьшила. — Итак, вот она, эта прохиндейка.

На фотографии в ноутбуке предстала Кристина Трипольская крупным планом. Вероятно, снимок был сделан профессиональным фотографом и на торжественном мероприятии, типа выпускного вечера. Девочка сияла во всей красе: очень простое, но стильное (и значит, дорогое) платье. И сама она — юная, модная, с маникюром и укладкой — хохотала всеми своими тридцатью двумя идеальными зубами прямо в объектив.

— Для начала, — продолжала Юля, — хочу заметить, что у нее, чисто внешне, имеется определенное сходство с тобой — из чего можно сделать вывод, что нашему мальчику нравятся дамы определенного типа.

— Ну, и совершенно на меня не похожа! — оскорбилась Настя.

— Не скажи. Имеется много общего, если рассматривать лицо непредвзято. Общее в разрезе и цвете глаз, в скулах, линии рта. Она, конечно, моложе и ухоженней...

— Спасибо тебе, сестра, — обиделась старшая.

— Я рисую объективную картину, — сухо парировала младшая. — Зато ты ярче, привлекательней, эффектней. Она какая-то непропеченная, нераскрывшаяся.

— Да лахудра настоящая! Череп и кости! Не понимаю, как ты можешь со мной равнять!

— Недооценка противника часто ведет к занижению мотивации, — важно проговорила Юлия, — и, как следствие, к поражению.

— Вот почему ты у нас такая умная — и при этом такая бедная?

— Во-первых, мы с тобой *уже* далеко не бедные, — оскорбилась названая сестра. — А во-вторых, какие наши годы!.. Ладно, я продолжаю... Итак, Кристина Трипольская родилась в двухтысячном году в Соединенных Штатах Америки — значит, по законам той страны, является американской гражданкой. Однако оба ее родителя этнические русские. Отец, Леонид Трипольский, в то время работал по контракту в Штатах, в Кремниевой долине. Поженились они с Натальей (матерью Кристины) в России в тысяча девятьсот девяносто девятом году. — На экран ноутбука докладчица вывела фотку Кристининых предков: Леонид и Наталья в молодости. Потом показала еще одну: они сегодня, хоть и постаревшие, однако по-прежнему красивые и моложавые. — Отец, кстати, на пять лет моложе матери. Та, как я уже сказала, в нулевом году очень предусмотрительно родила дочь на территории США. А в две тысячи четвертом вся семья вернулась в Россию. Папаша Леонид еще в Америке изобрел или создал (а может, украл), не знаю, как правильно сказать, очень эффективную программу-антивирус. Говорят, она с ходу перебила и «Макафи», и «Касперского», и «Нортон-антивирус». И вот в начале нулевых родаки Кристины вернулись на историческую родину и создали компанию по продаже антивируса. Причем пишут, что Леонид Трипольский, папаша, самый настоящий ботан. Он даже зонтик в Лондоне никому бы не впарил, если б не жинка. А Наталья — настоящий Бисмарк в юбке.

— Кто?

— Бисмарк. Канцлер был такой в Германии, задолго до Меркель. Так вот, пишут, что всеми успехами их фирма «Защитные телесистемы» обязана ей. С тех пор она там коммерческий директор. А Леонид, хоть и числится номинальным директором, ничего серьезного без нее не предпринимает.

— Они богатые?

— Конечно! Я только по открытым материалам могу судить, но, похоже, у них есть недвижимость на Лазурке, в Лондоне, во Флориде. Часто путешествуют в экзотические места. Видела фотки семейки на горе Кайлас, на Килиманджаро, Мачу-Пикчу. Про Париж с Нью-Йорком вообще молчу. Туда как на работу ездят. Словом, богатеи, капиталисты.

— Твари.

— Не скажи. Взяток нс брали, к трубе не присосались. Достигли, типа, всего своим умом. Поэтому, честно, не знаю, как с ними справиться.

— Вот почему так бывает? — элегически вопросила Настя. — Мы с тобой колготимся, пытаемся денег поднять и сами подняться. Чтобы хоть копейку заработать, пришлось рисковать и закон нарушать, а другого, честного пути в нашей перди не найдешь! А другие — я про эту Кристинку — имеют все, что хочешь. Причем по праву рождения! У-у, ненавижу!

— Деньги, конечно, решают многое — но далеко не все. Важней ум, доброта, красота...

— Ты сама веришь в то, что сказала?

— Конечно. Потому что пока Темочка твой выбрал тебя, а не ее. Но тебя, наверное, интересует, что между Артемом и этой Кристинкой есть? Вот, глянь. Кудряшов ни разу никаких фоток с нею не постил. Хотя сам фотоблогер. Что из этого следует?

— Шухарится, — мрачно ответствовала Настя.

— Возможно. Но скорее она никакой роли для него по жизни не играет. Ящики их я ломать пока не стала, посмотрела, что они друг дружке в открытую постят. Он ее пару раз с днюхой поздравлял. Тон такой, сильно высокомерный, типа, как младшей и несмышленой сестренке пишут. — И она процитировала: — «Моя дорогая Кристи, ты стала совсем взрослой, и тебе уже могут продать пиво — правда, не на твоей исторической родине, в Америке, а у нас...»

— А она ему что?

— Она практически под каждым его постом лайки и сердечки ставит, о чем бы он ни писал, от качества шаурмы в Подмосковье до политики.

— Ясное дело, — кивнула Настя, — напрашивается. А интим?

— Кто знает?.. — таинственно проговорила сестрица. — Они вместе, в начале лета, в Питер ездили. Вдвоем. Во всяком случае, других персон на карточках нет. Она у себя на стене селфи запостила, три штуки — он им вежливо лайк поставил, да и все, даже не поделился.

Девушка вывела находку на экран. Селфи было как селфи. На двоих. С видовым задним планом: там — Исакий, тут — стрелка Васильевского острова, а на третьем фото — Нева и Петропаловка. Тема и чужая девушка друг к другу близко, почти щека к щеке, и Кристина к нему, видно, льнет — однако Артем непрошибаем и никак не демонстрирует никаких чувств.

— Интима нет, — уверенно проговорила Настя.

— Не *было*, — поправила младшая сестра, — по состоянию на дату снимков, а это конец июня сего года.

— После тоже не было, — безапелляционно заявила старшая. — Иначе она бы не удержалась, похвасталась в соцсетях, раззвонила на весь свет. А сейчас Темочке бедненькому не до баб.

— Однако хочу заметить, сестренка, что у этой Кристины имеются, по сравнению с тобой, могучие союзники.

— Это кто же?

— «И вот общественное мнение!»[1] — патетически процитировала всезнайка Юля. — Думаешь, его родаки прямо каваятся от тебя? Они с родителями этой соски

[1] Из комедии «Горе от ума» А. С. Грибоедова.

большие дружбаны. Маманя Кудряшова в их фирме горбится главбухом и даже при этом член совета, блин, директоров. Одна банда! Стопудово, мечтает сыночка на единственной доченьке своих боссов женить!

— У Артема своя голова на плечах есть, — возразила Настя, впрочем, слабо и довольно неуверенно.

— А осталась она у него сейчас? Он там в госпитале торчит, под обезболивающими. А Кристинка доступ к его телу имеет. Ясно, что в уши парню дует. Но ничего. У меня есть план...

* * *

Кирилл Косаткин, капитан полиции

С майором-участковым из станицы Красивой мы просидели в его опорном пункте долго. А под конец он выдал для меня еще один подарок.

Так часто бывает в моей профессии. Да *именно так* всегда и бывает! Ты добросовестно копаешь в одном месте, роешь и роешь землю — и все впустую. Проводишь, бывает, сотни допросов, проходишь и проезжаешь тысячи километров, заказываешь десятки экспертиз и напрягаешь всех своих наличных *людей* (то есть сексотов). И ничего, пустота, хоть плачь! А потом вдруг бац — и тебе, к примеру, звонит прикормленный *человек*. Или даже преступника вдруг взял, да и опознал на улице негаданный прохожий и принес тебе на него заяву. И — вуаля! — совсем не в том месте, где ты изначально рылся-ковырялся, вдруг обнаруживается злодей. И все начинает нестись, лететь, получаться-складываться. Опытные опера даже закон вывели: все самые сложные дела обычно раскрываются случайно. С поиском сестренок-угонщиц этот закон подтверждался на все сто.

Но раз так, значит, казалось бы, людям моей профессии вообще можно бить баклуши или груши околачивать? Лежать и ждать, пока плод сам упадет? Надеяться целиком на удачу? Но — шалишь! Мой опыт, сын ошибок трудных, подсказывает: не будешь пусть впустую, но пахать, не станешь, до поры бесцельно, напрягаться в одном месте, — не придет она к тебе, нечаянная удача, в другом. Бог, он ведь в итоге правду видит.

Вот и сейчас: я майору поведал, что завучиха опознала девиц, а он мне в ответ рассказал нечто важное и весьма интригующее:

— Я чего вспомнил! Буравлев, коллега мой, участковый со станицы Запорожская, рассказывал. (Запорожская — это семьдесят километров от нас в сторону гор.) Так вот. Видели у него люди в станице крутые тачки, да все с номерами не из нашего региона. Короче, стал Буравлев эту тему разрабатывать. Вышел на одного типа, в гаражах на биофабрике — у них там, в станице, не один частный сектор, как у меня, а чересполосица, есть и многоэтажки, так называемый поселок биофабрики. Короче, у него там, в гаражном кооперативе, вроде все эти тачилы крутые с ненашими номерами как раз и мелькали. Подозрение пало на одного типа, что там гараж держит, — дескать, может, это он номера перебивает, а потом продает ворованные «тэ-эс»[1] гостям с Кавказа. Мой друг туда, в гараж, не полез, а доложил информацию по команде. И теперь я ему позвонил, а он мне сказал, что историю эту мужики из райотдела плотно взялись отрабатывать. Вот я и думаю: не тому ли барыге в Запорожской твои девки угнанные тачки с курортов поставляли?

* * *

На следующий день после того, как его перевели из реанимации в палату, к Артему приехали мать, Елена Анатольевна, и отец. Отца он немного стеснялся, что тот видит его таким беспомощным, и предпочел бы с ним не встречаться, однако Александр Николаевич настоял. Мама выглядела деловитой, глаза сухи. Она видела сына и в гораздо более тяжелом состоянии. А у па-

[1] Транспортные средства.

паши — человека сурового, громадного, которого Тема знал не очень много и не очень хорошо, видался с ним нечасто и до сих пор слегка побаивался — при виде сына с обритой и наглухо перевязанной головой на глазах выступили слезы. И за это Артем был ему благодарен и испытал неожиданно теплое чувство.

Отец быстренько справился со слезами и заговорил преувеличенно бодро:

— Ну что, брат? Как ты? В чем нуждаешься? Чего тебе хочется? Что принести?

Мама и вовсе пребывала вне себя от радости. Она, воспитанная и вымуштрованная в немногословности и взвешенности — еще бы, жена дипломата! — теперь, от внезапно охватившей ее эйфории, болтала без умолку: и о погоде за окном, и о делах в офисе, и о здешних прекрасных врачах и медсестрах. Отдельной темой вплелась следующая история: какой героизм и деловую хватку, неожиданную в столь юном возрасте, проявила, вызволяя Артема из ужасной районной больницы в Казацке, Кристина.

— Ты представляешь, Темочка, — вещала мать, — девушка мало того, что вызвалась со мной к тебе лететь, еще и все переговоры на себя взяла! Я, если честно, в прострации в первый момент находилась, а она и с врачами договаривалась, и с перевозкой. И просидела потом рядом с тобой всю дорогу, от этого ужасного райцентра до Москвы...

«Ах вот, значит, кто это был, — сообразил молодой человек, — а я думал, что это Настя». А мать продолжала:

— Я ведь не могла с тобой рядом ехать, я твою машину следом гнала...

— Как она?

— Кристи? Рвется к тебе.

— Я «Ауди» имел в виду.

— О, ты уже шутишь! Это хорошо. Машину отец перегнал на дачу, в гараж. А Кристиночка просила передавать тебе привет. Я пока ей не разрешила ехать, не знала, как ты и что на это скажешь. Но если позволишь, она бы тебя завтра навестила. Как раз у меня с ее родителями совещание, а Кристиночка могла бы подскочить. Если ты хочешь, конечно, ее видеть...

«Вот так, — с неудовольствием подумал Артем, — без меня меня женили. В буквальном смысле — пока я находился в бессознательном состоянии». Ему хотелось сказать, что он собирается жениться совсем на другой — на Насте, которую встретил на юге, но объяснять и спорить ему казалось слишком сложным, долгим и утомительным. И вместо того пробормотал:

— Не надо Кристи пока... пока я такой...

Мама поняла это по-своему: сынок не хочет выглядеть перед будущей *настоящей невестой* беспомощным и слабым, поэтому воскликнула:

— Правильно! Я тогда сама к тебе все-таки завтра приеду, прямо после работы! Что тебе вкусненького привезти?

— Пить очень хочется. Привези компотика, не покупного, а своего, сваренного.

— Принято!

— И чаю, в термосе, свежезаваренного.

От Артема не укрылось, что мать тревожно переглянулась с отцом. Проговорила неуверенно:

— Надо у профессора Енукидзе спросить разрешения. Он говорил, что тебе может быть крепкий чай не показан.

— А что такое? — засмеялся он. — Чай ведь не водка, не наркотик! Вы мне не чифир заваривайте!

— Все равно, после оперативного вмешательства на головном мозге следует соблюдать меры предосторожности.

— Да ладно вам! Это ведь просто чай!

— О! — с деланной бодростью воскликнул отец, уводя разговор в сторону. — Раз ребенок с мамой спорит, значит, явно пошел на поправку!

Родители привезли сыну винограда, апельсинов, сладкой, не вяжущей израильской хурмы.

Уехали воодушевленные.

А по пути домой, вдохновленная внезапным порывом, Елена Анатольевна зашла в ту самую церковь, где молилась за здоровье сына, и пожертвовала, ради иконы Богородицы, все драгоценные изделия, что на ней в тот момент были.

Служительницы выглядели благодарными, однако ничуть не удивленными.

Судя по огромному количеству колец, сережек, кулонов и золотых браслетов, что украшали драгоценный оклад, Кудряшова оказалась далеко не первой, кому помогло заступничество Богоматери.

* * *

После ухода родителей Артем заснул, однако вскоре его разбудил телефонный звонок.

Звонок шел с незнакомого номера, со смутно вспоминаемого префикса, однако он, повинуясь необъяснимому порыву, трубку взял.

Незнакомый мужской голос поинтересовался, Кудряшов ли это Артем Александрович.

— Да, это я.

— Из полиции города Казацка беспокоят. Оперуполномоченный старший лейтенант полиции Вахрушев. Врачи сказали, что вы пришли в сознание и с вами можно поговорить. Это так?

— Можете.

— По факту нападения на вас возбуждено уголовное дело. В рамках оперативного сопровождения я должен вас как потерпевшего опросить.

— Попробуйте. Но я мало что помню.

— Вы можете описать, что случилось с вами вечером восемнадцатого октября?

— Что случилось? Я вышел из ресторана, где ужинал.

— Употребляли?

— Простите?

— Спиртные напитки употребляли, спрашиваю.

— Не употреблял. Я на машине был. А за рулем не пью. А что, у вас, в Казацке, иначе обстоит? — Потерпевший слегка разозлился.

— Всякое бывает, — уклонился от ответа старлей. — Продолжайте. Вы вышли из заведения, и?.. Что дальше?

— И на меня напали. Двое. Нанесли несколько ударов. Один бил бейсбольной битой. Второй — железным прутом, вроде арматуры. Я пытался сопротивляться, однако они были вооружены, повалили, начали валтузить лежачего, а потом я отключился.

— Ответить им смогли?

— В смысле?

— Нанесли им удары? Может, у них на физиономиях отметины остались?

— Было дело. Куда конкретно попал, не помню. И не помню, насколько они пострадали. Но надеюсь, что сильно.

— Описать злодеев можете?

— Честно говоря, вряд ли. Было темно, и я их видел в первый и, надеюсь, последний раз в своей жизни.

— А если я вам предъявлю фотокарточки, узнаете?

— Попробую, конечно, но...

— Тогда я вам вышлю. Лучше на телефон или на электронный адрес?

— Давайте по вотсаппу, чтоб вам меньше платить.

— Там будет двенадцать-четырнадцать, по-простому говоря, разнообразных рож. Если узнаете кого-то, дайте знать. А если нет, тоже сообщите: никого, мол, не опознал.

— Но ведь подобное опознание юридической силы не имеет? — засомневался Артем.

— Если надо будет показания ваши закрепить, не волнуйтесь, мы найдем способ, как это сделать. А пока нам для оперативных целей, для розыска душегубов, ваша помощь требуется.

— А я думал, вы их уже нашли, осталось только доказать... — разочарованно вздохнул Артем.

— Не сомневайтесь, разыщем!

— Даже странно в нынешние времена слышать подобную уверенность, — улыбнулся молодой человек. Незнакомый полицейский старлей с бодрым голосом начинал ему нравиться.

— Конечно, а вы как думали? Всякая шелупонь будет гостям нашего края, да еще из самой Москвы, мешать отдыхать и работать? Давайте и вы нам, конечно, помогите. А мы со своей стороны злодеев установим. Пришлю вам фоты.

Артему понравился полицейский — может, это объяснялось тем, что теперь, когда операция прошла удачно и смерть, судя по всему, отступила, его радовала и восхищала жизнь во всех ее проявлениях: солнце за окнами, и даже далекий шум города, и белые стены, и лица сестричек и докторов, временами заглядывающих в палату и помогающих ему.

* * *

В далеком (теперь) от Темы кубанском городке Казацке старлей-дознаватель Степан Вахрушев собрал все имеющиеся фото местных хануриков и прохиндеев, потенциальных злодеев, и перекинул на мессенджер пострадавшего Кудряшова.

Видать, делать тому на госпитальной койке было нечего, потому что не прошло и часа, как от него поступил ответ: опознал, мол, номера восьмой и тринадцатый. Со стопроцентной гарантией утверждать не могу, но очень похоже, что нападали на меня именно они.

Не откладывая дела в долгий ящик, Вахрушев на собственной тачке мотнулся по первому адресу.

Помимо восстановления справедливости и воздаяния преступникам старлеем двигал еще один мотив, гораздо более приземленный. А именно: разбойное нападение на гражданина Кудряшова было зарегистрировано, заведено уголовное и разыскное дело. Раскроешь его — получишь лишнюю «палку» в отчете. Да и преступление — в масштабах, конечно, города и района — слыло резонансным. О нем даже местная газета «Красный казак» написала. И сам начальник ОВД подполковник Красулин буквально давеча упоминал на разводе, что избиением столичного блогера интересовался лично мэр.

Первым из опознанных Кудряшовым, номером восьмым в полицейской картотеке, значился гражданин Зиборов восьмидесятого года рождения. Проживал он по адресу: Гайдара сто тридцать восемь, частный дом. И если Артем в свое время поразился, насколько чистенькая бедность, в которой ютились Настя и Юля с их мамой, находится ниже привычного ему жизненного уровня, а квартира несчастного наемника-алкоголика Сопелина в Казацке показалась просто ужас-ужас, то хатка, где был зарегистрирован и проживал Зиборов, даже привычному Вахрушеву представилась настоящим дном. Избавьте нас от необходимости описывать интерьер в подробностях, скажем лишь, что в избу старлей входил, мысленно зажав нос, а подозреваемого нашел на топчане, храпящего в куче тряпья. Под глазом у последнего красовался застарелый бланш — важный аргумент в пользу подозрений в причастности, ведь пострадавший москвич только что заявил, что мог одного или даже обоих разбойников, защищаясь, зацепить. Склонившись к нему, Степан понюхал воздух. Служба в полиции научила его разбираться в градациях алкогольного выхлопа своих клиентов, и сейчас, судя по испарениям Зиборова, он понял, что пьян тот далеко не мертвецки, хмель из него постепенно выходит, и ежели его прямо сейчас разбудить, то он, пожалуй, будет не только транспортабельным, то есть пойдет своими ногами, но и пригодным для допроса. Но прежде чем тревожить мирный сон подозреваемого, полицейский — как ни было противно даже ему, привычному, — осмотрел комнатенку, где тот проживал. Не поленился, заглянул и под топчан, на котором почивал Зиборов, посветил фонариком. И — эврика! — обнаружил там бейсбольную биту. Помнится, потерпевший гражданин Кудряшов по телефону из Москвы говорил, что именно таким орудием был вооружен один из преступников. Вообще-то бита — вещь недешевая, поэтому понятным становилось, почему отнюдь не преуспевающий по жизни Зиборов от орудия преступления немедленно не избавился — рассчитывал, видать, кому-нибудь впоследствии загнать, хотя бы даже за бутылку. Правда, гран осмотрительности у разбойника да оставался: биту, похоже, вымыли и впоследствии протерли, поэтому искать на ней отпечатки лап хозяина, а также следы крови, кусочки кожи и волосяного покрова столичного терпилы не приходилось.

На минуту старлей задумался. Затевать бодягу с постановлением на обыск жилого помещения, понятыми и протоколом не хотелось. Поэтому иная, более смелая мысль зашла ему в голову.

Он вышел во двор, в грязную консервную банку налил воды из уличного водопровода — заодно и свежего воздуха глотнул. Вернулся в хатку и опрокинул сосуд над лицом спящего.

Тот, просыпаясь, разразился восьмиэтажными проклятиями и привскочил на своем топчане.

Уцепившись за последнее бранное слово в бессмысленном и беспощадном вопле Зиборова, полицейский гаркнул на него:

— Сцука?!? Я тебе не сцука, а старший лейтенант полиции Вахрушев Степан Семенович! Хочешь помимо прочего за оскорбление сотрудника при исполнении срок получить?! А ну! Быстро встал! Лицом к стене! Руки за спину! Живо, давай!

Кое-как испуганный Зиборов выполнил его команды: поднялся, развернулся, сложил за спиной обе кисти.

И тут старлей — щелк — нацепил на него наручники да затянул потуже. А когда закрывал браслетики, то не скороговоркой, а раздельно, как дебилу, объявил: «Ты задержан по подозрению в разбойном нападении на гражданина Кудряшова». Затем вытолкал его во двор — да и биту с собой прихватил.

У старлея мелькнула было мысль не чикаться, а попытаться расколоть преступника немедленно — однако он по опыту знал, что наручники и прогулка в отделение обычно оказывают на злодеев серьезное воспитательное значение. От разбойника воняло хуже, чем от помоечного пса. Жалко, конечно, такое сокровище в собственную машину сажать, но что делать, откроем все окна, попробуем выветрить. Будем также надеяться, что гаденыш вдобавок не опрудится и не проблюется.

Вахрушев затолкал его на злодейское место, на заднее сиденье. Бита, как улика, гордо ехала на переднем пассажирском. Не хотелось думать, что, ежели он злодея не расколет, капитану надают по ушам за то, что изъял улику без санкции и протокола — но или грудь в крестах, или голова в кустах! Была не была!

В отделе решил не в «обезьянник», к социально близким корешам разбойника отправлять — будет там перед друганами-алкашами выламываться, цену себе набивать. Нет, Вахрушев попросил у дежурного ключи от пустой камеры — пусть подумает в одиночестве над своим поведением. Привел вонючку в пустую камеру, отомкнул ему наручники, затем грохнул за собой тяжелой дверью и, насвистывая, отправился к себе в кабинет на второй этаж — клиент должен дозреть, к тому же алкогольная абстиненция у него начнется (проще говоря, сильное желание поправить здоровье). Настроение у старлея было на удивление хорошее — почему-то казалось, что алкаш слабоват и, возможно, расколется.

Писанины Вахрушеву по службе всегда хватало, поэтому он и впрямь почти позабыл о задержанном. И только часа через четыре вспомнил.

Вернулся в камеру. Вошел, поигрывая битой. Гражданин Зиборов сидел на нарах в позе скорби или глубокой задумчивости. Дернулся, увидев биту, заскулил: дескать, чего забрали, он тут не при делах.

— Заткни фонтан, — беззлобно бросил полицейский. — Давай отвечай: ты что делал восемнадцатого октября сего года с двадцати одного до двадцати трех часов вечера?

— Откуда я знаю? У меня все дни, как один... Это две недели назад было...

— Что — «это»? Что — «было»? Нападение на гражданина Кудряшова? Нанесение ему тяжких телесных? В том числе этой битой? Тебя опознали, Зиборов, понял? Уверенно опознали, трое человек, и под камерой ты засветился. — Насчет трех человек и камеры был явный блеф, кроме опознания, сделанного потерпевшим по фотке (и проведенного против правил), ничего за душой у старлея не было. Но смелость города берет, и полицейский продолжал наезжать на преступника: — Слушай сюда внимательно, Зиборов! В свете происшедшего перед тобой сейчас во весь рост встает одна дилемма. Дилемма — знаешь, что такое?

Задержанный испуганно помотал головой.

— Слово латинское. Оно означает трудный выбор. Или важную жизненную развилку. Для тебя эта развилка заключается в следующем. Или мы с тобой прямо сейчас поднимаемся ко мне в кабинет и там оформляем с твоих слов явку с повинной. Твою, Зиборов, явку с повинной, въезжаешь? В этой бумаге ты чистосердечно раскаиваешься в случившемся, а именно: «Вместе с таким-то и таким-то, по наводке такого-то или таких-то, я, гражданин Зиборов, как тебя там, восемнадцатого октября сего года из хулиганских побуждений совершил нападение на гражданина Кудряшова. (Как раз того мажорчика на «Ауди» из Москвы, которого ты со своим подельником Залесным отоварил.) В ходе нападения я намеревался использовать бейсбольную биту фирмы «Луивиль слага» — вот эту самую биту, которую ты, дескать, притаранил сюда с собой в ходе явки с повинной, — однако, пишешь ты дальше, ни одного удара Кудряшову я, мол, ни ею, ни иными предметами или руками нанести не сумел». Ты понял, как я тебя выгораживаю? Тебя, засранец, хоть ты и не заслужил пока! И потом напишем от твоего лица: «Бил, мол, Кудряшова исключительно один Залесный». Ты понимаешь, к чему я клоню, Зиборов? К тому, что, если мы с тобой сейчас сделаем вид, что ты как бы пришел к нам первым, ты сможешь заложить своего подельника по полной программе. А сам ты, получится, ни в чем не участвовал, а только стоял и смотрел. Ну, может, только раз на Кудряшова замахнулся. Я и потерпевшего предупрежу, чтоб он лично тебя на суде выгораживал. Ты понял, какой тебе сервис? Тогда, если ты будешь деятельно содействовать следствию, я проведу тебя по статье сто двенадцатой УК, а именно причинение вреда здоровью средней тяжести. А учитывая явку с повинной и чистосердечное раскаяние, получишь ты максимум пару лет, да и то условно. — Капитан сознательно приуменьшал возможные для клиента последствия. — А сегодня я тебя, непосредственно сразу после того, как оформим явку, освобожу из-под стражи, пойдешь себе спокойно домой, пить дальше. Вот такой получится для тебя благоприятный исход.

Старлей сделал паузу и присмотрелся. Похоже было, что слова его падали на благодатную почву. От почвы этой, кстати, воняло нестерпимо. Но он сцепил зубы и решил уж прямо сейчас со всем покончить. Ковать железо, пока горячо.

— Если же ты вдруг встанешь на неверный путь отрицания, будешь молчать и упорствовать, никуда из-за решетки ты, разумеется, ни сегодня и ни завтра не уйдешь. И просидишь не месяц, не год, а как минимум десяточку строгого режима — это я тебе обещаю. И вот почему. Я тебя тогда проведу по более строгой статье, сто одиннадцатой: причинение тяжкого вреда здоровью потерпевшего — он ведь, этот москвич, в коме две недели лежал! Слава богу, спасли вроде столичные медики! А тебе я мало того, что вместо легкой сто двенадцатой впаяю более тяжкую сто одиннадцатую, да еще и часть вторую, с особой жестокостью, или третью, группой лиц по предварительному сговору, а по вышеуказанным частям тебе вообще двенадцать годков светит. И учти: если не ты, прямо сейчас, первым напишешь явку с повинной, я это право передам твоему подельнику, гражданину Залесному, и он, я думаю, своего шанса не упустит. Поэтому давай, дилемма встала перед тобой во весь рост. Или явка с повинной — и на свободу с чистой совестью. Или тебе сидеть предстоит далеко и долго. Ну?!

Зиборов тяжело молчал, прикидывал в уме варианты.

— Предложение одноразовое, — поторопил его капитан, — действительно только сегодня, до двадцати двух часов московского времени. Осталась тебе, — он глянул на часы, — одна минута. Время пошло.

Наконец оппонент тяжело проговорил:

— Ладно, подпишу.

— Пошли.

Торжественно и не без помпы полицейский отомкнул дверь камеры и привел задержанного наверх, в собственный кабинет, который делил еще с тремя оперативниками. Все разошлись, и старлей даже разрешил алконавту усесться на старый, продавленный диван. Брезгливо потянул воздух носом, поморщился, распахнул форточку. Беззлобно проворчал:

— Ты мыться не пробовал?

Потом стал заполнять на компьютере протокол, время от времени отрываясь на наводящие вопросы:

— Итак, кому пришла в голову идея напасть на гражданина Кудряшова?

И тут задержанный не стал, как ожидал капитан, валить все на своего подельника, а неожиданно, хоть его никто ни о чем не спрашивал, высказался:

— Свиргун.

Полицейский ничем не выказал своего удивления, сделал «покер-фейс» и важно кивнул:

— Правильно. Сколько он вам заплатил, подтверди?

— Аванс дал, два фуфыря и две тысячи, а потом, под расчет, еще шесть штук.

Фамилия Свиргуна, вдруг возникшая в показаниях, прозвучала для старлея неожиданно, но его не удивила. Он, как и большинство жителей города, знал этого мужика — хмыря и жлоба, которому после убийства в две тысячи третьем году достался дом семейства Подгребцовых. Тогда Степа Вахрушев был совсем мальчишкой, но слышал разговоры, что не все с наследованием чисто и, возможно, именно Свиргун заказал то давнее двойное убийство. Впрочем, ничего тогда доказано не было, и сводный брательник Подгребцова продолжал наслаждаться жизнью в краснокирпичном особняке, возвышающемся над соседними хатками. По большому счету, никто ни тогда, ни позже особо не возражал — тем более что деловому сопернику убитого, Егору Голышину, удалось отжать себе подгребцовские фирмы. Однако Свиргуна как мелкого пакостника все равно никто в городе не любил.

Вахрушев распечатал на принтере явку с повинной гражданина Зиборова — отразил все те факты, в переводе на человеческий язык, что преступник косноязычно излагал. Правда, время поставил завтрашнее (в темное время суток допрашивать запрещено). Дал подозреваемому показания подписать.

— Я могу идти, гражданин начальник?

— Идти? Да. Я сейчас отведу тебя назад в камеру.

— В камеру?! Ты же обещал, начальник, что домой отпустишь! Я есть хочу!

— Есть? У меня тут соломка с маком завалялась. Не маковая соломка, наркотический препарат, а кондитерское изделие. На вот, жри, пока я добрый.

Он подумал, что напрасно, наверное, приводил злодея наверх — смердело от того отчаянно. И соломки своей было жалко — как и подозреваемый, Вахрушев не ужинал.

— Отпусти, начальник!

— Это ради твоего же блага! Залесный и Свиргун пока не арестованы. А если они про твои показания прознают? И решат тебя замочить?

— Как прознают? О чем прознают? — стал канючить тот. — Ты им, что ли, расскажешь?

— Город у нас маленький. Как я тебя забирал, многие соседи видели. Вечером я тебя забрал, а ночью того же дня взял и выпустил. Почему так быстро? Пипл задастся вопросом. Явно, подумает, это потому, что ты встал на путь исправления и начал деятельно сотрудничать со следствием. И ты думаешь, дружок твой Залесный и, особенно, Свиргун не сложат два и два?

Зиборов кое-что смекнул, потому что перестал ныть, и капитан отвел его назад и запер в камере.

На сегодня хватит, а назавтра, прямо с ранья, он мечтал повторить операцию «явка с повинной» — только в отношении второго подельника, гражданина Залесного. Хотя на особый успех не рассчитывал: практика показывала, что если один из соучастников ломается быстро (как Зиборов), то второй обычно оказывается кремень — должна же в криминальном тандеме быть хоть одна точка силы.

Однако и без признательных показаний соучастника материала хватало. Чего стоила одна бита под кроватью! Эх, еще бы Свиргуна удалось зацепить! Он, как и многие жители городка, нелюдимого и хабалистого хозяина краснокирпичного дома по улице Гайдара не сильно любил.

* * *

Артему, сказала Настя своей названой сестре, сейчас не до баб — и ошибалась.

Да, ему было тяжело, плохо, больно, временами тошнило и даже выворачивало. Да, голова его была по брови в повязке, как в шлеме, а однажды он упросил статную и красивую сорокалетнюю медсестру Гузель на перевязке дать взглянуть на самого себя в зеркало — и ужаснулся. Сквозь наголо бритый и слегка прорастающий череп тянулся пусть аккуратный, но довольно жуткий на вид шрам. А общая слабость по-прежнему выражалась в том, что он засыпал на своей койке при всяком удобном случае, а чтобы дошаркать десяток шагов до туалета, приходилось долго собираться с духом и силами. Однако при этом он испытывал мощную и почти неконтролируемую тягу к дамскому полу. То ли хирург при операции задел в его головном мозге соответствующую важную струну, то ли просто давал себя знать молодой двадцатисемилетний организм.

Не раз и не два посещали его греховные сновидения — и почти всегда в роли искусительницы выступала Настя. Вот он почему-то купается с ней в проруби, вокруг полно обнаженных, прекрасно сложенных и очень разнообразных девиц — есть там и белобрысые, молочнотелые скандинавки, и совсем черненькие, губастые африканки, и мулатки, и тайки. Все нагие, и никому почему-то не холодно, и нет никакого стыда. Но среди всех царит Анастасия, и все понимают это и не берутся никак сей факт оспаривать. И Тема берет Настю за руку, и они вместе с нею прыгают в прорубь — однако вода не обжигает, а, напротив, кажется очень теплой, как было у них на юге...

Или — другой сон, смешной! Он, Артем, почему-то летает — свободно нарезает круги в небе. И вокруг него носятся птицы — быстрые, резкие: ласточки, стрижи. А в руках у него, парящего, — фотоаппарат. И он пытается фотографировать пернатых, старается подобраться к ним ближе, закладывает виражи. И одна из птиц — странно! — одновременно оказывается и птицей, и Настей. И она вдруг начинает прямо в небе ему позировать! Как модель! Кокетливо закрывается крылом, призывно вздергивает головку, раскрывает руки-крылья, словно желая обнять Тему...

Он каждый раз просыпается со сладким чувством и колотящимся сердцем — но при этом наяву ему совершенно не хочется Анастасию видеть. У него нет даже мысли позвонить ей, хотя телефон — вот тут, рядом, на тумбочке. (Он даже представления не имеет, что она здесь, неподалеку от него, в Москве. Думает, невеста по-прежнему в Красивой.) Умом понимает, что надо набрать номер, успокоить, что с ним все нормально и он живой — однако почему-то не может этого сделать. Как будто совершил что-то постыдное. Или как будто она сумеет по голосу, на расстоянии разглядеть его почти беспомощное состояние: с перевязанной головой, распростертого на койке. Ему даже чувство долга повелевает: надо позвонить, а он не слушает. И Настя — возможно, под влиянием снов — сама кажется ему сейчас чем-то вроде видения: очень красивая, очень кокетливая, очень секси. Может, она ему просто приснилась? А может, сама судьба отодвигает его, отводит от нее? Может, пришло время оставить ее позади, как прекрасное воспоминание?

Разве не правду говорят, что жениться надо на девушках своего круга? (Размышляет он дальше.) Может, их будущий союз, о котором они вроде бы условились, мало того, что принесет горести и недовольство родителям, близким друзьям, — и для самих молодоженов-новобрачных станет сплошным и горьким разочарованием? Может, как раз сейчас ему стоит слинять от нее по-тихому — а что, отмазка у него (перед самим собой и перед ней) железная: тяжелая болезнь, едва не окончившаяся самым худшим.

В общем, противоречивые чувства он стал испытывать по отношению к Насте — тело его, особенно если верить снам, тянулось к ней, однако разум малодушно советовал забыть.

* * *

А вот Кристина сама пришла к нему.

Он говорил родителям, что не хочет ни ее, ни кого бы то ни было еще, кроме их самих, видеть. Однако Кристи никаких родителей ни о чем не спрашивала — взяла да приехала. Проявила недюжинную ловкость, чтобы проникнуть к Артему в палату, и даже постоянный пропуск заполучила, дающий основание посещать его в любое время. При том неловко и удивительно вышло: мама и отец могли приходить в госпиталь только в строгие часы посещения, а девушка — которая, по сути, ему никто — когда заблагорассудится, даже ночью.

Молодой человек думал, что станет ее стесняться — как перед кем угодно из «женщин с воли» стеснялся бы своей немощности, страшно бледного своего лица и наглухо забинтованной головы. Но не тут-то было. Кристину он воспринимал почти как члена семьи, как своего парня. И ничего — ровным счетом ничегошеньки — по отношению к ней не испытывал.

Девушка нанесла ему вкусняшек — сама готовить не умела и не любила и в этом со смехом признавалась. Но деньжата у нее водились, и она притащила вкусностей из кулинарии дорогого продовольственного магазина. Аппетита на госпитальную еду у Артема не было — однако салатик «мимоза» из пластиковой коробки (по цене почти тысяча за кило) пошел на «ура».

Мать, когда была у него, говорила о героизме, что проявляла Кристи, вызволяя его из жуткой районной больницы города Казацка. Он напомнил ей об этом.

— Значит, ты решила заделаться матерью Терезой... — сказал со смехом. Невзирая на ее подвиги (и проявленную при этом житейскую самостоятельность и пробивную силу), он продолжал разговаривать с девчонкой свысока. А как иначе! Он старше ее без малого на десять лет! Десять лет разницы! В двадцать-тридцать лет — кошмарный срок. Совсем другое поколение. Он не мог воспринимать ее всерьез. К тому же его не влекло к ней. Нисколько. Ровным счетом.

— Нет, я не буду никакой матерью Терезой. Я старалась только для тебя, — отвечала Трипольская-младшая серьезно.

— Моя мама так впечатлена твоими подвигами! Она бы сама на тебе женилась, если б у нас разрешали однополые браки.

— Твоя мама чудесная! — игнорируя подтрунивания Артема, со всей искренностью отвечала Кристина.

— Я знаю. Но...

А вот что «но», она так и не узнала, потому что тут зазвонил его мобильник, лежащий на тумбочке. Кристина увидела краем глаза, что звонок — от персоны, зашифрованной «А.Б.», и сразу почему-то решила, что загадочная «А.Б.» — девушка, и обратилась в слух. Короткие, неопределенные и словно бы растекающиеся ответы Артема только подтверждали эту догадку.

— Темочка! Милый! — Голос Насти в трубке, с придыханием, довольно низкий, подействовал на него совершенно противоположным образом, нежели во плоти, рядом находящаяся Кристина. Он мгновенно испытал к ней, далекой и бесплотной, мощнейший приступ любви — она, эта любовь и страсть, оказывается, никуда не делась и все время оставалась при нем. — Как ты, мой дорогой, где ты?

— Я в Москве. В госпитале. И мне операцию сделали.

По лицу Артема, по его интонации и легкой полуулыбке на устах Кристина понимала, что, по всей видимости, на другом конце соединения и находится *та самая* — провинциальная разлучница, о которой упоминала Елена Анатольевна и которая могла отобрать у нее парня.

— А я знаю, — проговорила Настя в трубку. — Я все о тебе знаю. Я ведь и в Казацк за тобой ездила. Только немного не успела, тебя уже увезли. А сейчас я в Москве. Ты рад?

— Конечно.

— Тебе неудобно говорить?

— Отчасти.

— Ничего, я сама приеду к тебе. Что тебе привезти?

— У меня все-все есть. Сказать тебе мой теперешний адрес?

— Я все про тебя знаю. Скажи только номер своей палаты и часы посещения.

Односторонние реплики Темы, хотя в них ни слова не говорилось о любви, о многом свидетельствовали для любящего сердца. Они извещали о главном: у парня кто-то есть и отношения там очень-очень серьезные.

Поэтому Кристи дождалась, пока он наговорится, затем сама затеяла с ним пустяшный разговор, а потом довольно быстро распрощалась.

Однако, когда уходила из госпиталя, снова подошла к бюро пропусков. Дама, сидевшая там, уже была прикормлена — иначе как бы девушка разжилась проходкой в медучреждение в любое время дня и ночи! Кристина вообще верила, что любые препятствия, по крайней мере у нас в стране, можно устранить за деньги. И решать все вопросы надо, не «заносясь в гибельные выси»[1] (как писал Булгаков), а на самом низком из возможных уровней — так эффективней получается. И дешевле.

Даме в бюро пропусков девушка скормила насквозь выдуманную историю. Дескать, у ее нынешнего парня есть бывшая, которая никак не может смириться с разводом и терроризирует его. Даже до больницы его довела!

---

[1] М.А. Булгаков, «Бег».

— Она ни перед чем не останавливается и сюда готова проникнуть, чтобы отношения с ним выяснять. А он очень ранимый, после скандалов так переживает, ночи не спит! Тем более так болеет сейчас, трепанация, полчерепа исполосовано. Я вас, во имя его спокойствия и выздоровления, просто заклинаю: пожалуйста, ПОЖАЛУЙСТА, не давайте ей пропуск! Под любым предлогом! Карантин говорите или просто запрещено.

— А как ее фамилия?

— Да не важно как. Вы просто никаким девицам для больного Кудряшова никаких пропусков не давайте. Только маме его и папе. Ну, может, бабушкам еще. Всем, кто старше сорока, давайте.

И Кристина сунула в окошко тысячную купюру.

— Ну что вы! Заберите, — засмущалась тетка, однако деньги все же взяла.

— И ваших сменщиц тоже, пожалуйста, попросите об этом. У вас ведь их двое?

— Да, да.

— И им тоже передайте, пожалуйста, — еще две банкноты исчезли в окошке. — Запишите, скажите, я вас очень прошу: к Артему Кудряшову никого, кроме родителей, пусть не пускают.

Неважно, поверила ли в историю Кристины женщина-вахтер. Главное — девушка не сомневалась — тетка поручение выполнит.

Обычно люди из низов, если берут деньги, не подводят.

И замечательно, что удалось решить все на локальном уровне, на первом этаже, не привлекая никаких начмедов или начальников отделений.

* * *

Именно о ту же тетку, получившую мзду от Кристины, споткнулась на следующий день, в часы посещений, Настя.

— К Кудряшову, вторая хирургия, — протянула она в окошечко паспорт.

Спустя минуту копаний паспорт выкинули обратно.

— К Кудряшову посещений нет.

— Как нет?!

— Карантин.

— Почему карантин?

— По гриппу.

— Но вы только что давали людям пропуск!

— А у Кудряшова — карантин! — И оконце с треском захлопнулось. Стучи теперь в него, не стучи — все равно не откроет.

И что, спрашивается, Настя могла подобному непроходимому хамству противопоставить?! Звонить начальнику госпиталя? Жаловаться? Спрашивать, на каком основании? Добиваться правды?

Чего она вообще может сделать, она, безнадежная провинциалка, впервые в Москве, без связей и знания здешних реалий! Послали бы ее начальники еще на уровне секретарши!

Но как говаривал первый в ее жизни возлюбленный — увлеченный гонщик и автомеханик Димка с соседней улицы Котовского... Особенно когда ему удавалось развернуть в моторе какую-нибудь прикипевшую железяку или когда, фатально превысив скорость, уходили они вдвоем на старой «копейке» по проселочным дорогам от «гаишной» погони. А изрекал он обычно афоризм, в пристойном переводе звучащий как: «На любую хитрую задницу найдется болт с левой резьбой!»

Так и здесь. Стоило Насте выйти из бюро пропусков, набрать номер и изложить Артему свои затруднения, как он приказал:

— Стой, где стоишь! Я скоро все устрою!

Она послушно замерла у ворот. Вокруг расстилался парк. Если у них дома, на юге, осень только временами напоминала о себе, то здесь, в средней полосе, она давно вступила в свои права. Деревья полыхали желтым, листья устилали дорожки. Настя начала подмерзать, когда спустя минут двадцать позвонил деловитый Артем:

— Иди вдоль забора госпиталя. По часовой стрелке, если стоять лицом к воротам. Пройдешь метров двести.

Девушка послушно и беспрекословно выполнила его указание. Стремительно темнело, и было даже отчасти боязно идти сквозь натуральный лес, без дорожек и освещения, перескакивая корни и буераки. Забор был прозрачен, состоял из внушительных железных пик трехметрового роста. За ним тепло и маняще разворачивалось главное здание госпиталя — практически все окна — палаты — ярко освещены; кое-где — в пустующих или операционных — светятся синие лампы дезинфекции. А она одна, как беженка, бредет тут, на краю леса!

Потом Настя дочапала до одноэтажного здания без окон — оно возвышалось непосредственно за пиками ограды, подступая к ней практически вплотную, на расстояние метра. Вероятно, в хозяйственной пристройке располагалась трансформаторная подстанция или, страшно подумать, морг. Когда Настя, затаив дыхание, миновала глухую стену сооружения, со стороны госпиталя вдруг протянулась сквозь решетку мужская рука, ухватила ее за плечо и потащила туда, к себе!

Настя испуганно заорала.

* * *

Юля всегда чувствовала себя в электронном мире как рыбка в воде. В школе о ней ходила молва как о крутом хакере. Разумеется, до высот мастерства (как скромно считала она сама) ей было далеко — просто знание кое-каких программ, немного математики, сообразительность и коварство.

Слава в масштабах станицы началась, когда она в девятом классе проникла в электронный журнал и подчистила пару неприглядных отметок себе и подружкам. По правде говоря, хакерства тут было немного: подсмотреть пароль классной, который она, как тетеха, написала, да большими буквами, на первой же странице своей записной книжки. Сам факт проникновения скоро выяснился, оценки вернули обратно — однако о том, кто злоумышленник, никто из взрослых не догадался.

Как не нашелся он и при другой каверзе, когда Юля биологичку (и по совместительству завучиху) по кличке Акула доводила. С Акулой, любившей публично унижать всех неугодных, она поступила круче. Разослала едва ли не всей школе и едва ли не всей станице фотки ее головы, примонтированной к жилистому обнаженному женскому телу (взятому на сайте нудист.ру). Да с подписью: «Люблю загорать нагой на общем пляже. Обожаю, когда на меня пялятся мужчины». Если не вглядываться, и впрямь было похоже, что это именно Акула голая. Тело прифотошопленное подходило ей, как свое. Потом агрилась[1] биологическая завучиха страшно. Даже, как говорят, в краевую полицию, в отдел «К», ездила. Однако полицейские-антихакеры то ли не приняли дело всерьез, то ли не сумели помочь оскорбленной девственности. Спустили на тормозах, хотя Баскакова-младшая, признаться, трусила сильно. Но и концы в воду она прятала умело. Фотки рассылал странный адрес, зарегистрированный где-то в Коста-Рике, далее нити терялись.

Вот и здесь, в Москве, Юля близко к сердцу приняла инфу, что за парнем названой сестры бегает некая фря, и надеялась помочь, отбить, загнобить. Она мечтала о фото Кристинки с кровавыми впадинами вместо глаз или о гифке, где ее родакам бошки отрывают, но потом сообразила: «Да что же я делаю? Что я, лохушка полная?! Ведь ее отец не просто юзер продвинутый, он гений компьютерный, творец лучшего в мире антивируса! Он меня вычислит, как нефиг делать!»

Но от идеи помочь Насте она не устранилась.

---

[1] Злилась.

Оставалось действовать в реале.

Оно опасней, но в данной ситуации, получается, надежней.

* * *

— Тшшш! Что ты блажишь? — сквозь смех зашептал Артем. — Тихо! Иди сюда, ко мне! — И парень сквозь дырку в заборе притянул Настю к себе.

Немедленно она оказалась в его крепких, плотных объятиях и поняла, как же истосковалась по ним. Как была рада быть вместе, рядом, и какое счастье, что он не сгинул, не погиб, что его вылечили, поставили на ноги! И он — здоров и, кажется, весел, и даже проявляет к ней интерес, окружает своими руками и своей любовью!

— Господи, как хорошо, что это ты! — прошептала Настя. — Какая же я была дура! Непроходимая дура и эгоистка!

— Это еще почему? — усмехнулся молодой человек. Он не размыкал объятий и любовно глядел на нее сверху вниз.

— Потому что я тебя в этот несчастный Казацк послала! Не остановила!

— И прекрасно! Я мало того, что все про тебя выяснил — и еще замечательный материал нарыл! Все, как публика любит: побочный ребенок, странное удочерение, таинственное убийство.

— Ага, и по голове получил так, что еле выходили.

— Это уже детали.

Они оторвались друг от друга, и она впервые смогла рассмотреть его — до этого был только исходящий от него милый запах, уже успевший стать родным и теперь круживший голову; только тепло и сила его рук.

— Боже мой! Тебе же холодно!

Родители привезли ему в госпиталь спортивный костюм, но в столицу успела прийти настоящая осень, и сейчас, под вечер, температура падала до нуля.

— С тобой не холодно.

Заметила она и обритую налысо, начинающую отрастать и забинтованную голову, и страшную его худобу, и тени под ввалившимися глазами — нет, совсем не бодрой прогулкой оказалась его экспедиция в город Настиного детства! И ради нее он пошел на такие жертвы! Милый, милый!

Она даже почти не заметила, как произнесла последние два слова вслух. Всегда для нее любовные отношения были только безделицей, в которую она была вовлечена и которой была увлечена в той или иной степени — и даже с Артемом раньше они оставались интересной, сладкой, но все-таки игрой. И только теперь стали жизнью. Естественной, как дыхание. Жизнью, когда о партнере думаешь и заботишься едва ли не сильней, чем о себе самой — порой до полного самозабвения.

— Дурачок, ведь ты замерзнешь! Иди в тепло!

— Пошли.

Он цепко схватил Настю за руку, и они вместе ринулись к главному зданию госпиталя. Навстречу им в полутьме попались три женщины средних лет — вероятно, врачихи, а может, медсестры или поварихи, спешившие к проходной, побыстрее добежать до трамвая, оказаться дома. Все внимательно и ревниво оглядели пару, в их глазах читалось: какой прекрасный молодой человек — болезнь пройдет, а сила и красота останутся, — а вот девчонка, что с ним, парня совсем не стоит, провинциалка какая-то, захомутала обаяшку! (Женщины ведь обычно не считывают, тем более при беглом знакомстве, *за что* парни предпочитают других.) Дамочки, столь любопытные к паре, ничего между тем не сказали ни по поводу незаконного проникновения девушки на территорию госпиталя, ни относительно очевидного нарушения режима со стороны Артема.

Он уверенно вел ее — однако уклоняясь в сторону от сияющего огнями и электронным табло главного входа.

— Там, где есть солдаты-срочники, — со смехом нашептывал девушке молодой человек, — там наверняка имеется и дырка в заборе, и укромные уголки в корпусе.

— Ты сам-то от солдатиков недалеко ушел!

— Обижаешь! Я лейтенант запаса, военно-учетная специальность девятьсот тридцать пять два ноля, офицер психологической борьбы, со знанием иностранного языка. В общем, эмерикэнские солджерсы, — сказал он с намеренным акцентом, — ви есть окружены, сопротыфление бесполезно!

Балагуря подобным образом, он повлек девушку за угол корпуса, а там втащил в неприметную дверь без опознавательных знаков. Вынул из кармана тренировочных ключ и запер за собой — поистине, в госпитале он обжился, — не думала она, что Артем настолько прохиндей!

Света зажигать не стал и по ступенькам потянул ее дальше. Они поднялись в большую комнату — скорее, даже зал, стены которого по периметру были увешаны стендами. (Сквозь незашторенные окна помещение освещали уличные фонари.) Выделялись старые фотографии, нарисованные звезды Героев войны и красные знамена.

— Что это? — прошептала Настя.

— В каждой уважающей себя воинской части должен быть музей.

— А ты к нему какое отношение имеешь?

— Любопытство, моя дорогая, сгубило кошку. Иди сюда.

— Нет, я не могу так сразу. Да и потом, тебе вредно. Подожди. Давай поговорим. Мы так давно не виделись. Я так соскучилась.

— Вот именно, — пробормотал он, властно снимая с нее куртку и одновременно обнимая и усаживая на какой-то стол или парту.

— Нет, стой! Я хочу услышать, что ты узнал. Ты ведь для меня ездил в несчастный Казацк?

— Конечно, для тебя.

— Вот и рассказывай.

И здесь мы оставим наших героев.

Потому что, во-первых, нескромно подглядывать за молодыми, а каждая любовная игра — она ведь интересна только ее участникам, а со стороны выглядит пошлой и занимает одних только эротоманов. А во-вторых, мы уже знаем основное, что удалось выяснить Артему, а именно: семьей Подгребцовых Настя тоже была удочерена, причем в младенчестве, и кто ее настоящие родители, по-прежнему неизвестно; а убийство тех, кого она считала своими отцом и матерью, на самом деле заказал сводный брат Подгребцова по фамилии Свиргун, который нынче прекраснейшим образом расположился в принадлежавшем им доме.

* * *

Юля знала, где Кристина работает, где живет, бывает. Оставалось на первый взгляд незначительное: подкараулить девчушку в тихом уголку. Но это столь малое (в сопоставлении с огромной массой всего, что удалось о ней выяснять), а именно подстеречь, оказалось одновременно и самым трудным.

Проживала ровесница в квартире в Спиридоновском переулке. Старый, начала века, шестиэтажный, замкнутый с четырех сторон дом; на обоих въездах во двор — шлагбаумы; подъезды оснащены домофонами; две или три видеокамеры. Странно, что обычных прохожих пока пускают внутрь двора, не требуя пропуск. Юля приехала сюда однажды спозаранку, вычислила подъезд, где обитает Кристина; сидела на лавочке под облетевшим кустом сирени, мерзла, делала вид, что ждет, играла в телефон; нервы были напряжены, все думала, что вот-вот подойдут, потребуют предъявить документы. Дождалась наконец выхода особы — та сделала по двору, в буквальном смысле, пятнадцать шагов, села в крошечную машинку и была такова. Единственное, что успела и на что решилась Юля, — при свете дня и под прицелом сотен враждебных окон и бездушных объективов сфотила автомобильчик, девичью игрушку. Потом сверилась с Интернетом: фига-се, машина не просто крошка, а, оказывается, «Мерседес Брабус». Вот они, родители-толстосумы, ни в чем девочка отказа не имеет!

Аналогично и возле работы. (Туда Юля, она упорная, наведалась на следующий день.) К шикарному офису подкатило знакомое желтое авто. Припарковалось на охраняемой стоянке. Оттуда выскочила девица и исчезла в хорошо охраняемом билдинге из стекла и алюминия.

Оставалось искать промежуточные пункты. Ясно, что свои рядовые места — где каждодневно обедает или в каком фитнесе качается — девушка постить не будет. Такие телочки только что-то крутое-крутое освещают у себя в блоге — каникулы в Швейцарии или брекфест в «Булошной». Оставалось ждать и следить, когда герла выйдет прогуляться в своем районе.

* * *

Кирилл Косаткин, капитан полиции

Майор Жерехов, участковый из станицы Красивой, оказал мне любезность. Потом, правда, выяснилось, что он попутно и свои проблемы решал — убил, так сказать, одним выстрелом двух зайцев. Ничего плохого в этом нет. Если те, кто на земле работает, не будут многостаночниками — одной рукой преступления раскрывать, другой отчеты писать, третьей профилактировать и так далее, — вовсе успевать не будут.

Короче, привел меня майор к так называемой «квартальной» — гражданке, старшей по тому участку улицы, где проживали Баскаковы — две мои искомые девчонки, Анастасия и Юлия, плюс их матерь по имени Ирина Максимовна. По пути (я подвез участкового на своей тачке) мы договорились, какую легенду скормим квартальной (и значит, прочим соседям), — совершенно не нужно, чтобы об интересе полиции раньше времени узнали сами подозреваемые и насторожились или пустились в бега.

По прибытии оказалось, что квартальная — та самая могутная казачка, которую я случайно застал в кабинете участкового и которая требовала от моего спутника повышенного внимания к своему собственному супругу.

— Что, Семеновна? Полицию вызывала? Вот и мы! — шутейно поприветствовал ее майор.

Квартальная во дворе, в летней кухне, толкла что-то в ступке. Глядя на ее мощно орудующие руки, можно было усомниться в полезности изобретения кухонного комбайна.

— Ой, заходите, Иван Егорыч, — расплылась хозяйка, бросая тем временем на меня настороженные взгляды.

— Твой-то где?

— Где ему быть! Спит, зараза.

— В нетрезвом состоянии?

— А то ж!

— Ладно, потом я его вырву из сладких сновидений да потолкую. Или он совсем хорош?

— Попробуй, Иван Егорыч.

— А пока мы с тобой побалякаем. Вот товарищ — знакомься, из края приехал, из самого Кубанска, по делу. — И он представил меня: «Капитан полиции такой-то».

— Да вы присаживайтесь, я сейчас чай поставлю.

— Присесть мы присядем, а чаю пить у тебя не будем, не обессудь — некогда. А дело у товарища из края следующее. — И он стал излагать сочиненную нами на ходу легенду. — Письмо в край пришло, анонимное, что в населенном пункте нашем — а конкретно в твоем, Семеновна, квартале — происходит натуральное правонарушение. Если не сказать преступление. А именно:

варят тут самогон. А после реализуют его станичникам, получая непомерную прибыль.

— Нету у меня ничего подобного, — решительно проговорила квартальная. — Вино по осени — да, многие делают. Ну, так вино ж не чача. А хотя бы и чача. Все равно на продажу никто не варит. Я б знала, не сомневайтесь.

— А в анонимке, — гнул свое участковый, — даже имя приводится, кто этим промышляет.

— Ну-ка? — недоверчиво переспросила хозяйка.

— Баскаковы, пишут. Ирина Максимовна и дочки ее, Юлька да Настька.

— Брехня, — решительно высказалась квартальная.

— Гонят, пишут, и продают Баскаковы зелье, в особо крупных размерах.

— Быть того не может! Я Ирку — ну, старшую их, Ирину Максимовну — сто лет знаю. Сроду она не станет ни с каким самогоном завязываться. Не такой она человек. Бедная, но гордая.

— А может, девчонки ее? Они как? Выросли ведь уже? Учатся? Работают?

— Настька, старшая, она медучилище в Широком Гае окончила, провизором у нас в аптеке работала. Сейчас, правда, ушла.

— А вторая, Юля?

— Эта тоже официально не работает. Так мне Ирка рассказывала, что обе все лето на юг ездили, на море. Там трудились. Официантками, что ли. Вахтовым методом. Неделю там — неделю дома отдыхают.

Сроду не бывает (подумал я про себя), чтобы официантки у нас на Черном море вахтовым методом работали. Пашут они обычно без выходных-проходных, от зари до зари. И так весь сезон, с мая по сентябрь. Так что про вахты — явное вранье. И очень походит легенда под реальный метод заработка двух девиц — разбой.

— А сейчас они тут, в станице? Давно их видала?

— Нет! Обе в отсутствии!

— Где ж они? Опять на море зарабатывают?

— Не-ет! Тут же какая история! Прямо Санта-Барбара! У Настьки, старшей, жених объявился. Прямо из самой Москвы! На «Ауди» ездит, красной! Он с ней на курорте закорешился. Сюда приезжал. Типа, с мамашкой, Ириной, знакомился. Он ей, Настьке-то, даже дом здесь, в станице снял. Дескать, будем здесь жить с тобой, на Кубани, как короли. А сам уехал. А Настька тут без него пожила-пожила — да за ним подалась. И теперь они, обои, в Москве проживают. И младшая сестрица, Юлька, тоже к ним выдвинулась, в столицу.

Жених на красной «Ауди» чрезвычайно походил на подельника, а может, даже организатора всего преступного сообщества. Неужели теперь девчонки, с ним во главе, решили расширить бизнес и отправились в Белокаменную?

— Так что, — резюмировала квартальная, — не может быть, чтоб Баскаковы самогон гнали да торговали. Девчонок вообще нету больше в станице, а Ирка честно почту носит и пенсии.

Мы с майором переглянулись.

— Ладно, пойду я навещу твоего благоверного. — И участковый надел пропотевшую фуражку. — Там он, в доме?

— Идем, я проведу.

В ближайшую пару десятков минут сквозь распахнутую дверь дома, завешанную марлей, доносились громогласные выкрики (в основном Семеновны), а также прорывалось иногда мерное бухтение моего майора и жалкий лепет оправдания со стороны разбуженного мужа.

— Ирод! Мерзавец! Хватит уже ханку жрать! Я тебе обещала — посажу, значит, посажу!

— Да где я пью? Что я, больше других пью?

— А если мне будут продолжать поступать сигналы о твоем неблаговидном поведении, дело не ограничится в дальнейшем штрафом, а действительно может обернуться сроком и статьей...

Дольше задерживаться мне здесь, во дворе у квартальной — да и в станице Красивой, — теперь, пожалуй, больше было нечего.

Итак, девчонки-Баскаковы бросились в бега.

Самое время поставить на прослушку их телефоны, да и аппарат матери ихней, Ирины Максимовны.

И задуматься: где их искать, на чем брать и как затем изобличать в преступных деяниях?

* * *

Если бы авторы не книгу писали, а снимали фильм, а еще вернее — сериал, вы без труда узнали бы обеих женщин, что ведут сейчас задушевную беседу — в частной бане, расположенной на участке Трипольских на пресловутом Рублево-Успенском шоссе. Закутанные в простыни, раскрасневшиеся, посвежевшие и помолодевшие от процедур, они сидели в предбаннике, утопали в мягчайших креслах и попивали ледяное французское шампанское.

Да! Пиво в бане — фи! Пиво, как говорят, это шампанское для простонародья; вдобавок в том благородном возрасте, в котором пребывали дамочки, следует тщательно контролировать массу тела, а от хлебного-пенного мало того, что разбухаешь фигурой, еще и лицом опухаешь. Поэтому два «Моета» подружки уже приговорили, третий охлаждался в ведерке со льдом. Еще пара дожидалась своего череда в специальном винном холодильнике.

Бокалы в бане имелись прекрасные, плоские, широкие, хрустальные — то, что нужно для благородного напитка победителей и высшего света. Закусывали, из соображений диеты, фруктами: клубникой, авокадо, а также сырами.

Небольшие сложности и неудобства возникали только с откупориванием, немного не хватало под боком мужчины, чтобы хлопал пробками да подливал — но Наташа и сама в этом искусстве поднаторела, и не звать же ради подобной безделицы садовника или шофера, да и недвусмысленно бы получилось. Вдобавок разговор завязывался такой, что явно не предназначался для чужих ушей — тем более прислуги.

Итак, первой из собеседниц (и, если можно так выразиться, собутыльниц) была Наташа Трипольская, жена компьютерного гения Леонида и мама юной Кристины. И если бы, повторимся, у нашего текста имелись безграничные изобразительные возможности — каковые предоставляет сопереживателю искусство телевидения и кино, — вы без труда узнали бы в ней ту самую неудачливую безнесменшу, у которой на первых страницах нашего повествования отжимал бизнес и деньги провинциальный деловой бандит, а отжал в конечном итоге еще не родившееся дитя.

За прошедшие двадцать лет Наташа, на самый беглый взгляд, изменилась мало: то же ясное и чистое лицо, почти полное отсутствие морщин, стройное, отнюдь не расплывшееся тело. Однако тогда, в самом начале нашего романа, осенью девяносто восьмого, ей было двадцать семь; теперь — сорок семь; дьявольская разница! Только женщины, обремененные большими возможностями и повышенной взыскательностью к себе, знают, сколько усилий и трудов требуется приложить, чтобы хотя бы на беглый взгляд оставаться приблизительно на том же уровне, что в молодости! Сколько достается претерпеть боли, страданий, потратить денег! Сколько физических упражнений, пота на тренажерах и беговой дорожке! Сколько диет, курортов, ванн, массажей!

Однако практически все в человеке, как показала современная практика, поддается усовершенствованию — и только одно недоступно деньгам и усилиям. Это — взгляд. Можно сделать сколь угодно качественную пластику век и втирать антивозрастной крем от морщин — да только сами глаза вряд ли поддадутся улучшению и дрессировке.

И взгляд у Наташи — да, переменился. Он потускнел. В нем не светилось больше того огня и задора, что двадцать лет назад. Укатали сивку крутые горки.

Ведь надо было все эти двадцать лет пробиваться, продираться, строить свою жизнь и судьбу — и вот она, как итог, пьет французское шампанское с коллегой-подчиненной в собственной бане, на собственном участке — а рядом возвышается собственный трехэтажный особняк. Да только ничто не возникает из ниоткуда. И если в чем-то, согласно закону Ломоносова — Лавуазье, прибавляется, то в чем-то и убавляется. В данном случае убавилось блеска во взоре, стал он усталым и пресыщенным. И еще — появилась в уголках губ затаенная, тщательно скрываемая боль.

Вторая дама, подруга, выглядела столь же тщательно ухоженной — может, только слегка лишнего веса побольше, чем в Наталье, да пластический хирург оказался похуже, рубцы за ушами сделал несколько шире и безобразней. Вообще-то их никому не видно, даже мужу, но сейчас, когда рядом только подруга и волосы замотаны полотенцем, это делается очевидно. Со второй героиней мы тоже встречались. Это не кто иная, как Елена Анатольевна, мама нашего героя Артема.

После ужасных пертурбаций последнего времени, после того, как ей удалось буквально вырвать единственного сына из лап смерти, и состояние его стабилизировалось и больше не внушало особых опасений, организм матери потребовал разрядки.

А что может быть более подходящим для расслабона, чем банька и посиделки со старой доброй подругой за доброй шипучей бутылочкой!

Подруги познакомились больше десятилетия назад, когда Трипольские только вернулись с мужем из Америки и делали первые шаги в своем бизнесе. Елена Анатольевна помогла Наташе и Лене тогда — всячески помогает и нынче. И за истекшие годы она не дала им ни единого повода усомниться в своей преданности. К тому же важное качество — Кудряшова ни разу не выказала недовольства относительно второстепенным, в сравнении с Натальей и ее супругом, положением в фирме, никогда себя не выпячивала, ничего не требовала, не лезла на первый план, не подличала и не подставляла. Наталья это ценила, платила Елене полной горстью и всячески привечала. А теперь сам Бог велел подругу в очередной раз отблагодарить, помочь расслабиться после счастливого завершения столь суровых испытаний.

Первая бутылка шампанского, как известно, *пробивает* собеседников *на хи-хи* (если пользоваться жаргоном из времен первой молодости обеих дам). Во время второй начинаются задушевные разговоры. Третья сопутствует грусти и приступам ностальгии.

Обе женщины уже обсудили собственных детей, Артема и Кристину. То, что им не просто хорошо бы пожениться, а эта свадьба — на роду написана, давно стало для обеих общим местом. Начиналось все с шуточек лет пятнадцать назад и закончилось нынешними серьезными планами. В то же время и Наташа, и Лена — обе были разумными людьми и понимали, что браки совершаются на небесах. Сверкнет между молодыми искра — все сладится. А нет — значит, не судьба. И вот, казалось бы, все близко, Елена Анатольевна не раз Бога благодарила: Артем с Кристиной на белые ночи в Питер съездили, гуляли, в одной гостинице жили (хотя и в разных номерах). Но потом вдруг — отступление, и молодой человек мчится на юга на машине отдыхать один — точнее, с другом-подонком Андреем, от которого ничего хорошего ожидать не приходится. И привозит оттуда, подумать только, невесту! Это уж ни в какие ворота!

Но сейчас, вдвоем в бане, подруги эту тему не затрагивали. Напротив, расчувствовавшись и разоткровенничавшись, Наталья вдруг поделилась с Еленой давней историей — самой сокровенной своей тайной, о которой знал доселе лишь Леонид, ее муж, и проживающая в Таганроге мама. В истории фигурировал страшный долг в долларах, взятый аккурат перед кризисом девяносто восьмого года; неликвид электроники, зависший на складах; тикающий счетчик; сбежавший от трудностей бойфренд; кредитор-бандит. А потом — последний градус беременности, рождение здоровой девочки и ужасный обмен: красивая хорошенькая новорожденная в обмен на долговые расписки.

Когда Наташа Трипольская завершила свой рассказ, Елена Кудряшова вскричала:

— Поразительно! И ты, Наташенька, так ничего и не знаешь, где она, твоя первая дочка? Что с ней?

— Ничего. Все следы потеряны.

— И ты не пыталась ее найти?

— Пыталась. Еще как.

— И?

— Ничего.

На глаза Елены навернулись слезы. «Бедная моя», — погладила она руку подруги.

* * *

Юля понимала, что никаких «червей» и «багов» в компьютер Кристинки Трипольской запускать нельзя — с таким папашей, как у нее, гением компьютерной безопасности, сама вмиг на крючке окажешься. Наверняка батяня снабдил всю свою семейку надежными и современными средствами против взлома.

Но ознакомиться с перепиской Кристинки хотелось. Да не просто хотелось, насущно необходимо было, чтобы больше не тыркаться вслепую, ее выслеживая.

Где-то Баскакова-младшая читала (а она постоянно потребляла массу самой разнообразной информации), что человек обычно, когда придумывает пароль для почты, мессенджеров и соцсетей, первым делом использует очевидную глупость и легкотню. К примеру, самый популярный в мире пароль — та-дам! — «1234567890». А еще «qwerty». Но если у юзера имеется хотя бы минимум мозгов, он все-таки хоть на минуту задумается. И в этот миг подсознание обычно подсказывает нечто глубинное, важное, значимое. (Так говорилось в специальном исследовании.)

Когда Юля впервые узнала это — давно, с полгода назад, — решила проверить. И что же? У мамаши ее родной, Ирины Максимовны, паролем оказалось именно ее, Юлькино, имя. Плюс ее же год рождения: julia2000. Узнав, что имеется в виду не Настя, не кто-нибудь (и не что-нибудь) еще, она втайне возликовала: получалось, мамочка ее больше всех любит!

У Анастасии пассвордом значилось: freedom001 — и тоже сводной сестрице подходило, ведь совершенно понятно, что главной для нее всегда была свобода и одновременно — лидерские качества (отсюда, видать, появилось 001).

И у самой Юли — сама она раньше об этом не задумывалась, а оказывается, прорвалось: brilliant77. Семьдесят семь — номер их дома в станице Красивой; да, согласна, для нее дом и мама — высшие ценности. А вот почему brilliant? Сроду она не мечтала о бриллиантах — разве что в самом общем виде, как о богатстве. Или дело в том, что по-английски это слово означает «блестящий»? А ей всегда хотелось стать именно такой — во всем самой лучшей?

Теперь, в Москве, Юля взялась за взлом Кристинки. Для начала решала прокачать ее «на блондинку». Нет, 12345... и тому подобные сочетания в качестве пароля не подошли. Как и «qwerty», с любой раскладкой клавиатуры. Все-таки папаша, значит, вбил ей хоть какое-то представление о компьютерной безопасности.

Теперь оставалось гадать, что у нее на уме.

Первое и самое очевидное было: artem и год рождения.

Нет, не прокатило, ни с какой раскладкой, ни с одной цифирью, имеющей к парню отношение — 91 или 1991. Юля испробовала дату рождения в разных комбинациях — опять не то.

Потом тестила Natasha, papamama, Leonid, вводила домашний адрес девчонки — все мимо кассы.

И готова была уже опустить руки, когда вдруг взбрело ей в голову применить простую, хотя и длинную комбинацию: ArtemKudriashov1991. Она несколько раз играла капслоком и цифрами, как вдруг — вуаля! — ящик крали распахнулся!

Вдобавок выяснилось, что крошка не заморачивалась и тот же пассворд применила во всех своих мессенджерах.

Столько усилий Юлька потратила — а признаться, ничего особо интересного внутри не оказалось. Разве что пара фоток топлес и довольно страстная переписка с каким-то задротом с ником Afiggennyy– однако ничего особо криминального эпистолярный жанр не выдал: давно известно, если с кем влажно чатишься в Сети, наяву обычно вряд ли получится, весь пар в свисток уходит. К тому же переписка затухла год назад. Но если ее подсунуть невзначай Артему... Да еще подать в правильном соусе... Кто знает, как он переменит отношение к своей боевой соратнице Кристине... Юля на всякий случай скопировала чат — она подумает о нем завтра.

Главное ведь во взломе было, что теперь не надо физически следить за девушкой. Она сама все выкладывает: когда собирается идти, куда и зачем. И вот это было для Юли самое главное.

* * *

В один из прекраснейших вечеров в военном госпитале, когда здоровье Артема наладилось настолько, что он смог регулярно встречаться с Настей, проникавшей к нему прежним контрабандным путем, они оба совсем потеряли осторожность. Мало того, что женихались в музее воинской части, в который молодой человек получил неограниченный доступ в вечернее и ночное время, потом он еще потащил девушку в корпус — показать, как он там устроился, познакомить с соседом по палате. И в коридоре (по которому парочка беззаботно шествовала в обнимочку) нос к носу столкнулись с родной Артемовой матерью (и, возможно, будущей свекровью) Еленой Анатольевной Кудряшовой.

Старшая из женщин не выказала никакого удивления и ничем не выдала своих чувств — что значит гигантский опыт жены дипломата и главбуха фирмы! Но, конечно, сразу проинтуичила ситуацию: и то, что молодые люди, судя по всему, сходятся в госпитале далеко не первый раз; и то, чем они только что занимались; и еще ей стало ясно, что они любят друг друга — или, по крайней мере, так думают.

Артем между тем на минуту смешался и оттого заговорил несколько более развязно, чем обычно, и несколько больше, чем намеревался, выдал матери информации:

— Вот, маман, прошу любить и жаловать. Моя девушка, можно сказать, невеста, Настя Баскакова. Настя, познакомься с мамой, ее зовут Елена Анатольевна. Настя у нас с юга, из прекрасного Кубанского края.

— Здравствуйте. — Смущение девушки вылилось в неестественное, совершенно не свойственное ей насмешливое высокомерие.

— Много о вас наслышана, Анастасия, — довольно ядовито отвечала старшая из женщин.

— Что ж, я уже долго здесь, в госпитале, сегодня пробыла. Оставлю тебя, мой милый. С мамочкой.

И, не давая Артему времени опомниться и возможности возразить, Настя чмокнула молодого человека в щеку, решительно развернулась и бросилась к выходу.

Несколько ошарашенный, Кудряшов-младший проводил маму в свою палату. Его соседа на месте не было, и Елена Анатольевна, даже неожиданно для себя, дала эмоциям волю.

— Что ты творишь?! — набросилась она на сына. — Ты так пострадал — едва выжил! И все из-за нее! Из-за блажи этой девчонки! Тебя с таким трудом поставили на ноги! Можно сказать, спасли! Тебе вредно волноваться — еще совершенно неизвестно, как в дальнейшем скажется на тебе, твоем мозге и твоей личности, это оперативное вмешательство, а ты!.. Вместо того чтобы поберечь свой организм, пускаешься во все тяжкие! Ты самым беспардонным образом нарушаешь больничный режим, превращаешь госпиталь, в который мы с отцом тебя с таким трудом устроили, в самый настоящий вертеп, в публичный дом! Думаешь, никто здесь не в курсе твоих тайных свиданий? Твоих похождений, за которые нам с отцом приходится краснеть?!

— Мама, хватит! — страдальчески поморщился молодой человек.

— Нет, не хватит! — Елена Анатольевна, если бы даже специально взялась, вряд ли могла упомнить, когда говорила с сыном на столь повышенных тонах. — Нет, Артем! Не хватит!! Неужели ты слеп? Неужели ты не видишь? Не видишь, что собой представляет эта девчонка?! Разнузданная провинциальная девка! Ведь связь с ней — это натуральный, настоящий путь к гибели!!

— Мама, перестань! — Тут и Артем, вечно спокойный и покладистый, вышел из себя.

— Нет, не перестану! Я буду бороться за тебя! И отца на эту борьбу мобилизую! И всех твоих друзей! Потому что тебе, после такой тяжелейшей операции, в самом начале длительного восстановительного периода совершенно противопоказаны любые излишества — тем более *такие*!

— Ладно, мама, хватит, я не желаю с тобой разговаривать в подобном тоне!

— Юпитер, ты сердишься, — саркастически продекламировала Елена Анатольевна, — значит, ты не прав!

— Сердишься ты! Ты, ты! И вообще, зачем ты ко мне сюда явилась?! Я тебя не звал!

На этой, самой горячей ноте в палату зашел, как к себе домой — да, в сущности, она и была его пусть временным, но домом, — сосед. Радушно поздоровался с гостьей, с ходу понял, что не вовремя, однако по инерции дошел до своей тумбочки, взял с нее книгу и быстро-быстро удалился в коридор.

Запал ссоры был сбит, и слава богу. Другим тоном, гораздо более спокойным, однако ледяным, мать продолжила:

— Я прошу тебя, Артем, задуматься над своим нынешним поведением. Ты у нас с отцом единственный сын. И мы не можем тебя потерять. — Тут ее голос дрогнул, однако она докончила: — Мы ведь чуть тебя уже не потеряли.

— Я провожу тебя.

— Пожалуйста, не трудись.

И она оставила Теме на тумбочке коробку пирожных — его любимых, овсяных — и вышла из палаты.

* * *

В пятницу, в преддверии уик-энда, Кристина собралась в ночной клуб.

Об этом Юля узнала из ее мессенджера.

С двумя подружками они договорились встретиться для начала в баре «Фагот-Коровьев» — слегка кирнуть, а потом уже выдвигаться в заведение.

Не сходя с места, Баскакова-младшая проверила по карте местоположение «Фагота» — получалось пешей ходьбы от дома девчонки двести сорок метров.

Вряд ли будет вызывать такси или лимузин, пойдет пешком. Даже несмотря на ночь. Центровые москвичи — они такие. Уверены в себе и в собственной безопасности. Думают, раз богатые, ничего плохого с ними случиться не может.

Это они напрасно.

В означенный день Юля незадолго до полуночи приехала в район Патриарших. Прошлась по Спиридоньевскому, свернула на Малую Бронную. Видеокамеры имелись только над подъездами, будем надеяться, они ее не зафиксируют. Но на всякий случай Юля нахлобучила бейсболку с длинным козырьком — это здорово скрывает лицо.

Вернулась назад, к той подворотне, из которой должна была выйти Кристи.

А вот и она. Вечерний макияж. Укладка. Коротенькая юбочка, высоченные сапоги на платформе, сверху — длинное распахнутое пальто. На каблуках выше Юли почти на голову. Марширует, как по собственному коридору — хотя в принципе, наверно, так оно и есть: она у себя дома. По лицу Юли скользнула легким, не запоминающим взглядом. Небось подумала: невзрачная, плохо одетая провинциалка.

Ну, ты у меня попляшешь!

Почти на углу Спиридоньевского и Малой Бронной Баскакова-младшая догнала ее.

Прохожих никого нет, а светом все залито. Лишь изредка проползают лимузины. И все кафе, где кофе пятьсот рублей чашка стоит, полны людьми.

Кое-где народ толпится у входа, покуривает.

Юля догнала Кристи, приноровила к ней свои шаги.

И уткнула девчонке в спину лезвие ножа — все должно быть по правде, всамделишно. Пусть узнает, как страшно становится, когда острая сталь упирается в жизненно важные органы, — Баскакова однажды проходила это, до сих пор при воспоминании сердце колотится. И тема та же была, что сейчас: вдвоем с одной овцой парня не поделили.

Вот пусть и эта фря узнает, как надо, не понарошку, защищать свою любовь.

Прошипела:

— Иди дальше в том же темпе. Тихо, спокойно. Не оборачивайся! И не беги! И слушай, что я тебе скажу. Только очень внимательно. Итак, я знаю, где ты живешь. На чем ездишь — «Мерседес Смарт Брабус», номер такой-то, — Юля без запинки произнесла цифры-буквы. — Знаю, где ты работаешь, чем заняты по жизни твои родаки, Наталья Борисовна и Леонид Михайлович Трипольские. Так вот, если ты хочешь, чтобы они оба, отец и мать, оставались живы и здоровы, отвали от Артема. Забудь его. Просто забудь. И не подходи к нему больше. Поняла? Еще раз: хочешь, чтобы родители твои были живы-здоровы, — держись от него подальше. Усвоила? Скажи, если «да». Или просто кивни.

Горло Кристинки сдавила судорога — это было видно. Она не сумела выдавить ни слова, лишь мелко и часто закивала.

— Иди прямо и не оборачивайся. И дай тебе бог, чтобы это была наша с тобой первая и последняя встреча.

И Юля ловким движением сунула нож в карман курточки, а сама резко развернулась и очень быстро пошла в противоположную сторону.

Кристина довольно долго стояла на месте столбом.

Она и впрямь не на шутку испугалась.

* * *

Если бы не раздоры с родителями, Артем был бы совершенно счастлив.

Врачи пугали его осложнениями, предписывали как минимум в течение года принимать лекарства — однако сейчас у него ничего не болело. Разве что голова иногда чесалась под отрастающими волосами. Оттого, что он избежал неминуемой смерти, и оттого, что его любила Настя, а он любил ее, молодой человек почти все время находился в эйфории. Счастливым просыпался, счастливым засыпал.

И даже начал потихоньку работать. Перебрал фотографии последнего времени, сделанные на юге. Кое-какие опубликовал в своем блоге с короткими, емкими и остроумными подписями. Сфоткал для своего интернет-журнала нескольких госпитальных врачей и медсестер. Зарисовки о хороших людях стали новым жанром в его практике.

Потом снял собственное селфи в антураже клиники, с перевязанной головой — снимок заслужил несколько тысяч лайков, сотен перепостов, около тысячи сочувственных комментов.

Сосед по палате не мешал, процедуры и анализы заканчивались до обеда. Всю вторую половину дня Кудряшов был предоставлен самому себе.

Работалось ему запойно, взахлеб, и все удавалось. Жаль только, самая главная и интересная история — ради которой он оставил Настю и ездил в Казацк — пока не закончилась. Так что ничего публиковать об этом было нельзя. Однако и тут, как специально, позвонил из райцентра полицейский Степан Вахрушев — именно по его просьбе Артем опознавал по фото напавших на него негодяев с битой и арматурой. Старлей сказал молодому человеку, с чувством собственного достоинства, но и с определенным почтением:

— Дело по нападению на вас передается в суд. Два злодея, которых вы опознали, Зиборов и Залесный, под тяжестью улик в содеянном сознались. Ваши показания суд сможет заслушать дистанционно — вы ведь готовы их дать?

— А зачем они кинулись на меня, вам известно?

— Вот тут самое интересное. Обвиняемые показали, что их нанял Свиргун.

— Нынешний хозяин того самого дома, где раньше жила Настя?

— У вас хорошая память.

— Еще бы! Виделся я с этим оглоедом. А для чего он меня заказал?

— Сам он держится как кремень. В полную ушел несознанку. Все отрицает. Но, думаю, мотив у него имелся следующий: опаска, что всплывет то старое дело, убийство семьи Подгребцовых. Что вы его раскопаете.

— А еще один ханурик? По фамилии Сопелин? Который с передозировкой в вашу больничку загремел?

— Откачали его. Я впоследствии Сопелина допросил. Но он тоже в полное отрицалово ушел. Никакого Свиргуна, говорит, тогда, пятнадцать лет назад, и рядом к убийству не лежало.

— Так ведь Свиргун этого Сопелина отравил! Я сам видел, как он в квартиру к нему приходил!

— Все Сопелин отрицает. Никакого, говорит, отношения Свиргун ни к чему не имеет.

— Засранец!

— Вот именно. А доказательств у нас никаких... И я вот чего думаю: вы, товарищ Кудряшов, популярный блогер, десятки тысяч подписчиков и все такое. Может, вы ту старую историю, про убийство Подгребцовых, сделаете достоянием гласности? У нас в городе ее точно прочтут. А коли прочтут, может, кто-то что-то вспомнит? И потом вдруг придет и показания даст. Мы ведь дело о том давнем двойном убийстве все равно заново возбу́дим. Оно срока давности не имеет.

— Впервые я слышу, — улыбнулся Артем, — чтобы сотрудник полиции хотел, чтобы какое-то дело возбудили, а не наоборот.

— Сотрудники полиции разные бывают, поверьте мне.

— А я ваш социальный заказ — написать о том деле — понял и воспринял. И он совпадает с моими собственными устремлениями.

* * *

Спустя три дня в блоге Артема появился пост, впоследствии — скажем, забегая чуть вперед, — перепечатанный многие тысячи раз, в том числе не одним *настоящим* средством массовой информации. Большой журналистский материал, обильно оснащенный фотографиями, начинался так: «Во второй раз Настя осиротела в пятилетнем возрасте...»

Далее рассказывалась ее предыстория: новорожденная девочка была усыновлена бездетной семьей богача Михаила Подгребцова, проживавшего в кубанском городе Казацке. В конце девяносто восьмого года Подгребцов, сколотивший состояние на водке и семечках, появился на пороге своего особняка в этом райцентре с девочкой на руках. Как уверяют, сказал супруге Ольге: мол, лично я не имею к ней никакого отношения, но ее родили специально для нас, она из хорошей семьи, здоровой и умной, на нее написан отказ, и мы можем вырастить ее и воспитать как собственную дочку. Жена Подгребцова привыкла ни в чем и никогда супругу не перечить. Хоть у нее и были лелеемые в душе собственные идеи и планы, как решить проблему бесплодия (а именно выбрать и усыновить в детдоме ребеночка), возражать она Михаилу Николаевичу не стала. Постаралась полюбить новоявленную дочку и воспитывать как свою. Вот только формальностями супруги пренебрегли — так и не зарегистрировали девочку в загсе, не дали ей официально имени-фамилии. А зачем? В детсад ее не водили; если заболевала, лечили частным образом. До школы оставалась еще пара лет, чтобы ребенка узаконить.

Но времени внезапно не стало — когда в одну «прекрасную» ночь приемных родителей, Подгребцовых, убили.

Затем Кудряшов в своем блоге подробно рассказал историю преступления. Не утаил и выгодоприобретателя от убийства — младшего брата погибшего Подгребцова по фамилии Свиргун. Поместил он и снимок сего персонажа, сделанный скрытой камерой у калитки краснокирпичного особняка, а также сам особняк. Впрочем, все мысли по поводу того, что гибель Михаила Николаевича и его супруги в первую очередь была выгодна тому, кто унаследовал дом, оказались тщательно сглажены — не хватало еще автору исков за клевету и диффамацию.

В последней части рассказывалось, как сам автор в наше время расследовал давнее преступление; как получил по голове, едва не умер, но был спасен беззаветными усилиями семьи и друзей, а также редким мастерством столичных медиков. Говорилось и о том, кто напал на него — местные ханурики без головы и тормозов, проводилась мысль (также весьма осторожно), что заказчиком преступления, возможно, явился все тот же человек по фамилии Свиргун, проживающий в бывшем доме Подгребцовых.

Материал имел большой успех, однако самая неожиданная реакция на него пришла оттуда, откуда Артем не мог даже представить.

* * *

Кристина, еще недавно мечтавшая выйти за Артема, охладела к этой мысли.

И не только из-за угроз Юльки — хотя и они сказались. Если не в отношении ее самой, то подействовали посулы причинить вред родителям. Почему-то показалось, что девка, на нее напавшая, и впрямь ни перед чем не остановится.

Но раздувать из-за нападения и шантажа дело тоже не хотелось. Лучше все спустить на тормозах. Подумаешь, Артем! Счастье в коробочке...

Еще и непонятно, что там с ним дальше будет. Трепанации черепа даром не проходят. Даже если сейчас у Кудряшова все хорошо (как уверяет его мать, Елена Анатольевна), неизвестно, как сложится дальше. Еще выйдешь за него — а потом окажется, что придется ухаживать за овощем, кормить с ложечки или из сосочки.

Поездка в Казацк тоже не забывалась. Одно дело возвыситься в своих собственных глазах — оттого, что она тут же, как узнала, презрев препятствия и траты, бросилась на помощь своему молодому человеку, попавшему в беду. Однако беспомощный и недвижимый вид Артема... Необходимость менять ему, прости господи, подгузники... Неизвестность, будет ли вообще он жить, а если и выживет, то, может, станет такой, что лучше было бы помереть... Воспоминания обо всем этом не могли не приходить и романтическим чувствам явно не способствовали. Что говорить! Любые девушки, ныне и во все времена, предпочитают победительных и успешных, а не несчастненьких и слабых.

Впрочем, жизнь переменчива. Кто знает! Может, если сгинет куда-нибудь провинциальная любовь Артема... (Почему-то чувствовалось, что она тут, в столице, гостья временная, недолговечная.) Или когда Артем восстановится и травма его рассосется без следа... Тогда можно будет вернуться к нему.

А пока, сведя на ноль общение с Кудряшовым, младшая Трипольская все-таки внимательно просматривала все посты, что он печатал в своем блоге.

И — она не знала, конечно, этого — столь же внимательно читала общедоступные творения Артема ее мать, Наталья Борисовна.

Она давно следила за его творчеством. Сперва, год и два назад, Трипольская-старшая просто интересовалась подноготной парня, с которым встречалась ее дочка. (А где еще столь ярко проявляется характер, индивидуальность, да и подсознательное, как не в творчестве!) Но постепенно писания и особенно снимки Артема ее захватили. Она искренне радовалась, что Кудряшов пусть из больницы, но постепенно возвращается к работе. С удовольствием просматривала его короткие заметки, посвященные госпиталю, врачам, медсестрам, южной поездке. С предвкушением открыла большой материал блогера о давнем убийстве в Казацке.

А когда начала читать и дошла до фамилии Подгребцов, лишилась чувств.

* * *

Кирилл Косаткин, капитан полиции

Взять подозреваемого, а затем впоследствии его расколоть — это одна история.

Колоть ведь можно до бесконечности — вдобавок ни одно признание собственной вины (об этом на первом курсе юрфака учат) не является достаточным доказательством совершения преступления.

Взять злодея с поличным, заполучить неопровержимые улики его преступной деятельности — история совсем другая. Звучит гораздо лучше.

И совсем третья песня — закрыть его не только с поличным, но и одновременно с подельниками. Например, в момент реализации награбленного имущества. О, это не просто песня, а настоящая ария, высший пилотаж, «си» четвертой октавы!

Само собой, после подобного виртуозного задержания гражданину преступнику ничего не остается, кроме как колоться и всех сдавать — а нам быстренько оформлять показания и передавать дело в суд.

Поэтому можно иногда потратить время, силы, да и ночку не поспать, сидючи в засаде, чтобы в результате закрыть разбойника со всеми потрохами. Ведь в конечном итоге усилия окупятся — и ты гораздо меньше возиться будешь, оформляя тех же самых преступников.

Конечно, могут они и НЕ окупиться — если кто-то налажает.

Гараж в станице Запорожской, в поселке биофабрики, опера из райцентра пасли давно. Разработали хозяина, Илью Утяцкого двадцати семи лет, в прошлом дважды судимого за угон автотранспорта, безработного.

С фотографии, сделанной для паспортного стола, на меня смотрел молодой красавец с длинными волосами и порочным лицом.

Как он жил до сих пор, этот красавчег, что делал по жизни — о том свидетельствовал его послужной список. По ранней молодости — пил, покуривал травку, еще по малолетке имел приводы за угоны соседских «Жигулей». Потом гражданин барыга отслужил в армии, вернулся, снова попался, опять на угоне. Теперь уже сел реально. И видимо, там, на зоне, получил дополнительную квалификацию, что помогла ему теперь организовать устойчивое преступное сообщество.

Я напросился поучаствовать в задержании, потому что надеялся, что сумею по ходу дела расколоть гражданина Утяцкого по поводу двух моих подопечных деффок, Анастасии и Юлии Баскаковых.

Друзья из бюро спецтехмероприятий, слушающие в постоянном режиме гражданина Утяцкого из станицы Запорожской, дали нам наводку: сегодня ночью возможен его контакт с перекупщиком краденых машин с Кавказа. Перехваченный разговор был коротким и, несмотря на то что разбойники шифровались, легко читался — слишком незатейливый злоумышленники применяли код.

— Что, «яблочки» у тебя созрели? — спрашивал в трубке голос с гортанным акцентом.

— Есть кое-что, — отвечал гражданин Утяцкий, владелец гаража, находящийся в разработке.

— Тогда подъеду.

— Когда ждать?

— Сегодня.

— Во сколько?

— Как обычно буду. Жди.

И хоть не ясным оставалось, что означает в понимании подельников, «буду, как обычно», мы вместе с «тяжелыми»[1] выдвинулись к станице Запорожской.

---

[1] Силовые подразделения полиции или ФСБ (ОМОН, СОБР и т. п.) — профессиональный сленг российских полицейских.

Гражданин Утяцкий находился к тому моменту под плотным НН[1]. Он сидел дома, в своей двухподъездной шестнадцатиквартирной муниципальной двухэтажке из силикатного кирпича.

Гаражные боксы располагались от его дома на расстоянии метров четырехсот.

Все у них тут, у станичников, близко.

Мы вместе с собровцами расположились в своем неприметном штабном фургоне неподалеку от гаражей биофабрики. Кто дремал, кто гонял подобие тетриса на телефоне или пасьянс раскладывал. Естественно, телефоны у всех были переведены в авиарежим, а то и вовсе выключены — радиомолчание.

Время шло, и мы могли так и ночь напролет просидеть и ничего не дождаться. Засада, мать ее.

Где-то в начале третьего от «Сергея Николаевича»[2] поступил доклад:

— Первый выходит из квартиры.

И все зашевелились, стали просыпаться. И впрямь, куда-то собираться посреди глухой осенней ночи можно только по преступному делу. Конечно, имелась слабая, но вероятность, что гражданин отправляется за добавкой, но он, как мы знали, с вечера не пил. Во всяком случае, ничем предварительно не затоваривался — иначе «наружка» сообщила бы.

— Первый следует к «гнезду».

«Гнездом» мы немудряще законспирировали его гаражный бокс.

Наблюдатель — тот, что с биноклем, — подтверждал через паузы:

— Первый вошел на территорию. Проверяется. Открыл ворота «гнезда». Вошел внутрь. Ворота закрыл изнутри, возможно, запер.

---

[1] НН — наружное наблюдение.

[2] «Сергей Николаевич», или СН, — служба наружного наблюдения, «наружка» (*профессиональный сленг*).

И опять шло время, однако ничего не происходило.

Во время разработки там, внутри, в гаражном боксе гражданина Утяцкого, скрытно побывал сотрудник полиции. И обнаружил «Ауди» Q7 пятилетней давности. Номера двигателя и кузова оказались затерты.

По внешним приметам (черная; на правом крыле вмятина) вычислили: предположительно транспортное средство числится в угоне. Позавчера «Ауди» той же модели умыкнули со стоянки в краевом центре — однако никаких женщин по ходу дела не появлялось, никакой пьянки, никакого кропелина.

Неужели я ошибся? И мое — или, точнее, майора-участкового Жерехова из станицы Красивой — предположение не сработает? И мои деффки к гражданину Утяцкому и его бизнесу отношения не имеют? Или Утяцкий такой многостаночник и на него работают сразу несколько бригад угонщиков? Сестры Баскаковы в том числе?

Ну, ничего, скоро узнаем. Ждать осталось недолго.

Если, конечно, ничего не сорвется. И «кавказский акцент» прибудет, как обещал. И мы насчет «яблочек» его правильно поняли.

В ожидании прошло еще минут сорок. Наконец к въезду в гаражи подкатил черный джип «Гелендваген» с номерами одной из кавказских республик. Не останавливаясь, подъехал к самому боксу, внутри которого ждал покупателя наш гражданин Утяцкий. Из джипа, с переднего пассажирского сиденья, выгрузился внушительный кавказец. Из задней двери вышел второй. Оба нырнули внутрь гаража.

Еще один объект остался сидеть в машине — шофер. Движок заглушил.

Наш сотрудник, второго дня тайно посещавший «гнездо», замаскировал там камеру скрытого наблюдения. Благодаря ей мы теперь видели и слышали, что происходит внутри.

— Ну, показывай свои «яблочки», — приказал кавказец.

— Смотри, — Утяцкий указал на джип, — хорошая тачка, всего пятьдесят тысяч пробег, наверное трехлетка.

— Скока хочешь за нее?

— Тридцать.

— Нет. Восемнадцать.

— Но, Магомет, я без штанов останусь, сам знаешь. Своим людям я должен заплатить? Я им больше дал, чем восемнадцать, всем святым клянусь, в убытке останусь.

— Ладно. Двадцать.

— Хотя бы двадцать семь дай, Магомет, очень тебя прошу.

— Ладно. Двадцать две.

— Без ножа режешь! Но по рукам.

— Давай, расплатись. — Короткий кивок в сторону сопровождающего, который тем временем придирчиво, с фонариком, осматривал авто. Нашел вмятину на крыле, что-то гортанно доложил главному на своем языке.

— Битая она у тебя. Еще тысячу снимаю.

— Побойся бога, я эту вмятину тебе за сто зеленых отрихтую!

— Некогда, чтобы ты мне тут рихтовал. Так и быть, Исмаил, выдай ему двадцать одну и пятьсот.

Исмаил беспрекословно открыл борсетку и вытащил оттуда стопку долларов. Характерно, что он не пересчитывал их — или определял количество банкнот на глаз, или кавказцы заранее знали, какую сумму заплатят за «яблочки», и подготовили купюры.

— Работаем, — коротко скомандовал по рации руководитель нашей операции.

Наш микроавтобус лихо влетел на территорию гаражей, тормознул у бандитского «Гелендвагена». Выскочили «тяжелые». Тут же выволокли из-за руля шофера, уложили носом в землю, закрутили руки.

Те, кто совершал сделку, закрылись в гараже.

Взвизгнула циркулярка, металлическая щеколда отвалилась, одну половинку ворот собровцы стали потихоньку приоткрывать. И тут изнутри раздались выстрелы. Не выдержали нервы у кавказцев. Стреляли из двух пистолетов. Наш длинноволосый злодей, барыга Утяцкий, в панике упал на пол, прикрыл голову руками и отполз за верстак.

Собровцы забросили внутрь, одну за другой, две светошумовые гранаты. Бахнуло знатно — и на экране, и в реале. Объектив камеры заволокло. Разрывы больно ударили по ушам — даже меня, сидящего в автобусе. Изо всех щелей бокса повалил дым. А потом настежь распахнулись ворота, и собровцы выволокли на вольный ночной воздух трех мужчин. Глаза у тех были выпучены, и вид они имели чрезвычайно ошарашенный. Да, кто испытал на себе светошумовую гранату, вовек этого не забудет.

Всех злодеев уложили лицом в землю.

И тут наступил мой выход.

Я выпрыгнул из автобуса и подскочил к гражданину Утяцкому. Схватил его за шиворот, приподнял:

— Кто тебя тачками снабжает?!

Он смотрел на меня выпученными глазами и шевелил губами, словно полудохлая рыбка на берегу. Звука не было.

— Говори: кто крадет для тебя автомобили? Я сейчас порешу тебя на месте, при задержании! Зачем, паскуда, сопротивление сотрудникам полиции оказывал?! Что, не знаешь? Можем стрелять на поражение. Сейчас завалю тебя — мне потом писанины меньше! А хочешь жить — давай колись! Ну, говори, кто на тебя работает?!

— Го-го-го...

— Что?! Не слышу! Кто?!

— Гололобов. Никифор.

Я похолодел:

— А сестры Баскаковы? Анастасия? Юлия? Разве не они тебя тачками снабжают?! Ну, говори!

Опустошенный, он кивнул:

— И они тоже.

Ну, слава богу!

Я отпустил гражданина Утяцкого, и тот покорно лег на землю.

Остальное было делом техники. Я не сомневался, что мне удастся закрепить в дальнейшем его признательные показания.

* * *

Артема с Настей явно кто-то в госпитале спалил.

Ключ от музея — красного уголка, который Кудряшов раздобыл в пользование за три пузыря, потребовали вернуть.

Оставалось встречаться с любимой в палате да уединяться иногда в помывочной-постирочной.

Конечно, неприятие возлюбленной со стороны родителей ранило Артема. Не то чтобы он привык их во всем слушаться — поступал частенько своевольно, однако обычно его поступки, особенно судьбоносные, старшее поколение семьи Кудряшовых все-таки одобряло. А тут такое категорическое отрицание!

И однажды, когда Настя в очередной раз проникла к нему (дыру в заборе, которой пользовались влюбленные, однажды заделали, но как по волшебству появилась другая), так вот, когда они были вместе, молодой человек вдруг сказал:

— У меня есть идея, как сделать, чтобы им, то есть родителям, пришлось с тобой примириться.

— А именно?

— Мне, конечно, странно, что они — в молодости октябрята-пионеры-комсомольцы, а отец даже коммунистом был! — сейчас так в религию ударились. Однако это надо использовать.

И он изложил свой план.

Настя его в целом одобрила.

* * *

Елена Анатольевна Кудряшова была вне себя.

Она позвонила мужу:

— Ты получил?

— Ты имеешь в виду приглашение от Темочки? Да.

— Я не понимаю, почему ты настолько благодушен!

— А что я, по-твоему, должен делать?

— Ты что, не понимаешь? Правда, не понимаешь? Не догадываешься, что означает приглашение от сына пожаловать в церковь?! Да еще в воскресенье в двенадцать часов дня!

— И что же?

— Они собираются венчаться!

— Хорошо, что пока не крестины.

— Если тебе охота изображать из себя дурака, пожалуйста, сколько угодно! Но не сейчас и не со мной! Ты что, не понимаешь, что наш сын собирается венчаться с этой ужасной женщиной, этой глубоко провинциальной Настей, кубанской, блин, казачкой из станицы Красивой?!

— Ты же знаешь, что сейчас не проводят церковных обрядов без свидетельства о браке, выданного загсом.

— Вот именно! И это значит, что формальное бракосочетание, в загсе, они проведут еще раньше! Если уже не провели! Ты что, не понял до сих пор?! Артема надо остановить! Любой ценой! Он собирается совершить нечто непоправимое! Надругаться над своей собственной жизнью! И над нами!

— О, сколько пафоса.

— Что?! Что ты сказал?!

— Подожди. Давай успокоимся.

— Нет, Саша! Тема меня не слушает. И не послушает. Но ты мужчина! ТЫ должен его остановить. Я не знаю как. Придумай. Изобрети план. Схитри!

— Но почему ты отказываешь нашему ребенку в свободе воли? В разумности? Он ведь не малыш, который собрался схватить ручонкой огонь, а мы, вдумчивые и разумные взрослые, должны его упредить. Он живет свою жизнь. Прежде всего — свою. Если сделает что-то неправильное, сможет потом исправиться и жить дальше.

— Такая твоя, Александр, соглашательская позиция уже привела к тому, что мы только что чуть не потеряли сына. Ты забыл, как мы его вытащили после тяжелой, смертельной травмы?! Которую он получил в том числе из-за этой особы? Забыл, как мы с тобой спасали его?! В общем, я сейчас не прошу, я требую: поезжай к нему, уговаривай, умоляй, чтобы он все отменил. Делай что хочешь. Хочешь — арестуй, посади под замок, объяви карантин! Нельзя, чтобы он женился на *этой женщине*!! Обещай мне, что ты сделаешь все ради этого!!

По опыту совместной жизни с Еленой Анатольевной супруг хорошо знал, что бывают моменты, когда необходимо, во имя мира и здоровья, не просто согласиться с ней — но и делать то, чего она требует. Исполнять, несмотря даже на собственное неприятие ее идей и планов и нарастающее раздражение от того, что она вновь навязала ему свою волю.

Кудряшов-старший при том ясно отдавал себе отчет, что обычно в своих требованиях, в какие бы скандальные и неприемлемые формы они ни были облечены, его жена оказывалась права. Ее мощное, почти звериное чутье нередко отводило от семьи различные неприятности. Больше того, когда они фактически оказались в разводе, жили на два дома и даже на две страны — Александр Николаевич продолжал дипломатическую деятельность в Нидерландах, а она строила новую жизнь в Москве, — он не переставал прислушиваться к советам, которые она в процессе непрекращающегося общения, телефонного и письменного, ему давала. Пусть они по форме выглядели сколь угодно неприемлемыми — порой грубыми, нечуткими, амбициозными, — но зато по сути своей почти всегда оказывались верными.

Поэтому бывший дипломат, а теперь преподаватель собрался мчаться, разговаривать с сыном. Но как его найти?

Оказалось, что из госпиталя Артем выписался.

Дома не появлялся.

И мобильный телефон его не отвечал.

* * *

Капитан полиции Кирилл Косаткин

Анастасия и Юлия Баскаковы не таились и не скрывались.

Мы повесили уши на их мобильные телефоны (то есть организовали прослушку).

Прослушка свидетельствовала: гражданки подозреваемые в настоящий момент проживают в городе-герое Москве. Новые преступления не готовят, наслаждаются жизнью. Более того, готовятся к событию весьма торжественному, которое обе вряд ли смогут пропустить.

Планируется оно в столице в ближайшие выходные.

Я написал рапорт о командировке, и наш полкан, начальник управления, как ни странно, его подписал.

Первым же рейсом я вылетел из Кубанска в Первопрестольную.

* * *

Александр Николаевич Кудряшов поиски сына начал с обзвона его друзей.

Ради благой цели дозволительно слегка приврать, считал он. Поэтому каждому приятелю сына вкручивал простую легенду: он никак не может разыскать Артема, а между тем сын срочно нужен — тяжело заболела мать, необходима сыновняя помощь и поддержка. Отец уверен был, что жена, *когда и если* узнает, что он использовал ее имя в подобном контексте, не станет пенять ему — главным для Елены было благополучие сына, ради этого она готова была, и муж знал это, не то что сказаться больной, но и в реальности поболеть.

Кудряшов-старший всегда старался принимать посильное участие во взрослении сына, и координаты друзей Артема оказались в его записной книжке по разным случаям: кто-то приезжал вместе с сыном к отцу в Голландию; с кем-то тот занимался айкидо, и папаня, будучи в отпуске в Москве, возил обоих в секцию и на соревнования; для кого-то он доставал за границей лекарство. Поэтому база данных, чтобы развернуться, имелась. А артистические способности и подготовка имелись хорошие: голос у него в процессе переговоров с друзьями звучал взволнованно, а порой блистал послушной слезой.

И второй оказавшийся в списке приятель сына на уловки отца клюнул — то был как раз казавшийся самым циничным Андрей (тот, что путешествовал с Артемом по югу и теперь встречался с Настиной названой сестрой Юлией). Взволнованный болезнью, якобы происходящей с родной матерью приятеля, он сдал его со всеми потрохами: раскололся, что проживает тот в съемной квартире по адресу Аллея Жемчуговой, дом ***, корпус ***. Он не сказал, с кем делит жилье сын, но Александр Николаевич догадался — трудно было не догадаться: с той самой девкой с Кубани, с кем в ближайшие выходные собрался венчаться.

Теперь оставалось выманить ребенка из укрытия — и, самое главное, найти слова, чтобы отговорить его совершать роковой поступок.

Александр Николаевич понятия не имел, где находится Аллея Жемчуговой, как и о том, что в Москве имеется улица с этим именем. На окраинах столицы он вообще бывал весьма редко — в последний раз, наверное, во времена, когда учился и — случалось, да, случалось — имел разной продолжительности студенческие романы. Но и тогда, кстати, понимал, что крутить можно с кем угодно, хоть с подавальщицей пива в шалмане, но жена — это совсем другое, и ее надо выбирать тщательно и придирчиво, по знакомству и рекомендациям, словно бриллиант в прекрасной оправе. А вот сыну подобное мудрое знание он передать, увы, не сумел.

Кудряшов-старший проложил на навигаторе маршрут. Оказалось, ехать надо в чертову даль, на окраину, почти к самой кольцевой. Впрочем, МКАДом теперь столица далеко не ограничивалась — говорят, даже метро за автомобильным кольцом появилось.

Сам Александр Николаевич дальше ТТК[1] выезжал редко — если только в аэропорты, или на дачу, или во вновь открытые Лужники.

Жаль, что Темка совершенно не понимает, что тем мезальянсом, который он готовит, он, вместо того чтобы возвыситься (как мог бы) благодаря удачному браку, напротив, резко понизит качество своей жизни. Демократизм, равенство и братство, конечно, прекрасны, но во всем должна быть мера. А жениться на простолюдинке, девушке из села, без рода без племени — явный перебор.

Печально. Ты на протяжении своей жизни накапливаешь огромный опыт. Ты готов им поделиться, передать его. Но он оказывается никому не нужен. Александру Николаевичу еще повезло: он преподает. Но его студентов интересуют (если интересуют, конечно) только знания, голые схемы, приемчики, ухватки. А то, что их препод понял, передумал, перечувствовал и что может пригодиться любому, не интересовало никого.

Почему-то ему вспомнился его влиятельный дед, бывший член ЦК и зампред Госплана — когда его списали в отставку, он все сидел на даче и поучал каждого, кого только не встретит на пути: собственную жену, кудряшовскую бабку, садовника, сына, невестку, шофера, горничную, внука... Тогда Александр Николаевич думал, что страсть к нравоучениям — оттого, что дед

---

[1] ТТК — третье транспортное кольцо.

всю жизнь служил по партийной линии, занимался идеологической работой и, пока был в силе, вечно народу лозунги вкручивал — и продолжал на пенсии, по инерции. Но теперь понял: дело не в дедовской профессии, а скорее в накопленном жизненном опыте, который оказался невостребованным.

Как никого не интересовал, включая родного сына, опыт самого Александра Николаевича.

Девятиэтажный блочный дом, где проживал сын (надо надеяться, временно), изо всех сил старался казаться не хуже других: недавно подновленный, подкрашенный, с пластиковыми окнами. Но все лоджии застеклены — кто в лес, кто по дрова, в разную меру вкуса и богатства. Смотрится уродски.

В подъезде, на лестничной клетке и в лифте столь крупногабаритному мужчине, как Александр Николаевич, показалось тесно. Создавалось впечатление, что дом специально построен для какой-то особенной породы *малогабаритных* советских людей. «Боже, — невольно подумалось, — как же здесь помещается совсем немаленький сынуля!»

Тема открыл отцу дверь и ничуть не удивился. Возможно, его успел упредить приятель Андрей.

Квартира продолжала мельчать. Прихожей, казалось, не было вовсе. Оба мужчины, могучего телосложения, заполнили ее настолько, что, казалось, вываливались из нее, словно перебродившее тесто из квашни.

— Заходи, — сказал сын. — Я один.

— А где твоя?

— Не моя, а мои, — хихикнул Артем. — У меня их две. Сестренки.

— Но женишься-то ты на одной?

— Вроде да.

Кухня была настолько крохотная, что чайник можно было поставить на газ, не вставая с табуретки.

— Боже, как вы только тут помещаетесь! — искренне удивился отец.

— После свадьбы мы с Настей собираемся найти что-нибудь побольше. Уже подыскиваем. И поближе к центру.

— Что твоя суженая собирается здесь делать, в Москве? Чем заниматься?

— Она по профессии провизор. В аптеку работать пойдет.

— Институт фармацевтический закончила?

— Колледж. Из института выходят фармацевты. Если должность провизор, то это значит — среднее специальное образование.

— Да, среднее специальное... — вздохнул Кудряшов-старший.

— Разагитировать меня приехал? Отговорить от женитьбы?

— Типа того, — не стал откладывать дело в долгий ящик Александр Николаевич.

— Слушаю твои аргументы.

— Да какие там аргументы? Есть известный закон: жениться следует на девушке своего круга. Так всю жизнь было. Дворянин брал в жены дворянку, купец — купеческую дочь, крестьянин — крестьянку. Революция табель о рангах, с одной стороны, отменила, а с другой — еще более строгими касты сделала. К примеру, когда я совсем молодым был, имел роман с одной девахой, родом из Сибири, — она пивом торговала, и сынок у нее имелся к тому моменту четырехлетний. Погулял я с ней, погулял — но женился все-таки на нашей матери, проверенной девушке, из хорошей семьи.

— Может, зря? Может, как раз с той подавальщицей пива, сибирячкой, ждало тебя настоящее счастье?

— Нет! — с убежденной страстью воскликнул отец и даже руками замахал. — Не дай бог! Пусть другие подбирают в грязи своих Золушек, не мы!

— А чем тебе Золушка не угодила?

— Да тем, что только в сказке эта история хорошо кончается. Ах, принц ее нашел, надел туфельку, оказалось впору. Сыграли свадебку. И — конец фильма. Идут титры, зрители умильно плачут и расходятся... А ведь в жизни история продолжилась бы. Значит, стали жить-поживать принц с Золушкой, добра наживать? Не тут-то было! Сто процентов тебе даю, никакого счастья в этой семейке не случилось. Или, вернее, может, случилось — но длилась гармония и любовь первые семь-восемь месяцев, пока не остыли восторги узнавания. А когда остыли — а они у всех остывают, проверено, в том числе мной самим, — выяснилось, что все то, что умела и чем была богата Золушка — перебирать крупу, мыть полы, растапливать очаг, — теперь, во дворце, никому не нужно. Все делают слуги. Настоящей принцессе нужны совсем иные качества: умение танцевать, гарцевать, вести светскую беседу, управлять замком и подданными. Ничему этому бедняжка Золушка не была обучена. И учиться не хотела. Как следствие, начались раздоры. А где раздоры, там два шага до измен...

— Ну, про измены — это тебе, папуля, виднее, — ухмыльнулся Артем.

— Да, — не стал отпираться отец. — Случался грех. Однако семья наша с мамой между тем сохранилась. Ни тебе, ни матери, ни карьере похождения мои ни разу не повредили. А все потому, что мама наша — высококультурный, интеллигентный человек из хорошей семьи.

— Но все-таки и раздоров у вас хватало, и прожили вы двадцать лет вдали друг от друга.

— Но все равно поддерживали я — ее, она — меня, советовались, о тебе заботились. И даже когда расставались физически, не рвали ментальную и духовную связь. А мать наша мне лично очень помогала — хоть и находилась на расстоянии. И в итоге мы все-таки друг к другу вернулись. И сейчас счастливы... В отличие от принца с Золушкой. Ведь там, если по правде, все закончилось весьма печально. Золушка совершенно не соответствовала суженому по своему культурному, интеллектуальному уровню. Она своими выходками эпатировала и компрометировала весь дворец. В конце концов ее тихонько удавили — по приказу принца, естественно. Проклятое Средневековье, знаешь ли.

— Замечательно. И нечто подобное ты уготовил мне.

— Будем надеяться, ты окажешься умнее.

— Ладно, я понял тебя, отец.

— Скажу еще, от себя. Пока ни мать, ни эта твоя Золушка не слышат. Да, я увлекался и влюблялся неоднократно. Но никогда не позволял этим эмоциям перехлестнуть через край и вести меня за собой. Наоборот, я управлял ими — и, как следствие, имел силы покорять и руководить теми женщинами, которыми увлекался. И это позволило мне сохранить семью, достаточно высокое положение и, как следствие, самого себя. Не надо ставить телегу впереди лошади и позволять чувствам, какими бы они ни казались высокими, управлять собой.

— Ладно, папа. Я тебя услышал. Давай, пей чай.

* * *

Тем временем на другом конце Москвы — точнее, не на «конце», а в самом что ни на есть центре, а именно в прекрасном, стильном офисе, где служила мать Артема, — разговор тоже шел о молодом человеке и его грядущей женитьбе.

А началось так: Наталья Трипольская, жена босса и коммерческий директор (и мама Кристины), пригласила Кудряшову к себе в кабинет.

Как раз муж Леня (с кем она делила кабинет) умотал по делам куда-то в Лондон, Кристинка (которая, напомним, числилась у супругов секретаршей) у матери отпросилась.

— Присаживайся, Елена Анатольевна. — Хозяйка указала на диванчик в уголке.

Здесь, среди цветочков, имелся чайный столик, за которым она (а иногда и муж) принимала особо почетных гостей или любимых сотрудников. Сама вскипятила, заварила и разлила чай.

— Что-то ты, Елена Анатольевна, в последнее время совсем смурная ходишь. Что-то случилось?

От участливого тона Кудряшова расплакалась, а потом не стала перед подругой таиться: новая напасть с Артемом! Его с таким трудом вылечили, поставили на ноги — так теперь он вздумал жениться на той простой девке с Кубани, Настьке Баскаковой! На той самой, что его втянула в мутную историю, которая кончилась его травмой!

— Подожди, Леночка, не плачь.

И она в подробностях расспросила обо всем подругу: что за Настя, кто и откуда.

А выслушав, в свою очередь, рассказала *такое*!..

* * *

Почему-то казалось: если они обвенчаются, то все будет хорошо. Все с их браком примирятся, и родители больше не будут протестовать и вставлять палки в колеса. Известное ведь дело: что завязано на небесах — на земле не развязать. И пусть Артем как современный человек изначально против церковного обряда не то чтобы возражал — просто относился с известным скепсисом, как к чему-то замшелому, устаревшему. Однако пришел в итоге именно к этой идее. Ведь запись в загсе можно оспорить, расторгнуть. Но то, что освящено авторитетом Церкви, отменить и разрушить нынче гораздо сложнее. Тем более что старшие Кудряшовы в последнее время очень стали ко всему религиозному, православному прислушиваться.

Однако требовалось успеть. В конце ноября начинался рождественский пост — значит, до самого Крещения, девятнадцатого января, венчать не будут. Можно было ограничиться записью в загсе и церковное торжество отложить — но и Артем, и Настя хотели решить все разом. Поэтому следовало торопиться: взять напрокат костюм и платье, заказать ресторан, нанять фотографа. А еще — прическа, стилист, маникюр... Хотели сделать праздник красивым, поэтому надо было условиться с певчими, со звонарем. Времени оказалось мало, кот наплакал, казалось, не угнаться — да и сил у Артема после больницы было мало, быстро уставал. Однако предвкушение таинства словно окрылило. Все удавалось. Дела разрешались быстро, без сучка и задоринки, и одно словно само вытягивало за собой другое.

Церковный обряд добавлял хлопот: сначала с Артемом и Настей долго беседовал священник — молодой, примерно Артемового возраста, худощавый парень с аккуратно подстриженной бородкой. Рассказывал про венчание — ведь оно от слова «венец», и венцы, которые на молодых в процессе таинства налагают, означают одновременно и лавровый, символ славы и силы, и терновый, предполагающий обоюдное мученичество и терпение.

И вино, которое им в процессе обряда придется по очереди пить, свидетельствует о том же: делить придется на двоих все — и сладкое, и горькое, и тяжелое.

И еще отец Геннадий (так звали батюшку) сказал, что хорошо бы перед таинством попоститься, а потом исповедаться и причаститься, — и хоть забот без того казалось невпроворот, а оба согласились. Подумали, что иначе праздник будет недостаточно полным.

В итоге ближе к таинству дни и события понеслись аллюром, но все устраивалось как будто само собой.

Настя в церкви долго исповедовалась священнику, все говорила и говорила ему что-то, а Артем смотрел ей в спину и думал: какая она красивая и почему же так долго, откуда столько грехов?

Потом батюшка что-то внушал ей, то серьезно и строго, то с улыбкой. Наконец она вернулась от аналоя — вся заплаканная, но умиротворенная. Отправился исповедоваться и Артем. Потом вспоминалось: лепил какую-то пургу про расхлябанность, собственную невыдержанность, неуважение к родителям.

Однако, слава богу, грехи отпустили, велели готовиться к причастию — и к таинству.

Но до самого последнего момента думалось: а вдруг сорвется? Вдруг что-то придумают, выкинут родители, отчего венчание станет невозможным? Вдруг судьба (или лукавый) криводушно подшутит над ними? Задержит церемонию, отменит, разрушит?

Но нет, все шло словно бы без усилий — как будто по идеальной поверхности скользило идеальное тело, безо всякого трения или сопротивления.

В воскресенье в церкви сначала крестили кучу детей, потом их пеленали и одевали смущенные родители и крестники, а они вопили.

Священник тем временем деловито готовил таинство для Артема с Настей. В повседневной серенькой рясе, он стелил на пол рушник — на который предстояло становиться молодым во время обручения, о чем-то совещался с дьячком и певчими.

Подошли гости, первыми — Юля и Ирина Максимовна. Будущая теща вчера приехала из станицы (Артем выслал ей электронный билет на самолет). Тещенька в скромном, дешевеньком, но новом, с иголочки, платье стояла в сторонке, прочувствованно крестилась, блестела слезами.

Со стороны жениха приглашен был старый друг Андрей.

С Юлей они повстречались перед храмом, словно родные, даже расцеловались. Артем заметил: девушка, похоже, снова влюблена в приятеля.

Родителей Кудряшов хоть и пригласил, но не ждал.

Слава богу, после давешнего визита отца больше не пытаются отговаривать. И не делают попыток отменить, запретить. Хоть и неприятно было, и сердце ныло, что родители не одобряют его брак, и он наперекор им идет, и Настю как его избранницу они не принимают и наверняка не полюбят.

Отец Геннадий переоделся в праздничное. Белые торжественные ризы, сверкающий крест, одухотворенное лицо. Началось таинство. Сперва — обручение. Трижды, как в сказке, менялись кольцами. Настя стояла рядом с Артемом, он видел девушку краем глаза — чистая, скромная, красивая. Пальчики ее, надевая и принимая кольца, подрагивали.

Вдруг какое-то шевеление случилось в храме. Артем скосил глаза. Увидел, что в церкви появились его отец и мать. Оба разряженные, красивые. Мама в новом скромном и стильном платье, явно от кутюр, на голове платок, не иначе как от «Кензо» или «Эрме». Папаня вырядился согласно дресс-коду «блэк-тай»: смокинг, белоснежная манишка, бабочка. Представительный, большой, грозный, словно сам министр иностранных дел.

Ласково оба кивнули незнакомым гостям: Юле, Ирине Максимовне. А мама, Елена Анатольевна, выглядит вдохновленной действом, даже сияет.

Что за странные метаморфозы!

И вдруг произошло новое чудо: рядом с родителями почему-то вдруг возникла чета маминых начальствующих особ: Трипольские-старшие, Наталья Борисовна, сто лет известная Теме как «тетя Наташа», и Леонид Михайлович («дядя Леня»).

«Странно, — подумалось Артему, — с чего вдруг? Мы их не звали. Уж не перепутали ли они, — усмехнулся про себя, — кто замуж выходит? И что Кристинка их тут сегодня совершенно ни при чем?» (Кстати, Кристина в церкви не появилась. Ее родители тоже тащили. Но она помнила холодную сталь на своей коже и... Нет-нет, она не пойдет.)

А Трипольские тоже принарядились — явно не случайно зашли на торжество. И у тети Наташи глаза отчего-то на мокром месте.

Странное явление Трипольских показались удивительным — но сейчас, рядом с таинством венчания, отчего-то казалось, что возможно любое чудо и волшебство.

Обряд выглядел одновременно и простым, и исполненным глубокого смысла. И обмен кольцами, и надевание венцов, и обход вокруг аналоя. И слова на церковно-славянском звучали торжественно, как древняя клятва: «Имашь ли ты, — провозглашал священник, — произволение благое и непринужденное, и крепкую мысль, пояти себе в жену сию Анастасию, юже зде пред тобою видиши?» И тот же самый вопрос ей: «Имеешь ли ты искреннее и непринужденное желание и твердое намерение быть женою этого Артемия, которого видишь перед собою?» И их солидарные ответы: «Имам, отче...» И оттого, что за две тысячи лет миллионы мужчин и женщин повторяли эти слова и движения, казалось, что союз сегодняшних молодых словно бы заключается на веки вечные, а свидетели ему — те, кто жил вчера и позавчера и будет жить завтра.

Когда церемония закончилась, растроганные молодые и гости под радостный перезвон колоколов вышли на паперть.

Фотографировались.

В руках отца, Александра Николаевича, откуда ни возьмись появился букет. Он одарил им Настю. Мать, Елена Анатольевна, ее просто троекратно расцеловала.

Чудеса, да и только.

Букета и поцелуев молодые удостоились и от тети Наташи и дяди Лени Трипольских.

Это тоже выглядело очень-очень странно и приятно — словно волшебство.

Настя и вовсе не могла прийти в себя от изумления.

Однако никто ни у кого никаких объяснений не потребовал, а вновь прибывшие никак не объясняли свое нежданное явление, сохраняя при этом слегка загадочный вид. Довольно любезно все «взрослые», то есть Кудряшовы, Трипольские и Ирина Максимовна Баскакова, прямо у церкви завязали общий разговор — хотя, конечно, москвичи выглядели и держались так, словно снисходят к бедной родственнице из провинции (что, в сущности, соответствовало действительности).

В запланированные два такси вновь прибывшие гости не поместились, пришлось вызвать третье.

Поехали: в самом первом — молодые, за ними в лимузине Юлька с Андреем и Ириной Максимовной, потом все вместе, Трипольские-старшие и Кудряшовы.

— Что происходит?! — вслух дивился в своем такси Артем. — Почему вдруг? Ты что-нибудь понимаешь? Отчего они явились? Все? Мало того, что мои, еще и Трипольские зачем-то!

— А ты что, не рад? — спрашивала Настя. Ей почему-то происходящее казалось (непонятно только почему) в порядке вещей.

Прибыли в ресторан. Попросили раздвинуть столы и принести два дополнительных стула (родителям, на крайний случай, Артем места заказывал, однако Трипольских уж никак не мог предвидеть).

Расселись.

Первый тост провозгласил отец, Александр Николаевич, — за молодых.

А потом слово неожиданно для всех попросила Наталья Борисовна Трипольская.

— Думаю, вы задаетесь вопросом, почему вдруг мы с Леонидом оказались здесь. Не буду ходить вокруг да около, а объясню. — Она глубоко вздохнула, перевела дух и, наконец, объявила: — Судя по всему, ты, Настенька Баскакова, — моя родная дочь.

И тут свадебный пир мгновенно обратился в немую сцену.

* * *

Двадцать лет назад. Сентябрь 1998 года

— Ладно, «тайм из мани», как говорят наши друзья-американе. — Английскую поговорку с чудовищным акцентом заимодавец произнес с видимым удовольствием: мол, мы хоть и из простых, но тоже не лаптем щи хлебаем. — Не будем сопли жевать и задавать друг другу бессмысленные вопросы. Ситуация у нас с тобой такая. Ты со своим сожителем Максом должна мне денег. Макс твой скрылся в неизвестном направлении. А ты, овца, по его долгу ответить не можешь. Правильно?

Подгребцов сделал паузу, но Наташа ничего не сказала. Хотела заплакать, но слезы не шли, да и все равно, она понимала, слезами делу не поможешь.

— Все правильно я говорю, — удовлетворенно сказал сам себе «новый русский». — А ты молчишь, потому что ответить тебе нечем. Денег у тебя нема. Имеется только товар, который ты будешь реализовывать до мамонтовых костей. А мне бабло нужно не завтра, а сейчас. Кроме товара, который неизвестно когда продашь, другого имущества у тебя нет. Барахло, что здесь, да и в основном офисе пылится, я, конечно, заберу. И «девятку» твою тоже реквизирую. Хотя все это копейки стоит. Писи крошки Хаси. Жилья у тебя нет, квартира съемная. Двушка твоей матери в Таганроге, тридцать два квадратных метра, мне даром не нужна.

Наташа была ошеломлена. Подумать только! Кубанский бандит (или бизнесмен?) узнал всю ее подноготную — и что сколько стоит, и про «девятку», и про маму, и про их несчастную таганрогскую панельную двушку в хрущобе.

— Че делать-то будем, крошка? — даже сочувственно вопросил Подгребцов.

— Я отдам, — безнадежно пробормотала девушка. — Макс вернется, и мы все отдадим.

— О, то ли вернется, то ли не вернется, а скорее не вернется — я тебе что, петрушка — ждать и надеяться? Не-ет... — Михаил Николаевич сделал театральную паузу. — Товар я твой, конечно, в счет долга заберу. Но счетчик-то тикает. Проценты растут. И вот в счет процентов ты, крошка, отдашь нам самое дорогое, что у тебя есть. И это не честь девичья — откуда у тебя ей, чести девичьей, взяться на девятом-то месяце! — Подгребцов заржал, сам довольный собственной шуткой. Наташа молчала.

— НО! — кредитор воздел два пальца в бандитскую козу-дерезу, сверкнул перстень с бриллиантом. — Есть ведь у тебя сейчас кое-что, чем можно умело распорядиться. — И бандит указал перстом на ее живот.

* * *

Наши дни

В ресторанчике молодым накрыли пусть в небольшом, но отдельном зале. И хоть явились неожиданные (да и, прямо скажем, незваные) гости — Наталья Борисовна и Леонид Михайлович Трипольские, — места хватило всем.

Официант своим присутствием гостям не докучал. Они сами подливали себе напитки, подкладывали кушанья. Получалась камерная обстановка, всего девять человек. И все собравшиеся, как следовало из только что прозвучавших слов Наташи Трипольской, между собою оказывались родственниками!

Разумеется, многим не терпелось узнать, как подобное могло случиться, и мать Кристины (и, возможно, Насти) начала свой рассказ:

— Когда я была совсем молодой и глупой, я уже выходила замуж. Точнее, официально мы не были расписаны, все готовились и собирались сделать это как можно ярче и красивее... Во всяком случае, я мечтала, как пойду под венец, а вот он... Хотя я в ту пору считала его своим супругом...

Его звали Макс. Он был старше меня, красивый, состоявшийся, уверенный в себе. Именно он подбил меня уйти с работы и заниматься вместе с ним бизнесом. Тогда, в девяностые, когда к нам только пришел капитализм, основные состояния наживались в торговле. В стране был еще совершенно не развит рынок, люди покупали все подряд, что ни привозилось из-за границы, с Запада или Востока: телевизоры, памперсы или шоколадные батончики. Обычной нормой прибыли было «два конца», как тогда называли двести процентов — то есть, если ты за сто рублей товар купил, за двести надо продать. Если получалось меньше, значит, ты лох, только зря гоношился. Но порой случалось поднять даже больше. У нас с Максом в те времена довольно долго дела шли только в гору. Поэтому мы сняли хорошую квартиру в центре, купили мне машину. Завели два офиса — один основной, в центре, а второй запасной, резервный, на всякий случай — на окраине... Ездили отдыхать в Ниццу, Париж и Эмираты... Словом, процветали... Я забеременела... Ждала малышку, но продолжала работать и собиралась трудиться до последнего дня — очень мне в ту пору делание денег казалось увлекательным процессом. Слух ласкали новые диковинные термины: таможня, поставки, накладные, коносаменты... Мы с Максом сами себе были и снабжением, и менеджментом, и маркетингом... А потом вдруг случился кризис августа девяносто восьмого года. Правительство во главе с Кириенко (которого тогда прозвали «киндер-сюрпризом») объявило дефолт по долговым обязательствам, и буквально в один день рубль обесценился в четыре раза. Вчера доллар стоил шесть рублей, а уже завтра — бац! — двадцать пять. И так получилось, что буквально за полмесяца до тех событий Макс для нужд нашего бизнеса взял большой кредит в долларах. Ну, как кредит... Банковская система тогда была в стране не развита, и занимали обычно наликом — у богатых людей, под расписку. На короткий срок и под грабительский процент. До ста процентов годовых в долларах доходило! Все так работали, и мы тоже. Но в тот раз, помню, я что-то будто чувствовала, уговаривала Макса: давай повременим, что-то грядет, экономика нестабильная, рынок ГКО может рухнуть —

но он ничего слышать не хотел: берем, и все тут. Ну, взяли «зеленые». Купили на доллары в Китае бытовую технику, электронику. Долго ли, коротко ли — привезли эти товары в Москву. Растаможили. Надо продавать. За кредит рассчитываться. Прибыль получать.

И тут — кризис. И вот, представьте: вчера телевизор стоил в магазине триста долларов — или примерно две тысячи рублей по курсу. А после дефолта триста долларов стали означать где-то восемь тысяч. За такие огромные (как в тот момент казалось) деньги никто ничего покупать не мог и не хотел. Потом-то все равно народ привык, стал брать — но пока притерпевались, у всех продажи просели, на три-четыре месяца как минимум. А то и на полгода-год... Кто из покупателей раньше планировал телик менять — у того либо денег не стало, либо решил повременить, неизвестно ведь, как там дальше будет и на что ему бабло может понадобиться. Короче, никто ничего не покупает. А нам — кредит отдавать. Прямо завтра. Счетчик тикает. А я беременная, на девятом месяце.

Гости слушали с неослабевающим вниманием, оставив угощение. Только Леонид, супруг Натальи, как видно, с историей этой знаком был, и она ему особого удовольствия не доставляла. Морщился, позевывал, прихлебывал виски из бокала. А Трипольская продолжала:

— Макс тогда нашу ситуацию проинтуичил, как потом выяснилось, очень быстро. И решил просто исчезнуть. В один прекрасный день я возвращаюсь из женской консультации, а на столе записка: «Прости меня — и не ищи. Я уезжаю, сам еще не знаю куда. Наверное, за границу». Вот так и осталась я у разбитого корыта, с пузом и огромным долгом.

Что мне оставалось делать? Сначала я решила от кредитора скрыться: какая-то небольшая заначка наличными у меня была. Думала уехать — в Питер, Казань, Омск... Но не успела даже понять, куда направить свои стопы, как меня нашел мой заимодавец. Был такой провинциальный мини-олигарх со всеми повадками бандита — Михаил Подгребцов.

Шум прошел среди гостей. Фамилия эта, Подгребцов, стала в последнее время очень даже знакома Артему, а Ирина Максимовна и вовсе была ему родственницей. И Настя до недавнего времени почитала Михаила Николаевича как отца.

Все собравшиеся обратились в слух.

А Трипольская-старшая продолжала:

— Он выследил меня и предложил сделку. Он оптом в счет долга заберет у меня всю закупленную продукцию, а вдобавок...

Октябрь 1998 года, Москва

Редко когда Наташа чувствовала себя настолько тяжело и неприятно, как в те дни после родов.

Она была никчемной, невзрачной пылинкой. Ничтожной тварью, недостойной самоуважения.

Пакостницей, сломавшей самое дорогое: мало того, что собственную жизнь, но еще и судьбу своего ребенка, которого она теперь никогда не увидит.

Возможно, если бы она рассказала о своих проблемах врачу, ей поставили бы диагноз «послеродовая депрессия». И объяснили, что подобные состояния часто лечатся тем, что мамаше надо отдохнуть от малыша — возможно, отправиться по магазинам, приобрести обновки. И что болезнь зачастую проходит сама собой — когда младенец немного подрастает, а жизнь, что стала вертеться вокруг него, устаканивается, то есть месяцев через девять-десять после родов.

Но беда заключалась в том, что Наташе *не от кого* было отдыхать.

И не было, *вокруг кого* налаживать свою новую жизнь.

Она лежала на койке родильного дома — вялая, безучастная.

Роддом — да, оказался прекрасный. Наверное, частный, платный. Старинный особняк в парке, где-то в Подмосковье, недавно отремонтированный и приспособленный для новых нужд. Палата у нее была рассчитана на одну персону и оснащена всем необходимым. Включая, разумеется, детскую кроватку.

Которая ей не нужна и которой она не сможет воспользоваться.

За все время, что она провела в больнице, молодая женщина ни разу не видела ни одной другой роженицы, ни единого младенца. Только персонал. Доносились иногда откуда-то отдаленные покрикивания новорожденных либо рев рожающих мамаш — но ни тех, ни других никогда не было видно.

Впрочем, своего ребенка Наташа не видела тоже.

Подгребцов заложил ее сюда дней за десять до родов. Он платил за все. Первым делом Наталье повторили третий скрининг, дополнили его доплерометрией и кардиотокографией. Врач порадовала: «У вас прекрасная девочка, без патологий». Результат, по всей видимости, удовлетворил богатея.

19 октября, в десять утра, она родила.

А вечером того же дня к ней пожаловал человек, которого она раньше никогда в больнице не видывала: в белом халате, с авторучками в нагрудном кармане, с планшеткой, на которой были закреплены какие-то документы.

— Вы кто? — спросила Наташа.

— Я главный врач этой прекрасной клиники, — любезно пояснил гость.

— Я хочу ее видеть. Я хочу видеть свою дочь.

— Поверьте, вам этого совершенно не нужно. Вы ведь решили отказаться от младенца.

— Решила отказаться? Кто вам сказал?

— Это было условием вашего пребывания у нас, — холодно пояснил медицинский руководитель. — Поэтому ни девочке, ни вам не показано, чтобы устанавливалась эмоциональная связь между ребенком и матерью.

— Но что с ней будет?!

— Обычно мы не раскрываем дальнейшие перспективы, но успокойтесь: ваша дочка не попадет ни в какой детский дом. Ее удочерят. Очень хорошая, приличная российская семья. Девочка никогда ни в чем не будет нуждаться. Вам только надо подписать отказной материал. Вы ведь, как я понимаю, не замужем?

— Замужем, — хмуро возразила она.

— Ну, это ВЫ так, наверное, считаете, — холодно улыбнулся главврач. — Формально, по документам, никакого официального супруга у вас ведь нет, не правда ли?

Наталье ничего не оставалось, как согласиться.

— Поэтому довольно будет согласия только одной персоны — лично вас. Прошу. — И он протянул ей планшетку, где сверху имелась отпечатанная на принтере бумага: «Главврачу такому-то от такой-то: отказываюсь от своего ребенка, женского пола, рожденного 19 октября 1998 года». — И вот, кстати, второе письмо: расписка, что вы никогда в будущем не обратитесь в органы опеки и попечительства с заявлением, что передумали и хотите отменить свой отказ. И третья бумага, в свою очередь, защищающая лично вас, где говорится, что в дальнейшем с вас снимается обязанность по содержанию данного младенца.

— А где мои расписки?

— Какие расписки?

— Я задолжала некому гражданину крупную сумму денег. И он согласился простить мне долг в обмен на ребенка.

— Ах это! Ну, я об этой вашей сделке ничего не знаю и знать не хочу. Но вот, постойте, мне просили передать для вас. — И главврач достал из-под планшетной скрепы какую-то бумажку и помахал ею в воздухе.

— Давайте!

— Только после вас, — галантно проговорил белохалатный.

И тогда она все подписала.

А после вырвала из рук доктора расписку, что они с Максом давали Подгребцову, порвала ее на мелкие клочки, упала на кровать и зарыдала.

Мягко ступая, главврач вышел из палаты.

* * *

— Я вышла из клиники на следующий день, — продолжила свой рассказ Наталья. — У меня ничего не было — ни ребенка, ни мужа, ни бизнеса, ни офиса. Машину-«девятку» и ту отобрал Подгребцов — мой кредитор. Имелась только оплаченная до конца месяца квартира, в которой меня никто не ждал.

Октябрь 1998 года, Москва

Большой Каменный мост ей никак не подходил.

Правительственная трасса, рядом Кремль. Не успеешь собраться с мыслями, как тебя арестуют.

Или выловят.

Вот Крымский мост — другое дело. По нему течет Садовое кольцо — три ряда в каждую сторону. Особенной движухи пешеходов обычно не бывает — если это не какое-нибудь народное гулянье в парке Горького, — но в октябре гуляний обычно не случается.

На Крымском никому ни до кого никогда нет дела.

В былые времена Наташа, помнится, читала статью, кажется в «Московском комсомольце» (в прежней, счастливой жизни, еще когда она была вместе с Максом и радовалась жизни), что именно Крымский мост — лидер по числу самоубийц. Почему-то большинство суицидников Москвы устремляются именно сюда. И это, дескать, связано с тем, что проектировали и строили его в разгар сталинских репрессий и тяжелое время метафизическим образом сказывается. Она, помнится, когда прочла, подумала: «Какая чушь!» И еще, подспудно: «Ко мне это не имеет никакого отношения». А вот оказалось — как раз имеет.

Почему-то из всех возможных способов покончить с собой, со своей зряшной, не задавшейся жизнью, Наташу особенно привлекало утопление.

Нет, конечно, выстрел в сердце, наверное, красивее. Поставить точку пули в своем конце, как писал Маяковский.

Однако пистолета под рукой не было, и добыть его возможным не представлялось. Нет, наверное, если бы она захотела, то смогла: в Москве 1998 года достать можно было, в принципе, все что угодно. Но депрессия, охватившая Наташу, была столь глубока, что ей казалось чрезвычайно сложным и тяжелым совершать какие-либо действия за пределами обычных и обыденных, привычных и рутинных (и даже они давались с громадным трудом и напряжением воли): умыться — почистить зубы — одеться — купить себе поесть что-нибудь в магазине.

А из оставшихся вариантов — ни вешаться, ни бросаться с крыши почему-то не хотелось. Очень уж страшными, представлялось ей, становились трупы в обоих случаях суицида. Возможно, утопление казалось ей наиболее привлекательным способом потому, что родилась и выросла она в Таганроге, в окружении воды и моря.

Они и с подонком Подгребцовым год назад сошлись на приморском опыте и на том, что почти земляки, соседи: кубанский город Казацк и донской Таганрог в масштабах огромной России представлялись расположенными почти что рядом. Подумаешь, каких-то четыреста пятьдесят километров! Когда впервые повстречались и, типа, дружили, тот вспоминал и нахваливал пляжи Анапы и Тамани, она — приазовские плавни.

В столице с морем, конечно, была напряженка.

Зато свинцовая, мутная Москва-река — всегда пожалуйста, к вашим услугам!

За аренду жилья Макс еще в августе заплатил до конца октября. В начале ноября, по всей видимости, хозяин, не дождавшись платы, обычно аккуратно вносимой, начнет ей названивать.

Ответа не услышит и тогда явится на квартиру лично — и опять-таки временную жилицу (как и Макса) не обнаружит.

Заругается, а потом вышвырнет Наташины вещи и снова сдаст кому-нибудь двушку в тихом центре, рядом с Патриками.

Возможно, то, что пропала Наталья, обнаружит мама — слово «возможно» поставлено здесь потому, что они расстались в последний раз, вусмерть разругавшись, и с тех пор друг другу не звонили.

Возможно, мамаша станет в итоге Наташу искать.

А может, даже и не будет.

А больше никому она на этом свете не интересна — даже как источник возможных прибылей.

Или — радостей секса.

Сама мысль о сексе (или о прибылях) казалась ей теперь ненавистной.

Наташа доехала до «Парка культуры». Хотя расстояние было примерно равным, почему-то ей представлялось важным, что она пойдет к мосту именно отсюда, а не с «Октябрьской». Почему-то станцию «Октябрьская» она никогда не любила, а «Парк» вечно внушал какую-то надежду.

И вот теперь — надежды нет, но она все равно едет до «Парка».

И погода была в самый раз для самоубийства. Холодный пронизывающий ветер, градусов пять-семь. Временами срывается дождь. В такую холодину явно никто не станет болтаться на открытом всем ветрам мосту.

Довольно быстро девушка дошла до его середины.

Вот и все.

Она взобралась на высокий парапет.

Никакого сожаления или колебания не было. Был только страх — перед неизбежной болью. До воды лететь вниз метров двадцать. Ноги она наверняка сломает. Впрочем, если начинать думать, какой будет агония и сколько она продлится, никогда ни на что не решишься. Надо только сделать глубокий вдох — и прыгать.

— Не советую, — вдруг раздался раздумчивый мужской голос.

Наташа непроизвольно оглянулась. Прямо рядом с ней, на парапете, на расстоянии метров трех от нее, стоял молодой парень. Как он успел подойти и забраться? Она не видела его, не слышала. На вид юный, лет двадцати. Худенький, с тонким носиком и в очочках. Типичный «ботаник» — как тогда, в те девяностые годы, обычно называли усердно учащихся школьников и студентов.

Она нахмурилась, что ей помешали, но невольно переспросила:

— Почему не советуете?

— Утопленник — до чрезвычайности некрасивое зрелище, — со знанием дела пояснил юноша безапелляционным тоном, будто ежедневно видел людей, нашедших свою смерть в водах, причем целыми пачками. — Довольно скоро у тела, пробывшего в воде, начинается мацерация. Это означает, что эпидермис, то есть верхний слой кожи суицидника, набухает и отслаивается. А потом как бы снимается, словно перчатка, причем вместе с ногтями. Вдобавок, если тело пробудет в воде достаточно долго, выпадут практически все волосы. Фумля. К тому же на телах утонувших незамедлительно появляется характерная белая пена у рта. Надо заметить также, что сморщиваются соски, словно у старухи, все тело становится от воды молочно-белым, а трупные пятна делаются ярко-красными, особенно по краям. Словом, ничего красивого. Отвратительное, прямо скажем, зрелище.

— А мне-то что? — возразила она. — Мне уже все равно будет.

— Как знать, как знать. А если ваша душа еще не отлетит к тому времени, как вас выловят? И будет вокруг тела витать, как полагают во многих религиях? Так считают, кстати, не только приверженцы христианской традиции, но и, к примеру, иудеи. Что хорошего она, ваша душа, при взгляде на ваше же тело узрит? Фумля!

— Вам-то что вообще до этого за дело? До моего тела? До моей души?

— Красота, говорят, спасет мир. Вот я и стараюсь заботиться о мировой гармонии. Вы ее хотите нарушить, и это меня весьма сильно задевает. Можно сказать, мне это активно не нравится.

— У вас есть другие предложения?

— Конечно! То ли дело смерть от пули! Красота! Дырочка в сердце ма-аленькая, аккуратненькая. Немного алой крови на рубашке только выгодно оттеняет ее лилейный, кипенный цвет. Видите, вы и одеты чрезвычайно удачно — под вашей курткой как раз белая водолазка.

Наташа хоть и не хотела ни о чем говорить, и боялась, что ей заговорят зубы и лишат решимости, однако настолько эти высказывания молодого человека прозвучали в унисон ее собственным мыслям о внешней, что ни говори, отвратительности утопления, что она непроизвольно воскликнула:

— Пистолет! Вещь, конечно, хорошая! Да только где ты его достанешь!

— А у меня есть!

— Правда, есть? — У Натальи вспыхнула надежда, что удастся переменить свою участь — и в конечном итоге *уйти красиво*. А также, что *приведение приговора в исполнение* откладывается.

— Да, конечно, имеется!

— Давай! — захотела она сбить незнакомца с толку.

— Приличные люди с револьверами по улице не разгуливают. Дома он у меня лежит.

— Тогда ладно. Забудь, забей.

Надежда померкла. Пожалуй, придется прыгать.

— Пойдем, я тебе дам его. Напрокат, безвозмездно.

— Врешь небось? Нет у тебя никакого пистолета!

— Да в наше время у каждого уважающего себя человека дома, под подушкой, обязательно имеется пистолет!

И парень спрыгнул с парапета на тротуар, подошел к Наташе вплотную и протянул ей руку.

Она минуту подумала, а потом оперлась на нее и соскочила к нему.

* * *

Он привел ее к себе, и оказалось, что живет парень в доме ровно напротив ее подъезда. Он занимал комнату в еще не расселенной коммуналке. Окна его выходили в точности на балкон той квартиры, что снимали они с Максом.

Как выяснилось впоследствии, он заметил Наташу давно.

Он видел, как она проживает там с Максом.

Потом наблюдал ее вместе с благоверным — и с растущим пузом.

Он понимал, что ничего ему не светит, но все равно не мог отказать себе в радости не то чтобы следить за ней, а просто наблюдать время от времени — и радоваться.

И вот он заметил, как в один прекрасный день не стало возле нее Макса.

А затем исчез живот, и она разом постройнела.

Однако ребеночка рядом не появилось.

И он видел, какая в воду опущенная выходит Наташа из подъезда и бредет по улице.

Он каждый раз говорил себе, что надо подойти, познакомиться, — но никак не решался.

Она была почти на шесть лет старше его — когда тебе двадцать, это страшно много. И еще — она была старше на целую *взрослую* жизнь, которую она вела и в которой у нее был Макс, свой бизнес и беременность. Ему-то исполнилось всего двадцать, и он учился на четвертом курсе университета и ни разу (как выяснилось потом) не спал с женщиной.

Но в тот день что-то словно подтолкнуло его, и он, впервые за все время наблюдений, последовал за ней.

А возможно, просто вид у нее именно в тот день оказался чрезвычайно убитый.

Пистолета у него дома, конечно, не нашлось — он, как выяснилось, забыл, что дал его знакомому бандиту, чтобы тот попугал нерадивого должника.

Но это вранье уже не имело особенного значения. Леня (да-да, это был он, ее будущий муж) сразу укутал Наташу в одеяло. Принялся поить сладким чаем с лимоном — и без умолку говорить.

Знал он все на свете — и далеко не только то, как выглядит труп после утопления. Читал, помимо того, что требовалось по специальности, ровно по одной книге в день — и то были далеко не одни детективы.

И еще Леня был компьютерным гением, победителем всероссийских и международных олимпиад, причем по трем различным специальностям: математике, физике и компьютерам.

Наконец, он был беззаветно в Наташу влюблен.

Поэтому окружил ее просто немыслимой любовью и заботой.

Молодой человек в первый же вечер оставил ее у себя — но решительно никаких поползновений на ее честь не совершал. Она спала на единственном в комнате диване — а он на ковре у ее ног, и, когда бы она ни проснулась — а у страдающих депрессией сон чуток и короток, — она видела устремленные на нее глаза.

Она пробуждалась, и тогда он немедленно начинал говорить. Рассказывать о чем угодно. Тема и сюжет не имели значения. Роль играли звук его голоса, интонации, улыбка и влюбленные глаза.

И она понемногу стала выправляться. Мысли о собственной никчемности уже не так угнетали ее. Постепенно забывалась неудача в бизнесе, промах с Максом. И даже собственный ребенок, оказавшийся неизвестно где и в чьих руках.

Леня никуда не звал, не напирал, ни на чем не настаивал. Несмотря на юный возраст и коммуналку, он ни в чем не нуждался. Труд талантливых программистов хорошо оплачивался, даже если им исполнилось всего двадцать лет.

А если программист был молодым гением — тем паче.

Родился-вырос он в городе Камышине. Когда поступил в универ, родители сняли ему эту комнату, имея в виду, что бабка-соседка, учительница на пенсии, станет за чадом присматривать.

С той поры минуло четыре года, оплачивал аренду Леня теперь сам. Он ничего не любил в своей жизни кардинально менять, и престарелая училка по-прежнему окормляла его, следила за чистотой воротничков и отсутствием сомнительных знакомств. Наташу она, как ни странно, одобрила — хотя девушка ровным счетом ничего не сделала, чтобы заслужить ее одобрение.

Целую неделю они провели в той съемной комнате безвылазно: ели, пили, играли в шахматы, шашки, нарды и преферанс. И даже когда Наташа шла в ванную, Леня настаивал, чтобы сидеть под дверью и слушать каждое ее движение.

А потом она пожалела его — лежащего на тощем матраце на ковре — и приманила к себе в кровать. А утром вдруг на удивление поняла, что теперь свободна от своего прошлого: от Макса, бизнеса и даже ребенка.

Все, что случилось с ней совсем недавно, словно подернулось серой, пыльной пленкой забвения. Минувшее, несомненно, оставалось при ней — но теперь она понимала, что *больше ни в чем не виновата*.

Леня сказал ей: «Ты можешь делать по жизни все, что хочешь. У меня даже сейчас достаточно денег, чтобы женщина, которую я люблю, ни в чем не нуждалась. А будет еще больше». Тогда как раз наступило время, когда финансовые вопросы, раньше для советских людей совершенно не существенные, вдруг стали казаться чрезвычайно важными.

Весь первый месяц он не оставлял ее. Перестал ходить в институт, а с научным руководителем и работодателями общался по телефону и через Интернет.

С Леней Наташе никогда не бывало скучно. Он всегда мог рассказать что-то интересное. Вдобавок постоянно приглашал ее в театры. Водил на все премьеры в появившийся тогда первый кинотеатр нового типа, со звуком «Долби-сэрраунд», мягкими креслами и поп-корном, — «Кодак-киномир». Они обошли все возможные столичные музеи, включая музей декоративно-прикладного искусства, и даже съездили в Переделкино к Пастернаку, в Болшево к Цветаевой и в Мелихово к Чехову.

Понемногу Леня ослабил свою опеку и стал отпускать ее одну — погулять и даже встретиться с подругами.

Парень начал оплачивать ее квартиру в Спиридоньевском переулке и перевез туда свои вещи. Учительница из коммуналки всплакнула.

На Новый год, девяносто девятый, он привез Наташу к родным в Камышин и представил как свою невесту.

В июне девяносто девятого — он торопил и настаивал — она вышла за него замуж.

А в апреле двухтысячного родилась Кристина.

Однако к тому времени Леонид уже окончил свой МИФИ и получил прекрасную работу в Кремниевой Долине, и тех, кто давал рабочую визу ему (и жене), даже не смутила ее беременность, поэтому родившаяся на территории США Кристи с тех пор не только российская, но и американская гражданка.

Свои три года в Америке Леня шутливо окрестил «работой на империалистов». Но помимо того, что он «пахал на дядю Сэма» (еще одно его выражение), ему удалось, как бы между делом, создать чрезвычайно эффективный антивирус. Когда он отправил его тестировать по лабораториям и университетам, сразу посыпались предложения купить его на корню. Сумма начиналась с трех миллионов долларов.

Все эти годы Наталья провела с ним в Силикон-Вэлли[1]. Растила дочку. Учила языки — не только английский, но и испанский. Скучала.

Когда компьютерный гений поделился с нею новостью о том, за сколько хотят приобрести его программу, Наталья вскричала:

— Давай сами будем продавать ее! Создадим компанию, начнем агрессивную рекламу.

— Милая, — мягко улыбнулся Леня, — я ни разу не продавец. Я умею думать и придумывать — но не торговать.

— Торговать буду я!

— Ты прости, конечно, что я напоминаю, но прошлая твоя торговая сессия закончилась в девяносто восьмом году весьма плачевно.

— Это потому, что мы взяли те же самые товары, что все: китайские телевизоры и мониторы. А теперь у нас с тобой появится настоящее УТП.

— Что, прости?

— Уникальное торговое предложение. Которого, как ты утверждаешь, больше нет ни у кого в мире. А именно: нужная всем и очень эффективная компьютерная программа. Значит, и цену на нее можно поставить такую, как мы захотим. И спрос будет тоже дай бог.

---

[1] Кремниевая Долина (*англ.*).

При этом — сколько тебе нужно средств, чтобы начать продавать антивирус?

— В принципе, нисколько.

— Прекрасно! Значит, в этот раз — никаких кредитов!

В итоге Леня и Наталья зарегистрировали компанию «Защитные телесистемы» — сначала в мае 2003 года в Америке, а в августе того же года — в России (куда они всей семьей вернулись, завороженные надеждами на капиталистические перемены и устойчивое развитие в стране).

Антивирус немедленно стал пользоваться успехом, в первый же год составив конкуренцию «Маккафи», «Нортону» и «Касперскому».

В дальнейшем, ведомая железной рукой Натальи (и блистательными мозгами Леонида), фирма продолжала процветать и лишь наращивать объемы своих продаж. Семья Трипольских, включая маленькую Кристинку, стала купаться в роскоши. И первой их покупкой стала квартира в Спиридоньевском переулке, в том самом доме, где некогда жила Наташа и где ее впервые увидел Леня, — возвращением на круги своя они хотели почистить собственную карму.

— А ваш бывший муж Макс? — спросила Настя. Она хотела было сказать не «Макс», а «мой родной отец», да постеснялась. И потом, где доказательства того, что все случилось именно так, как рассказывает эта женщина? Почему все ей верят? — Так вот, Макс, — продолжила девушка, — он так и пропал? Что с ним стало? Вы с ним когда-нибудь виделись?

Наташа кивнула.

— Когда начались всякие соцсети — году в две тысячи девятом, наверное, — он вдруг нашел меня. Ленечка ничуть не ревновал меня к прошлому — он вообще оказался не из ревнивых — да, дорогой? — и тогда мы с Максом встретились...

Канн, Франция, апрель 2009 года

Наталья стояла на террасе своего номера роскошного отеля «Мажестик Барьер» с видом на бухту и набережную Круазетт и разговаривала по телефону:

— Нет, Макс, я плоховато знаю Канны, поэтому ни в какое кафе, даже чрезвычайно хорошее, не поеду. Приходи в лобби моего отеля, я в «Мажестике»... Не знаешь где? Ты же современный человек — что, Интернетом не пользуешься?.. Ну, тогда просто скажи таксисту, куда тебе ехать... Ладно, не хочешь к нам в отель, тогда давай на Каннской лестнице — хотя бы ее ты знаешь?

Через полчаса — и одиннадцать лет спустя — они наконец встретились.

После телефонного разговора, когда Макса смутило предложение зайти в лобби «Мажестика», Наталья стала догадываться, что дела у бывшего обстоят далеко не блестяще.

Рандеву подтвердило ее догадку. Тривиальная одежка, купленная на распродажах, копеечные часы на пластмассовом ремешке и солнечные очки с рынка. Да и сам Макс обрюзг, поседел. Из достижений разве что на пальце сияет самоварным золотом обручальное кольцо.

Усмешкой судьбы выглядело, что она встречала столь скромного мужчину на лестнице, где обычно блистают кинозвезды, великие режиссеры и толстосумы-продюсеры, нежатся в лучах софитов и фотовспышек. Ступеньки между тем как раз приготовляли к кинофестивалю, который скоро должен был открыться, обновляли красную материю. Резко звучали дрели и автоматические отвертки.

— Цветешь и пахнешь, — процедил Макс, глядя на Наталью, на ее якобы растрепанную (но безупречную) укладку и ничем не выдающийся сарафан от Баленсиаги.

— А ты как? — задала она стандартный вопрос, естественный после одиннадцати лет разлуки.

Он ощерился:

— Хвастаться не буду. Плакаться тоже. Живу, работаю. Женат. Детей нет. Вот, прибыли сюда с супругой в круиз. У меня свободное время после экскурсии. Соня моя не ревнивая, отправилась по магазинам, а я вот к тебе. Мы с ней здесь, на Лазурном Берегу, второй раз.

— А у нас тут с Ленечкой, в Провансе, вилла. Но не на море — слишком жарко, а неподалеку от Грасса. Но мы на Лазурку нечасто наезжаем, к сожалению, приходится бизнесом много заниматься, ездить. У нас головной офис в Москве, но есть отделения в Лондоне, Нью-Йорке и Шанхае. А ты где подвизаешься?

— Мы в Израиле живем, в Хайфе.

— В Израиле? — поразилась она. — Так ты же не еврей!

— А ты думаешь, — окрысился он, — мне тогда, в девяносто восьмом, было из чего выбирать?! Ты думаешь, меня тогда всюду ждали с распростертыми объятиями?

— Я тебя убегать — от меня и из страны — не заставляла, — напомнила она холодно.

— А что мне оставалось делать?! Ждать, пока Подгребцов меня убьет?!

— И поэтому ты подставил отвечать за свои кредиты меня? Меня — с еще не родившимся нашим ребенком? — Тон Натальи стал прямо-таки ледяным.

— Вот я как раз хотел поговорить об этом, — схватился за промелькнувшую тему Макс. — Как она? Наша дочка?

— А почему ты вдруг про нее спрашиваешь?

— Понимаешь... — замялся когдатошний возлюбленный, — у моей Сони проблемы с этим делом...

— Каким таким делом?

— Ну, с деторождением... Врачи сказали — она бесплодна. И мы подумали — вместе подумали, Соня тоже участница этого консилиума и моего нынешнего пропозла: мы могли бы брать иногда нашу с тобой дочку к себе... На каникулы, например... Она ведь уже школьница, да? А у нас хороший климат, море, много фруктов...

— Ты же ничего не знаешь... — пробормотала женщина. — Дочки нашей никакой нет.

— Что с ней стряслось?

И тогда Наталья коротко рассказала: Подгребцов, выкуп девочки в обмен на долги, роды, отказ от ребенка.

— Поверить не могу! — патетически воскликнул бывший сожитель. — Ты бросила ее?! Отдала в чужие руки?! Нашу дочь?! Да что ты за женщина такая!

Наталья рассвирепела:

— И это говоришь мне ты?! Который за месяц до родов и меня, и свою будущую дочь кинул с концами?! Сбежал от долгов?! И почти одиннадцать лет об этой девочке ни разу не вспоминал?! Ну, ты мерзавец!

— Наташа! То, как я поступил тогда, было единственным на тот момент разумным решением. Я рассчитывал, когда волна схлынет, выписать тебя и нашу дочку к себе.

— Долго же ты собирался! Одиннадцать лет!

— Ты же знаешь: судьба играет человеком, а человек играет на трубе.

— Вот что, Макс, честно скажу: когда ты исчез, я многажды проклинала тебя. И мечтала, что однажды мы встретимся и я просто вцеплюсь тебе в рожу и расцарапаю! И вырву твои поганые зенки! Но сейчас, знаешь, я почти спокойна. Потому что у меня, в моей жизни, все хорошо. А проклятие мое — то, что я посылала тогда, в девяносто восьмом, тебе! — оно, видимо, сработало. И у тебя, в жизни твоей поганой, все очень и очень плохо. Иначе бы ты не искал меня и не слушал здесь, на Каннской ковровой лестнице, эту мою отповедь.

К ее гневному монологу с интересом прислушивалась, ничего не понимая, пара японочек, выбирающих ракурс.

И все равно искушение залепить Максу хорошую пощечину оставалось. Может, зря Наталья сдержала себя? Остановило только то, что кто-нибудь вызовет полицию, будет скандал. Она только выговорила-выплюнула:

— Подонок ты, Макс! Был им и остался. Прощай!

* * *

— И вы не вспоминали о вашей дочке? — спросила неродная мать Насти, Ирина Максимовна. — Вы так и бросили ее?

— Наверное, я виновата. Первое время, когда мы только стали жить с Ленечкой, он даже думать мне запрещал о прошлой жизни и о том, что произошло: с Максом, Подгребцовым и ребенком. — Сидящий рядом Леня важно покивал — дескать, было именно так, подтверждаю. — Потом мы уехали в Америку, родилась Кристи. А когда мы вернулись из Штатов, навалились заботы с бизнесом, да и вторая дочка маленькая была, много внимания требовала. Но году в две тысячи шестом мы более-менее встали на ноги. И я, опять-таки по согласованию с мужем — он всегда меня поддерживал в судьбоносных делах, как и я его, попыталась найти свою похищенную, по сути, дочь. Денег у нас хватало, чтобы при необходимости устроить процесс и отсудить ребенка, где бы он ни находился. Конечно, я чувствовала свою вину перед дочуркой.

Однако имелись две ниточки, которые могли привести нас к девочке. Первой был роддом, в котором я рожала...

Зима 2007 года. Подмосковье

Наташа — на десять лет моложе, чем в настоящем времени, — поднялась по ступенькам старого барского особняка без вывески, того самого, где девятью годами раньше она родила Настю.

На рецепции накрахмаленная важная медсестра спросила, что ей угодно. Трипольская сказала, что хочет видеть главврача и говорить с ним.

— По какому вопросу?

— По личному и очень важному.

— А именно?

— Девять лет назад я родила здесь девочку. И у меня ее отобрали.

— Подождите минуту. — Ее собеседница не теряла профессиональной невозмутимости. Она нажала кнопку на селекторе и тихо, очень тихо, что-то проговорила. А потом покивала в ответ словам, что вещали ей в трубке, и снова обернулась к Наташе: — Вас сейчас проводят.

Через минуту за ней спустилась полная санитарка и отконвоировала девушку в кабинет главврача.

За столом сидел тот самый мужчина, что некогда приходил в палату к Наталье подписывать документы об отказе от новорожденной, только теперь он выглядел на десять лет старше. Волосы его поредели и посеребрились, сам он потолстел, однако смотрелся гораздо более преуспевающим. Об этом как бы кричали его сшитый на заказ костюм, дорогая оправа и холеные руки. Он коротко глянул на вошедшую и сухо сказал:

— Я слушаю вас.

— Вы меня не узнаете?

— А должен?

— Я рожала здесь, у вас, в октябре девяносто восьмого года.

— Поздравляю.

— Не с чем. Потому что я подписала отказную на ребенка — вы лично давали мне эту бумагу, между прочим! И с тех пор я не знаю, что с моей девочкой. А я хочу знать!

— Сожалею, но даже если бы мы владели этой информацией, я не мог бы с вами ею поделиться. Это совершенно исключается.

— Тогда меня устроил сюда, к вам, некий Подгребцов — провинциальный олигарх с Кубани. В обмен на расписку в моем ему долге Подгребцов заставил меня —

через вас! — подписать отказ от ребенка. И я хочу знать, где она, моя дочь? Кому вы ее отдали?!

— Я не владею этой информацией.

— Учтите! Учтите вы, холеный жулик! В следующий раз я приеду сюда, к вам, не одна. Я привезу сюда милицию, прокуратуру, журналистов! Я всех подниму на ноги! Мой муж — большой человек, и у него хорошие связи! Вы в легкую за свои махинации не отделаетесь! Говорите: кто удочерил мою дочку? В чью семью она попала? Давайте поднимем все документы по этому поводу!

Главврач устало снял и протер свои дорогие очки.

— Нет никаких документов.

— Вот видите! А говорили — не помните!

— Да, подобные случаи в нашей практике случались нечасто. А точнее, в первый и последний раз.

— Меня ВСЕ случаи не интересуют. Только мой.

— Да, ваш... Было так. Товарищ, который за все ваше пребывание, анализы, родовспоможение и реабилитационный период платил — вы говорите, его фамилия Подгребцов? — так вот, он вашу крошку из роддома забрал. И... — мужчина развел руками, — и все.

— Как все?! — Наталья не могла поверить своим ушам. — А документы? Выписка? Свидетельство о рождении?

— Он сказал, что ему ничего не надо. Всю бумажную волокиту он впоследствии урегулирует сам. А его интересует только ребенок.

— И вы ему отдали мою дочь? Просто на руки? Как вещь?

— Боюсь, что да. И ни разу с тех пор ни его, ни тем более ребенка не видел. Кстати, как и вас.

Наташа ощерилась:

— Намекаете, что я раньше должна была вспомнить и позаботиться о собственной дочери?

— Боже упаси! Просто еще раз констатирую тот факт, который я сообщал вам с самого начала: никакой информацией о вашем ребенке мы не владеем.

* * *

Наташа продолжила свой рассказ:

— Единственной ниточкой к моей дочке оставался Подгребцов. Мы постарались найти его. Но я даже предположить не могла, что, оказывается, провинциальный олигарх оставил ребенка себе!

Октябрь 1998 года. Казацк

Мы снова видим тот дом, куда в наши дни пытался попасть Артем: пузатый, краснокирпичный, новорусский, возвышающийся надо всей округой — только тогда, двадцать лет назад, он новенький, с иголочки. И хозяйничает в нем супруга Подгребцова — та женщина, которую в своих смутных, обрывочных детских воспоминаниях Настя числила мамой. А тот, кого она считала своим отцом — Михаил Николаевич Подгребцов, — вкатывает во двор дома на своем «Мерседесе-600», который тогда, в девяносто восьмом, был последним писком автомобильной моды.

Шофер выскакивает из-за руля и распахивает заднюю дверцу. Из машины выходит хозяин дома, Подгребцов, с новорожденным младенцем на руках.

Супруга спешит ему навстречу. Она вытирает мокрые руки о фартук — несмотря на то что их семья внезапно разбогатела, женщина не бросила привычки молодости и до сих пор сама, собственноручно, закатывает на зиму банки с кабачковой икрой и соте из баклажанов.

Мужчина коротко бросает шоферу:

— Беги домой. Ты мне больше не нужен, — и с ребенком на руках восходит на высокое крыльцо. Жена, встречая его, хмурится. Бог знает, какие мысли посещают ее при виде мужа с новорожденным, и первая из них: от кого он прижил это дитя?!

— Это теперь твой ребенок, Оля. Девочка. НАШ ребенок. Но моей крови, если тебе интересно знать, в ней не течет. У меня никого нет, и ни с кем я эту девочку не приживал. Она от совсем другого, неизвестного тебе мужчины и незнакомой женщины. Но малышка из хорошей семьи. Мать — девчонка с образованием, во время беременности не пила, не курила. Со здоровьем у доченьки все хорошо. Все прививки сделаны. Рожать я ее устроил в самом лучшем месте. И теперь этот ребенок твой. Точнее, наш. Я назвал ее Настенькой. Анастасией.

— Откуда ты взял его, Миша?!

— Откуда-откуда! Какая тебе разница! Отобрал за долги!

— Нет, скажи правду.

— Женщина! Я тебе ее и говорю! В кои-то веки! А главное, усвой одно: девочка эта теперь наша. И никто никогда о ней не вспомнит и у нас не отберет. И нам теперь предстоит заботиться о ней и растить!

И тут девочка — будущая Настя, — словно расслышав ведущийся вокруг нее разговор, зашевелилась и, не открывая глаз, во всю мочь, как принято у младенцев, заорала.

— Ну, что стоишь?! Давай, бери дочку, мамаша, делай с ней что-нибудь!

* * *

Зима 2007 года. Казацк

Все тот же дом Подгребцова, который мы видели в предыдущей сцене — только между эпизодами он постарел почти на десять лет и хозяева сменились. Распоряжается в нем теперь подгребцовский сводный брат по фамилии Свиргун — тот самый, что и в наши дни даже на порог не пустил Артема.

Наташа — которая выглядит на десять лет моложе — выходит из машины с московским номером, что остановилась на противоположной стороне поселковой улицы (у того же магазина, где расспрашивал горожан Артем и где купил он, помнится, бутылку холодной минеральной воды).

За рулем — муж Наташи, Леонид. Он не слишком одобряет вдруг возникшей блажи супруги — отыскать дочку от первого сожителя, однако в то же время не только не препятствует, но поддерживает и помогает. Вот и сейчас, в свой собственный отпуск, он с супругой отправился в дальнее путешествие на машине на российский юг — в призрачной надежде отыскать след девочки.

Наташа звонит в домофон у калитки. Калитка — как и десять лет спустя, с Артемом, — приоткрывается на четверть, и оттуда ведет разговор хмурый мужчина в майке. Мы-то знаем, что у него на совести уже двойное убийство — заказанная бражникам смерть Михаила Подгребцова и его супруги. Мы знаем, что еще через десять лет он почти доведет до смерти одного из убийц и закажет новое преступление — жестокое избиение Артема. Но Наташа видит его в первый раз в жизни и поэтому обращается к нему, как привыкла, благожелательно и радушно:

— Могу я видеть Михаила Николаевича Подгребцова?

— Его нет.

— А где он и когда будет?

— Его больше нет. Вообще.

— В смысле?

— Он скончался.

— Вот как! Когда?

— Лет пять назад.

— А его жена?

— И она тоже.

— А кто-нибудь из его родственников остался? С ними можно поговорить?

— Никого у него родственников не было и нет.

— А вы ему кем приходитесь?

— Никем, — без зазрения совести врет Свиргун. Зачем ему эти проблемы и расспросы, кто его знает, куда они приведут! Лучше от всего откреститься: я не я и лошадь не моя.

— Но это ведь его дом?

— Был его. Теперь мой.

— А может, вы знаете историю семьи? Подгребцов случайно не появлялся здесь? Лет десять назад? С маленькой девочкой?

— Понятия не имею.

— И вы никогда о новорожденной девочке не слышали?

— Никогда и ничего.

* * *

— Я не могла себе даже представить, — закончила свой рассказ Наталья, — что этот южный мини-олигарх, оказывается, оставит девочку себе. И для меня все ее следы терялись со смертью Подгребцова. И вот только сейчас, из исследования Артема и его статьи, я узнала, что Подгребцов, оказывается, удочерил мою девочку. И она — это ты! — обратилась женщина ликующим тоном к Насте.

— И что теперь? — не без иронии вопросила та. — Я должна броситься вам на шею с рыданиями? «Здравствуй, мама»?

— Все это сплошные слова, а факты следует тщательно проверить, — проговорила Ирина Максимовна.

Как и всякой матери, привыкшей считать ребенка своим, вырастившей дочку, пережившей с нею болезни, двойки, хулиганства, подростковые закидоны, ей вовсе не улыбалась перспектива, что новоявленная мамаша теперь отнимет девочку или хотя бы будет претендовать на то, чтобы делить ее — такую взрослую, умную, красивую, а с недавних пор еще и замужнюю.

— Конечно-конечно! — воскликнула Наташа. Все последнее время она пребывала в эйфории. — Мы обязательно проведем анализ! Сейчас ведь отцовство-материнство настолько легко устанавливается! Простой ДНК-тест! Я готова сделать его хоть завтра!

Собравшееся общество, как уже было сказано, отнеслось к рассказу Натальи Борисовны по-разному. Ее муж Леонид — с видимым равнодушием. Ирина Максимовна — с отторжением и скепсисом. А вот нареченная сестренка Юля воодушевилась, словно бы и ей это открытие дарило перспективы перемены судьбы и участи. Она воскликнула:

— Как круто! Я всегда тебе говорила, что ты, Настюша, настоящая царевна и только по ошибке в нашей глухомани оказалась!

Андрей как ни в чем не бывало сидел рядом с Юлей, подливал ей напитки, любезничал — для Артема это была новость. Друг ничем с ним не делился. Настя тоже (ей-то, конечно, сестренка шепнула, что они опять воссоединились) Тему не грузила.

Артем, выслушав историю, рассказанную Натальей, с неослабным вниманием, теперь насмешливо обратился к матери:

— Ну, а *такую* невестку вы принимаете? Из хорошей семьи?

Его отец, даром что дипломат, попросил всех наполнить бокалы, а потом встал и провозгласил велеречивую и цветистую здравицу в адрес молодых. Под конец он воскликнул: «Горько!»

Для него открытия, сделанные Трипольской, оказались не новостью. Рассказ Натальи передала ему минувшим днем жена — и они решили заново строить взаимоотношения с невесткой, с учетом вновь открывшихся обстоятельств.

Настя в ответ на «горько» свекра позволила Артему, полная достоинства, себя поцеловать. Что там говорить, она торжествовала.

Но тут в отдельном зале, где проходил мини-банкет, появился официант. Он и раньше не утруждал себя особым вниманием по отношению к гостям, и теперь явился некстати.

Подавальщик решительно подошел к невесте и, едва та оторвалась от поцелуя, прошептал ей на ухо пару слов.

Настя отпрянула от него и мертвенно побледнела.

Кирилл Косаткин, капитан полиции

Я прибыл в Москву вчера вечером.

Здесь проживал мой армейский дружок Денис Стосюра. Он удачно женился на столичной жительнице, затем (еще более удачно) уволился из органов и (третий акт везения) устроился руководителем службы охраны в коммерческой структуре. Судя по тому, что у него двухкомнатная квартира в пределах Третьего кольца и служебный «Мерседес GLE», трудиться в народном хозяйстве ему нравится.

Однако, при внешних атрибутах успеха, Диня чваниться не начал. Принял меня, как родного. Да и жена его высокомерием не отличалась, приветствовала гостя с радушием, достаточным для незваного и незапланированного визита. Правда, распить со мной кубанской настойки кореш отказался наотрез — невзирая на вечер: «Вдруг случится что на фирме, меня ночью дернут, как я поеду выпивший? Или учуют от меня амбре? Ни-ни, не могу себе позволить».

Я не стал пока распространяться, по какому поводу пожаловал в Златоглавую. Скромно сказал: дела. Но то, что не надо искать жилье (и платить за него), меня здорово поддержало.

Из рапортов бюро спецтехмероприятий (прослушивающих переговоры всех трех Баскаковых — Анастасии, Юлии и Ирины Максимовны) я знал, что сегодня у одной из них свадьба. Точнее, запись в загсе случилась вчера, в субботний день. Нынче намечалось венчание. Венчаться они собрались поутру, в двенадцать, а гулянку наметили сразу, в час дня, в кафе «Ядрань», неподалеку от церкви.

Около трех дня я отправился туда на метро. Я не гордый.

Меня нисколько не ломало, что я собираюсь испортить всем им, а в особенности невесте, столь праздничный день.

Лучше бы она сама для начала подумала, прежде чем организовывать преступное сообщество.

Ни малейшей жалости я не испытывал.

Я подъехал к кафе, зашел внутрь и нашел официанта, который обслуживал свадьбу. Потом шепнул ему пару ласковых — для передачи невесте. И сказал, что буду ждать на улице.

Сам вышел на вольный воздух.

Конец ноября — не лучшее время года. Особенно для Москвы. В наших южных краях тоже, конечно, не Тенерифе. Но на Кубани даже в декабре иногда выдается ласковый теплый денек, вплоть до плюс двадцати, и солнышко светит — а здесь, в столице, и вовсе ни на что надежды нет. То и дело срывался мелкий, злой дождь. Задувало. Я мерз у входа, и меня утешало только злорадное чувство, что кому-то, а именно Анастасии Баскаковой, сейчас хуже, чем мне. Да и подельнице ее, сестрице Баскаковой Юлии, не позавидуешь. Узнать, что ты раскрыта, да еще на собственной свадьбе... Что ж, такова судьба. Не надо было совершать деяния, квалифицируемые УК РФ как разбой.

На первый взгляд я сказал официанту совершенно невинную фразу: «Передай невесте, что я привез привет от Илюхи Утяцкого из станицы Запорожской (я назвал фамилию чувака, который занимался сбытом краденных лимузинов) и от Славика Порфеева, что ездил на «Лексусе», из курортного поселка Каравайное». Тот даже для верности записал.

После подобного послания я не сомневался, что кто-то ко мне да выйдет, и довольно скоро.

* * *

Вышли обе.

Я впервые с ними столкнулся лицом к лицу.

Если учесть, что наблюдал я их не в самый лучший момент их жизни, выглядели обе неплохо. Держались с достоинством. Можно только гадать, как победительно обе, а особенно невеста, смотрелись еще полчаса назад, когда были на пороге своей мечты — а какая деффка не мечтает о свадьбе с прекрасным принцем! Очень они обе были секси, юные, стройные — розочка да беляночка. Однако печать неутишимой заботы, горькой думы уже легла на их лица.

Не знаю, чего обе ждали: немедленного ареста? «Воронка»? Роты спецназа? Когда они увидели меня одного, вроде бы у них отлегло — приговор не приведут в исполнение немедленно. Но это они обольщались зря.

Я представился по форме: «Капитан полиции такой-то», — правда, фамилию произнес намеренно невнятно. По-моему, сей факт от их внимания не ускользнул. Дальше я произнес примерно следующее:

— Уважаемые гражданки, вы в своих преступных деяниях изобличены. Вас опознал гражданин Вячеслав Порфеев, у которого вы в курортном поселке похитили автомобиль «Лексус». О вашей преступной схеме все рассказал человек, перепродающий награбленное, — гражданин Утяцкий из станицы Запорожской. Так что, глубокоуважаемые Анастасия и Юлия Баскаковы, путь у вас один — следственный изолятор, а завтра суд, стопудово, даст согласие на меру пресечения в виде заключения под стражу. После чего вас этапируют на места совершения преступлений, в Кубанский край, и не за горами вам маячит скорый и правый суд, который впаяет вам, скажу, как знающий человек, лет по восемь-девять в местах, не столь отдаленных. А то и по десяточке.

Девчонки явно были не промах, потому что с полпинка сообразили: не просто так я явился к ним не в сопровождении «тяжелых» и не с браслетиками наперевес, а, что называется, один и без оружия.

Старшая, Анастасия, тут же ответила:

— Мои новые родственники — богатые люди. Мы вам лично заплатим. Хорошие деньги.

Я хохотнул:

— Вот благодаря таким особам, как вы, гражданка, создается у населения ложное мнение, что полиция у нас продажная и вся покупается, оптом и в розницу. А ведь это далеко не так. И меня не интересуют ваши поганые деньги.

— А что вас интересует тогда? — невольно подыграла мне младшая, Юлия.

— Одна только справедливость. И еще ваши умения.

— То есть? — вопросила первая.

— Все просто. Отныне я предлагаю вам работать на меня. Лично на меня.

— А именно? — Весь дальнейший диалог Настя вела самостоятельно, быстро и отрывисто — порой не давая мне времени подумать, она задавала вопросы.

— Я замну это дело и уничтожу по возможности улики, что вы наоставляли. Свидетели дадут иные показания. Как я это все совершу, не ваша забота. От вас требуется только пахать на меня.

— Как это? Стучать?

— Ишь, разбежались! «Стучать»! На кого? На мать вашу, почтальоншу Баскакову Ирину Максимовну? Какой прок мне от вашего стука? Нет, как осведомители вы, что одна, что другая, ровно никакого интереса не представляете. Я предлагаю вам поработать по специальности.

— По специальности? — переспросила старшая.

— Согласно вашей преступной специализации. А именно — все останется, как прежде. Будете вступать в контакт с товарищем, обладателем роскошной иномарки. Затем, используя личные данные и, так сказать, женские чары, опаивать терпилу и похищать его имущество в виде четырехколесного друга. Но атаковать станете тех граждан, на кого я вас наведу.

Девчонки переглянулись. Чувствовалось, что они готовы были согласиться.

— И начинаем прямо сейчас. Я сам вам скажу фамилию клиента и даже фотографию его предоставлю. И про места не умолчу, где он любит бывать. Украденную впоследствии вами иномарку вы передадите мне. Взаимовыгодное сотрудничество. Итак, в моем лице вы получаете канал снабжения — я буду поставлять вам терпил с тачками. И канал сбыта — то есть награбленного, в виде автотранспортных средств.

Из ресторана выглянули два парня, слегка навеселе. Красивые и модные. Видимо, жених Насти Артем и его друг Андрей.

Их имена частенько мелькали в переговорах трех женщин.

Столичные мажоры. Сосунки, щенки. Нахмурились при виде меня.

— Вы где, красавицы?

— Идите отсюда, — не оборачиваясь, строго бросила им Настя. — Мы сейчас придем.

И парни послушались, не стали выступать или тянуть на меня, исчезли. Воспитанные люди. Интеллигенты.

— Сколько вы хотите?

Наверное, я мог назвать любую цифру, но сказал:

— Мне шестьдесят, вам сорок.

— Маловато будет. Овес нынче дорог.

— Желаете прямо сейчас, не отведав восторгов брачной постели, проехать за решетку? Я устрою.

— Хорошо, мы согласны.

— Тогда приступаем. — В ответ на недоумение и недовольство, отразившееся на лице Анастасии, я переспросил: — А вы что, але? Претендовали на отпуск по случаю женитьбы, предусмотренный КЗоТом? Нет? Нет, не претендовали? Я в любом случае не готов его предоставить. Начнете работать прямо завтра. А вот вам объект. Вы очень удачно, Анастасия, вышли с сумочкой, есть куда спрятать. Держите, вот фотография мужика. Тут его имя, адрес, а также любимые места, где бывает. Поэтому на одну брачную ночь я вам отпуск, так и быть, устрою. А прямо завтра приступайте. Клиент всегда после работы в свой любимый бар заходит, там и подснимите.

* * *

По случаю своего бракосочетания Артем на двое суток арендовал номер для новобрачных в отеле «Мандарин».

Как человек чуткий, да еще любящий, он заметил, как резко переменилось Настино настроение сразу после того, как на свадьбу явился и деловито разговаривал с сестрами тот коротко стриженный мужик с холодными глазами. Артем спрашивал, разумеется, девушку, что это за тип и откуда и что вообще случилось, — но она даже словечка не проронила. Только разнюнилась, но не позволила себе заплакать при молодом муже — убежала, в конце концов, рыдать в ванную.

А потом, когда вернулась, стала отдаваться ему и любить его самозабвенно, упоительно, словно в последний раз. И когда он уже засыпал — под утро — прошептала: «Ты только не забывай меня». Ему хотелось спросить почему, что она имела в виду и что вообще такое сказала, однако волны неудержимого сна накрывали его, затягивали, уносили, влекли, и он не смог и не нашел в себе сил разговаривать.

А когда проснулся — ближе к полудню вынырнул из своего глубочайшего сна, — валялось на кресле свадебное платье, туфли на ковре припали один к другому — а Настя исчезла. И забрала всю свою обычную одежду: джинсы, свитер, куртку. И зубную щетку.

И оставила на зеркале надпись помадой:

«Прости, Артем. И прощай».

Но что-то — может быть, ее запах, или шуршание одежды, или разбудивший его стук гостиничной двери — подсказало ему, что Настя близко. Что она не успела далеко уйти.

Он натянул брюки, свитер и босиком бросился за ней.

В лифте пахло ее духами — или ему показалось?

Босой, он выскочил мимо швейцара на улицу, на мерзлый асфальт, на крытый подиум, по которому к гостинице обычно подруливали лимузины. И оттуда, с высоты, увидел ее: Настя отошла на один квартал и ловила такси.

Она либо постеснялась вызвать машину через швейцара, либо сочла, что так будет дорого, а может, решила не оставлять следов.

— Настя! — громко, ничего не стесняясь, заорал Артем. Она вздрогнула, оглянулась. Он бросился к ней — плевать, что босиком, что асфальт тронут заморозками и жжет голые ступни, что камешки режут ноги. И Настя тоже — отпустила машину, с которой было договорилась, и повернулась лицом к Артему. Потом заметила, что он без обуви, и кинулась к нему.

— Что же ты делаешь?! — зло бросила ему, когда они сошлись на полпути.

А он не стал объяснять и ничего говорить, просто схватил ее за локоть и повлек назад, в сторону гостиницы.

Швейцар, увидев босоногого постояльца, заступил ему было дорогу, но потом углядел, что это гость номера для новобрачных, да еще вдвоем с невестой — бог знает, чего только ни выясняют между собой молодожены в первую брачную ночь, какие только страсти ни кипят! — поэтому только тонко улыбнулся и поклонился им.

— Куда ты отправилась, даже кофе не попив? — будничным тоном спросил Артем. Он по-прежнему влек Настю, словно полицейский — преступницу, за локоть. Она особо не сопротивлялась, но шла неохотно.

Они завернули в бар, в лобби, сели за столик. Бармен с ужасающей вежливостью глянул на босые ступни визитера, однако ничего не сказал. Артем крикнул ему через пустой зал:

— Два двойных эспрессо и парочку свеженьких круассанов, пор-фавор!

Бармен почтительно кивнул и отвернулся к кофе-машине.

— Что случилось? — обыденным тоном спросил молодой человек. — Куда ты вдруг собралась?

— Ах, Артем! — с мукой в голосе воскликнула девушка. — Так надо. Я не могу тебе рассказать.

— Не можешь? Почему?

— Я очень-очень перед тобой виновата.

— У тебя есть муж и трое детей?

— Ах, не шути так! Все гораздо хуже!

— Что может быть хуже детей? Да еще внебрачных?

Подошел бармен и поставил пред гостями пару чашек кофе и круассаны. Девушка осеклась.

— Давай, попей горяченького. И расскажи мне все. Мы теперь венчанные супруги — ты это помнишь? И поэтому должны делить и горе, и радости.

— Я не знаю, с чего начать.

— Начни сначала.

— Дело в том, что мы — я и моя сестра Юля — воровки. Мы воруем у мужиков машины.

— Ах, ты про это! Но я все знаю.

Четырьмя неделями ранее

Эта была третья встреча в Москве Юли и Андрея. Всю ночь они в его квартире в Вадковском переулке занимались любовью, ели, невпопад пили. Засыпали, просыпались, снова любили. И какое-то настолько вдруг всепоглощающее доверие почувствовала она к этому парню под утро, что стала исповедоваться молодому человеку во всем, во всем.

Главное — в их с Настькой *работе*.

А он только спросил:

— А что вы думаете делать дальше?

— Завяжем.

Но Андрей только фыркнул:

— Фу, как скучно!

За три дня до венчания

Тот самый первый разговор о деле Юля завела не просто с бухты-барахты, не только потому, что влюбилась в парня и почувствовала к нему доверие. По ходу их отношений она безошибочно поняла, что Андрей — прохиндей. Более того, довольно богатый и влиятельный *прохиндей со связями*. У него платиновые кредитные карты, удостоверение майора ФСБ с его собственной фотографией (она залезала к нему в борсетку и видела собственными глазами) и такие разговоры (по телефону «Верту»), с такими людьми! И это вовсе была не пыль, что он пускал ей в глаза, а взаправду!

Поэтому Юля хотела — пока он хотя бы слегка влюблен в нее и спит с ней — использовать парня и его связи.

И потому тогда же, в первое утро после того, как она открылась, попросила:

— Можешь сделать нам с сестрицей новые, чистые документы? Желательно загранпаспорта?

— Ты представляешь, сколько это будет стоить?

— Деньги у нас есть. Пока есть.

— Привози задаток — десять тысяч «зелени», а там посмотрим.

И вот, очень кстати, за два дня до загса, за три дня до венчания, Андрей привез Юле новые загранпаспорта на чужие фамилии. На взгляд Юли — возможно, непросвещенный, — ничем от подлинных не отличающиеся.

* * *

А разговор в лобби роскошного столичного отеля продолжался:

— Пусти, Артем, я должна идти.

— Нет!!!

— Да. Не надо было тебе со мной связываться. Но раз уж связался, прости меня.

Она поднялась.

— Нет! — Он схватил ее за руку.

— Пусти.

Кудряшов тоже вскочил:

— Послушай! У моих родителей много денег. У Трипольских — еще больше, а ведь тетя Наташа — твоя родная мать. Мы — и родители, и она — все для тебя сделаем. И для Юльки тоже. Мы проплатим, кому нужно. И сколько нужно. Мы тебя отмажем.

— Не все на свете решается с помощью денег.

— Все!

— Нет, Тема, поверь мне, иногда работают совсем иные механизмы и порой приходится искупать свое прошлое не деньгами, а *делами*.

— Что ты имеешь в виду?

— Я пока не могу объяснить тебе, Темочка. Поверь мне, я вернусь к тебе. Вот разрешу все свои проблемы — и вернусь. Я обещаю.

— Настя! Родная! Нас вчера обвенчали. Ты понимаешь, что это значит? Что мы теперь — вместе, в любом случае, и перед самим Богом не должны расставаться!

— Прости меня, Тема. Ты хороший, чистый. И я тебе совсем не пара.

— Не говори так.

— Пусти меня. Я свой долг перед тобой помню. Прости, что понадеялась, что способна начать другую жизнь и связалась с тобой. Теперь я и перед тобой в долгу. Но свои проблемы я должна решить только сама. И тогда я вернусь к тебе.

Она приникла к нему, сильно и страстно поцеловала в губы, а потом с силой оттолкнула от себя — и быстро пошла к выходу. Швейцар с полупоклоном распахнул перед ней дверь.

Тема не побежал за ней. Только нахмурился и крикнул официанту:

— Пожалуйста! Мне двойной виски.

Настоящее время.
Кирилл Косаткин, капитан полиции

Я ждал их. Все равно ждал. И «тяжелые» из столичного СОБРа тоже ждали.

И вот какие-то девушки — я не мог различить их фигур и тем более лиц — подошли к стоящему в переулке «Мерседесу».

Стали вроде бы открывать ключом дверь.

— *Внимание!*

— *Приготовились!*

— *Работаем!*

Спустя десять часов

В ноябре светает нехотя.

Даже если едешь на Запад.

«Мерседес» мчался по скоростной трассе. До границы оставалось километров пятьдесят.

На ночной дороге почти не было видеокамер и засад дорожной полиции. Поэтому Настя и Юля летели со скоростью под двести и ничего не боялись.

Почти ничего не боялись — потому что впереди была граница и имелась вероятность того, что менты поняли проделку. И что они уже объявили обеих в розыск. А новые документы не сработают.

О том, как все будет, не знали ни Настя, ни Юля и никто им не мог сказать.

Даже если это и последние их часы на свободе — зато они провели их на полную катушку, за рулем «Мерседеса», который выжимает две сотни километров в час.

Они ехали, но успевали придуриваться и смеяться.

И вспоминать все хорошее, что с ними было.

А на заднем сиденье вольготно расположился их спутник — Андрей.

Ему вообще волноваться было не из-за чего. Документы у него были в полном порядке, и не был он замешан ровным счетом ни в чем криминальном.

— Девчонки, — подал голос Андрей, — а как у вас обстоят дела с английским? Как говорится, со словарем? «Ланден из зе кэпитол оф Грейт Бритен», да?

— Йес, ит из.

— Очень хорошо у нас с инглишем. Мы на факультатив ходили. И в олимпиаде районной побеждали!

— А почему ты спрашиваешь, Андрюша?

— А потому, — хихикнул молодой человек, — что вам, сестренки, давно пора выходить на международный уровень.

* * *

Кирилл Косаткин, капитан полиции

Вот ни разу я не продажный коп. И никогда им, честно скажу, не был.

Но чего только не сделаешь ради изобличения преступников. Иногда приходится даже прикидываться коррумпированным ментом, вдохновителем преступных схем.

Ребята из столичного управления говорили мне, что я со своей ролью на свадьбе справился на пять баллов.

Они снабдили меня спецтехникой, которая прекрасным образом записала наш разговор с деффками.

Парни сказали, что я был очень органичен, почти как Смоктуновский. Или Штирлиц.

Но запись о *намерении совершить* преступление — равно как и *косвенное признание собственной вины* в предыдущих злодеяниях — далеко не самое убойное доказательство.

Принять деффок с поличным, *во время совершения* преступления — вот был бы класс и высший пилотаж!

Роль подсадной утки согласился играть мой московский (теперь) приятель Диня. И даже машину свою позволил использовать.

Без особой внешней охоты, конечно, однако я чувствовал: однажды мент — всегда мент. И Стосюра по оперативной работе, что там говорить, скучал.

— Только жене моей не проболтайся, — предупредил он меня, — типа, я ради оперативного эксперимента с продажными женщинами шашни завожу.

— Могила, — заверил я его. — А ты не расколись с деффками раньше времени. Можешь даже их трахнуть с особым цинизмом. Главное, чтоб они взяли у тебя, спящего, деньги и ключи. А мы их примем, как они откроют твою машину.

— Не учи отца, — огрызнулся подставной.

В день свадьбы я передал сестрам Баскаковым все установочные данные именно на него: фото, название бара, куда он якобы любит заглядывать после работы, и даже марку и номер его родного «Мерседеса».

* * *

— Они не придут.

— Да я понял уже, — огрызнулся я.

Всегда чувствуешь себя паршиво, когда остался в дураках. Когда тебя обвели вокруг пальца.

Еще паршивей, если вокруг столько свидетелей твоего позора. И что о нем обязательно настучат моему начальству, несмотря на все хорошее отношение в столичном главке к бывшему сотруднику Денисе Стосюре (а значит, и ко мне).

Я уже несколько раз набирал номера Анастасии, а потом и Юлии. Оба они не отвечали и были отключены.

Самое время было объявлять обеих в розыск — но я отчего-то все медлил и медлил, как будто ждал, что они вдруг откликнутся и моя с ними оперативная комбинация еще срастется.

Но нет, выходит, совершенно я не Смоктуновский. И далеко не Штирлиц.

Эти деффки меня раскусили.

И сейчас, подсказывает мне оперативное чутье, они уже далеко отсюда.

* * *

Спустя месяц

В Лондоне есть место, которое посещает едва ли не каждый гость Британии. И это не мост Тауэр, не здание парламента и даже не колесо обозрения «Миллениум». (К историческим местам кое-кто может и не добраться, проигнорировать: «Что мы, старины не видывали?!») Однако почти все туристы — а особенно обеспеченные люди из России, Казахстана, Украины, Поднебесной, арабских стран — считают своим долгом зайти в универмаг «Селфриджес».

Именно этот универмаг перенял эстафету модного места от изрядно обветшавшего «Харродса».

Богатые туристы прикупают там кто костюмчик от «Бриони», кто мокасины от «Тодса», а кто свитерок от «Шанель».

Там на последнем этаже есть вечно шумный бар, где многие гости Альбиона не прочь отдохнуть от утомительного шопинга, махнуть мимоходом один-другой коктейль, бокал шампанского или чашку чая.

И вот здесь, у стойки этого бара в «Селфриджесе», мы снова видим наших героинь, Настю и Юлю. Обе они улыбаются направо-налево, одеты по винтажной, чисто лондонской моде и выглядят эффектно и победительно.

И какой-то незнакомый мужик — дюжий, рыжий, ражий, бородатый, с пакетом от «Берберри» — по виду и по акценту судя, американец, южанин, техасец — протискивается к ним обеим и спрашивает:

— Ледис, могу ли я угостить вас коктейлем?

Капитан Косаткин

За свои «похождения в столице» (как выразился наш полкан, начальник управления) я, конечно, огреб по полной. Грозили даже неполным служебным соответствием, но в итоге все ограничилось целой корзиной пиндюлей. Ну, к этому нам, ментам или копам, называйте как хотите, не привыкать.

Но если вы думаете (воспользуюсь словесной конструкцией майора Жерехова, участкового из станицы Красивой), что с меня сняли задачу розыска преступниц, сестер Баскаковых, вы глубоко заблуждаетесь. И еще больше, коль скоро полагаете, что я сам от них отвял.

Напротив, я стал рыть землю еще ревностнее. Найти и наказать сестричек теперь стало делом моей чести.

За домом Баскаковых приглядывал через своих *людей* участковый Жерехов, однако в станице Красивой они больше не появлялись.

Телефоны деффок молчали. Прослушка матери, Ирины Максимовны, тоже ничего не давала.

Я вызвал ее на допрос — честь по чести, повесткой, в краевое управление. Жерехов вручил ей повестку лично, под роспись. Пусть помучается, не поспит ночку от волнения, потом будет в автобусе три часа трястись, все думать, что ее будут спрашивать и что ей отвечать.

В управлении я допросил мамашу под протокол. Пугал, что посадим за укрывательство. Мурыжил ее часа три, подъезжал так и этак — пока не убедился: она и впрямь ничего не знает. Все, что знала она о деффках, умещалось в краткий диалог (я к нему раза четыре с ней подъезжал).

— Когда и при каких обстоятельствах вы последний раз видели своих дочерей?

— Они после свадьбы... Ну, утром... вернулись в Москву, в квартиру, где они жили. На Аллее Жемчуговой. Я там останавливалась... В кухне, на раскладушке. Ну, они, значит, приехали, обе...

— На чем приехали?

— На такси.

— Откуда вы знаете, что на такси?

— Я видела. В окно.

— Что видели?

— Машина желтого цвета стоит у подъезда. И они сказали: такси ждет.

— Что они делали в квартире?

— Собрали свои вещи. Очень быстро. Оставили мне денег. И умчались.

— Вам что сказали?

— Нам, говорят, мама, надо срочно уехать. Возвращайся, сказали, до дома до хаты.

— Куда собирались ехать?

— Не знаю.

— На какой срок?

— Ничего!

— С кем?

— Нет, нет, ничего не говорили! Так я их с тех пор и не видела!

Допросил я и венчанного супруга старшей дефки — гражданина Артема Кудряшова.

Никто бы мне, конечно, новую командировку в столицу не оплатил, вызывать его в Кубанск я застремался. (Бог его знает, на каком уровне у мальчика-мажора там, в столице, связи — еще снова всыплют мне.) Ограничились разговором по видеосвязи. Но с тем же результатом — ничего он не знал, не ведал. Единственная зацепка оказалась: юноша раскололся, что у младшей сестры Баскаковой, Юлии, имелась половая связь с его приятелем, неким Андреем Соловьянниковым. Однако сам Соловьянников куда-то пропал, и он, Кудряшов, его почти месяц не видел.

Это была зацепка. Я вытребовал у брошенного мужа номера телефонов Соловьянникова, а также его фотки.

Артем прислал: хитрый молодой красавец.

Я стал названивать — безо всякого, впрочем, успеха.

Я был близок к тому, чтобы объявлять его в розыск, но искомый гражданин однажды предстал передо мной собственной персоной.

Он подошел ко мне, едва я вынырнул из проходной конторы и пересек дорогу, направляясь к кольцу трамваев. Я сразу узнал его — Кудряшов был хорошим фотографом, снимал похоже.

— Искал меня? Ну, пойдем, поговорим, капитан.

— Пройдемте в мой кабинет? Побеседуем под протокол?

Он коротко хохотнул:

— Ржу не могу. Нет, поговорим в частном порядке.

Какая-то от него исходила *сила*. И *воля*. И еще почему-то чувствовалось: он — наш. В том смысле, что представитель силовых структур. Поэтому я подчинился ему. Впрочем, это часто бывает хорошим ходом — делать вид, что идешь у контрагента на поводу.

Мы вышли на улицу Красная. Идти куда-то в заведение (как он предложил) я отказался наотрез, и мы присели на железный бордюрчик, что ограждал пешеходную часть улицы от проезжей.

Приближался Новый год, на улице было полно людей и машин, и никто на нас никакого внимания не обращал. Сегодня выдался хороший денек, и хоть солнце уже село, в Кубанске было тепло, градусов пять, наверное.

Мой спутник полез в карман и показал мне удостоверение. Фото оказалось его, фамилия — да, Соловьянников. Ксива на имя майора ФСБ. Ксива не паленая — насколько я мог судить пусть с одного, но достаточно придирчивого взгляда. А он продолжил, довольно ласково:

— Ты все этих двух деффок ищешь? — Он даже использовал мой лексикончик, это я везде называл сестер Баскаковых в частном порядке именно *деффками*. — Не надо, не трудись. Отдохни от этой мысли. Во всяком случае, пока. Они *мои*.

— Что значит «ваши»?

Он хохотнул:

— А то и значит. Можешь считать, выполняют особое задание нашей службы.

АВТОРЫ БЛАГОДАРЯТ:

За помощь в разработке преступлений и последующего их расследования наших постоянных консультантов:

— Олега ПЫТОВА, частного детектива, хозяина сыскного агентства «Сыщик. РУ»;

— Сергея АПОНИЦКОГО, бывшего оперуполномоченного уголовного розыска, ныне преподавателя кафедры права РЭУ им. Г. В. Плеханова.

За помощь в романных медицинских диагнозах и манипуляциях — Сергея ЧЕРНЫШОВА, руководителя нашей группы («Анна и Сергей Литвиновы — знаменитый тандем») в социальной сети «ВКонтакте» (кстати: присоединяйтесь — vk.com/litvinovy_official) и при этом — сотрудника «Скорой помощи» в городе Ельце.

Все консультанты терпеливо отвечали на множество наших вопросов, в том числе самых дурацких, и если мы в своем романе в итоге что-то наврали по части того, как бывает на самом деле, это ни в коем случае не их вина — а только авторская оплошность, возникшая от нашей тупости, либо от неправильного понимания — или свойственного едва ли не всем романистам стремления приукрасить и облагородить окружающую действительность.

Литературно-художественное издание

Литвинова Анна Витальевна
Литвинов Сергей Витальевич

ДЕВУШКА НЕ НАШЕГО КРУГА

Руководитель группы *И. Архарова*
Ответственный редактор *А. Антонова*
Младший редактор *А. Залетаева*
Художественный редактор *К. Гусарев*
Технический редактор *Н. Духанина*
Компьютерная верстка *Г. Балашова*
Корректор *И. Марчевская*

В коллаже на обложке использованы фотографии:
Kiselev Andrey Valerevich, Melkor3D, Aleshyn_Andrei,
MRProduction / Shutterstock.com
Используется по лицензии от Shutterstock.com

ООО «Издательство «Эксмо»
123308, Москва, ул. Зорге, д. 1. Тел.: 8 (495) 411-68-86.
Home page: www.eksmo.ru E-mail: info@eksmo.ru
Өндіруші: «ЭКСМО» АҚБ Баспасы, 123308, Мәскеу, Ресей, Зорге көшесі, 1 үй.
Тел.: 8 (495) 411-68-86.
Home page: www.eksmo.ru E-mail: info@eksmo.ru.
Тауар белгісі: «Эксмо»
Интернет-магазин : www.book24.ru

16+

Интернет-магазин : www.book24.kz
Интернет-дүкен : www.book24.kz
Импортёр в Республику Казахстан ТОО «РДЦ-Алматы».
Қазақстан Республикасындағы импорттаушы «РДЦ-Алматы» ЖШС.
Дистрибьютор и представитель по приему претензий на продукцию,
в Республике Казахстан: ТОО «РДЦ-Алматы»
Қазақстан Республикасында дистрибьютор және өнім бойынша арыз-талаптарды
қабылдаушының өкілі «РДЦ-Алматы» ЖШС,
Алматы қ., Домбровский көш., 3«а», литер Б, офис 1.
Тел.: 8 (727) 251-59-90/91/92; E-mail: RDC-Almaty@eksmo.kz
Өнімнің жарамдылық мерзімі шектелмеген.
Сертификация туралы ақпарат сайтта: www.eksmo.ru/certification

Сведения о подтверждении соответствия издания согласно законодательству РФ
о техническом регулировании можно получить на сайте Издательства «Эксмо»
www.eksmo.ru/certification
Өндірген мемлекет: Ресей. Сертификация қарастырылмаған

Подписано в печать 22.03.2019. Формат $70x90^{1}/_{32}$.
Гарнитура «Newton». Печать офсетная. Усл. печ. л. 12,83.
Тираж 13000 экз. Заказ 3194.

Отпечатано с готовых файлов заказчика
в АО «Первая Образцовая типография»,
филиал «УЛЬЯНОВСКИЙ ДОМ ПЕЧАТИ»
432980, г. Ульяновск, ул. Гончарова, 14

ISBN 978-5-04-101913-6

9 785041 019136 >

Одноклассники smerti
В Питер вернутся не все
Через время, через океан
Небесный остров
Несвятое семейство
Ныряльщица за жемчугом
Десять стрел для одной
Свадьбы не будет

Сериал «Агент секретной службы»
Звезды падают вверх
Пока ангелы спят
Прогулки по краю пропасти
Трансфер на небо
В свободном падении
Она читала по губам
Вспомнить будущее
Многие знания — многие печали
Вне времени, вне игры
Аватар судьбы
Успеть изменить до рассвета

Сериал «Паша Синичкин, частный детектив»
Заговор небес
Дамы убивают кавалеров
Бойся своих желаний
Слишком много любовников
Почтовый голубь мстит

Сериал «Сага о любви и смерти»
Черно-белый танец
Предпоследний герой
Печальный демон Голливуда

Сериал «Высокие страсти»
Исповедь черного человека
Сердце бога
Бойтесь данайцев, дары приносящих
Здесь вам не Сакраменто

Сборники детективных рассказов:
Любовь считает до трех
Все мужчины любят это
Миллион на три не делится
Плюс-минус вечность
Половина земного пути
Золотой песок времени
Горький инжир
Карнавал насмерть

Читайте романы мастеров закрученного сюжета Анны и Сергея Литвиновых:

Осколки великой мечты
Быстрая и шустрая
Даже ведьмы умеют плакать
Кот недовинченный
Красивые, дерзкие, злые
Боулинг-79
Пальмы, солнце, алый снег
Наш маленький Грааль
Внебрачная дочь продюсера
Ревность волхвов
Ideal жертвы
Золотая дева
Я тебя никогда не забуду
У судьбы другое имя
Та самая Татьяна
Мадонна без младенца
Семейное проклятие
Изгнание в рай
Над пропастью жизнь ярче
Главная партия для третьей скрипки
Мертвые не лгут
Девушка не нашего круга

Сериал «Авантюристка»
Отпуск на тот свет
Все девушки любят бриллианты
Проигравший получает все
Второй раз не воскреснешь
Предмет вожделения №1
Оскар за убойную роль
Дата собственной смерти
Парфюмер звонит первым
SPA-чистилище
Вояж с морским дьяволом
Биография smerti
Девушка без Бонда
Три последних дня
Незримая связь
Джульетта стреляет первой
Жемчужные тени

Сериал «Спецкор отдела расследований»
Эксклюзивный грех
Рецепт идеальной мечты
Коллекция страхов прет-а-порте
Ледяное сердце не болит